伯爵家に拾われたレディ

キャンディス・キャンプ

佐野 晶 訳

AN AFFAIR AT STONECLIFFE

by Candace Camp

Translation by Akira Sano

mira

AN AFFAIR AT STONECLIFFE

by Candace Camp

Published by K.K. HarperCollins Japan, 2023

カット・トールに

伯爵家に拾われたレディ

ソーン家

- ホレス ＝ ベリンダ（レディ・ハルダー）
  - **カーライル・ソーン**

ダンブリッジ家

- ジョージ
  - ネイサン

- ヴィンソン・ブルックウェル
  - ミルトン
  - ジョン

その他

- ハヴァーストック卿
  - スプレーグ
  - プリシラ
  - ティモシー

- リチャード・スノーデン
  - フルベル
  - ガスパール

- フレディ・ペンローズ
- バジル・カニンガム

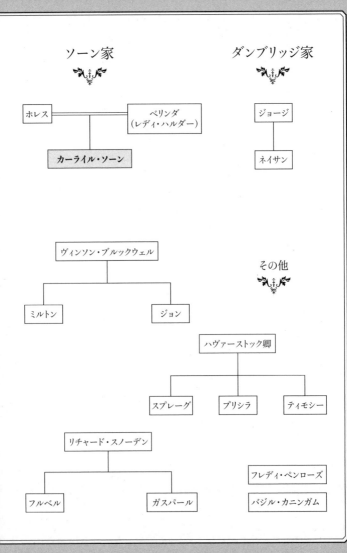

人物相関図

ラザフォード家

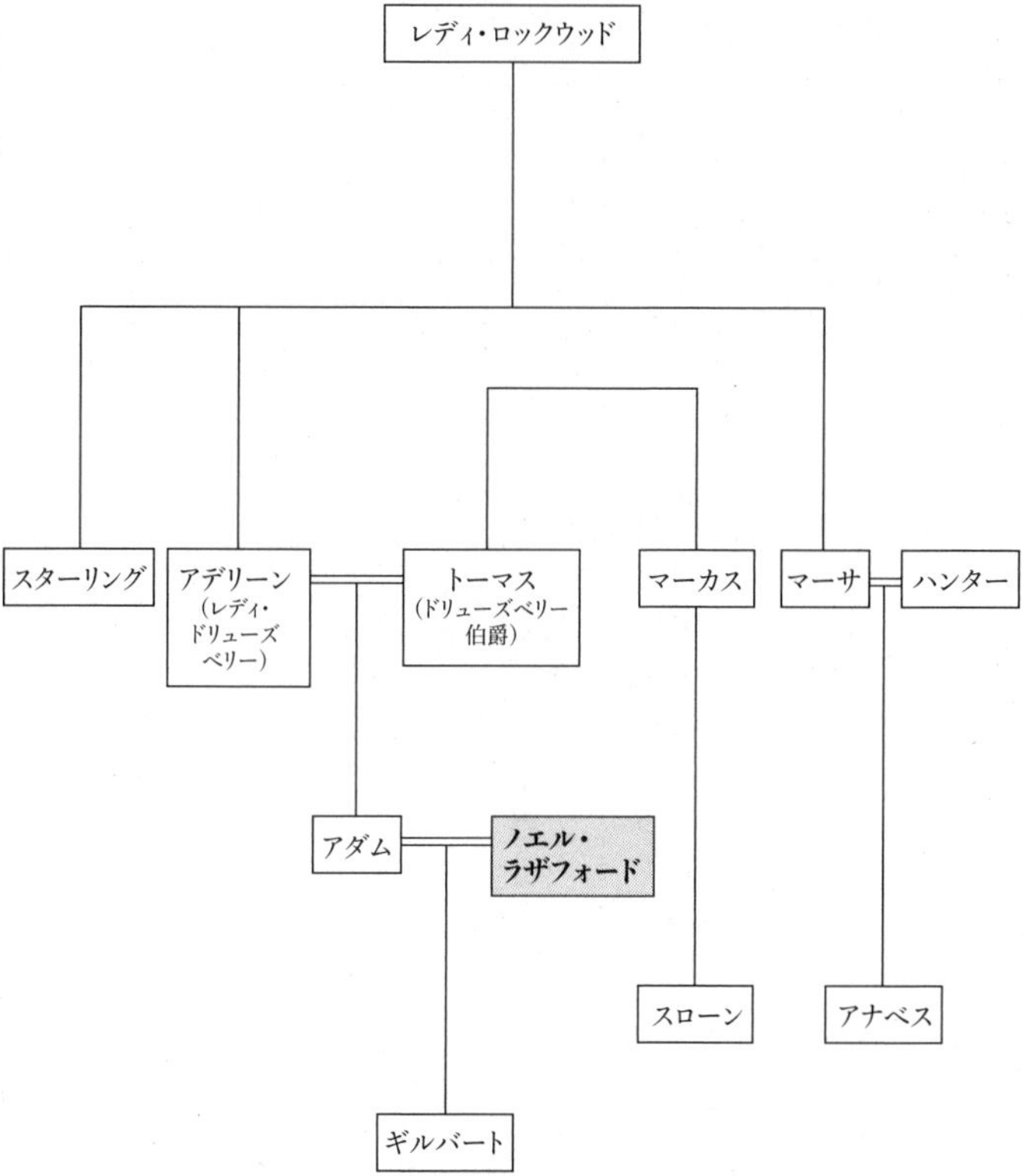

おもな登場人物

ノエル・ラザフォード――夫に先立たれた女性
ギルバート（ギル）――ノエルの息子
アダム――ノエルの亡き夫。伯爵の息子
リゼット――帽子店の店主
カーライル・ソーン――伯爵家の代理人
アデリーン――ドリューズベリー伯爵夫人
トーマス――先代のドリューズベリー伯爵。故人
レディ・ロックウッド――アデリーンの母親
ネイサン・ダンブリッジ――カーライルの友人
アナベス・ウィンフィールド――アデリーンの姪
スローン・ラザフォード――アダムのいとこ
ベリンダ――カーライルの母親

プロローグ

この子とふたり、これからどうやって生きていけばいいの？　ノエルは途方に暮れ、すやすやと眠る赤ん坊を見下ろした。

この数日は何ひとつ手につかず、夢遊病者のようにぼんやりと歩きまわることしかできなかった。自分の身に起こったことが、とうてい現実とは思えない。あんなに若くて、生命力にあふれていたアダムが死んでしまうなんて。いったいどうして、あんな無鉄砲な真似《まね》をしたの？　あの晩、言い争ったりしなければ……。

冷えた体が震える。ふたりで暮らした部屋の静けさがやりきれなかった。アダムの笑い声も、話し声も、思いどおりに絵が描けずに苛々《いらいら》して毒づく声も、何も聞こえない。いっそ少しまえの朦朧《もうろう》とした状態に戻りたいくらいだ。

しかし今朝、この気持ちに寄り添うような灰色の空とこぬか雨のなかでお墓の前に立ったとき、ノエルはこの三日間頭が拒み続けてきたつらい事実を、ようやく受け入れたのだった。もう二度と夫の笑顔を見ることも、この唇に夫の唇が触れるのを感じることもできないのだ、と。

それでも、悲しみに浸ってはいられない。この子がいるのだから。息子の寝顔を見ていると、守らなくてはという思いがこみあげてくる。これから女手ひとつでギルを育てていくために、苛酷な現実と向き合わなくては。どんなに厳しい状況でも、自分の力で乗り越えていくしかないのだ。頼れる人は誰もいないのだから。

アダムの画家仲間？　彼のモデルたち？　みなノエルと同じ一文無しだ。父がいるのは、パリからは遠いオックスフォード。いずれにせよ、これといった蓄えもない貧乏学者の父に援助を頼むことはできない。アダムの実家は貴族だが、〝身分の低い〟娘との結婚に反対し、怒りにまかせて息子を勘当するような冷酷な父親から、援助が期待できるはずもなかった。

渋る心に鞭打《むちう》って、ノエルは部屋を見まわした。貯金はまったくなし。不意の出費のために蓄えていたわずかなへそくりも、お葬式と小さな墓石で消えた。お墓のことを思い出すと胸が痛んだ。あれほど豊かな才能を標《しる》すものが、小さな墓石だけだなんて！

肉屋は、たまったつけを払うまではもう何も売らないと首を振り、ワイン商からはすでに何通も督促状が届いている。あの晩言い争ったのも、それが原因だった。アダムは諍《いさか》いのさなかに怒って住まいを飛びだし……二度と帰らぬ人になってしまった。

ノエルはこみあげてくる涙をのみこんだ。部屋代が払ってあるのは来週の終わりまで。

人でなしの大家のこと、払えないとわかれば、夫を亡くしたばかりの女と父を亡くしたばかりの赤ん坊でも平気で放りだすだろう。

まさに八方ふさがり。泣き崩れたくなるような状況だが、この数日泣きどおしで涙も涸《か》れ果てた。それに、泣いてもなんの解決にもならない。無駄に涙を流すより、どうするか考えなくては。マダム・ビソネに頼めば、ギルを産む前に勤めていた帽子屋でまた働かせてもらえるだろう。接客上手で英国人の客にも対応できるノエルは、店の売り上げにかなり貢献していたのだ。おまけにマダムが作る帽子のすばらしいモデルでもあった。

でも、マダムの店にしろ、ほかの店にしろ、乳飲み子を抱えて働けるだろうか？　授乳やおむつを替える合間に赤ん坊を抱いて接客するのは、どう考えても無理だ。帽子作りもおそらくほとんどできないだろう。たとえ、なんとかできたとしても、帽子屋の収入だけでは暮らせない。これまでもノエルの給料は、アダムが贅沢《ぜいたく》なものを買いすぎて、たまったつけを払う程度の役にしか立たなかった。家計は、勘当後も届いていたアダムの〝月々の小遣い〟で成り立っていたのだ。アダムが死んだいま、ラザフォード家が気に染まぬ嫁に仕送りを続けるとは思えない。

そうだ、絵を売ることはできる。

ノエルは窓辺に置かれたイーゼルに目をやった。アダムの才能の果実とも言うべき完成作が、そのまわりに重なるように立ててある。陰鬱で荒々しい絵、息をのむほど美しい絵……どれもみな彼の魂がこもったすばらしいものばかり。手放すことを考えただけで胸が痛むが、少なくとも何枚かは売らなくてはならないだろう。これまで売れた絵がとても少なかったことを考えれば、それほど高値がつくとは思えないが、少しのあいだは暮らしていけるはずだ。

ため息をつきながら、ノエルは寝室代わりのアルコーブに行き、葬儀で着た黒いワンピースのボタンをはずしはじめた。きみには色のあるものが似合う、とアダムは妻が黒を着るのをいやがった。そのせいで、手持ちの黒い服はずいぶん昔に買ったこの一枚だけ。授乳中のいまは胸のまわりが窮屈で着心地が悪い。脱いだ服をベッドに投げ、アダムが買ってくれたあざやかな色のシルクの部屋着に袖を通す。彼の買うほとんどのものと同じく、この部屋着も貧しいふたりには不釣り合いなほど高価だったが、素材のシルクは肌に優しく、ゆったりと心地よい。それで体を包むと、アダムのぬくもりに包まれているような気がした。

化粧台から精巧な細工の箱を取り、ベッドに座って蓋を開ける。アダムが買ってくれたジュエリーは、ノエルが持っているもののなかではいちばん価値があった。ひとつひとつ取りだし、横に並べていく。ギルの誕生を喜んで買ってくれたダイヤのイヤリング。ゴールドのブレスレット。エナメルのブローチ。トンボの形に似た宝石付きのヘアピン。ペンダントトップとほかのイヤリングがいくつか。小さなルビーとダイヤがきらめく細いティアラ。

まったく、アダムときたら。イブニングドレスも、それを着て出かける場所もないわたしに、どうしてこんなものを買ったのだろう？

ティアラだけではない。このジュエリーのほとんどが、着ける機会のないものだ。高価な服やジュエリーにお金を使わないで、と何度アダムに言ったかわからない。それよりも部屋代を払うほうがはるかに暮らしの足しになる、と。でも、伯爵の息子として育ったアダムは、新しい暮らしにいつまでも慣れなかった。自由に使える貯金が銀行にないことに不満をもらし、毎月の送金をそれまでと同じように使った。ノエルに注意されるたびに、これからは家計の予算を尊重すると誓うものの、欲しいものが目に入ると、値段を気にせずに買ってしまう。

アダムから初めてブレスレットを差しだされたときは、男性からこんな高価なプレゼントをいただくわけにはいきません、とすぐさま突っ返したものだった。そのときのことが思い出され、ノエルは笑みをこぼして、サファイアの花を繋《つな》ぐ細い鎖をそっと撫《な》でた。アダムはそれを店には返さず、結婚したあとで贈ってくれた。とても魅力的な、いたずらっ子のような笑みを浮かべ、今度は受けとってくれるよね、と。

涙をこらえ、そのブレスレットを手首に留めて腕を伸ばす。最初の結婚記念日に買ってくれた対のネックレスも着けて、繊細な細工のサファイアの花を指先で撫でた。それを首にかけてくれたときの夫の甘い笑顔を思い出すと、とうとう涙があふれた。

突然誰かが荒々しくドアを叩《たた》き、ノエルを物思いから引き戻した。赤ん坊が目を覚ますのを恐れて、あわててドアに向かう。が、願いもむなしく、驚いたギルが顔をくしゃくしゃにして泣きだし、ノエルは肩を落としながらドアを開けた。

ドアの外には、背の高い男が立っていた。いかつい顔をこわばらせ、冬の嵐のようなグレーの瞳でノエルをにらみつけている。黒髪に銀色の筋は一本もないが、年齢に似合わぬ威厳を放っていた。

明らかに貴族の出であるその男は、思わず一歩あとずさったノエルをちらっと見下ろし、その後ろの揺りかごに目をやった。「赤ん坊が泣いているようだが」

「どなたかが大きな音でドアを叩いたからよ」嘲るような口調にノエルは鋭く言い返し、急いでギルを抱きあげてなだめはじめた。そのあいだに、男は招かれもしないのに部屋に入ると、ドアを閉めた。戸口の近くで黙ったまま、狭い部屋を見まわしている。

乱れたベッドと、そこに広げられたジュエリーに視線を留めると、男は口元に冷ややかな笑みを浮かべた。「どうやら、ずいぶん悲しんでいるところを邪魔したようだな」

皮肉な口ぶりと当てこすりに、ノエルは戸惑って赤くなった。「あなたはどなた？　なんのご用でしょうか？」

尋ねながらも、相手の身元には見当がついていた。見下したような口をきく、明らかに英国貴族の男。これだけでも十分ヒントになるが、たしかアダムのスケッチに、こういう顔立ちの男の木炭画があった。

「ラザフォード家の友人で、カーライル・ソーンという」

「やっぱり」ノエルはつぶやいた。

ソーンという男の話はアダムから何度か聞いたことがある。〝自分と血の繋がりはないが、父親の被後見人で、しばらく伯爵家で暮らしていた、兄のような存在だった〟と。最初にソーンについて口にしたアダムの口調には愛情がこもっていた。でも、ノエルと結婚したあと、ソーンに対する気持ちは怒りに変わった。父を説得してくれるとばかり思っていたのに、父と同じように結婚に反対したからだ。

アダムがカーライル・ソーンから受けとった手紙のことを、ノエルはよく覚えている。夫がそれを引き裂いて捨てたあと、ちぎられた紙片を集め、繋ぎ合わせて読んだからだ。

〝学生時代に若い女性と遊ぶのはかまわない。若いうちはそれも経験のひとつだと思うが、伯爵家の跡取りとして生まれたきみが、平民の娘と結婚するなどとんでもない愚行だ〟

まさしく傲慢で狭量な男が書きそうなことだったが、そこにある言葉にノエルは傷ついた。あのとき感じた胸の痛みは、いまでも思い出せる。激しくソーンを非難する夫の言葉も、その痛みを完全に取り去ってはくれなかった。

目の前にいる冷ややかな態度の男なら、いかにもああいう手紙を書きそうだ。ノエルに対する彼の考えは、あの手紙以来おそらく変わっていないだろう。こちらもとうていこの男を好きにはなれない。それでも、かすかな希望を感じずにはいられなかった。毎月の〝小遣い〟がソーンの名で送金されていたのは、勘当されたアダムと父親の仲介を彼が務めてきたからだろう。この訪問も伯爵の指示だとすれば、ノエル自身をどう思っていようと、伯爵には亡き息子の妻と孫を援助するつもりがあるのだ。

ソーンがノエルの腕のなかでふたたび眠りはじめた赤ん坊に目をやり、ぎこちなく足を踏みかえて、赤ん坊の顔をのぞきこんだ。「これが……」

「ええ、アダムの息子のギルよ」

ソーンは小さくうなずき、ドアへと体を向けた。このまま出ていくつもり？　そう思ったとき、くるりと向き直った。「ぼくが来たのは、アダムを家族に返してもらうためだ」

「家族に返す、ですって？　生きているアダムは受け入れなかったのに、遺体が欲しいというの？」ノエルはかっとなって叫んだ。「少しばかり遅すぎやしない？」

グレーの瞳が怒りで黒ずんだ。「きみとの結婚がもたらした悲惨な結果から、アダムを救えるうちに来られなかったことはよくわかっている」

ノエルはショックを受け、鋭く息を吸いこんだ。「アダムが死んだのはわたしのせいだと？」

「いや。ただ、きみもよくわかっていることを、率直に言っているだけだ。きみと駆け落ちしなければ、アダムはいまも生きていた」冷たい言葉がノエルの心臓に突き刺さり、息を奪った。「アダムをきみの魔の手から遠ざけておけなかったことは、死ぬまで後悔するだろう。だが、彼の息子を救うことはまだできる」

涙があふれ、ノエルはそれを隠そうと背を向けた。そのままギルを揺りかごに戻し、こみあげる苦痛と怒りを押し戻す。なんてひどい男。本当ならいますぐ家から叩きだしたいが、息子のことを考えなくてはならない。ギルを育てるには助けが必要だ。カーライル・ソーンはその助けを与えてくれそうな唯一の人間だった。この男がアダムの息子に援助を申しでているなら、どれほど屈辱的でも、どれほど苦痛でも、それを受け入れなくては。

ソーンに背を向けたまま、ノエルは注意深く感情を殺した声で尋ねた。「それなら、どうやってそうするつもり？」

「やっと肝心な話ができるな。悲しんでいるふりも怒ったふりも必要ない。最初から交渉するつもりだったんだろう？　で、いくら欲しいんだ？」

「いくら、って……」ノエルはソーンの言葉に戸惑い、振り向いた。ギルを育てるのにいくらかかるか、それをこの場で計算しろと？　ずいぶん奇妙な質問の仕方だ。「さあ、よくわからない――」

「金額はもう決めているんだろう？　いくら払えば、アダムの息子をぼくにくれる？」

ノエルは呆然《ぼうぜん》とソーンを見つめた。「この子を買うつもりなの？」

ソーンは顔をしかめた。「好きなように言うがいい。ぼくが札束だけを渡し、その子をきみの手に残していくと思ったのか？　伯爵の孫を、こんな……」そこで言葉を切り、部屋を見まわした。「……ところに残して？　きみが送るにちがいない自堕落な生活に？　そんなことはありえない。わかっていると思うが、その子の法的な後見人は伯爵だ。将来はその子が伯爵の跡を継ぐ。当然、その子はアダムが育ったようにストーンクリフで、アダムの父母――その子にとっては祖父母の愛を一身に受けて育つことになる。きみは金を受けとり、好きなように生きればいい。千ポンド渡そうじゃないか」

「いいえ」ノエルはかすれた声で言った。あまりに驚いて、頭がまともに働かない。この男は本気でわたしが自分の子を売ると思っているの？

ソーンは口を引き結んだ。「では、二千ポンド。そのジュエリーも、服も、そのまま持っていてかまわない。身軽になって好きに生きるんだな。赤ん坊はこちらが引き受ける。いくらきみのような容姿の女でも、こぶ付きでは援助してくれる男を見つけるのは難しいだろう。ほら」上着の内ポケットから小袋を取りだす。「とりあえず、手元にある金貨を置いていく。残りは明日、銀行に寄って引きださなくてはならない。これは手付け代わりだ」ソーンは小袋をテーブルに落とした。「明日、残金を持って赤ん坊を引きとりに来る」

そう言うと、ソーンは来たときと同様、あっというまに立ち去った。部屋のなかの空気も一緒に吸いだされたかのように、ノエルは息が苦しくなった。激しく打つ胸を押さえながら、蛇でも見るように小袋を見つめる。あの男は、わたしがギルをお金で売ると思っているのだ。

いいえ、彼にとって、この子はギルですらない。その子、赤ん坊、アダムの息子……さまざまな呼び方をしたが、一度として名前では呼ばなかった。まるでギルが血の通った人間ではなく、ラザフォード家の所有物であるかのように。怒りがこみあげ、凍りついていた体を動かす。ノエルは革の小袋をつかみ、ドアに向かって投げつけた。ドスンという小気味よい音をたてて小袋がドアに当たり、床に落ちて、金貨がいくつかこぼれた。ソーンが立ち去るときにこれを思いつけばよかった。あの男にぶつけてやれたのに。

物音でギルがふたたび目を覚まし、ぐずりはじめた。ノエルは息子を抱きあげ、なだめようとしたが、激しい怒りの名残で声が震えた。カーライル・ソーンは傲慢で、偏見に満ちた、弱い者いじめの人でなしだ。わたしが夫を亡くした直後に〝援助してくれる男〟を求め、誰かの愛人になるような女だと決めつけるなんて！

こちらのことなど何ひとつ知らないくせに、身分違いの男を愛した〝罪〟でわたしをとがめ、ただの教師を父に持つ〝平民〟の女にはアダムと結婚する価値などないと、はなから決めつけた。父は大学で同僚にも一目置かれている学者で、思慮深く、思いやりのある人間だ。マナーや人格は言うにおよばず、ほかのあらゆる面でも、ソーンのような男よりはるかに優れている。

お腹がすいたらしく、ギルが泣き声をあげた。抱きあげておむつを替えるうちに、怒りは薄れていった。息子を優しく揺すり、乳首を口に含ませながら、ノエルは明日のことを考えはじめた。ソーンが来たら、どういう態度で、どんな言葉を投げつけてやろうか。できれば、嘲りを浮かべた顔に金貨の小袋を投げつけ、思いきり罵ってやりたい。でも、そんなことをしても何にもならないし、彼のなかの評価をいっそう落とすだけだ。

冷ややかに小袋を突き返し、落ち着いた声でさっさと帰れと言ってやるべきだろう。息子は自分の手で育てる、彼にも伯爵にも渡すつもりはない、と。要求が通らないことなどめったになさそうだから、ソーンは激怒するにちがいない。正直に言えば、あんなに大きな、冷たい目と険しい顔の男と言い争うのは怖かった。でも、その必要があるなら、闘うまでだ。ノエルは柔らかい頬を指先で撫で、ギルに微笑《ほほえ》みかけた。この子のためなら、なんでもできる。

でも、申し出を拒否されたら、あの男はどうするだろう？　力ずくでギルを取りあげようとしたらどうすればいい？　ギルをひったくり、そのまま立ち去ったら？　不吉な可能性ばかりが頭に浮かび、吐き気がこみあげてくる。力ではとうていあの男にかなわない。いくら恐怖と怒りに駆られていても無理だ。れっきとした紳士がそんなことをするとは思えないが、それを言うなら、紳士が赤ん坊を母親から買いとろうとするなんて、考えたこともなかった。

ノエルは、カーライル・ソーンに関する夫の言葉を思い出そうとした。たしか〝兄のような存在〟と言ったあと、苦い口調で〝ソーンのほうが息子の自分よりも父に似ている〟と付け加えていた。

お酒が入ったときには、カーライルは尊大で、融通のきかない、非情な裏切り者だと言うこともあった。〝これで自分が伯爵家の跡継ぎになれると、この勘当騒ぎを喜んでいるにちがいない〟と暗い顔でつぶやいたこともある。そのときは、父親との仲をとりなしてくれなかったのを怒っているのだ、とノエルはとり合わなかった。上機嫌で、ソーンにさまざまな窮地から助けてもらったときの話をすることもあったからだ。

でも本人に会ったいま、アダムの評価はむしろ寛大すぎるように思えた。夫を喪《うしな》い悲しみのどん底にいる妻に向かって、夫を殺したのはおまえだとほのめかし、あげくの果てに乳飲み子を母親から引き離そうとするなんて、よほど冷酷な男でなければできないことだ。あの男はわたしを軽蔑している。ギルを奪うくらい、平気でやってのけるだろう。

百歩譲って、明日、無理やり赤ん坊を連れ去られることはないとしても、伯爵が裁判所に申し立てれば、いくらでも合法的にギルを母親から引き離せる。ソーンによれば、ギルの正式な後見人はアダムの父親なのだから。

女性の権利を含め、日ごろから個人の権利に深い関心を抱いている進歩的な父に育てられたノエルは、女性にはほとんどなんの権利も認められていないことをよく知っていた。

アダムと結婚したいと打ち明けたとき、父は鋭くこう指摘した。〝英国の女性は法律的な視点からすると、結婚したとたんに存在していないも同然になる。妻は何ひとつ所有できず、夫の決断に逆らうことは許されない。たとえ夫に暴力をふるわれても、訴えることすらできないのだよ〟と。

それに比べれば、少なくとも自分のものを所有できるだけ、未亡人のほうがましだった。でも、伯爵が法廷で親権を主張すれば、おそらく自分に勝ち目はない。ギルは伯爵の所領で育つ、と言ったときのソーンは自信たっぷりだった。こちらも、裁判所が貴族の主張より無職の母親の言い分に耳を傾けると思うほど世間知らずではない。オックスフォードでは、若き紳士がどんな振る舞いにおよんでも、たんに父親が有力者だという理由で、なんのとがめも受けずに許された例をいやになるほど見てきた。

不安がこみあげ、じっとしていられずに立ちあがると、狭い部屋のなかを歩きまわった。ソーンの申し出を断るだけではギルを守れない。ギルを連れて、あの男の手が届かないところに逃げなくては。どこへ行くか、何で暮らしを立てればいいかはわからないが、ここを離れなくてはならないことはたしかだ。それもいますぐに。

あの男は明日またやってくる。そのまえにできるだけ遠くへ行く必要があった。ベッドにおろした息子が機嫌よく空を蹴り、甘い声をもらしているあいだに、ノエルは急いで服を集めた。ギルを抱いてトランクを運ぶことはできないから、片手で持てる鞄《かばん》ひとつで逃げるしかない。

アダムがアトリエ代わりに使っていたスペースから、袋をひとつつかんだ。アダムの絵を残していくのはつらいが、仕方がない。手早くその袋に、赤ん坊の服やおむつ、何枚かの着替えと下着を入れた。ついでにチーズの塊とパンもナプキンに包んで放りこむ。ほかには？　ジュエリーは持っていかなくては。換金できるのはあれだけなのだ。ノエルはベッドに並べたジュエリーを集めて小袋に入れ、さきほど着けたネックレスとブレスレットもそこに加え、すべてを入れた袋を鞄に突っこんだ。

最後にギルのおむつが濡《ぬ》れていないことを確かめると、温かい格好をさせ、自分も手持ちのいちばん地味な服に着替えて、頑丈なブーツをはいた。外套《がいとう》をはおってベルトをきつく結び、つばが下向きになった帽子で金色の髪と顔の一部を隠す。できるだけ目立たないようにしなくては。

どこへ行けばいい？　イタリアかプロシア？　学問に必要な、美しい言葉だからと父に言われ、ノエルはラテン語とフランス語、イタリア語を学んでいた。ラテン語はともかく、フランス語とイタリア語は仕事を得るのに役に立ってくれるだろう。言語が得意だとわかったあとはドイツ語も学んでいたから、ヨーロッパのほぼどこへ行っても不自由しない。

ソーンはきっと捜そうとする。最初にどこを捜すだろう？　わたしが生まれ育ったイングランド、父のいるオックスフォード？　だとすれば、北へ行く馬車を探す。だから北以外ならどこに向かってもいい。南のニースかマルセイユ？　そこから船に乗れば、行き先は無数に選べる。さもなければイタリア？　そういえば、友人のイヴェットと、ご主人で彫刻家のアンリが、ミケランジェロが生きた街で学びたいと少しまえにフィレンツェに引っ越した。あのふたりなら喜んで自分を受け入れ、そのあとの計画を立てるまで置いてくれるだろう。

一刻も早くフィレンツェに行くことが肝心だ。のろのろとしか進まない駅馬車に乗ったのでは、きっとすぐに追いつかれてしまう。そもそも、すでに日が暮れはじめているこの時間に、パリを出る馬車があるかどうか。いちばん速く動くには四輪馬車を雇えばいい。そうすればすぐにもパリを離れられる。馬車を雇うのは、アダムの友人に頼むとしよう。貸し馬車を置いている宿の主人に、赤ん坊を連れた、特徴的な若い女を見られずにすむから。

仮にソーンが馬車を雇った宿屋を突きとめるにせよ、それは何時間も、おそらく何日もあとになる。行方をくらませるには十分だ。ただ、この計画にはひとつだけ問題があった。手元には馬車を雇うお金がない。ジュエリーをいくつか売るしかないのだ。

ノエルは袋を開き、なかに入れたジュエリーを見ていった。どれを売ろう？　常々アダムはジュエリーを買いすぎると思ってきたが、こうしてみるとあまりにも少ない。しかも質屋はもうすぐ閉まってしまう。床に落ちている金貨の入った袋に、ふと目をやった。だめよ、ギルと交換だと渡されたお金を使うなんて。ギルを渡すつもりなどないのにあれを使うのは、盗むのと同じだ。だいたい、あんなお金には触れるのもいや。カーライル・ソーンに借りを作るようなことは、絶対にできない。

でも、自分の気持ちよりもギルのことを優先しなくては。この子を守るのは母としての務め。そのためには、できるだけ速く、できるだけ遠くに行く必要がある。

つかのま迷ったものの、あとできっと返すと心に誓い、ノエルは金貨の袋をつかんでスカートのポケットに入れた。

それからギルを毛布で包み、二年のあいだアダムと暮らした部屋を最後にもう一度見まわすと、足音をしのばせて階段をおり、暗い夜のなかに出た。

1

五年後

「あの女を見つけました」

　書斎に入ってきた探偵の第一声に、書類を読んでいたカーライル・ソーンは体を起こした。ディッグスが来たと執事から告げられたときは、またなんの手がかりもなかった、というういつもの報告だろうと思っていたのだ。脈が速くなるのがわかったが、こみあげる希望を無理やり抑えつけた。ディッグスは何度かあの女を見つけているが、そのたびに逃げられている。「どこで?」

　ふだんは陰気なディッグスの顔がめずらしくほころんだ。「このロンドンにいるんです」

　カーライルは思わず立ちあがった。「たしかか?」

「百パーセントたしかです。いまは褐色の髪で、昔より痩せてますが、あの瞳は見間違いようがないですからね」

「たしかに」はっとするほどあざやかな、深い青の大きな瞳。五年まえに住まいを訪れたカーライルもひと目で魅了された。だが、それも、ベッドの上に広げたジュエリーに目が留まるまでのことだった。アダムの妻は、夫が亡くなったばかりなのに、悲しむどころかせしめた宝石を並べ、ほくそえんでいたにちがいない。

「ちょうど五歳くらいの男の子と一緒です」

「よかった」カーライルはつぶやいた。亡きアダムの妻は、旅のどこかで足手まといだと判断し、息子を置き去りにするのではないか？　当初から、それがひそかな心配の種だったのだ。「どうやら、ついに間違いをおかしたようだな」

「ええ。きっと安心したんでしょう。旦那さまが捜すのをあきらめた、と」

向かいに座っているネイサン・ダンブリッジが鼻先で笑った。「その女はきみのことを知らないようだな、カーライル」

「おっしゃるとおりで」驚いたことに、ディッグスは満面の笑みを浮かべて主人の友人にうなずいた。ネイサンには相手の心を和ませる特技がある。ディッグスはすぐに笑みを引っこめ、カーライルに目を戻した。「〈マダム・ビソネ〉という帽子屋で働いてます。なかなか流行《はや》ってる店ですよ。持ち主の経歴を調べたところ、あの女をパリで雇っていたのと同じ女性でした。この……」

追跡劇が始まるまえ、アダムが死ぬまえのことだ。カーライルは頭をよぎった思いを押しやった。「住まいも確認したんだな？」

ディッグスは少し赤くなりながらうなずいた。二年まえに居所を突きとめたときは住まいがわからず、結局、逃げられてしまったのだ。「わたし自身があとを尾《つ》けて、確かめました。店も住まいも押さえるのは簡単です。どっちも裏口がありませんから。今夜もうひとり連れて、もう一度住まいまであとを尾け、あの女をここに連れてきますよ」

「いや、子どもを怖がらせたくない。わたしが行くほうがいいだろう。明日の朝、帽子屋を訪れるとしよう。店に迷惑をかけるのを恐れ、おとなしく話を聞くはずだ。尾行は続けてもらいたいが、くれぐれも悟られるなよ。相手は妙に知恵のまわる女だ。うっかり気づかれて、また逃げられては困る」

　明日落ち合う時間と場所を決めてディッグスが立ち去ると、カーライルは、興味深そうにやりとりを聞いていた友人に顔を向けた。

「どうやら、ついに網にかかったようだな」ネイサンが明るい声で言った。「どれくらいになる？　四年か？　ずいぶん長いこと気を揉《も》まされたな。こめかみの白いものも、そのせいじゃないか」

「五年になる。最初に逃げられたとき、ぼくはまだ三十まえだった。それにこめかみの銀色の筋は、かえって威厳を増していると思いたいね」

「そう言えないこともないな」

「とにかく、アダムの息子を取り戻すまでは気を抜けない」カーライルは表情を引き締めた。「あの女には何度も煮え湯を飲まされている。女だと思って油断してきたが、その過ちは二度とおかさない」ため息をつきながら、椅子の背に背中を戻す。「最初の出会いは、ぼくがおかしてきた無数の過ちのひとつさ。完全にしくじった」

「仕方ないだろう。アダムに突然死なれ、動転していたんだ」

「たしかに」カーライルは背もたれの高い椅子に頭をあずけ、目を閉じた。「あの女と結婚するという手紙を受けとったときの対応が、いまでも悔やまれてならないんだ。たしかにアダムはもう大人で、自分で試行錯誤しながら学んでいくべきだった。しかし、何もあのときに突き放さなくても……パリのアパルトマンを訪れたときは、後悔でいっぱいだったよ。オックスフォードに駆けつけ、理を説いて、思いとどまらせるべきだったのに、手紙でいさめただけだったんだ」

「アダムが本気だったなんて、知りようがなかったさ。彼は昔から夢中になるのも速いが、飽きるのも速かった。何をやっても長くて数週間、短いときはほんの数日しか続かず、新しいものに目が移る。その彼がまさか相手の娘とパリに駆け落ちするなんて、誰が思う？受け入れがたいかもしれないが、きみは全知でもなければ全能でもないんだ」

「だが、アダムがばかげたことをしでかすのは予測しておくべきだった。昔から衝動的だったし、若いうちは誘惑に逆らうのが難しい。手紙を受けとってすぐにオックスフォードへ行っていたら、相手がどれほど危険な女かわかったはずだ。パリでアパルトマンのドアを開けたとたん、アダムがまんまと釣りあげられた理由がわかったよ。昔から美しいものには目がなかったからな。逃れられっこなかった」カーライルはまたため息をついた。「せめてアダムが伯爵を説得に行ったときに、同行すべきだった。そして、しばらく様子を見るよう説きふせていれば……。そのあいだに、あの女はもっとましな獲物を見つけて離れていったにちがいない。だが、こっちで用事があったし……正直に言えば、伯爵とアダムのあいだを取り持つのにうんざりしていたんだ」

「当然さ。いつもあいだに入ってもらえると期待するほうが間違っていたんだ」

カーライルは小さく肩をすくめた。「自分から買ってでたようなものだからな。しかも、最悪のタイミングで身を引こうとした」目を伏せ、袖口を引っ張る。「ようやく伯爵を説得し、ふたりの仲を修復できそうな見込みが立った矢先に、手紙で知らせるまもなくアダムが死んでしまうとは」そのときのことを思い出すと、いまでも胸が痛む。「すっかり動転しているところに、夫の死を悲しむどころか、アダムにねだったにちがいないジュエリーを着け、戦利品を確認するかのようにベッドの上に広げているのを見て、つい怒りで目がくらんだ」

「無理もないよ」

「そのあとは、こんな女にアダムの赤ん坊をまかせておけない、一日も早く赤ん坊をストーンクリフに連れていかなくては、としか考えられなかった。あのとき、金貨の入った袋を置いてさえいかなければ。あんなに芝居がかった、愚かな振る舞いをする必要などなかったのに。まさかその夜のうちに逃げだすなんて思いもしなかったんだ。邪魔な赤ん坊から逃れられるうえに大金を手にするチャンスに飛びつき、さっさと新たな獲物を見つける――そう思った。赤ん坊をどこかに置き去りにするのを心配していたが、手元におけば、いずれは伯爵になる息子の母親として、ストーンクリフで悠々自適の生活ができると計算したんだろうな」

「そもそもなんだって逃げだしたのかな。ただきみの申し出を断ればいいだけじゃないか。そして赤ん坊の養育費をよこせ、と言えばいいんだ。その子の名前はなんだって？」

「出生届によればギルバートだ。ギルと呼んでいたな。まるで厩舎《きゅうしゃ》の下働きみたいに」

「では、ギルバートと呼ぼうか。ギルバートを手元におきたいなら、なぜ養育費を要求しなかった？　自分も赤ん坊と一緒にストーンクリフで暮らす、とどうして言い張らなかったんだ？」

「知るものか」カーライルはまたしてもため息をついた。「その点はぼくも考えたさ。最初のうちは、逃げたのはこちらが提示した額を吊《つ》りあげるためだ、遠からず異なる条件を提示した手紙が届く、と思っていた。ところが、いくら待っても手紙は届かない。だから、親権は伯爵ではなく自分にある旨、裁判所に申し立てるつもりだろうと判断したんだ。となんでもなくばかげた考えだが、法律のことなど知らないだろうからな。ドリューズベリー伯爵が亡くなると、今度こそ姿を現し、堂々と新たな伯爵の母親だと名乗って、ロンドンにある邸《やしき》に居座るだろう、と確信したんだが……」

「これまでアダムの父親が死んだことを知らなかったのかもしれないぞ。ロンドンに戻ったのは、それを知ったからじゃないのか？」

「おそらく、そんなところだろう。ずっとイングランドを避けていたのに戻ったんだからな。しかし、だったらなぜぼくのところに姿を現さない？」

「まあ、きみと会いたくないんだろうよ」

カーライルは笑いともうなりともつかない声をもらした。「話し合いたいだけなのに四回も逃げられたことを考えると、ぼくを避けているのは間違いない。しかし、だったら、レディ・アデリーンのところへ行けばいい。あんなに優しい人はいないぞ。あるいは、伯爵家の資産を管理している事務弁護士のところに」

「何を考えているんだろうな」ネイサンは肩をすくめた。「弁護士の顔が気に入らないとか？」

「ばかばかしい。そんな理由で事務弁護士と話すのを嫌う人間がいるものか」カーライルは鼻を鳴らした。「正気をなくしているならともかく」

「そうか？　ぼくはうちの弁護士のつらに我慢できないぞ。あいつには資産の管理より葬儀屋のほうが似合う。幽霊みたいに青白くて、骨と皮ばかりだ」ネイサンはわざとらしくぶるっと体を震わせた。「あんがい、きみが何度も言っているように、その女は正気じゃないのかもしれない」

「可能性はある」カーライルはうなずいた。「まともなことは何ひとつしていないからな。まるで盗人《ぬすっと》みたいにヨーロッパ中を逃げまわるなんて。しかも、変装までして。頭がおかしいとしか思えない。それとも、ぼくを苦しめるためか。それが狙いだとしたら見事に成功したよ」そこで立ちあがり、部屋のなかを歩きはじめる。「アダムの息子があちこちを転々としながら、どんな環境で育っているか考えると、居ても立ってもいられなくなる。あの女が生活費を稼ぐために何をしているか――」言葉を切ってくるりと振り向き、厳しい顔でネイサンを見た。「しかし、それももう終わりだ。今度こそあの女を捕まえる。絶対に逃がすものか」

ノエルはギルと手を繋《つな》ぎ、通りを歩いていた。今朝も霧がたちこめ、湿った空気が頬に冷たいが、この数日ほど濃い霧ではないのがありがたい。霧は大嫌いだ。ひそかにしのび寄り、蜘蛛《くも》の巣のようにまとわりついてすべてを隠してしまう。霧を蜘蛛の巣になぞらえるなんて、詩か小説の一節のようだが、凝った言い回しで遊ぶ余裕はノエルになかった。視界を閉ざし、音を消してしまう霧は、実際に頭痛の種だ。誰かが尾けてきても、どこかの戸口に隠れていてもわからない。

ほかの人々は、そんな可能性など思い浮かびもしないだろう。でも、この五年、常に見つかるのを恐れて生きてきたノエルは、驚くほど用心深くなっていた。

「痛いよ、ママン！」

「ごめん《デソレ》！」ノエルは繋いだ手に無意識にこもっていた力をゆるめた。息子もマダム・ビソネも英語を話せるが、ふだんはフランス語を使う。客がフランス人の売り子から帽子を買うのを喜ぶため、店でもわざとフランス語訛《なま》りの英語で話すことにしていた。フランス人だと思ってもらうのは、ノエルにとっても都合がいい。追っ手をごまかす〝変装〟のひとつになる。

　短くした金色の巻き毛を隠す、くすんだ茶色のかつらや、肌の色にも体形にも合わない錆《さび》のような茶色のワンピースも同じだった。片足を引きずり、杖《つえ》をついたことさえあるが、あれは旅のあいだだけにした。手のこんだごまかしを長く続けるのは無理があるのだ。そのうち足を引きずるのを忘れるとか、引きずるほうの足を間違えかねない。でも、何年かまえのように眼鏡をかければ、ごまかしにくい特徴である目を隠す役に立ちそうだ。

　本当は、英国に戻ってくるのは気が進まなかった。最後にカーライル・ソーンの雇った男にギルをさらわれそうになってからは、もう一年以上になる。ソーンもついにあきらめたのかもしれない。そう思えることもあるが、油断は禁物だった。あの男はまるでブルドッグだ。一度こうと決めたら容赦をしない。偽名を使い、髪の色を変え、どこへ逃げても、しばらくすると必ずノエルを見つけだす。そのたびにノエルはすべてを捨て、また逃げなければならなかった。

最初に見つかったのは、パリを逃げだしてからわずか数カ月後だった。ソーンの雇った探偵がパリの絵描きをひとりひとり当たり、ノエルとアダムの友人の名前と住所を聞きだしたのだ。その探偵はほどなくイヴェットとアンリのところにやってきた。さいわい、その男がフィレンツェの街で捜索を始めるとすぐに、絵描きや彫刻家仲間にそれが伝わり、ノエルは見つけられるまえに逃げることができた。

この失敗のあと、ノエルは二度と知り合いを頼るまいと決意した。父のところにも、もちろん行けない。フィレンツェから逃げたノエルは、父にも二度と会えないかもしれないと気づき暗澹《あんたん》たる思いに駆られた。投函《とうかん》した街を特定されるのが怖くて、手紙も新たな街に移る寸前にしか送れなかった。父の死さえ、その一年後まで知らなかったくらいだ。

フィレンツェから逃げた一年後、ソーンはまたしてもノエルの居所を突きとめた。そのとき逃げられたのは隣人のおかげだった。〝見たこともない男が、昼間ドアを叩《たた》いてたよ〟と教えてくれたのだ。〝だけど、あたしが顔を出して、なんの用か訊《き》くと、返事もせずにあわてて行っちゃった〟と。それを聞いたノエルは急いで荷造りし、ギルを抱いて逃げだした。

そのあとも同じようなことが何度も繰り返された。ブリュッセルでは、職場のまわりをうろつく怪しい男を見かけて逃げた。ローマにいるときは尾行されていることに気づいた。マドリッドでは通りを歩いていると、知らない男がノエルの名前を呼びながら、上着の内ポケットに手を入れて近づいてきた。このときは、野菜が入った籠を男の顔に投げつけて逃げだした。

恐ろしい思いをしたことも何度もある。バルセロナの通りでは、男に後ろからいきなり腕をつかまれて突き飛ばされ、ギルを奪われそうになった。ノエルは倒れたまま男の両脚にしがみつき、まだ三歳だったギルも必死にもがいて、男の膝のあたりを木のおもちゃで叩きながら悲鳴をあげ続けた。それを聞きつけた肉屋が大きな包丁を手に店を飛びだしてこなければ、ギルは連れ去られていたにちがいない。

ベルンでは、公園のベンチで編み物をしながらギルが遊ぶのを見守っているときに襲われた。身をひるがえしたノエルは編み棒で男を突き刺し、ギルをすくいあげるようにつかんで逃げた。それが一年半まえのことだ。それ以来何も起こっていないが、このまま平和な毎日が続くと思うほど愚かではない。ノエルはこの五年で身に着いた用心を、常に怠らなかった。

決して一箇所に長く留《とど》まらず、髪の色もよく変えた。最初は黒に染めたが、そのあとは地毛を短くしてさまざまな色のかつらや帽子をかぶった。いつでも逃げられるように、手持ちの服も最小限に抑えた。余分なものを買うゆとりはなかったからこれは簡単だった。

できるだけ目につかないように、地味で少しも似合わない服を着て、外にいるときはにこりともせず、どうしても必要なときだけ低い声でぼそぼそ話し、うつむいて、影を選んで歩いた。本来の自分に戻るのは、ギルやときおりできる友人といる瞬間だけだった。

そしてどこに住もうと、どこで働こうと、まず逃げるときの作戦を立てた。ギルにも〝知らない人と話してはいけない〟と教え、誰かに何か訊かれたり、一緒に行こうと誘われたりしたら、すぐに知らせるよう言い含めた。どこにいても、周囲の人々とはできるだけ目を合わせず、油断なく目を配って、不自然な動きをする者や急に動く者がいないのを確かめた。

けれど、ノエルは二カ月まえ、英国には決して戻らないという、これまで厳しく守ってきたいちばん重要なルールを破った。迷った末の決断だった。

カーライル・ソーンに近づくのは危険だ。しばらく何も起こっていないとはいえ、ソーンが自分たちを捜し続けているのはまず間違いない。それにロンドンで自分がノエル・ラザフォードだと気づかれる確率は、ほかの都市よりもはるかに高かった。

オックスフォードで父と静かに暮らしていたノエルは、アダムと駆け落ちするまでロンドンに出たこともなかったが、学生たちのあいだではその美しさをよく知られていた。ほとんどはノエルの礼儀正しくもよそよそしい態度に最後はあきらめたが、誘いをかけていた学生は何人もいたのだ。それにアダムとの駆け落ちは、かなり長いこと学生たちの噂《うわさ》になったにちがいない。オックスフォードで学ぶような裕福な家の若い紳士は、卒業後、ロンドンに出て優雅な暮らしを送る者が多かった。ノエルを知っている学生たちも、おそらく例外ではないだろう。

彼らと通りでばったり会う確率はさほど高くないとしても、店には紳士が妻や愛人への贈り物を買いに来ることもあれば、妻や母や姉妹の買い物に同伴する場合もある。彼らがノエルを知っている確率は低くても、見つかる可能性が少しでもあれば、本来なら避けるべき状況だ。

だから、ロンドンに支店を開くと決めたマダム・ビソネに手伝ってほしいと持ちかけられたときも、最初は断った。でも、リゼット・ビソネは雇い主であるだけでなく、大切な友人で、粘り強い説得上手でもあった。〝あなたの助けが必要なの。書類作成やさまざまな交渉、店舗を借りる際の手続きなど、ロンドンに店を開くのに必要ないっさいを、信頼できるばかりか英語も話せるあなたに頼めたら、どれほど助かるかわからない〟とリゼットは根気強く訴えた。

そしてノエルがロンドンで開店した店で働きはじめると、店の奥の部屋でギルを遊ばせるのも、ノエルの都合で早退するのも許してくれた。時間のあるときにノエルが帽子をデザインし、それを作れば、店に置くからと言って買いあげてもくれる。

しかもロンドンの仕事には、パリで働いていたときよりも将来性があった。開店から二、三カ月して店が落ち着けば、リゼットはパリの本店に戻り、そのあとをノエルにまかせてくれるという。そうなれば給料がぐんと上がるだけでなく、追い追いリゼットが使う予定の、二階にあるフラットに住んでかまわない、という約束だった。そこは決して豪華とは言えないが、ノエルがこれまで借りてきたどの部屋よりもはるかに快適で広く、ギルの小さい部屋さえある。夜も明るいし、どの部屋にも窓があった。

ロンドンの仕事を引き受ければ、愛するギルにこれまでよりずっといい暮らしをさせてやれる。ノエルはそう考え、思いきってロンドンにやってきたのだ。

街から街へ転々としながらの臨時雇いの仕事では、生きていくだけで精いっぱい。しかも追っ手のせいで頻繁に住む街を変えなくてはならず、よけいな出費がかさむ。アダムが遺《のこ》してくれたジュエリーの一部は、ソーンから一時的に借りたお金を返すため、パリを離れた直後に手放した。あの金貨は急いで逃げるために一時的に借りただけ。そのまま自分のものにしてしまうのは間違ったことだ。ジュエリーの残りはその後も少しずつ、逃走資金やギルが風邪をひいたり熱を出したりしたときの薬代に変わった。

周囲の男たちが差しだす助けを受け入れれば、もっと楽な暮らしができただろうが、そういう助けがどんな見返りを期待しているかは言うまでもない。だから必死に働いて自分の力で生きてきた。ギルのためにできるかぎりのことをしてきたが、息子にもっとまともな暮らしをさせてやるべきだということはわかっていた。

ノエル同様、ギルはわずかな着替えしか持たず、息が詰まるほど狭い部屋を転々として、ノエルが仕事に出かけたあとは子守りと過ごさねばならなかった。暖房のない部屋で、ありったけの毛布をかけてもまだ寒さに震えながら、すきっ腹を抱えて眠らねばならない夜も何度もあった。

本来なら伯爵の孫として、ギルには何不自由ない毎日が待っていたのに。柔らかいベッド、上等な服、ごちそうの並んだ食卓。おもちゃも本も数えきれないほど与えられ、広い庭を駆けまわり、ポニーに乗り、家庭教師の指導を受け、やがて名門のイートン校やオックスフォード大学で学ぶことになっただろう。いずれも、ノエルには逆立ちしても与えられないものばかり。その罪悪感が常に心のなかにわだかまっていた。ギルを連れて逃げたのは間違いだったのではないか？　どんなにつらくても、あのときソーンに託すべきだったのではないか？　ギルを手放さなかったのは、たんなる自分のわがままだったかもしれない……。何度そう思って眠れない夜を過ごしたことだろう。

でも、あのときのギルはまだほんの赤ん坊で、ほかの誰よりも、どんな贅沢《ぜいたく》よりも、母親を必要としていた。ソーンのような冷血漢の手に渡したほうがよかったとは思えない。それにギルの祖父母にしても、身分の低い女との結婚が気に入らず、息子を勘当するような人たちなのだ。つらい思いはたくさんしたけれど、ギルを手元においたのは正しいことだった。この五年、ノエルは自分にそう言い聞かせてきた。

とはいえ、いまよりも豊かな生活をさせてあげられるなら、落ち着いて暮らせる住まいや多くの服やおもちゃや本を与えられるなら、それに背を向けるべきではない。リゼットから店を引き継げば、ギルは自分の故郷に住み、英国と英国の人々を知ることができる。いつかギルは、亡き父アダムの代わりに伯爵位と所領を継ぐだろう。そのときのために、せめてできるだけの準備をしてあげなくては。大人になったギルが、この国で異邦人のような思いをしないですむように。

そこでノエルはロンドンに移り、リゼットが新しい店を出すのを手伝うことにしたのだった。リゼットがフランスに戻るまで、少なくとも三カ月はロンドンの店で働き、その後、彼女とフランスに戻るか、ここに残って支店を切り盛りするか決めればいい――そうリゼットは言う。

いまのところは万事うまく行っている。ギルも幸せそうだ。あの子はこれまでも新しい街に移るたびに、胸を弾ませ、環境の変化や異なる言葉に嬉々《きき》として順応してきたが、ロンドンのことはとりわけ気に入ったようだ。母から学んでいたきちんとした英語に、新しい言葉、新しい訛りを楽しそうに覚えていく。隣に住むスコットランド出身の未亡人が話すのをじっと聞いてはその訛りを巧みに真似《まね》、通りの物売りの口上をすっかり覚えて繰り返していた。

警戒するような事態は何ひとつ起こっていない。知らない人間がまわりをうろつくことはなく、店を訪れる女性たちも帽子について訊いてくるだけで、ノエル自身にはまるで関心を示さなかった。借りている部屋と店の往復の際も不安を感じたことはない。肉屋の店員がノエルの気を引こうとするとか、いきなり知らない人間が話しかけたそうな素振りをすることはある。が、どちらの場合もノエルが冷ややかに見返せば、それ以上しつこくされることはなかった。

それでも警戒を怠らず、店のショーウインドーから外の通りに注意深い視線を向けるうち、近くで働いている人々や付近の住民、配達人の顔も覚えた。見知らぬ男が店の外をぶらつくこともなければ、不自然なほど熱心に店のなかをのぞきこむこともない。

これまでのところ、店に入ってきた男性はひとりだけだった。その男は帽子を買いに来たらしく、ひとつ選んで、ノエルにかぶってみてくれと頼んできた。笑顔でじっと見てきたときは少し気づまりだったが、不謹慎なことは何も言わず、その帽子を買って届け先を告げた。男が店を出たあともさりげなく見ていると、のんびり歩きながら宝石店のショーウインドーをのぞき、タバコ屋に入っていった。やはり、ただの買い物客だったようだ。

ところが先日、急にうなじがちりちりした。誰かに見られているときの、あのいやな感じだ。でも、さりげなくショーウインドーの前で足を止めて振り向いても、怪しい人間は見当たらなかった。急に立ちどまる者も、どこかの戸口にさっと隠れる者もいない。ノエルは周囲に目を配りながらふたたび歩きだし、後ろにいる誰かが立ちどまったかどうかを確かめるため、薬屋に入った。

不自然な動きをする人間は見当たらなかった。きっと過剰に反応しすぎたのだ。少しいやな感じがしたというだけで、何もかも捨てて逃げることはできない。でも、それ以来、ノエルはいっそう警戒を強めていた。いま、すぐ横を歩いているギルは少しも不安を感じさせず、ときどきスキップしたり、水たまりを飛び越えたりしながら、楽しそうに話しかけてくる。ノエルは息子を見下ろし、にっこり微笑《ほほえ》みかけた。母譲りの金色の巻き毛に青い瞳、笑顔がアダムそっくりのギルは、快活で、頭のよい子だ。

ノエルは店の鍵を開け、最後にもう一度ぐるりと通りを見まわした。すべてがふだんどおり。近くの店主たちも同じように店を開け、物売りが大声をあげながら手押し車を押していく。ノエルは正面の扉を開け、奥の帽子掛けに向かった。店内にいるのはノエルだけだ。上階に滞在しているリゼットはどちらかというと朝が遅い。だから店を開けるのはたいていノエルだった。

まもなくほかの売り子たちもやってきた。ノエルは挨拶を交わしながら、開店の準備が整い、帽子がきちんと置かれていることを確かめていった。売れ行きのよくない帽子を取りあげ、目につきやすい場所に移す。ノエルと一緒に働いている売り子のナンが手伝い、ケイトは奥にある作業場に向かった。ギルがそのあとをついていく。そこで静かに遊びながら、リボンや飾りを取ってきたり、リゼットとケイトが落としたものを拾ったりと、ちょっとした手伝いをして一日を過ごすのだ。

客の少ない、静かな朝だった。やがてリゼットがおりてきて、挨拶をすませ、作業場のお気に入りの場所で帽子を作りはじめた。ノエルは帳簿を開いた。リゼットがフランスに戻ったあとを引き継ぐための準備だ。ナンはショーウインドーの向こうを歩いていく通行人に目をやり、あれこれ批評しはじめた。

「まあ、なんてきれいな馬車。この店のお客だといいけど。お財布には、きっとたっぷりお金が入ってるわ」

帳簿に目を通しおえたノエルは、窓際に足を運んだ。たしかに美しい馬車だった。黒塗りの車体はつややかで、真鍮《しんちゅう》の部分もぴかぴか。乗っている人物の姿はカーテンで見えない。ちょうど男が扉を開け、降りてくるところだった。事務員が着るような上着とズボンに、柔らかい生地の帽子。立派な馬車とは不釣り合いな服装だ。

不自然さや違和感に敏感なノエルは、その男が脇に寄り、開けた扉を押さえるのを見守った。ふたりめは贅沢な馬車にふさわしいいでたちだった。黒いスーツに、襟元で凝った形に整えられた真っ白な幅広のタイ《クラヴァット》、頭にはエレガントな帽子がのっている。ふたりの男が歩きだすのを見て、ノエルは鋭く息をのんだ。

事務員風の男には見覚えはないが、紳士のほうはカーライル・ソーンだった。

2

目の前で悪夢が現実になり、ノエルはつかのま、呆然《ぼうぜん》と立ち尽くした。が、すぐにわれに返ると、肩越しにナンに指示を出しながら、きびすを返して奥へ走った。「あの人がわたしのことを尋ねたら、今日はまだ来ていないと答えて、店に足止めしておいてちょうだい」

びっくりして振り向くナンを残し、ギルの名前を呼びながら作業場に駆けこんだ。母親の恐怖に駆られた顔と差し迫った口調に驚き、ギルが駆け寄ってくる。ノエルは足を止めずに小さな手をつかむと、リゼットとケイトのほうを見るゆとりもなく階段を駆けあがった。リゼットがフランス語で叫ぶのが聞こえた。機転のきく彼女のことだ、何が起こったかすぐに気づいて、できるだけのことをしてくれるだろう。店の扉の上で鈴が鳴るのを聞きながら、ノエルはリゼットの住まいに通じるドアを早足で通り過ぎた。

廊下の突き当たりにある小さな扉を開けると、倉庫代わりの屋根裏へ上がる半階ぶんの細い階段に出た。倉庫は下の部屋より間口が狭く、奥の壁に窓がふたつ並んでいる。そこからは、すぐ下にあるリゼットの住まいの平らな屋根が見下ろせた。ノエルは窓へ走ってひとつを押しあげ、よじ登るようにして体を外に出した。窓枠をしっかりつかんで注意深く両手でぶらさがり、下の屋根に飛びおりる。続いて、猿のように身軽に窓からぶらさがり、飛びおりてきた息子を抱きとめた。

帽子屋のある建物は両隣に接して建っている。低い縁をまたいで隣の屋根に移り、そこからまた隣に移るのは造作もなかった。ノエルはギルの手を引いていちばん端の建物へと急ぎ、平らな敷板を持ちあげた。その下には、この建物の以前の持ち主が召使い用に作らせた階段があるのだ。それをおりれば通りの角に出られる。

リゼットがパリに帰ったあとも帽子屋で働き、店の上に住むことを想定して、万一の場合に裏口のない店から逃げる方法を考え、逃げる練習もしていたのだった。唯一ノエルの事情を知っているリゼットは、何かあれば即座に逃げだす、という条件を喜んでのんでくれた。

階段をおりきると、店が面している表通りではなく、横の通りに出る扉を細く開けて、外をのぞいた。怪しい人影はない。ノエルとギルは外に出て早足で歩きはじめた。次の角に達しかけたとき、後ろで叫び声がした。ちらっと振り向くと、あの事務員風の男が走ってくる。ノエルも走りだし、通りを横切ってギルと走り続けた。

振り向けばそのぶん遅れるのはわかっていても、追っ手の位置を確かめずにいられなかった。いまや男にソーンも並び、じりじり距離を縮めてくる。ギルの短い脚に合わせなくてはならないノエルはそれほど速く進めず、おまけにギルは疲れはじめた。でも、抱いて走るのではもっと速度が落ちる。どちらにしても、ソーンたちに追いつかれるのは時間の問題だった。

このあたりの事情に詳しいノエルは、次の通りを右に曲がり、ふたつの建物にはさまれた路地に駆けこんだ。これはひとつの賭けだった。追っ手が路地に気づけば、追いつめられておしまいだ。ただ、午前中は服地屋やほかの店が、配達された品物をおろすのにこの路地を使う。荷車と店のあいだを往復して商品を運びこむ、服地屋の売り子とは顔見知りだった。手前の荷車をまわりこみ、べつの店に袋を運んでいるふたりの男のあいだを通り抜けると、知り合いのマイカが荷車から長い反物を引っ張りだしているところだった。店の裏口は大きく開いている。

マイカが振り向き、自分のほうに走ってくるノエル母子と、追ってくる男たちを見て目を見開いた。息が切れて声の出ないノエルは、訴えるような視線を投げて、開いている裏口から店内に走りこんだ。ノエルが男たちから逃げていることに気づいたマイカは、急いでドア止めを蹴りはずし、長い反物を抱えて裏口の前に仁王立ちになった。「助けてくれ！　泥棒だ！」

ノエルは外で大きくなる騒ぎから離れ、驚いている売り子や客の横を走って正面扉から通りに飛びだし、通りの向かいでちょうど客を降ろしている辻馬車《つじばしゃ》に駆け寄った。料金の高い辻馬車に乗ることはめったにないが、いまは一刻も早くここを離れなくてはならない。

疑《うたぐ》り深《ぶか》い目を向けてきた辻馬車の御者に、取りだした財布を振って硬貨の音を聞かせると、ノエルは急いでギルを乗せ、自分も乗りこんだ。辻馬車がのろのろと走りだし、初めての経験に興奮したギルが座席の上で体を弾ませる。服地屋の扉から激怒したソーンが出てくるまえに馬車は通りの角を曲がり、店が見えなくなった。ノエルはギルの頭を撫《な》で、座席に背をもたせて息子の肩を抱いた。

「あの悪者たちに見つかっちゃう？」

「もう大丈夫、うまく逃げられたわ。心配しないで。たとえ見つかっても、あの人たちはあなたにひどいことなんかしない。ママンが言ったことを覚えているでしょう？」

「うん」ギルは真剣な顔で答え、にっこり笑った。「ぼくたちの勝ちだね？　屋根の上を走るの大好き」

「ええ、楽しかったわね」ノエルは調子を合わせた。ギルは立ち直りが早い。不安や恐怖ではなく、楽しかったことが記憶に残るといいけれど。

外がよく見えるように座席に上がり、窓の前に両膝をついた息子のかたわらで、ノエルはこれからどうすればいいか考えはじめた。できればこのまま手近な宿屋に向かい、そこを出る最初の駅馬車に飛び乗って、どこでもいいから逃げだしたい。でも、借りている部屋にいったん戻り、お金を持ちだす必要があった。できれば着替えやギルの好きなおもちゃも持っていきたい。ソーンの追っ手はまくことができたし、尾けている人間はひとりもいないから、部屋に戻っても安全なはずだ。急いで荷造りして、いちばん早く街を出る駅馬車を探すとしよう。

ノエルはだいぶ手前のゴールデン・スクエアで降ろしてもらった。辻馬車のおかげで逃げおおせることはできたが、料金はできるだけ安いほうがいい。住まいがある地域を御者に知られるのも避けたかった。ソーンのしつこさを考えると、ノエルたちがこの辻馬車に乗ったことを突きとめ、どこで降ろしたか御者から聞きだそうとするかもしれない。

ノエルはギルがぎりぎり歩ける速さで、部屋を借りている家に向かった。セヴン・ダイヤルズに入ると通りはさらに細くなり、くねくねと曲がりはじめた。周囲の建物も一段とみすぼらしくなる。気持ちはあせったが、道端にたむろしている人々や、ごみの山をよけなくてはならなかった。

角を曲がり、借りている部屋のある細い通りにようやく入った。そこはいくらか静かで、ごみも少ない。このあたりには、フランス革命のときにイギリスに逃げてきた移民の多くがまだ住んでいるのだ。セヴン・ダイヤルズのほかの地域とは違い、ここは泥棒も売春婦も少なかった。それでも帽子店の上にある住まいに移れる日を心待ちにしていたのだが、どうやらその日が来ることはなさそうだ。

油断なく目を光らせ、ノエルは住まいがある道に目を凝らした。路地と呼ぶほうが近いほど細い道に入ったが最後、逃げ場はまったくない。ほんの数カ月の辛抱だとわかっていなければ、たとえ周囲の地域より清潔で静かだとしても、決してここに住もうとは思わなかったろう。

ほとんど陽が射《ひさ》しこまず、昼でも薄暗いトンネルのような道に、誰かが待ち伏せしている気配はなかった。ノエルはためていた息を吐きだし、借りている部屋へと急いだ。だが、そこに達する寸前で、その家の扉が勢いよく開いてカーライル・ソーンが出てきた。

「まさか、突きとめたのは仕事場だけだと思ったのか?」ソーンが扉を閉めながら言った。

とっさにギルの腕をつかみ、きびすを返して逃げようとしたが、細道のはずれにはソーンの連れが立っていた。逃げ道はどこにもない。どうしてこうなる可能性を考えなかったの? 先日のいやな感じをもっと真剣に考えるべきだった。不審者を見つけることはできなかったが、あのとき誰かに尾《つ》けられていたのだろう。

この国に戻ったのは大きな間違いだった。でも、それをいま悔やんでも仕方ない。ノエルは、細道に面した家の外壁に背中がつきそうになるほどあとずさり、ギルを自分の後ろに隠すと、常に持ち歩いている武器を敵に向けた。

ソーンの眉が上がる。「そんなものでどうするつもりだ?」

「この子に手を触れないで!」ノエルはありったけの威嚇をこめて叫んだ。大の男がふたりも相手では、とうてい勝てる見込みはないが、おとなしくギルを手放すと思ったら大間違いだ。

細道の出口をふさいでいた男が駆けてきたが、ソーンが片手で彼を制し、落ち着いた声で尋ねた。「息子の前でぼくを刺すつもりか？　ぼくがアダムの息子に害をなすと、本気で信じているわけじゃないだろう？」

「この子は渡さない」ノエルは泣きそうになって言葉を切った。この男に弱みを見せたくない。熱い塊をごくりとのみくだし、言葉を続ける。「ギルは渡さないわ。この子はアダムの息子かもしれないけれど、あなたとはなんの関係もないはずよ。この子はわたしのすべてなの。決して――」声が割れ、言葉が途切れた。

「ママンをいじめるな！」ギルがスカートの後ろから飛びだして叫んだ。恐怖をこらえているのだろう、青ざめた顔でノエルの横に並び、小さな拳を振り立てて叫ぶ。「あっちに行け！」

ソーンはギルを見下ろし、表情をやわらげた。驚いたことにかすかな笑みさえ浮かべている。「ほう、ずいぶん威勢がいいな」ギルの前にしゃがみ、同じ目の高さになった。「勇敢な子だ。お父さんにそっくりだ」

「お父さんを知ってるの？」ギルの声に好奇心が混じる。

「知っていたよ。きみのお祖父《じい》さんのことも。お祖母《ばあ》さんはきみに会いたがっている」

「お祖母さん？　ぼくの？」ギルが不思議そうに訊《き》き返す。

「やめて！　この子の気を引いても無駄よ。ギル、後ろにいなさい」

ソーンはわざとらしいため息をついてから立ちあがった。「ぼくはただこの子に、世界は……」険しい顔に、ノエルがよく覚えている嘲りが浮かぶ。「こういう場所だけではないことを知らせたいだけだ」そう言って、ところどころ欠けている色褪《いろあ》せた漆喰《しっくい》、剥がれたペンキ、両側から家の外壁が迫ってくるような細道を見まわす。「きみはアダムの息子をこんな場所で育てるつもりなのか？　この……不潔なごみためで」ソーンはギルに目をやり、真剣な口調で告げた。「怖がらなくてもいいよ、お母さんをいじめるつもりはない。きみのこともいじめたりしない。ぼくはきみのお父さんの親友だった。カーライル・ソーンだ」そう言って、ギルに片手を差しだした。

ギルもソーンに右手を伸ばす。ノエルは鋭く息を吸いこみ、刃物を落としてギルのシャツの背中部分をつかんだ。でも、恐れていたようにソーンはギルを自分に引き寄せることはせず、握手しただけで一歩さがった。

大人の男性に一人前に扱われたことが嬉《うれ》しかったのか、ギルがにっこり笑ってノエルを見上げた。「この人がカーライル・ソーンだよ、ママン」

「ええ、そうね」

ソーンは道に落ちたはさみをちらっと見た。「武器を失ったようだな」

ノエルは硬い表情でソーンを見返し、はさみを拾った。「母親から子どもを無理やり引き離すのは、ずいぶん楽しいでしょうね。そっちがふたりがかりでは、わたしに勝ち目はないわ。それにあなたを刺せば、わたしは刑務所行き。ギルを取り戻すこともできなくなる」はさみをポケットに戻し、固い声のまま続ける。「でも、わたしは決してあきらめない。法廷に持ちこむわ」言い返そうとするソーンの言葉を手で払った。「ええ、わかってます。あなたは男で、裕福で、権力もある。法律は間違いなくあなたの肩を持つでしょう。でも、あなたがわたしたちを五年もつけまわし、最後は罠《わな》にはめたことを知ったら、特権階級のお仲間はどう思うかしら？　この子をわたしから無理やり引き離したら。決して泣き寝入りなどしない。あなたがどんな人でなしか、国中の人々に知らせ――」

「戯言《たわごと》はいいかげんにしないか」ソーンは軽蔑もあらわにさえぎった。「きみのせいでこの子が怖がっている」

「わたしのせいですって？」ノエルは呆《あき》れて言い返した。「追いかけてきたのはそっちでしょう」

「追いかけたのは、きみが逃げたからだ。泡をくって逃げださず、あのまま店に留《とど》まっていれば――」

「あなたがギルを奪えるように？」

「その頭でどれほど戯言を紡いでいるのか知らないが、ぼくにはきみの息子を奪うつもりなどまったくない。たんに状況を話し合い、この子の将来に関して合意に至りたいだけだ」

ノエルは顎を上げた。「まだわたしがこの子を売ると思っているの？」

「もっと思慮深くなっていてくれることを願っていたんだが」ソーンは怒鳴りだしたいのをこらえるように、言葉を切った。「ぼくの望みはきみと話し合うことだけだ。どこかに腰をおろし、理性ある人間どうしとして話そうじゃないか、きみとぼくだけで。ギルはディッグスが――」

「ギルをあなたの手下にあずけるのはごめんよ。わたしはそこまでばかじゃない。ギルはわたしと一緒にいます」

「とにかく、なかに入って座らないか」ソーンは向きを変え、ついさっき出てきた扉に向かおうとした。

「いいえ」この男に粗末な住まいを嘲笑されるのはごめんだ。それに、この男たちと狭い場所に閉じこめられる気もなかった。誰にも見えない部屋のなかで何をされるか知れたものではない。

「だったら、ぼくの馬車に……」ソーンは細道の入り口のほうを示した。「ほんの二、三本先の通りに停《と》めてある」

ノエルはソーンをにらみつけた。こちらがおとなしく馬車に乗り、どこかに連れ去られる危険をおかすと、本気で思っているの？「ばかなことを言わないで」

「だったらどこがいいんだ？　どこなら、きみの条件を満たせる？」

「話すなら、どこからでも見える公共の場所がいいわ」

「セヴン・ダイヤルズの通りに立ったまま話せと？」ソーンは皮肉たっぷりに尋ねた。

「あるいは、もっと健全な場所がいいかな？　公園とか？　そこなら、少なくとも腰をおろせる」

公園はいいかもしれない。話が聞こえるほど近くないが、目が届かないほど遠くない場所でギルを遊ばせながら話せる。ソーンの言うとおり、ギルには大人の話を聞かせないほうがいい。ノエルはうなずいてこう付け加えた。「来るのはあなただけにして。手下はついてこさせないで」

辛辣な言葉で反対するにちがいないと思ったが、ソーンはこう言っただけだった。「いいとも」そして男に指示を出した。「ディッグス、馬車を近くまで持ってきてくれ。セント・ジェームズ公園に移動する」それからギルに言った。「あひるに餌をやれるよ」

「いいえ」ノエルはすぐさま答えた。こちらの考えなどおかまいなしの態度に腹が立ったせいもあるが、セント・ジェームズが最適ではない理由はほかにもあった。「あそこは遠すぎるわ。ギルは疲れているの」

「だから馬車で行くんだ」

「同じことを言わせないで。あなたと馬車に乗る気はない」

「この――」ソーンはちらっとギルを見て、うなるように続けた。「いったいなんだと言うんだ？　ぼくの馬車に乗ったら、何が起こると思っている？　不埒《ふらち》な真似《まね》をする気はこれっぽっちもないぞ」

「そうでしょうね。でも、あなたが使いそうなほかの手段に心当たりがあるの」

　怒鳴りだすかと思ったが、ソーンは出かかった言葉をのみこんだ。「では、代金はこちら持ちで、きみたちは辻馬車に乗るといい。ぼくはそのあとをついていく。それなら満足か？」

　相手の言いなりになるのは敗北の始まりのような気がして、本当はこの申し出にも文句をつけたかったが、ギルに手を引っ張られた。「ぼく、あひるに餌をやりたい」

「いいでしょう」ノエルはしぶしぶソーンの申し出を受け入れた。

　まもなくノエルは、何年も自分たちを苦しめてきた男と並んで公園のベンチに座っていた。ギルはディッグスと呼ばれた男の買ってきたパンくずを、嬉しそうにあひるに向かって投げている。ソーンが理性的な態度をとっているのは、きっとギルに嫌われたくないからだ。何度もギルを奪おうとしたことを、あの子の前で指摘されたくないのかもしれない。

　ノエルは内心身構えた。この男はギルを手に入れるために、おそらく五年まえより大きな金額を申しでるにちがいない。わたしがそれを拒否したらどうするだろう？　このままギルを連れ去るだろうか？　力ずくで来られたら、止めることはできない。そう思うと恐怖がこみあげてきて、膝の上で握りしめた手に力をこめた。怖がっていることを知られてはまずい。少しでも弱みを見せれば、相手は必ずそれにつけこもうとする。ソーンは黙ってノエルを見ていた。話し合いを少しでも優位に進めるため、勇気をふるって口火を切る。

「何を話し合うつもり？」

「休戦を、かな」ソーンの口調は軽かったが、グレーの瞳はじっとこちらの出方を見守っている。

「わたしの気持ちは五年まえと同じよ。息子を売る気はないわ」

「ぼくはあの子を買うと言ったわけじゃない。きみの重荷を取り除いてやろうと申しでただけだ」

「ギルは重荷なんかじゃない。あのときも、これからも。あの子をあなたに手渡すつもりはありません」

「手渡せとは言っていない」ソーンは鋭く言い返し、深く息を吸いこんでから続けた。「五年まえのあの子は、まだ赤ん坊だった。世話をするのがほかの女性でも、大した違いはなかったはずだ。だが、さきほどきみが口にした芝居がかった科白《せりふ》のように、あの子をきみから〝無理やり引き離す〟つもりはない。あの子は明らかにきみを愛している。無理に離せば心に傷を負うだろう。ぼくをどんな男だと思っているか知らないが、アダムの息子を不幸にするつもりはまったくない。ぼくはただ、ギルバートが送って当然の人生を彼に差しだしているだけだ。言わせてもらえば、きみがあの子から盗んだ人生を」

「わたしが盗んだ、ですって？」

「きみは彼を連れ去り、不潔な場所で貧しい暮らしを強いてきた。それを、ほかにどう呼べばいい？　一箇所に落ち着こうとせず、まるでゴムまりのように街から街へと移り住む暮らしを？　ひどい環境に幼い子をさらし続ける暮らしを？」ソーンの顔が怒りで紅潮し、声が高く、鋭くなった。

　精いっぱいの努力を辛辣に描写され、不覚にも涙がこみあげた。瞬《まばた》きしてそれを払い、言い返す。「逃げ続けたのはあなたが追ってきたからよ。どこへ行っても猟犬のようにつきまとって――」

「つきまとったわけではない。アダムの息子を捜したのは事実だが、それはあの子の無事を確認し、きみと話をして――くそ！」ソーンはぱっと立ちあがって固い声で言った。

「ここに来たのは言い争うためじゃない」彼は数歩進み、くるりと振り向いて戻ってくると、ふたたび落ち着いた声で言った。「非難の応酬はたくさんだ。現在の可能性について話したい。われわれが結ぶ取り決めの適用範囲には、当然ながらきみも含まれる」

「で、それはどんな取り決めかしら？」五年まえに赤ん坊を二千ポンドで買おうとした男が、受け入れられるような申し出をしてくるとは思えない。

「ギルバートを安定した生活環境におき、教育を授けたい。彼に与えられて当然の住まいと衣服、その他ありとあらゆるものが揃《そろ》った生活環境に、だよ。いまの彼はドリューズベリー伯爵だから、そのように育てられるべきだ」

「伯爵ですって！」ノエルは驚いてさえぎった。

「そうとも。父親であるアダムが死んだとき、ギルバートが跡継ぎとなったんだ。それはわかっていると思うが」

「ええ。いつか伯爵になることはわかっているわ。でも、ギルはまだ五歳よ。アダムの父親が健在なうちは――」

「ドリューズベリー卿《きよう》は二年まえに亡くなった」ソーンがそっけなく告げた。「アダムの息子は未成年だから、亡き伯爵の指名でぼくが後見人を務めるが、伯爵位も所領もギルバートのものだ。あの子は伯爵領で暮らし、自分の一族を知る必要がある。同じ階級に属する人々と友情を育み、従者を持ち、きちんとした服を着て、まともな食事をし、乗馬の指導を受けるべきだ。まあ、話し方は問題ないが」意外にも、とほのめかす口調が、ノエルの神経を逆撫《さかな》でした。「社交界で、伯爵として、紳士として振る舞うのに必要なマナーや知識を身に着けなくてはならない」

「あなたのような？」〝息子が生まれながらに持つ権利を奪ってきた〟というおなじみの罪悪感がよみがえったものの、ノエルは動揺を隠して皮肉たっぷりに言い返した。

「この子がどう振る舞い、何を話し、どう装うべきか知らずに成長してもかまわないのか？　自分の属する社会で爪はじきにされてもいいのか？　ギルバートは受け継いだ所領や資産について学び、運営方法や資産管理を学ぶ必要がある。何も知らずに大きくなり、ペテン師に騙《だま》されないように。財産目当ての――」そこでソーンは言葉を切り、目をそらした。

〝財産目当ての、きみのような女に騙されないように〟

最後まで言わずに、途中でやめただけでも昔よりはましなのだろう。ギルが無知なままで社交界入りし、貴族仲間にさげすまれ、後ろ指をさされるのは、ノエルも望んでいなかった。愛する息子が――オックスフォードでいやというほど見てきた尊大な若者たちのように――貴族の狭い視界を通して世界を見るようになることを思うと胸が痛む。でも、自分がそばにいれば、きっと防げるはずだ。それに父親のアダムは、カーライル・ソーンのように尊大でもなければ、独裁者もどきの俗物でもなかった。

「わたしにどうしろというの？」

ソーンが勝ち誇ったように目を輝かせた。「ギルバートとストーンクリフ邸に戻り、そこに住んでもらいたい。邸《やしき》はロンドンにもあるが、小さな子がのびのびと暮らすにはストーンクリフのほうがいい。あそこなら、環境の変化にもゆっくり適応していけるはずだ」

「平民のわたしが礼を失し、あなたたちにバツの悪い思いをさせずにすむ、ってことね」

「そんなことは言っていない」ソーンは否定したが、赤くなったところを見るとその指摘は的中したようだ。「ギルバートにはストーンクリフのほうが適している。子どもが好む遊びができるし、ロンドンのような窮屈さはない。きみにはたっぷり小遣いを渡す。それは好きなように使うといい」

　この男はまだ、こちらの頭にはお金しかないと思っているのだ。ソーン自身が損得ずくの人間なのだろう。それをべつにすれば、これはありがたい申し出だった。でも、この男を信頼しても大丈夫だろうか？　なぜ五年も経《た》ってから、ギルと一緒に伯爵領で暮らせと勧めてくるの？　一見、合理的で寛大な申し出だが、隠された意図があるのではないだろうか？　ストーンクリフのような孤立した場所に送りこんでしまえば、いつのまにかノエルの姿が消えても誰も気づかないだろう。それを当てにしているの？　まあ、実行するかどうかはともかく、ソーンはそうしたいにちがいない。

　それに、この五年間で母子を追いかけるために彼が雇った男たちと、その攻撃的なやり方、この冷たい軽蔑のまなざしからすれば、どんな邪悪な手段もいとわないほどこちらを嫌っているように思える。ひょっとすると、わたしが田舎の暮らしに飽きて、さっさとギルを残してロンドンに戻るのを当てにしているのかもしれない。あるいはソーン自身がギルに取り入り、影響力を高めて、そのうちギルが母親と離れたがるように仕向けるとか。

ノエルが返事を渋っているのを見て、ソーンは言葉を続けた。「ストーンクリフには、ギルバートの祖母にあたるレディ・アデリーンもいる。あそこがあまりにも……広すぎて、きみの手にあまるようなら、邸の切り盛りはこれまでどおりレディ・ドリューズベリーにまかせればいい」

「そんな心配はいらないわ」ノエルは怒りもあらわに言った。「アダムのお母さまに肩越しに監視されるのはごめんよ」

「レディ・ドリューズベリーはとても優しくて、寛大な人だ」ソーンは鋭く言い返した。「孫に会いたいだけで、きみを批判したりしない」

「あなたもストーンクリフにいるの？」

「自分の邸はべつにあるが、頻繁に訪ねている。しかし、ギルバートが成人するまでは所領の管理もあるし、後見人としての責任もあるから、滞在することが多くなると思う。その点はきみにもぼくにも理想的な状態と言えないが、なんとかやっていけるだろう。どうしてもロンドンに住みたければ、それでもかまわない」ソーンは苛立《いらだ》たしげに尋ねた。「なぜそんなに渋るんだ？　ふつうなら安楽で快適な暮らしができるのを喜ぶだろうに。息子に何不自由ない暮らしをさせたくないのか？」

「あなたを信頼できないからよ！」ノエルは叫ぶなり、ぱっと立ちあがった。

「ぼくが何をすると思っているんだ？　きみは美しい邸に住み、きれいな服を着て、何不自由なく暮らせる。小遣いまでもらえるうえに、伯爵の母親として扱われるんだぞ。その何が気に入らない？」

「でも……なぜ？　問題はそこよ。いまごろになって、なぜわたしにそのすべてを差しだすの？　どうして気持ちが変わったの？　あなたはギルが赤ん坊のころから、あの子をわたしから取りあげようとしてきた。それが、急にてのひらを返したようにすべてを与えると言う。まるでわたしがべつの人間に——軽蔑すべき女、アダムを殺したと責めた女ではない誰かになったみたいに」

「そんな非難をしたことは——」

「あるわ」ノエルはきっぱり言い返した。

「だが、あのときは……くそ、五年まえにぼくがどう思ったにせよ、なぜそれが問題になるんだ？　ぼくときみはこれからずっと一緒に過ごすわけではない。顔を合わせたときは、ギルの母親にふさわしい敬意を持って礼儀正しく接するとも」

「この数年してきたように？」

「ほかの人々の前で、きみに恥をかかせるようなことはしない」

「つまり、体裁を繕う、ってことね」

グレーの瞳が怒りで黒ずんだ。「礼儀正しく、理性的に振る舞うと約束する」

ノエルは苦い笑い声をあげた。「なぜその約束を信じなくてはならないの？」

「なぜだって？」ソーンは驚いて訊き返した。「ぼくの約束だからだ。紳士としての」それから、侮蔑に口元をゆがめた。「きみがふだん相手にしている男たちは、名誉心など持っていないかもしれないが、ぼくは違う。いままできみに嘘をついたことはないぞ」

たしかにソーンは、最初からノエルに対する嫌悪も、ギルをノエルにまかせてはおけないという気持ちも、まるで隠そうとはしなかった。それでも、この男が管理している家でギルと暮らすのは気が重い。彼の指示に従う召使いに監視され、囚人同然に閉じこめられて、逃げだせなくなる恐れもあるのだ。それに、紳士の約束は貴族のあいだで有効でも、ノエルのような身分の低い相手にはどこまで適用されるのだろう？

「息子のためを考えることだ」ソーンはノエルの迷いを見てとり、言葉を続けた。「きみといまのように生きていたら、あの子がどれほど多くを奪われることになるか考えろ。ギルバートは自分の一族を、祖母を知る権利がある。アダムの死はレディ・ドリューズベリーを絶望に突き落とした。この五年、アダムの忘れ形見に会いたいと、それだけを願ってきたんだ。祖母として孫を愛する機会を与えるべきだし、あの子にも祖母を知り、祖母の愛を受ける機会を与えるべきだ」

ソーンの言葉はノエルの心に突き刺さった。この男のことは信頼できない。でも、ギルから祖母やほかの一族を取りあげるのは、たしかに間違っている。ストーンクリフの邸でみんなに見守られ、愛されて育つギルの姿が目に浮かんだ。あんなに欲しがっていた犬も飼えるだろう。孫を溺愛する祖母もいる。伯爵夫人に関するソーンの描写をすべて信用するわけではないが、ギルを愛さない祖母がいるだろうか？　何よりも、ギルは安全で穏やかな毎日を送れるのだ。

正直に言えば、ソーンが描いてみせた今後の暮らしは、ノエルにとってもすばらしい未来に思えた。四六時中気を張って、絶えず肩越しに後ろを振り返る必要もなく、必死に働いて得たわずかな賃金で、どうやって食費を、部屋代を、そのほかのすべてを支払おうかと悩む必要もない。好きなだけ息子と一緒にいて、この目でギルが育っていくのを見守ることができるなんて、これまでに比べればまるで天国のようだ。でも、それもこれもソーンが約束を守れば、の話だった。

とはいえ、約束を破る理由がどこにある？　ふたりに衣食住のすべてを与えるからといって、ソーン自身の懐が痛むわけではない。それに、わたしも一緒に連れていけば、わたしがギルを連れて逃げだす心配もない。

この申し出を拒絶したら、ソーンがどう出るか？　それも考えなくてはならなかった。彼の願いを拒めば、またギルを力ずくで奪おうとするかもしれない。この男は自分の望みを通すことに慣れている。すべてを差しだし、ギルを手に入れるという安易な方法が失敗すれば、いますぐギルを連れ去るかもしれない。「考える時間がほしいわ」

ノエルがそう言ったとたん、今度はソーンが疑わしげに眉をひそめた。「逃げる時間を稼ぐための方便ではないだろうな？」

「違うわ。あなたがギルを盗まなければ、逃げる理由はないもの」

ソーンは考えこむような顔になった。「要するに信頼の問題か」

「ええ、そういうことになるわね」

「きみの言葉を信じたいが、これまで何度も逃げられているからな」

「こっちこそ、あなたを信じたいけれど、何度も追われているから」

ソーンはノエルを見つめ、少し考えてから言った。「信じるしかなさそうだ。しかし、あの子を連れて逃げたら――」

「そんなことはしない」

「だったら、ぼくもギルバートをきみから取りあげるようなことはしないと約束する」ソーンは言葉を切り、付け加えた。「しかし、そちらが約束を破れば、地の果てまでも追いかけるぞ」

この男のことだ、間違いなくそうするにちがいない。

3

「あの女を信用するんですか？」ノエルと子どもを乗せて走り去る辻馬車《つじばしゃ》を見送りながら、ディッグスが尋ねた。

「いや。だが、ほかに方法があるか？」カーライルは指摘した。「彼女から目を離すな。きみはだめだぞ。ひと目でばれる。憎らしいほど頭のまわる女だからな」

「アイ、狡猾《こうかつ》な女で」

「まったくだ。逃げだす恐れはなくても、あれほど治安の悪い地域に住んでいるんだ。厄介な目に遭ったら、すぐ助けに駆けつけられる距離で目を光らせていてくれ」カーライルは苦々しい気持ちで言った。よりによってセヴン・ダイヤルズとは。たとえ実際に部屋を借りているのが、あの地域で多少はましな場所だとしても、アダムの息子がロンドンでも指折りに治安の悪い貧民窟に住んでいると思うと平静ではいられない。「夜の見張りはいらないだろう。さすがに戸締まりをするだけの分別はあるだろうし、暗くなってから外に出るとは思えない」

「さっそく手配します。あの地域にも溶けこめる若いのをつけましょう。帽子屋を見張るのにちょうどいい場所にも目をつけてあります」

「正面の出入り口を見張るのに、だな」

「アイ、旦那。申し訳ありませんでした。まさか裏口があるとは思わなかったもので」

「いや、あの帽子屋には裏口はない。どうやって逃げたのか知りたいものだ」

「ほかの建物を通っていく方法があるにちがいありません。さもなきゃ、屋根づたいに逃げたか」

「まあ、こちらが何もしなければ、もうそんな無鉄砲な真似《まね》はしないだろう。とにかく目を離すな。ぼくはこれからストーンクリフに行って、レディ・ドリューズベリーにお孫さんが見つかったことを報告してくる」

　また逃げられた場合を考えると、希望を持たせておいてがっかりさせるにしのびなく、昨日は何も知らせなかったのだ。もちろん、まだそうなる可能性はある。ノエルは——まだあの女をレディ・ラザフォードだと認めることはできない——まだこちらの申し出を承諾していないのだから。とはいえ、公園で別れたときの様子では、かなり望みがありそうだ。レディ・アデリーンが知ったらどんなに喜ぶことか。

　レディ・アデリーンは長いことみじめな気持ちで過ごしてきた。アダムが死んだのは、カーライルの口添えもあって夫がようやく勘当を解く気になり、息子に再会して孫を抱けるのを楽しみにしていた矢先だった。思いがけず最愛の息子を喪《うしな》ったばかりか、アダムの妻が赤ん坊を連れて姿を消してしまったときは、悲しみのあまり領地にこもったきり、ほとんど邸《やしき》の外にも出る気になれなかったようだ。その状態からは少しずつ脱していったものの、その三年後には、長年連れ添った伯爵まで失った。いまだに喪服を着ているレディ・アデリーンの深い悲しみを思うにつけ、カーライルの胸は痛んだ。自分がアダムの亡き妻への対処の仕方を間違えたせいで、孫に会わせてやれなかったと思うとよけいにつらい。

実の母が再婚したあと、十歳のカーライルに実の息子と同じ愛情を注いでくれたレディ・アデリーンは、世界でいちばん大切な人になった。実際、息子をほかの人間にあずけ、華やかなロンドンに戻っていった実母よりも、はるかに母親に近い存在だ。アデリーンは父を亡くした悲しみを癒やし、寂しさを埋めてくれた人――悩んでいるカーライルの相談にのり、つらいときには慰め、常にそばにいてくれた人だ。頑固なノエルを説きふせられる人間がいるとすれば、それは深い愛に満ちたアデリーン以外にない。

カーライルはケント州にあるラザフォード家の所領へと馬を走らせ、暗くなるまえに邸に到着した。伯爵亡きあと、未亡人となったアデリーンをひとりにしておきたくなくて、この数年、自宅で過ごすのと同じくらいの時間をストーンクリフで過ごしている。子ども時代と思春期の大半を過ごしたストーンクリフのほうが、気持ちのうえではわが家に近い。

思いがけない訪れに喜ぶ召使いに迎えられ、カーライルはそのまま居間に入っていった。

アデリーンは窓のそばに座り、夕陽《ゆうひ》の最後の光で刺繍《ししゅう》をしていた。

「灯《あか》りをつけるべきですよ」

カーライルの声にぱっと顔を上げ、満面の笑みを浮かべて刺繍を置くと、両手を差しのべて足早に歩み寄ってきた。「まあ、カーライル！　まだ数週間はロンドンにいるのだとばかり思っていたわ」

「そのつもりだったんですが、あなたがいない邸は寂しくて」カーライルはアデリーンの手を取り、唇を近づけた。

「まあ、戯言《たわごと》を」アデリーンは目を細めてカーライルの顔をじっと見た。「何があったの？……何かわかったのね！」

「あなたには、昔から隠し事ができたためしがなかった」カーライルはアデリーンを椅子へと導いた。ギルバートのことを話すまえに座ってもらったほうがいい。

「ええ、そうですとも。話してちょうだい」そう言って顔をこわばらせる。「悪い知らせ？」

「とんでもない。アダムの未亡人を見つけました」

アデリーンは鋭く息をのみ、崩れるように椅子に座ると片手を胸に当てた。「で、アダムの息子は？」

「一緒です」

アデリーンが両手を口に当てる。大きな瞳にたちまち涙があふれた。「ああ、カーライル、とても嬉《うれ》しい知らせだわ。もちろん、希望は捨てていなかった。あなたが決してあきらめないことはわかっていたもの。でも、ああ！　実際にそれを聞くと……座って、すっかり話してちょうだい。何があったの？　わたしの孫は……あなたはもう会ったの？」

カーライルは近くの足置きに腰をおろした。「すなおないい子に育ちましたよ。金色の髪に青い瞳で、髪の色はアダムより少し明るいですが、子どものころのアダムにそっくりです」

またしても涙があふれたが、アデリーンは苛立《いらだ》たしげにそれを拭った。「それで、健康なのね？」

「ええ、そう見えました。とても勇敢な子で、母親の後ろから飛びだしてきて、ママンをいじめるな、とぼくにくってかかりました」

「まあ、本当に小さなアダムみたい。あなた、彼女を怖がらせたの？」

「そのつもりはありませんでした。話をしたいだけだったんですが、向こうが例によって逃げだしたんです。建物の屋根づたいにね。ぼくに会いたくないばかりに」

「まあ！」アデリーンは目を丸くした。「子どもも一緒に？」

「ええ。頭がおかしいとしか思えません」

「ああ、カーライル、どうしましょう。危険な女なの？　ギルバートに何かしたら――」

「いや、その心配はありません」カーライルは急いでさえぎった。「それどころか、必死にあの子を守ろうとしていました。ギルバートがぼくにつかみかかろうとすると、シャツをつかんで引きとめたし、公園で話をしているあいだも、決して子どもから目を離さなかった。それに、こちらの話を理解し、きちんと答えを返してきました。ただ、話しているあいだ、ずっと神経を張りつめさせていた。ぼくが何度も子どもをさらおうとしたと思いこみ、店のなかや自分の住まいで話すのはいやだと言うんです。馬車にすら一緒に乗ろうとしませんでした。公共の、人目がある場所でなければ話さない、の一点張りで」

アデリーンが驚いて眉を上げる。「でも、どうして？」

「見当もつきません。ぼくは……鬼のような男に見えますか？　子どもをさらうような男に？」

「もちろん見えないわ」アデリーンは笑って手を伸ばし、カーライルの膝を優しく叩《たた》いた。「あなたはいつだって完璧な紳士よ。でも、彼女はそれを知らない。あなたは体が大きいし、紳士に慣れていない人は身分や態度に威圧されるかもしれないわね。最初の出会いがあまりよくなかったことも――」

「わかってます」カーライルはうめくように言った。「ぶざまにしくじりましたからね。どうかしていたんです。自分でも、あまりに直截的《ちょくせつてき》でせっかちだったと思います。もっと時間をかけて説得すべきでした」

「その人がどんな女性にせよ、母親ですもの。お金と引き換えにあっさり子どもを手放すなんてありえないわ」

「ノエルにあなたのような母性愛があるとは思えませんが」カーライルは微笑した。「あなたは誰もが自分のように寛容で優しいと思いすぎるんです。でも、おっしゃるとおり、もっと頭を使うべきでした。まずは赤ん坊と一緒にここに連れてきて、あの女が退屈してひとりで出ていくまで待つべきだった。それにしても、どうしてぼくをあれほど怖がるのか……金を渡そうとしただけなのに」ノエルの目に浮かんでいた極度の警戒心と恐怖を思い出すと、説明のつかない罪悪感がこみあげてくる。「力ずくであの子を奪うつもりも、彼女に危害を加えるつもりもない。ぼくは女性を傷つけるようなことは決してしません」

「もちろん、わたしにはよくわかっているわ。でも、あの人のまわりには女性に危害を加えるような男たちがいたのかもしれない」

カーライルは驚いてアデリーンを見た。「それは……考えつきませんでした」どんなに腹立たしい女でも、どこかの男がノエルに……女性に暴力をふるうなど、考えただけで吐き気がする。だが、アデリーンの言うとおりかもしれない。「アダムは違いましたよ」

「ええ、アダムはね。でも、アダムと出会うまえ、彼女がどんなたぐいの女性だったか、トーマスが話してくれたことがあるの」

「伯爵が？」カーライルは驚いた。下劣な話や浅ましい行為はすべて、伯爵は妻の耳に入れないようにしていたからだ。

「ほのめかしただけだったけれど」アデリーンは愛情と苛立ちの入り混じった笑みを浮かべた。「わたしはラザフォード家の男たちが思うほど世間知らずではないのよ。トーマスの曖昧な言い回しから、彼女がオックスフォードの学生たちに好意を与えていた娘たちのひとりだとわかったの。それにアダムが死んだあと、あなたが突きとめた住所はみな、紳士とは縁のないようなところだったわ」

カーライルはうなずいた。これまで、アダムの息子が住んでいた地域をアデリーンに詳しく描写したことはなかった。ノエルは呆《あき》れるほど何度も逃げだし、各地を転々としてきたが、そのすべてをアデリーンに知らせたわけでもない。心配させるだけ酷だと思ったからだ。が、ノエルがそういう場所でどういう男たちと出会ったかは想像がつく。

「すると、あの女が恐れているのは、ぼく個人というより男全般なのかもしれませんね。それで説明がつく――」

「なんの説明がつくの？」

「ああ、いえ、なんでもありません」カーライルはひそかにノエルが金持ちの愛人になるのを恐れていたのだった。が、それをアデリーンに話したことはない。あまりに生々しい話だし、漠然とした不安でアデリーンを苦しめるのは間違っている。「ただ……あれほど怖がり、不信感に凝り固まっている理由に説明がつくと思ったんです」

「彼女はギルバートをここに連れてきてくれるかしら？」レディ・アデリーンは不安そうに尋ねた。

「そうするように頼みます」カーライルは厳しい声で答えた。

「でも、そんな怖い顔で説得するのはやめてね」アデリーンが微笑《ほほえ》みながらたしなめる。

「その顔でにらまれたら、わたしでも逃げたくなるわ」

「あなたをにらむ人間などいませんよ。でも、気をつけます。内心はともかく、友好的な態度をとることにしましょう。ぼくがアダムの息子を盗まないと約束したら、向こうも逃げないと約束しました。そんなつもりなど最初からないのに」

「もちろんですとも」

「しかし、あの女は息子が奪われると思っていたようです。でも、名誉にかけて約束しましたから、おそらく向こうも約束を守ってくれるでしょう。それに万一に備えて、見張りをつけてあります」

「わたしもロンドンへ行きます」アデリーンはいきなりそう言って立ちあがった。「一日も早く孫に会いたいの。同じ母親として説得するわ」

カーライルも立ちあがった。「そのほうが成功の確率は高いでしょうが、あなたが彼女の機嫌をとらなくてはならないと思うと腹が立ちます」

「それくらいなんでもないことよ」いつもは優しい声に、鋼のような強さがにじむ。「彼女がどんな人で、何をしていたとしても、きっと友人になってみせるわ」

「わかっています。ぼくも何があろうと、アダムの子をあなたのもとに連れてきます」

「失礼するわね。メイドに荷造りをするように言わなくては。すぐにここを発《た》ちたいの」

「これからですか?」カーライルは驚いて訊《き》き直した。「しかし、レディ・アデリーン、ロンドンに行くのは明日の朝でも――」

「いいえ」アデリーンはきっぱりと首を振った。「残りはメイドに明日持ってこさせることにして、とりあえず必要なものだけを詰めるわ。孫がロンドンにいるのに、ここでのんびり待っているなんてできない。たとえ真夜中までに着けないとしても、すぐにここを発つわ」

「わかりました。馬車にべつの馬をつけさせましょう」

出発を急いだおかげで、ふたりは真夜中になるまえにロンドンに到着した。深夜とあって、急いで用意された軽い食事をすませるとアデリーンはすぐに自室に引きとったが、カーライルはまだ眠る気になれず、昔はアデリーンの居間として使われていた、表通りに面した部屋へ向かった。そのころの家具はほとんど残っておらず、壁を覆う絵とスケッチが真っ先に目に入る。現在は、ひとりの画家の作品を飾ったギャラリーとなっているのだ。カーライルは訪れるたびにその画家の才能に驚嘆し、それと同じくらいの悲しみを感じた。

アダムが非凡な才能を持っていることは、昔からわかっていた。伯爵にも、〝ご子息は所領の運営ではなく、美を作りだすために生まれてきたんです〟と何度訴えたことか。五年まえ、アダムの息子をパリから連れ帰ることはかなわなかったが、代わりにアダムの作品を持って帰った。だが、息子の絵の才能を仇《かたき》のように嫌っていた伯爵は、息子が描いた絵を見ようとはしなかった。カーライルがこの部屋をギャラリーにしたのは、アデリーンのため、そして自分のためだ。

ひとつひとつの作品を見ていくと、やがて、床で立てかけてあるだけのキャンバスに行きついた。どれもみなアダムの妻を描いたものだ。作品を捨てるのは論外とはいえ、アダムを伯爵家から盗んだ女の絵を飾るのは伯爵家に対する裏切りに思えて、壁にかけるのはためらわれたのだ。アダムはあらゆる媒体でノエルを描いていた。何枚もの油絵、インクや鉛筆を使った正確なスケッチ、夢のように淡い水彩画。そのひとつひとつがノエルの美しさをあますところなくとらえている。カーライルはそのうちの一枚を引きだし、壁に立てかけた。

この部屋にある絵のなかでは、これがいちばんよく描けている。ノエルは初めて会ったときと同じあざやかな色の部屋着姿で、画家に背を向けて座っていた。軽くねじってピンで留めただけの金色の髪が幾筋もピンからはずれ、片方の袖がしどけなく滑り落ち、白い肩と背中の半分があらわになっている。この絵のノエルは、からかうような甘い笑みを浮かべて肩越しに振り向いていた。まるで絵を観《み》る者と素敵な秘密を共有しているかのように。

深い青の瞳が柔らかく輝き、ビロードのような肌が指先に感じられそうだ。肖像画からにじみでている親密さが、見てはいけないものを見たような気にさせる――と、同時に、もっと近づきたいという衝動をもたらす。この絵を見るたびに、カーライルは鋭い欲望を感じた。パリのあのアパルトマンで、ほっそりした白い喉のまわりにジュエリーをきらめかせていた彼女を見たときと同じように。そしてそのたびに、うしろめたさに胸をつかれる。

アダムの未亡人。自分の宿敵。

治りかけた傷のかさぶたを剥がしたくなる衝動に似ているのだろうか？　痛みをもたらすことがわかっていながら、ときおりこうして彼女の絵を眺めずにはいられない。アダムを喪《うしな》ったうえ、これまでその息子を取り戻すことができずにアデリーンを悲しませてきた自分の失態を、いやでも思い出させるというのに。

絵を見つめながら、カーライルは今日会った女性のことを考えた。ノエルの顔は五年の月日で、ふっくらしたみずみずしさが強さと激しさに代わっていたが、それでいていっそう男心をそそった。冴《さ》えない服とかつらで隠そうとしているものの、あのきらめく瞳も、美しい顔立ちも少しも損なわれてはいなかった。ノエルはいまでも言葉に尽くせぬほど美しい。

本来なら嫌いなタイプ、見るのもうとましく感じるタイプだ。あの頑固さ、衝動的なところ、街から街へと逃げ続けた愚かさ。理不尽な運命に息子を奪われ、孫に会いたいと願う祖母の気持ちを、まったく考えようとしない身勝手さ。何よりも嘆かわしいのは、平気でわが子を危険な地域に住まわせ、みじめな生活を強いていることだ。まんまとカーライルを出し抜いたことを勝ち誇るように、盗んだ金貨を送り返してきた事実を思い出すと、いまでも腸《はらわた》が煮えくり返る。まるで、もっとましな金づるを見つけたことを、これみよがしに誇示するように。

だが、薄汚い細道に立っているノエルを見たとき、カーライルは初めて会ったときと同じ欲望に貫かれた。さいわい、卑しい衝動を抑えこむだけの自制心はある。自分は衝動や情熱に身をまかせ、分別を忘れるような男ではない。ノエルはたしかに美しいとはいえ、美しい女ならほかにもいる。絶えずこちらを出し抜こうとするような女はごめんだ。五年もこの手を逃れてきた機転と粘り強さには、しぶしぶとはいえ多少の敬意を感じるものの、それを美徳と間違えるほど愚かではない。カーライルが好むのは機智《きち》に富んでいるだけでなく、徳のある女性だ。

ノエルはカーライルを警戒しているが、カーライルも彼女に対して根強い不信感を持っていた。約束どおり、礼儀正しく接するつもりではいる。アデリーンのもとに孫を届けるためなら、どんな条件でものもう。しかし、油断はしない。あの女を信用することは決してない。アダムと違って、あの女の呪文にからめとられることはない。


「その話だけ聞くと、彼はとても、ええと——トレ・レゾナブね」

今日は店のほうが暇なので、ノエルは奥の部屋で、英語を復習するリゼットの相手をしていた。もっとも、今朝のリゼットは英語の練習より、昨日の顛末《てんまつ》を聞きたくて仕方がないようだ。リゼットは雇い主だが、いつもあれこれ親身に心配してくれる。わずか四、五歳しか違わないとあって、いまは頼りになる友達でもあった。

「とても道理にかなって《ベリー・リーズナブル》いる、です」ノエルは英語に直した。

「そう、似たような発音だってことはわかっていたの」

「たしかに悪い申し出ではありませんね」ノエルは認めた。

「寛大と言ってもいいくらい。息子と一緒に住めて、贅沢《ぜいたく》な暮らしができるなんて」リゼットは黒い瞳をきらめかせて、麦わら帽子につけている木製のさくらんぼを見下ろし、口をすぼめた。「こういう仕事をする代わりにね。迷うことはないと思うけど」

「あの男を信頼できれば……でも、信じられないんです」ノエルは細長く青い羽根を手に取り、べつの帽子に合わせながら顔をしかめた。「さんざん追いまわしたあげく、突然寛大な申し出をするなんて怪しすぎます。何度もギルをさらおうとしたんですよ」

　リゼットは肩をすくめた。「負けを認めたのかもしれないわ」

「完全に追いつめ、わたしを罠《わな》にはめたのに？　あの場でギルを奪われても、わたしには阻止できなかった……」

「でも、ギルには嫌われたくない様子だったんでしょう？」リゼットは階段のそばで遊んでいるギルバートに目をやった。「自分を憎んでいる子を育てるのは、厄介だわ」

「ええ。まずは母親ともども引きとって、ゆっくりギルを手なずけるほうがはるかに簡単でしょうね。それから、〝たいへんだ、子どもの母親が事故で死んでしまった〟と嘆くほうが」

「ノエル！」リゼットは身を乗りだし、低い声で言った。「その男はあなたを殺すつもりだ、ってこと？」

「さあ。でも、わたしを嫌っているのはたしかです。自分よりもはるかに劣る、軽蔑すべき人間だと決めつけていますし。あの男にとっては馬を殺す程度の……」ノエルは少し考えてから訂正した。「いえ、馬より下かも。この国の紳士たちは馬を愛していますから」

　リゼットはこの冗談に笑ったものの、すぐに真顔に戻った。「ええ《ウィ》。貴族は信用できないわ」

　リゼットの貴族嫌いの背後には、どんな事情があるのだろう？　これまで何度もそんな疑問が頭をよぎったが、リゼットが自分から話そうとはしないことを尋ねる気にはなれなかった。

「ハンサムな人よね」リゼットはがらりと話題を変えてため息をついた。「ろくでなしなのが残念なくらい」

「あの男がハンサム？」

「あら、あなたはそう思わないの？」

ノエルは顔をしかめた。「会ったのはたった二回だけですが、表情が険しすぎるし、目も冷たすぎて」

「でも、店に入ってきたときには笑顔だったのよ。だから、違って見えたのかもしれないわね。裕福な紳士で、好ましい人物に見えた。まあ、少なくとも……なんて単語だったかしら……そう、奥の部屋に〝駆けこむ〟までは」リゼットは両手をぴしゃりと合わせ、口で大きな音を真似た。「こんなふうに」

「爆発したように？」

「ウイ。まさにそれ」リゼットはうなずいた。「そのあと厳しい顔になったの」しかめ面を真似してみせる。

店では常に地味な服を着て、真摯な表情と態度を崩さず、黒い髪を頭の上できちんとまとめているが、気を許した相手の前ではとても表情豊かで、よく笑い、生き生きと話す人だ。

ノエルはちらっとギルを見た。リゼットがあげた音に何事かとこちらを見ている。

「ママンたちが話してるの、カーライル・ソーンのこと？」

「よくわかったこと！」リゼットが笑ってつんと顎を上げ、尊大なしかめ面を作ってみせる。

ギルも笑いながら最後の三段を弾むように走りおりてくると、テーブルに寄りかかり、母とリゼットの前にあるリボンやさまざまな飾りを手に取った。「でも、ぼくにはにこって笑ったよ」そう言って問いかけるような顔で母を見上げた。

「ええ、あなたのことがとっても好きみたい」

「ぼく、あひるが好き。またあの公園へ行ける？」

「そのうちにね」ノエルはかがんで息子の額にキスをした。「ラベンダーのリボンを持ってきてくれる？　これより細いのを」

午後になると店のほうが忙しくなり、ノエルはそちらに戻った。閉店時間まぎわに、店の前に馬車が停《と》まり、お仕着せ姿の召使いが御者の隣から飛びおりて、馬車の扉を開けた。御者の手を借りて降りてきたのは喪服姿の女性だった。御者がその女性のために、急いで店の扉を開ける。そのうやうやしい物腰に、ノエルは一瞬、召使いがいまにも厳かな声で客の到着を告げるのではないかと思った。

店に入ってきた女性は、物珍しそうに店内を見まわした。小柄で華奢《きゃしゃ》な体が、黒い喪服のせいでいっそうはかなげに見える。優しい顔立ちは美しく、空色の瞳の隅にも口の端にも、年齢を示す小じわがある。着ている服と薄い外出用のコートは凝った造りではないが、生地も仕立てもよく、喉元と耳を飾っているオニキスもエレガントだ。こういう明らかに上流階級の女性の接客は、ノエルの担当だった。

「いらっしゃいませ」ノエルは進みでて客を迎えながら、なんとなく懐かしい気持ちになった。どこかで会ったことのある人だろうか？　この店で見るのは初めてだが、ひょっとするとパリのリゼットの店で接客したことがあるのかもしれない。あるいは、まだオックスフォードにいるときに、どこかのパーティで会ったのか。

「どんな帽子をお探しですか？」

リゼットともうひとりの売り子をじっと見ていたその女性は、ノエルに目を移した。

「ええと、あの帽子を見せてくださる？」そう言って自分の年齢にも、喪服にも合わない、カウンターのいちばん端にある麦わら帽子を示した。

「どうぞ、こちらに」ノエルは内心首を傾《かし》げながらも、微笑を浮かべ、客と一緒に店の端へと歩いていった。この女性にはどこかとても奇妙なところがある。常に不測の事態に備えているノエルは、警戒しながらこっそり相手を観察した。

若い娘に似合いそうな小さな帽子のところへ行くと、女性は赤くなりながら振り向いた。

「ごめんなさい。本当は帽子を買いに来たわけではないの」

それを聞いたとたん、ノエルには目の前の女性が誰だかわかった。会ったことはないが、六年まえにアダムのスケッチで見たことがある。「レディ・ドリューズベリーですね」

「ええ。どうか、お願い……」小柄な女性は、まるでノエルが逃げだすのを恐れているように腕をつかんだ。「お仕事の邪魔をする気はないのよ。あなたを厄介な立場に追いこむつもりもないの」興味深そうに見ているリゼットともうひとりの売り子に目をやり、ノエルに目を戻す。「でも、どうしてもお話ししたくて。お店が閉まるまで、馬車のなかで待っていたほうがいいかしら」こういう店で働く者の規則をまるで知らないのは明らかだ。

不安と希望と悲しみの入り混じった顔――それを目にしたノエルは、夫の判断に逆らわず息子を見捨てた彼女に感じていた昔の反発が、跡形もなく消えていくのを感じた。そういえば、家族と断絶したあとも、母について話すアダムの声にはいつも愛情がこもっていた。彼が母親を非難したことは一度もない。それに自分がギルを亡くしたら、どんなに悲しくつらいことか。

「いまでもかまいませんわ」ノエルはちらっと奥の部屋のほうを見た。「あの、息子にお会いになります?」

4

伯爵夫人は目を潤ませながら、輝く笑顔で言った。「ええ、とても会いたいわ」

ノエルはほかのふたりのそばを通り過ぎながら、リゼットに目配せした。リゼットが状況を察してうなずき、奥の作業場にいるナンに店に出てくるよう合図を送る。ノエルは低いドア口をくぐり、一段さがった作業場にアダムの母を案内した。

おそらくこういう部屋に入るのは初めてだろうに、伯爵夫人はほかのものには目もくれず、まっすぐにギルを見た。丸い椅子の上で膝をつき、チョークを手にして小さな黒板に何か描いていたギルは、ふたりが入ってきたのを見てにっこり笑った。「ママン」

「ギル、あなたに会わせたい人がいるの」

ギルは好奇心もあらわに丸椅子をおり、指についたチョークの粉をズボンで拭きながら近づいてきた。

「レディ・ドリューズベリー、息子のギルです。ギル、ご挨拶なさい。こちらは――」伯爵夫人のような貴族の奥方を息子にどう紹介したものか？

だが、夫人がギルの前にしゃがみこみ、この問題を解決してくれた。「こんにちは、わたしはあなたのお祖母《ばあ》ちゃまよ」

「ぼくのお祖母ちゃま？」ギルはノエルを見上げた。「マ・ボンヌ・ママン？」

「ええ、そうよ。この人はあなたのお祖母さまで、あなたに会いに来たの」

ギルは年配の女性に顔を戻し、急に心配そうな顔で見上げた。「泣かないで、お祖母ちゃま。悲しいの？」

「とんでもない、とても嬉《うれ》しいのよ。ときどき、嬉しくても泣くことがあるの」

「ほんと？　ぼくは泣かないよ。嬉しいときは笑うの」ギルは両手をお腹に当て、反り返るようにして、わっはっは、とパリにいたときの大家の真似《まね》をしてみせた。

伯爵夫人はくすくす笑った。「わたしもたいていは笑うわ」

「絵を描いてるの。見たい？」ギルは手を伸ばして伯爵夫人の袖を引っ張った。

「ギル、だめよ」ノエルが急いで止めたときには、すでに白いチョークの粉が黒い袖を汚していた。「申し訳ありません、奥さま」

「いいえ、かまわないわ」伯爵夫人は笑みを浮かべて首を振った。「それどころか、とても嬉しい」そう言って立ちあがり、ギルが差しだす手を取る。「何を描いたのかしら？　早く見たいわ」

ノエルは驚きに打たれて見守った。伯爵夫人はシルクとレースの服を着て、ギルのそばの丸椅子に腰をおろし、絵の説明を聞いている。それから、きれいなものをひとつひとつ説明していくギルに手を引かれ、作業場をまわりはじめた。長いスカートが床に落ちているリボンの切れ端や羽根を引きずっていくのもかまわず、小さな青い鳥や孔雀《くじやく》の羽根に、まるで大きなダイヤでも見つけたように喜びの声をあげている。

「見て！」ギルは、集めた切れ端を糊《のり》で貼りつけた板を籠から取りだした。「お城なんだ。ね？　まだできてないけど」

「作っている途中なのね。でも、とてもきれい」レディ・ドリューズベリーは青いリボンで作られた大きな外側の円を、人差し指でたどった。「これはお濠《ほり》？」

「うん！」ギルがぱっと顔を輝かせる。

ノエルは瞬《まばた》きして涙を払うと、額を寄せ合っているふたりの邪魔をしないように小声で断り、静かに作業場を出て店に戻った。あの部屋に外に出る扉はないから、ギルがさらわれる心配はない。少しのあいだふたりだけにしてあげようと思ったのだ。

ギルが祖母の愛を知らずに生きてきた年月と、伯爵夫人の目に浮かんでいた切ない焦がれを思うと胸が痛んだ。あの優しそうな女性から、たったひとりの孫を何年も遠ざけていたことが悔やまれる。

カーライル・ソーンがギルと祖母のあいだに立ちはだかりさえしなければ、この数年はまるで違うものになっていただろう。相手が伯爵夫人だけなら、助けを求めることができたにちがいない。あんなに優しい目をした人が子どもを奪うとは思えないから。同じ母親として、あの人ならこちらの気持ちをわかってくれたはずだ。

　だが、ノエルが相手にしたのはカーライル・ソーンだった。それに、伯爵が生きているあいだは、夫人にはなんの力もなかった。決断を下すのはアダムの父親で、夫人はただそれに従うことしかできなかった。そして伯爵は、自分の意に染まぬ相手を愛したからと、ひとり息子と絶縁するほど非情な人物だった。おそらくソーンと同じようにギルをわがものにしようと、ヨーロッパ中ノエルを追いまわしたにちがいない。それがアダムの息子と残された妻にどんな苦痛を強いるかなど、ソーン同様気にも留めずに。

　でも、伯爵はすでに亡くなり、ソーンは母子を引き離す気はないと主張している。これからはすべてが変わるのだろうか？　五年のあいだ宿敵だった男の約束を信じてもいいの？

　軽やかな足音が聞こえ、ノエルは作業場に目をやった。ちょうど伯爵夫人が店に戻ってくるところだった。さきほどより何歳も若返ったように見える。

「レディ・ラザフォード……」

　それが自分のことだとわかるのに少し時間がかかった。これまではずっと、〝ミセス・ラザフォード〟だったのだ。「なんでしょう？」

「お願いしたいことがあるの。この数年、いろいろあった経緯は知っているわ」

まあ、そういう言い方もできるかもしれない。

「でも、そこから前に進めたら、と願っているの。あなたとお友達になれないかしら。それが無理でも、少なくとも敵にはなりたくない。わたしは決してあの子を傷つけたりしないし、ほかの誰かがあの子を傷つけることも許さないわ。どうか信じてちょうだい」

「ええ、それは見ていてわかりましたわ」ノエルは慎重に言葉を選んだ。

「明日は日曜日だから、お店はお休みでしょう？　よかったらギルバートを連れて食事にいらっしゃらない？　あるいはお茶でも」ノエルの警戒するような表情を見て付け加える。

「わたしたちみんなが、もっとよく知り合えるように」

「みんな？」

「ええ、カーライルもご一緒すると思うわ」伯爵夫人はノエルの問いの裏にある意味を読みとって、そう言った。「五年まえ、カーライルはあなたにひどいことを言ったけれど、ふだんはそんな人ではないのよ。思いやりのある、立派な人なの。あのときは、カーライルもアダムの死に取り乱していたにちがいないわ。それにギルバートのことが心配で……彼には子どもがいないから、母親の気持ちがよくわからなかったの」

ノエルは胸の前で腕を組んだ。「そうでしょうか？　あの人がわたしのことをどう思っているかは明らかでしたわ」

白い顔にかすかな赤みがさすのを見て、ソーンの見解を知っているのだとわかった。おそらく、この人も同じように思っているのだろう。ただ、ソーンと違って、孫と会うためならそれには目をつぶるつもりなのだ。

「カーライルも、あのときの態度は間違いだったと後悔しているのよ」レディ・ドリューズベリーは言った。「もうあなたに不愉快な思いをさせないと約束してくれたわ。わたしにした約束は決して破らない人よ」

あの男が友好的に振る舞えるかどうかは大いに疑わしいが、同じ貴族階級にした約束は守るだろう。少なくとも、この優しい女性の心を引き裂くようなことはしないはずだ。

「お願い。ギルバートは喜ぶと思うの」

それはたしかだ。ノエルは譲歩した。「わかりました。明日、お茶の時間にうかがいます」

とはいえ、翌日の午後ラザフォード家の前に立ったときには、この決断を悔やまずにはいられなかった。目の前の家は周囲のほかの家と比べて特別立派なわけではない。でも、この通りにある家はどれもみな驚くほど大きくて、それがずらりと並んでいるところはまさに壮観だった。白い石の軒《コーニス》じゃばらと立派な装飾入りの赤煉瓦《あかれんが》の建物は、間口はそれほどでもないが四階建てだった。正面の石段の先でつややかに光る黒い扉も、圧倒されるほど大きくて厳《いか》めしい。

目を見開いて建物を見上げながら、ギルが繋《つな》いでいる手に力をこめた。「ママン……」

「ええ。とても大きな家ね」ふたりが住んでいる部屋の何十倍、帽子屋がある建物と比べても何倍もある。ここへの訪問に同意するなんて、愚かな間違いだった。

裕福な人々が苦手というわけではない。オックスフォードで父と暮らしていたときは、大学に通っている貴族の御曹司たちがよく訪ねてきたし、帽子屋でも毎日のように裕福な女性や貴族の女性を相手にしている。マナーと話し方だけなら、どんな貴族と比べてもひけをとらない自信があった。父から受けた教育にしても、ふつうのレディより進んだものだった。出産で死んだ母に代わり、人はみな平等であるべきだという近代的な考え方を持つ父の手で育てられたノエルは、アダムの家族の誰と比べても自分が劣るとは思っていなかった。実際、そのせいで何度か雇用先で問題を起こしたこともある。

けれど、自分自身が貴族の元妻として彼らの世界に足を踏み入れ、何世紀にもわたる特権と権力と富の重みを感じるのは、またべつだ。あの優しい顔のレディ・ドリューズベリーが自分を罠《わな》にかけ、孫を奪い去るとは思えないが、逃げ場のない場所で敵同然の人々に囲まれると思うと、理性では抑えきれない不安がこみあげてくる。

でも、その不安をギルに見せる気はなかった。

それに、ほかの人々――とくにソーンには、怖《お》じ気《け》づいていることを悟られたくない。

ギルの手をぎゅっと握り直すと、ノエルは石段を上がり、扉についた大きな真鍮《しんちゅう》の輪でノックした。

「見て、ライオンだ」ギルは目を輝かせて、獅子《しし》の形をしたノッカーを見つめた。

お仕着せ姿の召使いが扉を開けると、さらに不思議な光景を目にすることになった。ぴんと背筋を伸ばし、厳めしい表情で立っている召使いが、ギルを目にして口元をやわらげたのだ。「ギルバート坊ちゃま、おかえりなさいませ」そして、目をまん丸にして見つめるギルの返事を待たず、ノエルに向かって深々とお辞儀をした。「奥さま、レディ・ドリユーズベリーが客間でお待ちでございます」

ノエルは少なからず圧倒され、玄関ホールを見まわしたい衝動をこらえた。近くの彫像や、赤い薔薇《ばら》をあふれるほど活《い》けたギリシャ風の大きな花瓶はもちろん、黒と白の大理石を敷きつめた床だけでも、じっくりと鑑賞する価値がありそうだ。

それでも、召使いに案内されて客間に入るとすぐに、すばやく部屋全体を見まわし、起こりうる危険と逃げ道を確認することだけは忘れなかった。喜びと不安をないまぜにした顔で伯爵夫人が立ちあがる。その後ろの暖炉のそばには、表情を消したカーライル・ソーンと、もうひとり紳士が立っていた。部屋にいる三人のうち、ゆったりとくつろいでいるのはこの男だけだ。

「レディ・ラザフォード。ギルバート」伯爵夫人はギルの頭を優しく撫《な》でた。「よくいらしてくださったわ。どうぞ、こちらに。カーライルのことはもうご存じね」

「奥さま」ソーンはノエルに軽く頭をさげ、ギルを見てにっこり笑った。「ギルバート」

「こんにちは！」ギルがノエルの手を放し、ソーンに歩み寄って右手を差しだす。一昨日《おととい》の男どうしの挨拶を繰り返すつもりらしい。「今日もあひるに餌をやれる？」

ソーンは軽くその手を握りながら首を振った。「いや、今日は無理だな。また今度にしよう」

「いつ？」ギルはくいさがった。

「さあ。きみのお母さんしだいだ」ソーンはちらっとノエルを見た。

ノエルは唇をひきつらせ、どうにか苛立《いらだ》ちを隠した。こう言われれば断れない。もしもソーンとまた公園を訪れるのを拒めば、こちらがギルに責められることになる。幸運にも、伯爵夫人がソーンのかたわらにいる紳士を紹介しはじめ、答えを口にせずにすんだ。

「ミスター・ダンブリッジにお会いになるのは初めてね。ちょうどついさっき見えたのよ。姪《めい》が一緒にいるのを期待して訪ねてくださったのでしょうけれど」夫人はからかうような目でダンブリッジを見た。「アナベスはバースに住んでいる姪なの。残念ながら、いまはわたしの母のところよ」

「アナベスは関係ありませんよ」ダンブリッジがなめらかに応じた。「レディ・アデリーンがいらっしゃれば十分です。はじめまして、レディ・ラザフォード」ダンブリッジはソーンよりもエレガントなお辞儀を披露した。

腰をおろしたあと、ひとしきり堅苦しいやりとりが続いた。知らない相手との世間話はそうでなくても弾まないものだが、ノエルとソーンのように敵意を抱いているどうしはなおさらだ。伯爵夫人とミスター・ダンブリッジは、お天気や季節のこと、ロンドンのこと……とさまざまな話題でどうにか会話を繋ぎ続けたものの、過去やアダム、外国の都市の名など不用意なひと言が、途中で何度も苦痛を伴う気づまりな沈黙をもたらし、全員が急いでほかの話題を探すはめになった。

さいわいダンブリッジが美術の話題に触れると、さまざまな絵や彫刻、芸術家の話で盛りあがり、お茶の時間が終わるまで会話は途切れずに続いた。明らかにお気に入りの話題らしく、ソーンとその友人はオランダの画家とルネッサンス期のイタリアの画家の美点について活発に意見を闘わせた。ノエルがソーンと意見を同じくすると、ソーンは驚いたようにノエルを見た。賛成されたことが意外だったのだろうか？　あんがい、美術に関する豊富な知識に意表を突かれたのかもしれない。

とうにケーキを食べおえていたギルが、大人の会話に退屈してもぞもぞ動きはじめた。どうやら、おとなしく座っているのは限界らしい。これ以上長居をして、息子のしつけがなっていないとソーンに批判されるのはごめんだ。引きあげる潮時だろう。「あの、そろそろ……」

失礼します、と続けるまえに、ソーンがギルの気を引いた。「お父さんのおもちゃを見たいかい？　きみが遊べるものもあると思う」

　頭のなかで警報が鳴ったが、ノエルが止める間もなくギルが立ちあがった。「パパの？　ほんと？　パパのおもちゃがここにあるの？」

「もちろん」ソーンも立ちあがり、ギルの手を取る。「きみのお父さんは、ちょうどきみぐらいの歳《とし》のころ、ここに住んでいたんだ」

「いいえ、待って」ノエルは胃が冷たくなるのを感じながら立ちあがった。ソーンはギルを連れていき、表で待っている馬車に乗せるつもりかもしれない。このお茶がわたしを家のなかに閉じこめ、ギルをおもちゃで釣って連れだすための罠だとしたら……。

「ママンも行こうよ」ギルはもうひとつの手を伸ばした。「パパのおもちゃを見たいでしょ？」ソーンを見上げて尋ねる。「ママンも行っていい？」

「もちろんだとも」ソーンはなめらかに言い、きみの考えなどお見通しだ、と告げるように皮肉な笑みを浮かべた。「きみのお母さんは、いつでも歓迎だ」

　ノエルはギルの手を取り、ソーンと三人で階段を上がった。途中の踊り場に達しかけると、ギルはよくやるように両足を揃《そろ》え、最後の段を跳んだ。ノエルがそれに合わせ、自分が握った手で息子を持ちあげてやると、驚いたことにソーンも同じようにした。ふたりの力でいつもより高く跳んだギルが、嬉しそうに笑う。

「もう一回！」ギルが叫び、ふたりは上の階段でも同じことを繰り返した。今度はさきほどより呼吸が合う。

ノエルはソーンをちらっと見た。このソーンはこれまでに知る男とはまるで別人だった。厳しい表情をやわらげ、優しい笑みを浮かべてギルを見下ろしている。リゼットの言うとおり、このカーライル・ソーンはとても魅力的だ。それに、先日よりも若く見えた。ソーンのギルに対する好意は本物に思える。信頼しても大丈夫かもしれない。

だが、顔を上げ、こちらと目が合ったとたんに、浮かんでいた笑みが消えた。ノエルのことは心底嫌いなのだろう。ギルに関しては信頼できるとしても、ノエル自身に関する件でこの男を信頼するのは愚かだ。ノエルはこの事実を胸に刻んだ。

ふたりはギルのゲームに付き合いながらもう一階ぶん階段を上がり、子ども部屋に向かった。もしもアダムが生きていたら、きっとギルをこんなふうに遊ばせてやっただろうに。そう思うと胸が痛んだ。アダムを喪《うしな》った悲しみとはとうに折り合いをつけ、いまはもう彼を恋しく思うことはない。でも、ときどきふと思い出すと、胸が引き裂かれるような痛みを感じる。

その階は明らかに使われていないようだった。子ども部屋、勉強部屋、それに、さほど広くない寝室がふたつほど。階下の客間に比べると、どこも薄暗く手狭な印象だったが、ソーンが勉強部屋の分厚いカーテンを引くと、明るい陽射《ひざ》しがあふれた。ギルは子ども用のテーブルと椅子に興味を引かれたらしく、そのひとつに走り寄り、ご機嫌で腰をおろした。

「ぼくにぴったり」そう言いながら頭を巡らせ、壁際にある低い本棚に目を留めた。「見て！」椅子を飛びだし、棚の前に膝をつく。「ママン、本がたくさんあるよ！」

「ええ、そうね。素敵な本ばかり」父の家のことを思い出し、また胸が痛んだ。あらゆるくぼみに本が押しこまれたあの家では、なんでも好きなだけ読むことができた。でも、本は高価なうえ持ち運ぶには重い。ノエルとギルは、聖書以外にはよれよれになるほど読みこんだ昔話しか持っていなかった。

「うちの本みたいに、これも物語？」ギルは背表紙をつかみ、それからマナーを思い出したらしくソーンを振り向いた。「見られる？」

「見てもいいですか、よ」ノエルは優しく訂正した。

「見てもいいですか？」

「もちろん。だが、その本より……」ソーンはギルの横にかがみこみ、背表紙に指を走らせて一冊引き抜いた。「こっちのほうが面白いと思うな。きみのお父さんのお気に入りだったんだよ。お父さんが五つぐらいのころ、よく読んであげたんだ」ソーンは机の上でその本を開いた。「読んであげようか？」

「うん！」ギルが大きくうなずいて椅子に座る。ソーンはそのかたわらに片膝をつき、声に出して読みはじめた。

ノエルはそんなふたりを見守った。ソーンの黒髪がギルの金色の巻き毛のすぐそばにある。この男が自分のことをどう考えているにせよ、ギルに愛情を抱いているのはたしかだ。ギルや伯爵夫人やダンブリッジ――つまりノエル以外の人間にはごく自然に振る舞っている。伯爵夫人と話すときの優しいまなざし、ギルに向ける温かい微笑《ほほえ》み。それがみな、こちらを欺くための演技だとは思えなかった。

ソーンの申し出を受ければ、ギルに必要なものはすべて与えられる。本当に自分もギルと暮らすことができるなら、迷う理由はどこにもない。敵の勧めに従うのは癪《しやく》だが、息子を奪われる不安から解き放たれ、ギルと好きなだけ一緒に過ごせる以上の幸せがあるだろうか？　尾行を恐れ、肩越しに振り返ることもなく、ひとところで落ち着いた暮らしができる。わが家と呼べるものが持てるのだ。

唯一の不安は、何年も自分を追ってきた相手の手のなかで暮らすも同然になることだった。これまでソーンがならず者を雇い、兎《うさぎ》を追う猟犬のようにノエルたちを追いまわしてきたことを考えると、どうしても心から彼を信用できない。

もしかすると、最初に赤ん坊を買おうとしたときと同じで、ソーンが差しだす何不自由のない暮らしは、ギルを手に入れるための支払いではないの？　この申し出を受ければ、〝やはり自分が思ったとおりの女だった、贅沢《ぜいたく》をしたくて同意したのだ〟とソーンは決めつけるだろう。そう思うと悔しかったが、自分がソーンにどう思われるかは問題ではない。

大事なのはギルの幸せだ。

ここを立ち去るまえに申し出に応じてもよかったのだが、何度も怖い思いをしてきたせいか、衝動的に決めてしまうのはためらわれた。そこでソーンが物語をひとつ読みおえるとこう言った。「ギルにここを見せてくださってありがとう。でも、そろそろ失礼するわ」

「でも、まだ続きがあるよ！」ギルがぱっと立ちあがり、物欲しそうな目を本に向けてからノエルを見た。「まだ帰りたくない」

「でも、ギル。そろそろ帰る時間よ」どうかソーンの前で駄々《だだ》をこねませんように……そうノエルは祈りながら優しく諭した。

驚いたことに、ソーンが口をはさんだ。「お母さんの言うことは、ちゃんと聞くものだぞ。ほら」彼は本を閉じ、ギルに差しだした。「この本は持っていくといい」

「ほんと？」ギルはぱっと顔を輝かせ、嬉しそうに本を受けとった。「ほんとに持ってける……じゃなくて、持っていってもいいんですか？」

「いいとも。きみのお父さんの本だからね」

「ありがとう」ギルはノエルが教えたとおりにお辞儀をした。「お祖母ちゃまに見せてあげようっと」そう言って本を抱きしめ勉強部屋を走りでる。

すっかりこの邸《やしき》になじんだかのように廊下をスキップしていく息子のあとを追いながら、ノエルはかすかな不安を感じた。どんどん速くなる流れに運ばれていく気がする。伯爵夫人のやんわりとした圧力とソーンの固い決意に、いまやギルまでが加わり、ノエルの決断を促してくる。でも、今日はこのまま帰り、ギルが寝たあとでもう一度じっくり考えるとしよう。行く手に伸びる道がどれほどすばらしく見えても、間違いなく見かけどおりだと確かめないうちに歩きだすのは危険だ。

ソーンと伯爵夫人は住まいまで送らせると言って聞かず、邸の前に馬車をまわさせた。ソーンは礼儀正しく馬車まで付き添った。彼の手を借りて、ギルが顔をくしゃくしゃにして笑いながら乗りこむ。ソーンはノエルにも手を貸そうと片手を差しだした。「来てくれてありがとう。レディ・ドリューズベリーがとても嬉しそうだった」それから、少しためらったあと低い声で付け加えた。「ギルバートはとても……きみはあの子を上手に育てたね」

しぶしぶとはいえ、ソーンから褒められるとは。ノエルはあまりにも驚いて、とっさに言葉が出なかった。感謝すべきだろうか？　あたりまえだと怒るべきか。結局、同じくらい堅苦しい口調で礼を述べ、馬車に乗りこんだ。差しだされた手を無視し、扉の枠に手を伸ばしたが、ソーンがすばやく腕を伸ばしたため、やむなく彼の手を握ることになった。たんなる飾りにお金を使う気にはなれず、夏用の手袋をしていないノエルは、温かく力強い手とじかに触れ合うはめになり、思いがけず胸が騒いだ。

ソーンが扉を閉めるとすぐに、馬車は走りだした。向かいの席ではギルが、柔らかい座席で跳ねる合間に窓の外を見ながら、ソーンのこと、本のこと、祖母のこと、飛び跳ねて遊べる階段がたくさんあることを、嬉しそうに話している。

座席にもたれて息子のおしゃべりを聞くうちに、ノエルの緊張はほぐれていった。柔らかい座席はとても座り心地がいい。邸にあった美しい椅子や足が沈むほどふかふかの絨《じゅう》毯《たん》も同じ。贅沢な暮らしに慣れるのは、柔らかいクッションに体を沈めるのと同じくらい簡単だろう。だからこそ、惑わすものも気を散らすものもない殺風景な部屋、自分たちの暮らしに戻って、冷静に考えなくてはならない。

はたしてソーンを信頼できるのか？　何よりもそれを見極める必要があった。たしかに今日は礼儀正しく振る舞い、約束を守った。かたわらに片膝をつき、登場人物ごとに声音を変えて、邪悪な巨人《トロール》が近づいてくる恐怖を盛りあげながら読み聞かせをしていた光景が目に浮かぶ。あのときのギルの嬉しそうな顔。目をみはって聞き入り、トロールが獲物にしのび寄るくだりでは、無意識にソーンににじり寄っていた。

ノエルを馬車に乗せる間際に、ソーンがつぶやいた賞賛も思い出した。苦痛をこらえるような顔で口にしたところをみると、あれは本心だったのだろう。ただのお世辞なら、皮肉な笑みを浮かべていたはずだ。実際、彼には嘘をつく才能はまるでなさそうだった。ノエルに対する嫌悪はあからさまで、ギルへの愛情も同じくらいはっきりしている。考えてみれば、何度も追っ手を差し向けギルを容赦なく奪おうとしたが、何かを隠れてこそこそやろうとしたことは一度もない。

その夜ギルが眠ったあと、ノエルはソーンの申し出をじっくり考え、翌日リゼットにも相談をもちかけた。仕事をしているあいだもずっと考え続けた。実際、ほかのことは何ひとつ考えられなかった。

閉店後、ノエルはいつものようにギルと手を繋いで帰途についた。話し相手になってくれない母の手を放し、ギルは少し先に進んではまた戻ってくる。でも、もうさらわれる心配はないのだ。公園で話し合いをした翌日から、店の行き帰りにはソーンの雇っている男があとをついてくるが、あれは危険な地域を歩くノエルたちを守るためだろう。

セヴン・ダイヤルズに入ってしばらくすると、酒場から酔っ払いが出てきてギルにぶつかり、邪魔だ、と怒鳴った。ノエルはギルの手をつかみ、その男をよけて先を急いだ。男はいまにもその場に座りこみそうなほど酔っ払い、ふたりに罵声を浴びせながら、体を揺らし、よろよろと歩いていく。後ろにいるはずの尾行者を確認しようと振り向くと、一ブロックも離れていないところで男が即座に顔をそらし、急に興味を引かれたようにすぐ横の壁を見つめた。尾行のへたな男だ。いつも尾いてくる小柄な男のほうがずっと上手だった。

酔っ払いに怒鳴られて怖い思いをしたのか、少しのあいだギルは手を繋いで、黙って歩いていた。が、そのうちまたソーンにもらった本のことを話しはじめた。昨夜読み聞かせした本の続きを、今夜も読んでもらうのを楽しみにしているのだ。

「ミスター・ソーンって、いい人だね」ギルは母の手から離れ、水たまりを飛び越えた。「カーライルおじさんって呼んでいいって。ぼくの〝ステート〟には馬がいるんだって。ほんとかな？　〝ステート〟ってなあに？」

「所領《エステート》よ」ノエルは訂正した。「土地のこと。ええ、馬もいると思うわ」

「ぼくも馬が欲しい」ギルはその場で走る真似をした。

ノエルはふいに心臓をわしづかみにされたような気がした。ギルは少しずつソーンや伯爵夫人の住む世界、父のアダムが育った世界に引きこまれ、平民の母から離れていくのではないだろうか？　ストーンクリフでは家庭教師がついて、その後はイートン校やオックスフォードで教育を受けることになる。しだいにノエルとの距離が広がり、ノエルよりも彼らに近くなり、ついには自分の意思でノエルから離れたいと思うようになるかもしれない。そして平民に生まれた母を恥じ、ソーンのように見下すようになる……。

そんな未来を思うと、胸がよじれるような痛みを感じた。と同時に、自身が卑小な人間に思えてたまらなかった。自分がそこに属していないからと息子の生得権を否定し、本来なら属すべき世界から息子を引き離すのは、狭量な人間のすることだ。

ギルが戻ってきて、けげんな顔で見上げた。「ママン、どうしたの？　具合が悪いの？」

「いいえ」ただ心が痛いだけ。ノエルは無理して笑みを浮かべた。「明日、伯爵夫人に会いに行こうかと考えていたの」

「お祖母ちゃまに？」

「ええ、そうよ」ノエルは思いきって言った。「もしかしたら、少しのあいだ伯爵夫人の家に泊まることになるかもしれない」

　ギルが歓声をあげ、弾むような足取りで離れていった。跳ねまわる息子を涙に潤む目で見ていると、誰かが走ってくる音がした。さきほどの尾行者が駆けてくるのだ。ノエルはすばやく周囲を見た。何かに気づいたのだろうか？　怪しい人間がいたのか？　とっさに息子のほうに急ぐ。

　と、尾行していた男がノエルを突き飛ばし、横を走りすぎた。よろめいて倒れるノエルの前方で、ギルの腰に腕をまわし、そのまま小脇に抱えて通りを逃げ去ろうとする。ノエルは跳ね起きて叫んだ。激しい怒りに駆られ、体がつんのめるように前に出る。ソーンの手下はギルを守るどころか、さらおうとしている！

「止まって！　その子を放して！」ノエルは男を追った。ギルが男を蹴り、夢中で叫んでいる。そのせいで男の速度が少し落ちるのを見て、足の速度があがった。でも、まだ相手のほうがずっと速い。このままでは差が開くばかりだ。絶望に駆られたとき、騒ぎを聞きつけたらしき犬が通りに走りでてきた。男は犬につまずき、もんどりうって地面に倒れた。

　つかまれていた手がゆるんだのか、ギルは勇敢にも体をひねって立ちあがり、男の手から逃れようと夢中で足を蹴りだした。男に蹴飛ばされた犬は、キャンキャン鳴きながらも地面を滑っていく途中で飛びあがり、うなり声をあげて男の腕に噛《か》みついた。ようやく自由になったギルが敷石の上を転がる。男はまだ犬と格闘しながら立ちあがろうとしたが、犬の飼い主らしき松葉杖《まつばづえ》をついた男が、毒づきながら手にした松葉杖を男に叩《たた》きつけた。

手をつかんでギルを立たせると、ノエルは犬と男たちの闘いに目をやり、その場を離れた。

ソーンは嘘をついた！　走りながら、苦い怒りがこみあげてくる。昨日のすべてが嘘だった。あの男の言葉はすべて嘘。あいつの狙いはこちらを油断させ、ギルをさらうことだった。

頭のなかで罵倒しながら、ノエルは自分の甘さを呪った。ソーンを信じられるなんて、どうして思ったりしたの？　あの男が約束を守るなんて。何度も襲われ、あんなに警戒してきたのに。直感は信じられないと叫んでいたのに、あの男の差しだす安全で穏やかな暮らしに目をくらまされてしまった。

ノエルは息を切らし、肩越しに振り向いた。誰も追ってこないのを確認して、歩く速度を落とす。立ちどまって、足を引きずりながらも必死についてきた息子の様子を確かめた。頬に引っかき傷があり、右手と足にも擦り傷があるが、それだけだ。ノエルは服の泥を落としてやり、立ちあがった。

擦り傷やあざの手当てをしている時間はない。急がなくてはならなかった。さきほどの男からは逃げきれたようだが、ソーンはこちらの住まいを知っている。尾行しなくても、さっきの男はまっすぐそこに行けるのだ。

「いらっしゃい、ギル」ノエルはふたたび手をつかんだ。「疲れてるのはわかっているけれど、急がないと」

「あの人、誰だったの？　どうしてぼくをつかんだの？」

声の震えを聞きとり、怒りで息が詰まりそうになった。ソーンがここにいればよかったのに。息子に怖い思いをさせたお返しに、飛びついて拳をふるい、蹴りつけ、顔をひっかいてやりたい。

「どうしてなのか、ママにもわからないわ」厳密に言えば、これは嘘ではない。さっきの男は初めて見る顔だ。それに、ギルに祖母やソーンの悪口を吹きこむのは避けたかった。自分以外にギルが頼れるのは、広い世界であのふたりだけなのだ。「でも、いまはそれより、急いで帰って荷造りしないと」

部屋に戻るのは危険だった。ソーンはすでに誰かを送りこんでいるかもしれない。とはいえ、逃げるにはお金が必要だ。

「お祖母ちゃまのところへ行く？」ギルが明るい声で尋ねた。

「いいえ、今日は行かないわ」

「だったら、どこへ行くの？」またしても泣きそうな声になる。

「それもわからない。とにかく、逃げなくちゃ」

そういう日々は終わったはずだったのに。

5

ありがたいことに、借りている部屋を見張っている男はいないようだった。急いでなかに入り、灯心草の蝋燭《ろうそく》をつけて、ふたつの鞄《かばん》に着替えと必要なものを詰めこむとすぐに外に出た。ノエルが鞄を持ち、ギルはカーライル・ソーンにもらった本を抱えた。本当はあの男からもらった本など見たくもないが、こんなに大事に持っている息子から取りあげるのはかわいそうだ。

セヴン・ダイヤルズをあとにするころには、ノエルの頭のなかにおおまかな逃亡計画が出来上がっていた。周囲に目を配りながら、いったん帽子屋に戻る。ふたりが姿を消せば、ソーンはリゼットのところを最初に捜すにちがいない。ゆえにこれは危険な賭けだったが、立てたばかりの計画を実行に移すには彼女の助けがいる。ギルをさらおうとした男は、あの犬と飼い主から逃れたら、まずセヴン・ダイヤルズを捜すだろう。

夜の帳《とばり》がおりようとしている街で、ノエルはできるだけ建物に近い影のなかを歩いた。店に着くと、いったん向かいの通りの戸口に身をひそめ、あたりを注意深く見まわした。

帽子屋を見張っている人間がいる様子はない。

ギルの手を引いて小走りに通りを渡り、扉を強めに叩《たた》く。上階の窓には灯《あか》りが見えるから、リゼットはまだ起きているはずだ。

扉を叩き続けると、リゼットが怖い顔で窓から身を乗りだした。「いったい何――ノエル！」

驚いたリゼットは急いでおりてきて扉の鍵を開け、ふたりをなかに入れてくれた。そして、さまざまな疑問を目に浮かべながらも、疲れきったギルにノエルが夕食をとらせ、リゼットが急いで用意した寝床にギルを寝かしつけるまで、それを口にするのを控えていた。

「いったい何があったの？　また逃げるの？　今度こそ――」

「ええ。わたしもそう思っていました」ノエルは帰りに襲われたことを話した。「助けていただけますか？」

「もちろんよ」リゼットは即座に答えた。「ここに隠れる？　あなたは店に出なくていい。それに彼らには、わたしの住まいに押し入る権利もないわ」

「ええ、そこまではしないと思いますけれど」ノエルはうなずいた。「ロンドンに留《とど》まるわけにはいきません」

「変装しなくてはね。服はわたしのを着て。その髪は……」リゼットは大きく首を傾《かし》げた。

「黒く染める？　ブラック・ウォールナットの粉ならちょうど手元に――」

「ありがとう。でも、手持ちのかつらで間に合わせます」ノエルは手を伸ばし、偽の髪を留めているピンをはずした。その下から、かつらをかぶりやすいように短くした金色の巻き毛が現れる。注意深くかつらを置き、自分の髪を指でとかした。「ただ、正体を隠すつもりはないので、いまは地毛のままがいいんです。服もこのままで。まずソーンが雇っている男たちをロンドンからおびきださないと。手を貸していただければ、ですけれど」

「ええ《ウィ》、もちろん《ビアン・スール》」リゼットは目を輝かせた。「どうするつもりなの？」

ノエルが計画を話すと、リゼットはすっかり乗ってきた。

「ランニング・ヘアから出るいちばん早い駅馬車も、出発は夜明け近くですから、それまで少し眠りましょう」

「もう調べたの？」リゼットが驚いて尋ねた。

「ここに来た最初の日に」ノエルは当然のように答えた。

「とても悲しいことね」リゼットの顔が気の毒そうにゆがむ。「いつも逃げ道を考えておかなくてはならないなんて」

「仕方がないんです」ノエルは肩をすくめた。「もうそんな生活とは縁が切れると思いはじめていたんですけれど」

「あのムッシュ・ソーンは怪物ね。うまく彼を出し抜いて溜飲《りゅういん》をさげたいわ」

横になっても、思ったとおりノエルは眠れなかった。でも、リゼットとギルは多少なりとも休めたはずだ。三人は夜明けまえに起きて、オーツ麦のビスケットと紅茶で簡単な朝食をすませた。それからリゼットが店の扉を開け、注意深く通りを確認するのを待って、ノエルとギルはランニング・ヘアまで歩き、ドーヴァーまでの切符を買った。

ノエルは帽子で髪を覆ったものの、顔を隠す努力はしなかった。切符を売ってくれた男が自分とギルをきちんと記憶したことを願いながら、待合室で出発の笛が鳴るのを待った。いまがいちばん危険なときだ。馬車の駅を兼ねたこの宿屋に男たちの誰かがノエルを捜しに来たら、逃げようがない。

油断なく目を走らせていると、リゼットが入ってきて自分の切符を買った。まもなく御者が角笛を吹きならし、旅行者が馬車に乗りはじめた。ノエルとリゼットはギルをはさんで隣どうしに座ることができた。駅馬車はいつものように隙間もないほど混んでいた。ノエルの反対隣は玉ねぎと汗のにおいがする大柄な男で、なんとかノエルと目を合わせようとしている向かいの若い男とは膝がぶつかるほど近い。大柄な男は馬車が動きだすとすぐに眠りこみ、大きないびきをかきはじめた。

ノエルは自分自身への心配で、そのどちらにも注意を払うどころではなかった。大勢を乗せた駅馬車はゆっくりとしか走らない。ソーンたちがすばやく行動していれば、追いつかれるのは時間の問題だ。ソーンはノエルが国外に逃げると考え、夜明けとともに街を出てドーヴァー海峡に向かうこの駅馬車を追いかけてくるだろう。

この計画は本当にうまくいくだろうか？　へたな小細工をしないで、リバプールかヨーク行きの馬車に乗り、反対方向に逃げたほうがよかったのでは？　最初の駅に着くまえに追いつかれたら、せっかくの計画もなんの役にも立たないのだ。ノエルは鞄をぎゅっとつかみ、重い馬車が走る音のなかに、追ってくる蹄《ひづめ》の音はしないか、止まれと叫ぶ声は聞こえないかと気を張りつめさせていた。

最初の駅までたどり着ければ……このまま思ったとおりに事が運べば……完全にソーンをまけるかもしれない。すべては、ギルを連れ去ろうとした男が自分の失態をいつ雇い主に報告するかにかかっていた。命じられた仕事に失敗したとあれば、報告するのは気が重いだろう。そのまえになんとかノエルたちを見つけようと、あちこち駆けまわるのではないか？

それに失敗を隠しとおせなくなったあと、あの男が直接ソーンのところへ行くとは思えない。紳士は誘拐などという卑しい犯罪で自分の手を汚したりしないものだ。

そう、自分たちを追うならず者を実際に雇っているのは、このまえソーンと一緒だったディッグスという男にちがいない。だとすれば、ギルを誘拐しそこなった男が報告に行くのはディッグスのところだ。ディッグスも手下と同様、急いで失敗を報告する気にはなれないだろうから、しくじったことをソーンに報告するまえに手下を総動員して一帯を捜す可能性がある。この読みが当たれば、ノエルとギルが姿を消したことをソーンが知るころには、午前も半ばを過ぎている。

ソーンがディッグスたちに自分を追わせるのは間違いない。実際、雇い主に失敗を報告するまえに、ディッグス自身が手下にこの馬車を追えと命じる可能性もあった。でも、こちらはすでに何時間も先行している。馬に乗った男たちのほうが駅馬車よりも速いとはいえ、馬がつぶれるほど速く走らせるのは無謀だ。それに、ディッグスが雇うような男たちが乗馬が得意だとは思えない。

きっとうまくいく――そう自分に言い聞かせ、かたわらに座る息子にこっそり目をやった。少しまえからリゼットを相手にしゃべりはじめていたギルは、まるで長年の友人にするように楽しげに話し続けている。ギルが自分ではなくリゼットの連れに見えるように、ノエルは用心深くギルを無視していた。これなら周囲の乗客も、ギルがリゼットと馬車を降りても少しも不思議には思わないだろう。

すばやく見まわすと、ほかの乗客は眠っているか、誰かと話しているか、窓の外を眺めていた。ノエルはかがみこんで、さりげなくギルの耳元でささやいた。「馬車が停《と》まったらリゼットと一緒に降りるのよ。ママンもすぐに戻るわ」

ギルが真剣な顔でノエルを見上げ、こくりとうなずいた。不安そうな顔を見ると、抱きしめて少しでも安心させてやりたくなる。でも、ほかの乗客の注意を引いてはまずい。ノエルはふたりのあいだに手をおろし、スカートの陰で息子の手を握りしめた。

馬を変えるために馬車が最初の駅で停まると、リゼットはギルの手を引いて降りていった。ふたりはここからロンドンに戻る最初の馬車に乗るのだ。ここともロンドンの短い距離を繋《つな》ぐ馬車は本数が多い。ノエルが追っ手をまくあいだ、リゼットが店の上階にある住まいにギルをかくまってくれるのだ。

運がよければ、ドーヴァーに着くまでディッグスたちがこの馬車に追いつくことはない。ノエルは手前のどこかで馬車を降り、遠回りしてロンドンに戻れるはずだ。それからギルを連れて、今度は本当に英国を出る。スコットランドに向かい、海を渡ってノルウェーに行こうか。お金があればカナダ行きの船の切符を買えたのに。いくらソーンでも、カナダまでは追ってこないだろう。

遠ざかるリゼットとギルを見送りながら、ノエルは涙をこらえた。こんなに長くギルと離れるのは初めてのことだ。さまざまな街で、働くあいだほかの女性にギルの世話を頼んだことはあったが、ほんの数時間だけだった。いつも近くにいて、何かあればすぐに息子のもとに戻ることもできた。ところが、今回はギルをロンドンに残し、敵をまくためにそこから離れるしかないのだ。息子が一歩遠ざかるたびに、まるで心臓がもぎとられるような痛みを感じた。

でも、いまは耐えるしかない。大事なのはソーンにギルを奪われないこと。たとえいまソーンが追いついたとしても、ギルを奪うことはできない。

新しい乗客が乗ってきて隣に座った。ノエルはゆったりと座り直し、目を閉じて眠っているふりをした。数分後、角笛の音とともに駅馬車は宿屋の庭から街道に出た。

その日の朝、カーライルはめずらしく楽観的な気分だった。朝食のテーブル越しに、やはり機嫌のよさそうなレディ・アデリーンが微笑《ほほえ》みかけてくる。

「彼女はこちらの申し出を受け入れてくれそうね」

「そう願っているところです」カーライルは答えた。いくら見通しが明るくても、相手はノエル・ラザフォードだ、最後まで気を抜くことはできない。「こちらの申し出を真剣に考えているようですから」

「わたしもそう思うわ」夫人はうなずいた。「あの人は……思っていたような人ではなかった」

「そうですか?」トーストにバターを塗りながら、おざなりに相槌《あいづち》を打った。

レディ・アデリーンとノエルのことをあれこれ話すのは気が進まない。アデリーンだけでなく、誰とも話したくなかった。はっきり言って、ノエル・ラザフォードのことは考えたくない。考えるたびに、なぜか罪悪感と悲しみで胸がいっぱいになり、彼女の力になりたいというばかげた衝動がこみあげてくるからだ。あんなに痩せて、気を張りつめ、暗い目をして……なぜまだ警戒心もあらわにぼくを見るのか?　まるで襲いかかられるのを恐れているように。

「ええ。実際に会うまでは、もっと……浮ついた派手な人だと思っていたの。でも、むしろ控えめな女性だわ。話し方にしろ、マナーにしろ、前もってわかっていなければ、レディとして育ったと思っていたかもしれない。それに美術の知識があんなにあるなんて。アダムのそばで自然と身につけたのでしょうけれど」アデリーンは言葉を切り、ややあって付け加えた。「もっとも、二十年もアダムのそばにいたわたしは、昨日の話に出てきた画家や彫刻家をまったく知らなかった。あなたたちの話には半分もついていけなかったわ」

「たしかに、それにはぼくも驚きました」カーライルはうなずいた。「少し安心しましたよ。あなたに恥をかかせるような女性ではなさそうです」

「ナイフやフォークの音をさせても、ひどい訛《なま》りの英語しか話せなくても、わたしは平気よ。アダムの息子がそばにいてくれるなら耐えられる。でも、そういう我慢は必要なさそうね。ただ、着るものは作らせたほうがいいと思うの。ギルバートのぶんも」

「おまかせします」カーライルは微笑した。

　これまでは希望を持たせるのを恐れていたが、どうやら今回は話がまとまりそうだ。ノエルははっきりそう言ったわけではないが、おそらく同意しかけている。セヴン・ダイヤルズで会ったときの頑《かたく》なな態度が、昨日はずいぶんやわらいでいた。まだためらってい るのが不思議なくらいだ。

いまのところは、よい返事を待つとしよう。アダムの息子を失う心配はまずないのだ。ふたりが住んでいる地域はかなり治安が悪いが、借りている部屋と帽子屋の往復には、ディッグスとその手下が目を光らせている。それに、ノエルがどんな女にせよ、息子を愛しできるだけのことをしてきたのは明らかだ。アダムの息子は幸せで、健康に見える。着ているものや食べるもの、住んでいる場所に難があるとはいえ、それもあと少しの辛抱だ。

カーライルは食事をおえると、義理の娘と孫の衣装をあれこれ考えているアデリーンを残して書斎に向かった。だが、なんとなく気持ちが落ち着かず、気がつくとノエルのことを考えていた。念のためにもう一度話しておいたほうがいいだろうか。レディ・アデリーンの帽子を買うという口実で、店に立ち寄るか？　実際、ノエル自身の帽子を買ってもいい。顔のほとんどを隠してしまう、つばが大きい地味な帽子以外に、もうひとつあっても困らないだろう。彼女のために帽子を買ったら、快く使ってくれるだろうか？　いや、その場で投げ捨てて踏みつけるかもしれない。

執事が客の来訪を告げに来て、カーライルの物思いを破った。そのあとを追うようにディッグスが険しい顔で入ってくる。こわばった顔を見たとたん、いやな予感に襲われ、カーライルは立ちあがった。「何があった？」

「あの女が消えました」

ディッグスの口にした言葉があまりに想定外だったせいで、カーライルはとっさに理解できなかった。「なんだと?」ようやく状況がわかると、怒りがこみあげ衝撃を押しやった。「また逃げたのか?」

「そのようで。借りていた部屋はもぬけの殻でした。いくつか残っているものもありますが、ほとんどが消えてます。荷造りして、姿を消したんですね」

「どうしてそんな事態になった? 見張りがついていたはずだろう?」

「ええ、部下が目を光らせてるはずでした」ディッグスは怒りと屈辱の入り混じった顔で目を落とした。「腕利きの男に見張らせていたんですが、昨日、そいつは家まで尾行しなかったんです」

「どうして?」

「言い訳できない失態です。いつもは有能なんですが、昨日の午後は眠気に負けちまい、気づいたら夜になっていたそうです。テーブルに突っ伏してぐっすり眠っちまったそうで」

カーライルは信じられずにディッグスを見つめた。「見張りの最中に眠っただと?」

ディッグスは所在なげに足を踏みかえた。「いま言ったように、いちばんの腕利きなんですよ。あいつらしくない失態です。店主に袖の下を渡し、帽子屋の向かいにある居酒屋で、窓辺のテーブルに陣取って見張ってたんです。目立たないように、ときどきビールを買って——」

「酔っ払って眠りこんだのか」

「さもなきゃ、誰かがビールに何かを入れたのか」

「薬で眠らされた？　あの女に？」カーライルはじっとしていられずに歩きはじめた。ディッグスは肩をすくめた。「証拠はありませんが、わたしはそう思ってます」

「くそ！」カーライルは机に拳を打ちつけた。「あっさり信用したぼくがばかだった。てっきり――」苛立《いらだ》って首を振る。「またしても出し抜かれたか」

おそらく最初からそのつもりだったのだろう。突然気が変わり、その日のうちに自分を見張っている男に薬を盛って逃げだすなど不可能だ。そうとも、最初から慎重に計画し、実行に移したにちがいない。薬を手に入れる手配や、見張りのビールに一服盛る手配をするには時間がかかる。ノエル自身が、飲み物に薬を入れるほど見張りに近づくことはできないからだ。

昨日すっかり態度をやわらげ、こちらの申し出を考えているふりをしたのは、疑いを解き、油断させて、時間を稼ぐためだったにちがいない。それなのにまんまと騙《だま》され、相手の思うつぼにはまったばかりか、同情さえ感じるとは。何よりも、アデリーンの希望をかき立ててしまったことが悔やまれる。それを思うと何かを思いきり殴りたかった。

だが、癇癪《かんしゃく》を起こすより、早急に適切な手を打つべきだ。カーライルはどうにか落ち着きを取り戻した。「どれくらい先行していると思う？　その男は目を覚ましたあと、あの女を捜したのか？」

「ええ、ドーキンスはまっすぐあの女が借りている部屋に駆けつけました。ですが、そのころには夜もふけていたんで、部屋を訪ねるのは控えたんだそうです。相手に知られずにあとを尾《つ》けろ、と命令してあったもんですから。翌朝女が出かける時間まで外に待機していたが、いつもの時間に出てこないので、確認したら部屋が空っぽだった、と」

「あの女に薬を盛られたのは、見張っているのがばれたからだ。ノックするのが少しばかり遅すぎやしないか？」カーライルは鋭く言い返した。

「たぶん、へまのせいでクビになるのが怖かったんでしょう。ふらふらしてたし、飲みすぎて眠っちまったと思ったでしょうから。薬を盛られたかもしれないと気づいたのは、わたしのところに報告に来て、何度も状況を説明させられたあとです。戻ったらすぐにクビにします」

カーライルはため息をついた。「いや、ノエル・ラザフォードに逃げられたのはその男が初めてじゃない。いちばんの腕利きなら、これからの捜索に必要だ」

「はい、使ってる男たちを総動員して捜してます。ドーキンスには、部屋を借りてた家の近所で聞きこみをさせたんですが、女が出ていくところは誰も見てません。まあ、あのあたりの連中は口が重いですがね。金をちらつかせても、あの女を見たという人間はひとりも見つけられませんでした。馬車に乗って街を出たかどうかも調べてるところです。最寄りの宿から当たってますが、こっちの裏をかくために、離れた駅で馬車に乗った可能性もありますから」

「ああ、あの女ならそうするだろう」カーライルは苦々しい思いで言った。「いつも二歩先を行っているからな。帽子屋はどうだ？　そっちも調べたのか？」

「アイ。真っ先にわたしが行きました。あの粋なフランス人店主が、今朝は仕事に出てこない、と両手を振り立ててフランス語で怒りまくってました」

カーライルはうなずいた。「まあ、あの店に隠れている可能性は薄いだろう。間違いなくまた大陸に向かうな。となると、ドーヴァーを越える可能性が高い。馬車を雇うだけの金はないだろうから、きっと駅馬車を使う。ぼくが追うことはわかっているはずだ。とにかく時間を稼ごうと、大急ぎで街を出たにちがいない。今朝いちばんで駅馬車が出発した宿はどこか調べてくれ」カーライルはため息をついた。「さもなければ、昨日の夜か。昨夜のうちに駅馬車に乗っていたら、厄介なことになるぞ」

まずい展開ばかりが頭に浮かび、それから一時間は苛々しながら書斎を歩きまわった。ディッグスが可能性のある三つの宿の名前をたずさえて戻ると、カーライルはひとつの名前を指先で叩いた。「ランニング・ヘアだな。借りていた部屋からは少し遠いが、ここから出る馬車がいちばん早い。それに逃げる野兎《ランニング・ヘア》という地名も気に入ったにちがいない」

そこまで言うと、カーライルは口元をゆがめた。この件であの女の本性がわかった気がする。いかにも誠実そうな物腰だが、実際は人を欺く術に長《た》け、自分の役割を見事に演じる度胸もある。こちらの申し出に即座に同意すれば、裏にある動機を疑われると考えて、最初はわざとはねつけたにちがいない。それからしだいに態度をやわらげ、こちらに気を持たせながら逃亡の計画を練った。たんに賢いとか狡猾《こうかつ》なだけでなく、何があっても自分を曲げない意志の強い女だ。そしてカーライルを憎んでいる。あの女が抱いている深い憎しみには、理性的な説得も、寛大な申し出も、とうてい太刀打ちできなかったのだ。

「必ず見つけて連れ戻します」ディッグスが言った。「わたしが追いかけますよ」

「いや」カーライルは厳しい声でさえぎった。「念のため、ほかのルートにも追っ手をかけろ。ランニング・ヘアにはぼくが行く。二度と逃がすものか。必ずこの手で捕まえてみせる」

6

ディッグスが命令を遂行するために急いで立ち去ると、カーライルは召使いにことづて、御者に二輪馬車を用意させた。ノエルは何時間も先行しているとはいえ、ランニング・ヘアから早朝に出発したのは速度の出る郵便馬車ではない。その点、カーライルの馬車は軽装で、二頭の葦毛《あしげ》も脚が速い。それに駅馬車は途中で何箇所も停《と》まるが、こちらはどこにも立ち寄る必要はない。途中で馬がへばれば、すぐさま換える金もある。どんなに遅くともドーヴァーで捕まえなくてはならなかった。そこから船でヨーロッパ大陸へ渡られたら、またしても完全に見失ってしまう。カーライルは書斎に戻り、金庫から金貨の小袋を取りだした。あの忌ま忌ましい女狐《めぎつね》が相手では、途中でどういう問題に出くわすかわからない。

ランニング・ヘアで馬番から〝まだ幼い男の子を連れた魅力的な女性が、たしかに今朝いちばんのドーヴァー行きに乗った〟と聞きだすには、ほんの数シリングしかかからなかった。カーライルは急いで馬車に戻り、御者に告げた。「急いでくれ、モートン」

腕のいい御者が二頭の駿馬《しゅんめ》を全速力で走らせたおかげで、先行している駅馬車とかなり距離を縮めることができた。馬を換えるために宿に立ち寄ったときも、時間を無駄にせず、御者に飲み物と軽食をとらせただけでふたたび街道を走りだした。

それでも、午後遅くなっても駅馬車は見えてこなかった。ノエルはそろそろドーヴァーに着くころではないか？　ドーヴァーで彼女を捜すのは、走っている駅馬車を止めるよりはるかに困難だ。不安になりはじめたとき、馬を換えるため立ち寄った宿に駅馬車が停まっているのを見て、心臓が跳ねあがった。だが、残念ながらそれは反対方向へ向かう馬車だった。そのあともひたすらドーヴァーを目指し、黄昏時《たそがれどき》になってようやく、前方を重たげに進む駅馬車が見えた。

モートンが手綱を鳴らして馬の速度をさらにあげ、前を行く馬車に並ぶと、道の脇に寄って止まれと御者に合図した。駅馬車の御者が肩をすくめ、ゆっくりと馬車を止める。自分の馬車がその前をふさぐように止まると、すぐにカーライルは飛びおりた。

駅馬車の御者が身を乗りだし、声をかけてきた。「旦那！　何事ですかい？」

カーライルはこの問いにはかまわず、駅馬車の扉を乱暴に開けた。驚いた乗客がいっせいにこちらを見る。そのなかにギルバートとその母親がいないことはすぐにわかった。

カーライルは低い声で毒づいて勢いよく扉を閉め、こわばった体を伸ばしつつ御者台から降りてくる男に目をやった。「女性を追っている」

がっしりした御者は大きな笑い声をあげた。「わしらはみんなそうでさ、旦那」

「これは今朝いちばんにランニング・ヘアを出発した駅馬車だな?」

「アイ」御者はいきなり止められたことに腹を立てている様子もなく、むしろ喜んでいるように腰を伸ばした。

「子ども連れの女性が乗ったはずだ。女の身長はこれくらい。茶色い髪に青い目、ほっそりした体に地味な服を着ている」カーライルが銀貨を何枚か取りだすと、御者は少し興味を持ったように見えた。

「アイ。そんな女がひとりいたっけな。けど、メードストンで降りましたよ」

「くそ」カーライルは顎をこわばらせた。またしても出し抜かれたか。ノエルは、この馬車を追ってくることがわかっていたにちがいない。だから早めに降りたのだ。いまごろはどこにいてもおかしくない。

御者は機嫌よく言葉を続けた。「子どもは連れてなかったけどね」

「なんだと?」自分の馬車に戻ろうとしていたカーライルは、御者の言葉に足を止めた。

「男の子は連れていなかった?だったら、捜している女ではないな」

「みすぼらしい服を着た別嬪《べっぴん》じゃないのかね?」

「ああ、魅力的な女性だが……」

「おれも見ましたよ」御者台にいる護衛が口をはさんだ。「髪は帽子に隠れて見えなかったけど、天使みたいな顔だった。それに小さい子を連れてたよ。乗るときに見たんだ」

「へえ、降りるときに子どもはいなかったけどな」御者が言い返す。

護衛は首を傾《かし》げ、少しのあいだ考えていた。「そうかもしれない。おれが見たのは離れてく後ろ姿だったが、たしかにそんときはひとりだけでした」

どういうことだ？　ノエルはギルバートをどこへやった？　カーライルは護衛にもいくつか硬貨を渡し、自分の馬車に戻った。ノエルがギルバートを愛していることはたしかだ。それとも、あれも演技だったのか？　いや、そんなはずはない。しかし、ギルバートをどこかに置き去りにしたのでないとすれば、あの子をどうしたのだろう？

今朝ディッグスの報告を聞いたとき、カーライルは激怒し、ノエルにこれ以上腹を立てるのは不可能だと思ったが、いまやさらに怒りを募らせて、メードストンまで戻れとモートンに告げた。メードストンの町を通る駅馬車は、おそらくいくつもある。そこからどの方向に逃げてもおかしくない。

とはいえ、ひとつひとつ可能性をつぶしていくしかないのだ。メードストンで馬車を降りたあと、ノエルは最初にそこを出る馬車に乗ったと考えるべきだろう。あんがい、目的はどこか特定の場所へ行くことではなく、追っ手をまくことなのかもしれない。

メードストンの駅馬車が停まる宿はひとつではなかったが、幸運にも二番めの宿でノエルのことを覚えている馬番に出くわした。いくら帽子や地味な服で隠しても、ノエルが男の目を惹《ひ》く女性であることがここでもさいわいし、硬貨をいくつか握らせるとその馬番から必要な情報を聞きだすことができた。ノエルは二時間まえにタンブリッジ・ウェルズ経由ブライトン行きの馬車に乗った、と。

どちらも最終目的地だとは思えない。ノエルがその馬車を選んだのは、それに乗れば、文字どおりどこへでも行けるからだろう。ぐるりとまわって、ギルバートを残してきた場所に戻るつもりだろうか？　あの女はどこかの宿にギルバートをひとりで残してきたのか？

カーライルは怒りで歯ぎしりした。そんな女にアダムの息子を育てる資格はない。ギルバートを祖母にも会わせようとせず何年も街を転々とし、あの子に与えられて当然の快適な暮らしと喜びを否定し続けてきただけでは足りず、まだ同じことを続ける気なのか？ノエルを見つけたら、なんとしてもギルバートの居所を聞きださなくてはならない。そして二度とあの子を手元から離すまい。ノエルには、〝子どもを奪おうとした〟とあらぬ疑いをかけられたが、今回は実際にとりあげてやる。

カーライルは最初、メードストンとタンブリッジ・ウェルズのあいだにある駅は素通りするつもりだった。わざわざ馬車を停め、尋ねる時間が惜しいと思ったのだ。それに一日一台しか停まらないような駅で、ノエルが降りる可能性は低い。だが、途中で気が変わり、そこも調べることにした。小賢《こざか》しいあの女のことだ、こちらがそう思うのを見越して小さな駅で馬車を降り、またべつの方向に向かうか、べつの移動手段に切り替えるつもりかもしれない。逃亡を手助けする、ねんごろな仲の男がいて、駅馬車が停まる宿で待っている可能性もある。ディッグスの調べではそれらしき人物は浮かばなかったが、そういう男の存在を隠しておく知恵はまわる女だ。

しかめ面で不快な想像をしていると、馬車が速度を落として止まった。馬車の扉を開け、片脚を地面に降ろしたとき、宿から女性が出てきた。なかの灯《あか》りに背後から照らされ、黒い影にしか見えないが、それが誰かは即座にわかった。ノエルだ。

カーライルは、きびすを返して宿のなかに逃げこむ女のあとを追った。

カーライル・ソーン！　まったく、なんてしつこい男なの！

自分たちがどの駅馬車でロンドンを出たか、それを彼が突きとめるのはノエルも予測していた。ソーンは愚かではないし、なんとしてもギルを手に入れようとしているのだから。でも、雇った男たちに追わせるのではなく、自分で追いかけてくるとは思いもしなかった。ノエルが途中で馬車を乗り換えたと気づかず、まっすぐドーヴァーに向かった追っ手が町を捜しまわるのを当てにしていたのだ。そうすれば、さらに馬車を乗り換え、追っ手を引き離せる。

メードストンで駅馬車を降りたノエルは、目立たぬようにそこよりも小さな宿へと向かい、さいわいにもブライトン行きの駅馬車に乗り換えることができた。その後はタンブリッジ・ウェルズで降り、ロンドンで待つギルのもとへ戻るつもりだった。

だが、そこでツキが変わった。駅馬車の車輪が壊れて、修理のために近くの駅に立ち寄らざるを得なくなったのだ。そして修理が終わるのをじりじりしながら待っているところに、悪い夢でも見ているように、カーライル・ソーンが自分の馬車から降りてきた。

まったく、ソーンのようにしつこい、腹立たしい男がいるだろうか。ギルと一緒ではないから、これまでのような恐怖は感じなかったが、おとなしく捕まるつもりはない。ノエルは宿に駆けこみ、ぎょっとしているメイドの横を通過して、目についたドアを開けて飛びこんだ。厨房《ちゅうぼう》を走り抜けて裏口から夜のなかへ走る。背後で悲鳴と何かがぶつかるような音がしたところをみると、ソーンが追いかけてくるにちがいない。ノエルは振り向く間も惜しみ、月明かりの下でも暗い小道を走りだした。

スカートを持ちあげ、前方の低い石壁を跳び越える。石垣の先は墓地で、追悼の碑や墓石を避けなくてはならないぶん、速度が落ちた。ソーンがノエルの名前を呼んだ直後、どさりと音がし、罵倒する声が聞こえた。いい気味だ。墓石と正面衝突して、足首を捻挫すればいい。

残念ながらこの願いはかなわず、地を蹴って走る音がどんどん近づいてくる。ノエルは前方の屋根付き門を走り抜け、草に覆われた教会の庭に駆けこんだ。目の前に建物がそそり立っている。あのなかに逃げこもうか？　絶望に駆られてそんな思いが頭をよぎったが、ソーンのような男から逃れられる場所はどこにもない。

ノエルはあえぎながら走り続けた。いまにも心臓が破裂しそうだ。ソーンはいまや荒い息遣いが聞こえるほど近い。夢中で踏みだした足が地面から出ている木の根につまずき、倒れそうになった。が、地面にぶつかる寸前にソーンにつかまれ、引き寄せられる。ノエルはとっさに蹴りつけたものの、平衡を失って彼を巻きこみ、もつれるように倒れこんだ。

ぶつかる寸前にソーンが体をひねり、ノエルは彼の上に倒れた。体にまわされた腕が、鉄の檻《おり》のように体を抱えこむ。なんとか逃れようと荒い息をつきながら身をよじり、蹴り、両の拳で彼を叩《たた》いて地面に転がった。

やがてソーンが上になり、体の重みでノエルを押さえつけた。必死に突き放そうとしたが、ソーンはびくともしない。気がつくとふたりの体がぴたりと重なり、ノエルはソーンの熱に包みこまれていた。息を吸うごとに、土とつぶれた草のにおいに混じった彼のにおいが鼻孔を満たし、乱れた呼吸が耳をくすぐる。

ソーンもふたりの姿勢のきわどさに気づいたらしく、両手をついてノエルの上から降りた。すばやく立ちあがり、ノエルを引っ張るようにして立たせる。「ギルバートをどうした？　あの子はどこにいる？」

ノエルはつんと顎を上げ、いかつい顔をにらみつけた。捕まったからといって、おとなしく答えると思ったら大間違いだ。だいたい、息が弾んでとても話をするどころではない。

ノエルが黙っていると、ソーンは苛立《いらだ》ちをあらわにした。「さっさと話せ。ギルバートをどこにやった？」

「教えないと言ったらどうするの？　殴って言うことを聞かせるつもり？」

「ああ、そうしたいね」ソーンは言い返した。「だが女を殴る気はない。教えなければ、きみを法廷に引きずりだす。ぼくはギルバートの後見人だ。どんな判事でも、ギルバートにまともな暮らしをさせたがらない母親より、ぼくのほうがギルバートのためを思っていると判断するだろう。何しろきみは、約束のひとつも守れない女だからな」そう言うと、まるで火傷《やけど》でもしたようにノエルの腕をいきなり放した。暗がりのなかでも彼が激怒しているのは見てとれた。「きみはもう逃げないと約束したんだぞ」

「あなたもわたしたちを襲わないと約束したわ！」

「襲ったわけじゃない。それとも、きみがまたしてもアダムの息子を連れて逃げだすのを、指をくわえて見ていろと？」

「約束を破ったのはそっちよ！　こんな嘘つきを信じて罠《わな》に落ちるなんて、ほんとにばかだったわ」

「罠？　快適な住まいと何不自由のない暮らしの、どこが罠だ？　まったく、こんなに頑固で愚かで疑《うたぐ》り深《ぶか》い女には会ったことがない！」

「疑り深かったからこそ、これまで無事でいられたのよ」ノエルは言い返した。「あなたはヨーロッパ中を追いかけまわし、そのあいだも隙あらばギルを奪おうとしていた。そんな男の約束を信じるなんて……。間に合うように気がついて、ギルを逃がすことができて本当によかった」

「逃げたのはぼくのせいだと言うのか？」

「そうよ！　あなたは嘘をついた。口当たりのいい約束、伯爵夫人の厚意、ギルとわたしに待つ素敵な人生を描写してみせて、ギルに好かれ、馬や本を約束し……」

「それのどこが悪い？　それこそあの子が送るべき人生だ！」

「すべて口先だけだからよ！　わたしを油断させるための方便、ギルをたやすく奪うための――」

「ギルバートを奪う？　またその話に逆戻りか。ぼくは彼をさらおうとしたことなど一度もない！　そんなことは決して――」

「さらおうとしたわ！　ベルンでも、バルセロナでも。わたしたちを追いつめたほかの街でも。昨日もさらおうとしたくせに！」

「ベルン？」ソーンは驚いてノエルを見た。「バルセロナ？　いったいなんの話だ。ぼくはバルセロナに行ったことなど一度もないぞ」

「あなた自身はね。紳士は自分の手を汚さない。もちろん、襲ったのはあなたの雇った男よ。昨日の男みたいな」

「ぼくの雇った男……」ソーンは眉間にしわを寄せて、じっとノエルを見た。「昨日何が起こったのか、話してもらったほうがよさそうだな」

「あの男から聞かなかったの？　まあ、しくじった報告をするのは気が進まないんでしょうね。あの男はいつものように帽子屋からわたしたちを尾行してきた。そしてセヴン・ダイヤルズに入ると、急に走ってきてわたしを突き飛ばし、ギルを抱えあげて連れ去ろうとしたのよ」

「ノエル」

なぜかソーンは、このとき初めて名前でノエルを呼んだ。落ち着いた、静かな声だったが、ノエルはうなじの毛が逆立つのを感じた。

「ぼくの雇った男は、昨日きみを尾行していなかった。ベルンでは、ディッグスがぼくの手紙を渡すために到着したときには、きみはすでに逃げたあとだった。バルセロナにきみがいたという報告は受けたことさえない」

ノエルはソーンを見つめ、ふいに膝の力が抜けるのを感じた。

「ノエル！」ソーンが前に飛びだし、腰に腕をまわす。ノエルはぐったりとその腕にもたれた。ひどい耳鳴りがして脚に力が入らない。ソーンはノエルを抱きあげ、ベンチへと運んだ。「腰をおろして、頭をさげるといい」

ノエルは逆らおうとしたが、ソーンが後頭部をそっと押した。少しのあいだ頭をさげ、できるだけ深く呼吸していると、まもなくめまいは収まった。体を起こすのを見て、ソーンは横に座り、じっとノエルを見つめた。

「ベルンとバルセロナで何があったのか、詳しく話してくれないか」

考えをまとめようと、ノエルは震えながら両手で顔をこすった。「あれは二年ほどまえだった。バルセロナの通りを歩いていると、急に男が近づいてきてわたしを突き飛ばしたの」

「きみを殴ったのか?」

「いいえ。腕をつかんで地面に放り投げた、というほうが近いわね。でも、ギルが大声で叫んだおかげで、すぐそばの肉屋からご主人が飛びだしてきて、助けてくれたの。ベルンのときは公園で襲われた。でもあのときは、その男が近づいてくるのが見えたから、ギルをつかまれるまえに刺すことができたの」

「刺しただって?」ソーンは驚いて眉を上げた。

「編み棒でね」

「ぼくがこれまで刺されも切られもしなかったのは、幸運だったんだろうな」ソーンは皮肉のにじむ声で言った。「で、昨日は何があったんだ?」

「あの男はわたしたちを尾けてきた。振り向いたら後ろにいたわ。一昨日《おととい》の小柄な人と違って、尾行しているのがまるわかりだった。それからギルが跳びはねはじめたの。わたしが……いいえ、それはどうでもいいわ。とにかく、その男は突然走ってきてわたしを突き飛ばし、ギルをつかんでそのまま走り去ろうとしたのよ」そのときの恐怖を思い出し、ノエルは震える息を吐いた。「わたしの足では追いつけないほど逃げ足が速かった。でも、犬が飛びだしてきて、飼い主が松葉杖《まつばづえ》で男を打ちすえてくれたの」

ソーンはかすかに口元をゆるめた。「犬と松葉杖を持った男、それに肉屋か。きみは興味深い救い主に恵まれているようだ」

「たしかに」ノエルは自分でも笑みを浮かべようとした。「レディらしくないわね」そう言って膝の上で両手を握りしめた。世界が自分のまわりで崩れていくような気がする。「あれは、あなたが雇った男ではなかったのね？」

「ああ、違う」ソーンは身を乗りだし、まっすぐノエルの顔を見た。「ぼくの命でもレディ・ドリューズベリーの命でも、きみの望むものにかけて誓う。ぼくがならず者を送り、ギルをきみから引き離そうとしたことは一度もない。たしかに何年もきみを捜していたが、それはギルバートにストーンクリフに来てほしかったからだ――きみと一緒に。アダムの息子ときみを引き裂くようなことは決してしない。どんな母親にもそんなことはしない。ぼくは尊大な男かもしれないが、人でなしではないよ」

彼の言葉に、胸のわだかまりが解けていく。ノエルはソーンを信じたかった。これまでギルを守りたい一心で何もかもひとりで背負ってきたが、ソーンのような男性にならまかせられるかもしれない。でも、何年も敵だと思ってきたこの男性を信じてもいいのだろうか？

「考えてみてくれ」ソーンは落ち着いた声で続けた。「昨日ぼくがギルバートを誘拐しなくてはならなかった理由がどこにある？　きみがぼくの申し出を真剣に考えているのはわかっていた。分別のある人間ならそうするはずだ。ぼくはただ、きみが同意するのを待っていればよかったんだ。ギルバートを無理に奪う理由などない。まさか、レディ・ドリューズベリーがひそかによからぬことを企《たくら》んでいた、と疑っているわけではないだろう？　だいたい、ギルバートだけをレディ・ドリューズベリーのところに連れていって、なんと説明するんだ？　わざわざギルバートを怖がらせる必要がどこにある？　もっと、はるかに簡単な方法があるのに」

これまでとはべつの不安がこみあげ、体が震えた。両手がわなわなと震えているのに気づいて、ぎゅっと握りしめる。カーライル・ソーンに弱みを見せたくなかった。この五年、ソーンはいわば宿敵、夢にまで現れて自分を苦しめた相手だったのだ。

これも嘘だという可能性はある。昨日、尾行してきた男に襲われたときに確信したように、ソーンは自分に都合のよい嘘なら平気でつく、節操のない、良心のかけらもない男かもしれない。でもたしかに、昨日ソーンがギルをさらう理由はなかった。こちらは彼の申し出を受けるつもりだった。無理やりギルを奪う必要などなかったのだから。

仮にソーンが息子から母親を引き離そうと決意しているにせよ、いま無理やり引き離してギルの心を傷つけるのは愚かそのものだ。富と権力がもたらすすべてをギルに与え、貴族の世界に引き入れて、ギル自身が自然とノエルから離れていくよう仕向ければ目的は果たせる。それに、昨日襲ってきた男は、一昨日ふたりを尾行していた男とは違っていた。

ノエルはこの五年のことを思い返しながら言った。「でも……あなたがギルをさらおうとしたのでなければ……」

ソーンがうなずいた。「誰かがきみたちを狙っているんだ」

7

「ギルバートを迎えに行くぞ」

ソーンがそう言って、ふたたびノエルの腕をつかんだ。が、さきほどと違い、骨がきしむほどの力は入っていない。ノエルは逆らわずに立ちあがり、一緒に宿に戻りはじめた。

「だが、きみたちはあのみすぼらしい部屋にはもう戻らない」

「わたしに指図する気？」ノエルは皮肉たっぷりに言い返した。

「きみこそ、ぼくの提案にはなんであれ反対する気か？」

いまのは提案というより命令に近かったが、それは指摘せずにおいた。神経を張りつめさせて一日を過ごしたあと、恐ろしい事実が明らかになり、逆らう気力など残っていない。いまだけは、抱えている問題を誰かにまかせられるのがとてもありがたかった。

ノエルは首を振って答えた。「いいえ、いまの提案に反対はしない」

ソーンがちらっとノエルを見た。「きみはまず何か食べること。ブランデーも少々飲むんだ。そしてしばらく横になる。すなおに同意するなんて、よほど疲れているにちがいないからな」

「わたしは大丈夫よ」

「いや」ソーンは人差し指を立てた。「ぼくの指示に従ってもらう」

彼はノエルの腕に手を添えていた。ふと、自分が彼に寄りかかっていることに気づく。

ソーンの言うとおり、ノエルは死ぬほど疲れていた。昨夜はほとんど眠れず、そのあとは一日中緊張と不安に胃をかきまわされながら、馬車に揺られどおしだった。緊張の糸が切れたとたん気力も失《う》せてしまった。でも、ソーンに頼りすぎるのはまずい。この男性は敵ではないかもしれないが、友でもない。それを忘れないようにしなくては。ノエルはそう自分に言い聞かせ、気持ちを奮い立たせようとした。

ふたりは墓地をぐるりとまわり、しばらくのあいだ黙って歩いた。

やがてソーンが低い声で言った。「すまなかった。きみはずいぶん長いこと、ぼくを怖がって生きてきたんだね」ノエルは驚いて顔を上げた。まっすぐ前を見つめている彼の横顔しか見えない。「ぼくは決して……きみやギルバートに危害を加えようと思ったことはない。きみがギルを奪われることを恐れて逃げていたとは、思いもしなかった。ギルバートをきみから盗むつもりだと思っていたなんて」

「なぜ誤解したのか、まったく想像もできないわ」ノエルは皮肉たっぷりに言い返した。

ソーンは険しい顔でぱっとノエルを見た。「盗もうとしたわけじゃない！　金で買おうとしたわけでもない。ただ――」彼は唇を噛《か》んで、深く息を吸いこみ、前方に目を戻した。「初対面のときに……無礼な言動をとったことは認める」

「ええ、そういう表現の仕方もあるわね」ソーンは、自分の言動が誤りだったと認めたわけではない。無礼だった、と言っただけだ。

ソーンが苛立《いらだ》たしげに唇をゆがめた。「ぼくが赤ん坊をきみから取りあげたがっているという印象を与えたことは、深く悔やんでいる。謝罪を受け入れてくれるといいが」

「受け入れるわ」

その〝謝罪〟が、五年まえの言葉や振る舞いを帳消しにするわけではなかった。ソーンは当時と同じようにいまもノエルを軽蔑し、見下している。でも、少なくともこの謝罪は、今後は礼儀正しく振る舞うという意思表示だ。それに、彼とはどこかで折り合いをつける必要がある。ギルを狙っている人間がほかにいるとわかったいま、愛する息子を守るためにはソーンの申し出を受けるしかない。非力な自分よりも、ソーンのように力と富のある人間のほうがギルをしっかり守れるのは明らかだ。ギルの安全を確保するためなら、たとえ相手が悪魔のような男でも手を結ぶしかなかった。

宿に着くと、暖炉に火を入れた小部屋に通され、すぐにブランデーが運ばれてきた。ソーンが上流階級の紳士だからこその特別扱いだが、いまはそれがありがたいと思いながら、ノエルは暖炉のそばに置かれた椅子へ崩れるように座りこんだ。さきほどの逃走劇のせいで体中が痛む。それに、墓地を夢中で逃げる途中でショールをなくしたらしく、骨の髄まで冷えきっていた。ノエルは両腕で自分の体を抱えるようにして、暖炉の火に身を寄せた。

「ほら」顔を上げると、ソーンがすぐそばにいてグラスを差しだしていた。眉頭どうしがくっつきそうなほど険しい顔で、もう片方の手を肩へ伸ばしてくる。

「何を——」

ノエルが反射的に体を引くと、彼は手をおろし、気まずそうに言った。「きみの服は、最初からそこが破れていたのか?」

「さあ」鏡を見たのは、今朝これを着たときだけだ。「たぶん、墓地でやり合ったときに裂けたのね」

「ぼくは決して……そんなつもりでは……」

口元がほころびそうになった。どうやらこの男は、謝るのがよほど苦手らしい。手荒なことをするつもりがなかったのはわかっている。それどころか、地面に倒れるときに自分が下になるように体をひねり、かばってくれたのだ。でも、気にしないで、と告げる気にもなれなかった。彼の意図がどうあれ、真実がどうあれ、何年も追いまわされて心が休まる暇がなかったのは事実だ。

ソーンはいささかそっけなくグラスを差しだした。「これを飲むといい。少しは気分がよくなる」

ブランデーが喉と食道を焼きながらくだっていき、ノエルは思わずあえぐような声をもらしたが、胃に収まったあとは、たしかに少し元気が出た。だから、命令口調でもうひと口飲むよう言われても逆らわなかった。今後も同じようにおとなしく従うなどと、間違った思いこみを持たないでくれればいいのだけれど。そのつもりはまったくないのだから。

「よし」彼は向かいにある椅子に腰をおろした。「では……話を聞こうか。まずギルバートだが、あの子はどこにいる?」

「リゼットと一緒よ」ソーンの驚いた顔を見て、内心溜飲《りゅういん》をさげながら付け加える。「帽子を売っているお店の経営者」

「ギルバートはあの店にいるのか? 最初から、ずっとあそこにいたのか?」

「ええ。リゼットも同じ馬車に乗って、最初の駅でギルを連れて降り、ロンドンに戻ったの」ふいに恐怖に駆られ、ノエルはぱっと体を起こして立ちあがった。「ギルは――あの子のそばにはリゼットしかいない。急いで戻らなくては」

「心配はいらない」ソーンも立ちあがってノエルの腕をつかんだ。「ギルバートは安全だ。きみが戻ってくる可能性を考慮して、ディッグスに帽子屋を見張らせている。彼らはギルバートがなかにいることは知らないが、昼夜を分かたず交代で見張っているよ。ギルバートを連れて店から出てくる者がいれば必ず止めるとも。ロンドンに着きしだい帽子屋に行き、ギルバートを引きとるとしよう。それからきみたちとレディ・ドリューズベリーをストーンクリフに連れていく。そちらのほうが、ロンドンの邸《やしき》よりもはるかに守りやすい」

　ふだんのノエルなら、この男が自分と息子の処遇を勝手に決めていることに反発を感じたにちがいない。でも、いまは彼が主導権を握ってくれるのがありがたかった。自分で計画を練り、気力を奮い立たせずにすむのはずいぶん久しぶりだ。すべてを誰かの手にゆだねられるのは。

「きみが言った襲撃事件についてもディッグスに調べさせよう。ひとつだけ確認させてくれ。昨日の男はこれまで襲ってきた男と同じだったのか？」

　ノエルは首を振った。「いいえ、いつも違う男だった。きっとそのつど雇っているのね。実際にギルを狙っているのは、べつの人間だと思うわ」

「知っている男はひとりもいなかった？」

「ええ、見たことのない男ばかりだった」ノエルは記憶を探り、首を振った。「顔はあまり覚えていないの。いつも突然襲われ、ギルを守るのに精いっぱいで――」

「ディッグスには、まず昨日の男から捜させよう。だが、逆からたぐったほうが早いかもしれない。その男たちを雇ったのは誰か？　なぜギルバートを奪おうとしたか？　きみはぼくが背後にいると考え、ギルバートが狙いだと思いこんでいたが、狙いがきみだとしたら――」

「わたし？」ノエルは驚いて訊《き》き返した。急に何を言いだすのか、的外れもはなはだしい。

「わたしには狙われる理由などないわ。誰かの恨みを買った覚えもない。あなたをべつにすれば、だけれど」

ソーンはこの皮肉を無視した。「ギルバートはまだ五歳だ。大人のほうがはるかに敵を作りやすい」

「昨日の男の狙いは明らかにギルだったわ。わたしは脇に押しやられただけよ」

「きみを傷つけたいか、きみとよりを戻したければ、息子を奪うのがもっとも効果的だろう?」

「よりを戻す?　いったいなんの話?」

「嫉妬深い男の話だ」

「くだらない。そんな男はわたしの人生にひとりもいないわ」

「きみのような美人に?　この五年、ひとりも恋人がいなかったと信じろというのか?　きみに捨てられたくないパトロンなど――きみの気持ちがほかの男に移ったせいで取り乱した男など、存在しなかったと?」

「パトロン!　わたしが誰かの愛人だったと言いたいの?　金で買われ、毎月の手当をもらっていたって?」

「体裁を繕う必要はないさ。ぼくはきみが何をし、誰と一緒だったとしても気にしない。とにかく――」

「わたしがどういう女か、何をしてきたかなんて、まったく知らないくせに」

「ぼくはただ……襲撃を企《たくら》んだ相手が誰なのか突きとめたいだけだ。嘘をつかれたのでは、それができない。きみは魅力的な女性だ。アダムが死んだあと、赤ん坊を養わなくてはならなかった。アダムの息子がそういう環境で育ったことを考えると胸が痛むが、理解はできる」

「理解はできる？」ノエルはうんざりして繰り返した。「ええ、できるでしょうね。あなたは女を囲う側ですもの。あなたたち貴族にとっては、きれいな女はみんなふしだら。男が欲望を抱くような女は例外なくあばずれなんだわ。もちろん、その女が貴族ならべつ。その場合は、平民の女とはまるで違う基準があてはめられる」

ソーンの首が怒りで赤く染まった。「これはきみの階級とは関係のない話だ。きみが煙突掃除人の娘だとしても、関係ない。うぶな若者を誘惑して妻におさまる女性なら、パトロンがいたにちがいないと思ったまでだ」

「うぶな若者」ノエルは皮肉たっぷりに言い返した。「アダムが世間も女も知らない無垢《むく》な若者だったと思っているの？　二十歳にもなって、この世の悪にはまるで染まっていなかったと？」

ソーンは顔をしかめた。「アダムが若さにまかせて遊んでいたのは知っている」

「でも男だから、それくらいあたりまえ？」

ソーンはこの言葉を無視して続けた。「しかし、まだ若く、経験が浅くて、地位と富を狙う女の誘惑の手口にうとかった。騙《だま》されやすかった」

「おあいにくさま、アダムはあなたよりはるかに世知に長《た》けていたわ。わたしは美しい歌声で若い男を誘惑する魔性の女ではありません。あなたがどんな妄想を抱いているか知らないけれど、アダムと会ったのは居酒屋でも売春宿でもない。アダムはわたしに敬意を払い、家を何度も訪れたあとで求愛したのよ。アダムは、生まれや祖先ではなく、行いで相手を判断した。そしてわたしを愛し、わたしもアダムを愛した。ためらうわたしを結婚しようと口説いたのはアダムのほうだったわ」

「ぼくはべつに――」

「いいから聞いて」ノエルは怒りに燃える目でソーンをにらんだ。「アダムとわたしのことは、あなたには関係ない。あなたは何を聞いても、どうせ自分が信じたい内容しか信じないでしょう。でも、わたしが体を許したのはアダムだけだし、ほかの男に援助を求めたこともないわ。まあ、あなたにとっては真実など、とるに足りないことでしょうけれど。アダムが死んだあと、わたしはまっとうに働いてギルを育てた。どんな仕事でもしたわ。そして必死に働いた。生きていくために、アダムがくれたジュエリーも手放さなくてはならなかった。結婚指輪まで」涙がこみあげ、声がかすれたが、ノエルはがむしゃらに続けた。「わかっているわ。あなたみたいな人は、ほかの人間は足元の泥と同じだと思っている。でも、貴族の生まれでなくても道徳観念は持てるの。それに、あなたはわたしを見下しているけれど、それはわたしを選んだアダムを見下すのと同じことなのよ」

そこまで言いおえたノエルはきびすを返し、ドアに向かった。

「ノエル――いや、マイ・レディ……」ソーンが口ごもりながら、あとを追ってくる。

ノエルは振り向いた。「わたしはあなたのレディじゃないわ。心配しないで、逃げるつもりはないから。ギルのために、あなたの申し出は受ける。でも、もう侮辱されるのはたくさん。先に馬車に乗っているわ」

8

　彼らは夜を徹して馬車に揺られ、翌朝早くロンドンに到着した。ノエルは道中、眠ったふりをして過ごし、冷ややかな沈黙を保った。馬車がまっすぐリゼットの店に向かい、その前で止まると、ノエルは先に立ってリゼットの住まいへと階段を上がった。ノックに応えてドアを細く開けたリゼットが目を見開く。後ろにいるソーンに気づいてドアを閉めようとするのを、ノエルは片手で押さえて止めた。

「大丈夫。話せば長くなりますが、ミスター・ソーンとわたしは同意に達したんです」

　リゼットは驚いて探るようにノエルの顔を見たあと、一歩さがってふたりをなかに入れた。ギルが奥の部屋から飛びだしてきて、〝ママン！〟と叫び、フランス語で勢いよくまくし立てながらノエルに抱きつく。ソーンに気づくと嬉《うれ》しそうな笑みを浮かべ、英語で言った。「リゼットおばさんが、ママンはまだ戻ってこないと言ったけど」ソーンに視線を向ける。「カーライルおじさんのところへ行ったの、ママン？　ぼくたち、もうおうちに帰れる？」

「ええ、新しい家に行くのよ」ノエルはうなずいた。「伯爵夫人のところに泊まるかもしれない、って言ったのを覚えてる?」

「お祖母《ばあ》ちゃまのとこに行くの?」ギルが嬉しそうに顔をほころばせる。

「そうだよ」ソーンが答えた。「このまえ話したケント州にある邸《やしき》に、みんなで行くんだ」

「馬がいるところ?」ギルが目を輝かせ、ぱっときびすを返して寝室に駆けこんだ。

リゼットがノエルを脇に引っ張り、小声で尋ねてくる。「大丈夫なの? あの人に無理やり連れていかれるんじゃないのね?」

「ご心配をおかけしました。万事順調……とまではいきませんが、ずっとわたしたちを追いまわしていたのはミスター・ソーンじゃないことがわかったんです」

「だったら誰だったの?」リゼットが驚いて目をむいた。「それに、なぜ?」

「恐ろしいことに、わからないんです。それで、わたしだけでギルを守るより、ミスター・ソーンの申し出を受けたほうが心強いと思って」

ギルがスキップしながら部屋に戻ってきた。すでに小さな袋を肩にかけ、本を二冊抱えている。「用意できたよ」

「このまえの本だね」ソーンが言った。

「うん。ママンがいちばん大事なものを持っていきなさい、って」

ソーンはあの優しい笑みを浮かべた。唇の端がほんの少し持ちあがるだけで、顔全体の印象が驚くほど変わる。「持ってあげようか?」

ギルはうなずいて二冊の本をソーンに渡し、いつも母親とするように彼と手を繋《つな》いだ。

「お祖母ちゃま、急に行ったら驚くかな?」

悲しみと喜びの入り混じった奇妙な痛みに胸をつかれ、ノエルは涙ぐんだ。

「ああ、とても喜ぶぞ」ソーンがそう言いながら廊下に出るドアへ向かう。

「ママン?」ギルが肩越しに振り向いた。

「ええ、すぐ行くわ」すばやくリゼットに向き合った。「落ち着いたらすぐに手紙を書いて、全部説明します。急にお店をやめることになって申し訳ありません。でも、ギルを守らなくてはならないんです」

リゼットはフランス風に肩をすくめた。「わたしがフランスに戻るのを少し遅らせればすむことよ。お店のことは気にしないで。それよりあなたのほうが心配だわ。あの男と行って本当に安全なの?　あの人、ずいぶん険しい顔をしてるわ」

「傲慢で、狭量で、ユーモアをまったく解さない堅物ですが、わたしたちに危害を加えることはないと思います。それに、ギルを守るための富も権力もある人ですから」ノエルはそう言って微笑《ほほえ》み、部屋をあとにした。

ああ、口で言うのと同じくらい、確信を持てればいいのに。

客間に入ってきた三人を見て、伯爵夫人は急いで立ちあがり、歓迎するように両手を広げて進みでた。「ギルバート！　ああ、よかった」

ギルがためらわずに夫人の腕のなかに飛びこみ、おとなしく抱きしめられるのを見て、かすかな悔いがノエルの胸を刺した。こんなにすんなりソーンや伯爵夫人を受け入れるなんて、ギルはずいぶん家族に飢えていたにちがいない。

お茶のときにいた紳士が、暖炉のそばに立っていた。「また会えましたね」

「ネイサン」ソーンが微笑した。「きみにしては早いじゃないか」

「ネイサンの親切心につけこんで、わたしが頼んだの」

「いつでも歓迎ですよ」ネイサンは夫人に優しく言った。「ここはとても居心地がいいから」

「ありがとう」夫人は笑顔でネイサンの腕を叩《たた》き、まだ戸口に立っているノエルを見た。「どうぞ、こちらにいらして。またお会いできてとても嬉しいわ」

逃げだしたと聞いてさぞショックを受けたにちがいないが、その言葉に責めるような調子はなかった。

「ご心配をおかけしてすみませんでした」ノエルは心からそう言って伯爵夫人に歩み寄った。「実は――」そこでためらい、ちらっとソーンの友人に目をやる。

「ネイサンのことは気にしないで。家族の一員のようなものなの。わが家の秘密は全部知っているわ」夫人はノエルの腕を取り、小さなソファへと導いた。「先日、わたしが何か気にさわるようなことを言ったのなら――」

「いえ、ただの……誤解だったんです」

「誤解？」

「ええ」ソーンが口をはさんだ。「だが、ギルバートは子ども部屋で遊びたいんじゃないかな」そう言って微笑みを浮かべ、問いかけるようにギルを見た。「おやつでも食べながらね」

「うん！」ギルがソーンに駆け寄る。

ノエルは腰を浮かし、ちらっと息子を見た。この邸で、以前は敵だった人たちに囲まれ、ギルを目の届かないところにやるのは怖かった。でも、ソーンの言うとおりだ。これから話すことはギルの耳に入れないほうがいい。ノエルはソファに腰を戻した。

体格のよい召使いに伴われてギルが部屋を出ていくと、ソーンは残った面々を見て、いきなり言った。「レディ・ラザフォードは、ぼくがギルバートを奪おうとしていると思っていたそうです」

「なんですって？」伯爵夫人とネイサンがあんぐり口を開ける。

伯爵夫人と友人の〝まあ！〟とか〝なんてことだ！〟というつぶやきを合いの手に、ソーンはノエルから聞いた話と、一昨日《おととい》の出来事を説明した。

「で、あなたはどうするつもりなの？」

「まずあなたがたをストーンクリフに連れていきます」ソーンは答えた。「午後には発《た》ちたいので、召使いに荷造りするよう命じてくれませんか」

「でも、カーライル……ノエルとギルバートの服はどうするの？　せめて服地を買う時間だけでもとれないかしら？　服地があれば、普段着くらいなら村のお針子に頼めるわ。この邸にいれば安全なはずよ。少なくとも、あと何時間かは」

「ええ。ここは安全です。しかし、襲撃者がいるとわかっているのに、街を歩きまわるのは無謀ですよ」

「ギルバートはここにおいていけばいいわ」夫人は言った。

ノエルはギルをおいていきたくなかった。息子のそばを離れたくない。それに伯爵夫人の施しを受けるのもいやだ。邸で世話になるだけでも肩身が狭いというのに。

「奥さま、寛大なお気持ちには感謝しますが、わたしたちのことはどうぞ――」

夫人は片手を振ってノエルの言葉を払った。「寛大だなんて、使うのはギルバートのお金よ。服を何枚か買ったところでなんの問題ないわ。そうでしょう、カーライル？」

「ええ、もちろん。それに、ふたりの服装は整える必要があります」ソーンは目を細めてノエルを見た。「ドリューズベリーの跡継ぎとその母親が、ぼろをまとっているわけにはいきませんからね」

「カーライル！」夫人がたしなめた。「言葉がすぎますよ」ノエルに向かって続ける。「彼は、そういう意味で言ったのでは……」

まさしくそういう意味だったことはわかっている。ノエルとギルがみすぼらしい服を着ていてはラザフォード家の恥になるのだ。憐《あわ》れみや親切心ではなく、彼らの都合ということなら、服を買ってもらってもいいかもしれない。「ご心配なく、奥さま。ミスター・ソーンの言葉なら、何ひとつ額面どおりにとるつもりはありません」

伯爵夫人の驚いた顔も、ネイサン・ダンブリッジの低い笑い声も無視し、ノエルはソーンと同じ冷ややかな目で彼を見返した。

ソーンが鋭く言い返す。「服を買う必要はあるが、きみが外に出て、ならず者の攻撃に身をさらすのは避けるべきだ」

「どういうこと？」伯爵夫人はノエルを見た。「危険なのはギルバートだと思ったけれど」

「そのとおりです」ノエルはソーンをにらみつけた。「ミスター・ソーンが勝手に、攻撃の的はわたしだと思いこんでいるだけで」

「くそ……失礼しました、レディ・ドリューズベリー」彼は伯爵夫人に小さく頭をさげた。が、ノエルには謝らず、怖い顔でにらみ返しただけだった。「なぜわざわざ自分の身を危険にさらしたがるのか、ぼくには理解できないな」

ノエルは買い物になど行くつもりもなければ、行きたくもなかったが、ソーンが反対するのを見て気が変わった。「そんなつもりはありません。でも、息子の誘拐未遂がわたしに対する攻撃だというばかげた思いこみのせいで、家のなかに閉じこもって震えているのはごめんよ」

「ああ、そうだろうな。きみに分別を持てというほうが無理なんだ」

「カーライル、そんな言い方は失礼よ」伯爵夫人が立ちあがり、ソーンの腕を優しく叩いた。「気持ちはわかるけれど、そんなに気を揉《も》まないで。馬車でお店に行くだけですもの、危険などひとつもないわ。御者と召使いも一緒なのだし」

「アンダースとジャクソンだけでは心配です」カーライルはそう言ったものの、譲歩する気になったらしくため息をついた。「仕方がない、ぼくもお供します」

ノエルはカーライルの顔に浮かんだあきらめを見て、笑みを噛《か》み殺した。ほんの少し、この男性に対する反発が薄れる。でも、ほんの少しだけだ。

「無理をすることはないさ」ネイサン・ダンブリッジが口をはさんだ。「きみのレディたちの付き添いは、ぼくが喜んで引き受ける」ネイサンは笑顔で伯爵夫人とノエルにお辞儀した。「こんなに美しい女性をふたりも連れていたら、羨望の的になるだろうな」

この外出は思いのほか楽しかった。純粋にショッピングを楽しむのは、ずいぶん久しぶりだ。伯爵夫人は、ノエルのマナーにも粗末な服にも批判やぐちをひとつとしてこぼさず、他愛《たわい》のないおしゃべりをしながら必要なものを選んでいく。ネイサン・ダンブリッジもソーンよりはるかに愛想のよいエスコート役だった。

彼はハンサムなだけでなくチャーミングで、話術に長《た》け、伯爵夫人やノエルばかりか、通りでばったり出会った知り合いから、街角に立つ花売りの少女まで——ネイサンは伯爵夫人とノエルにそれぞれ小さな花束を買ってくれた——誰にでも笑顔で話しかける。ノエルもそれにつられ、気がつくとすっかり打ち解けておしゃべりを楽しんでいた。

とはいえ、夫人が次々に服を買っていくのに驚いて、あわてて止める一幕もあった。

「でも、レディ・ドリューズベリー、これは多すぎます。そんなにたくさん……その半分も着られませんわ」

「いいえ、普段着だけではなく、ほかにもいろいろと必要よ。ストーンクリフは都会ではないけれど、ちょっとした集まりや、食事会や、ダンスパーティがあるんですもの」

「そのとおりですよ、奥さま」ネイサンがそばから口を添えた。「ぼくもいちばん近い隣人として、歓迎会を催しますとも。そのためなら、陰気な弁護士のもとを訪れるかいがあるというものです」その事務弁護士に所領の一部を売れと勧められているとかで、真面目一方の若い弁護士との直近のやりとりを面白おかしく話して聞かせた。「たしかにトンプキンスの言うとおり、邸を担保に借りている金額が大きすぎるんです。しかし、所領を切り売りすれば、死ぬまで祖母の幽霊に祟《たた》られますからね」ノエルが同じ状況ならとても真《ま》似《ね》できないような明るい声で、ネイサンはそう付け加えた。

伯爵夫人に熱心に勧められて、ノエルは新しい服を仕立てることに同意したが、馬車が夫人行きつけの仕立て屋の前で止まると、夫人を脇に引き寄せ小声で告げた。「どうか、こんなことをなさらないでください。わたしを手なずける必要も、説得する必要もありませんわ。ケント州のお邸に行くのはギルのために決めたことで、見返りなどいらないんです」

夫人は驚いてノエルを見た。「もちろんですとも。あなたを買収しようとしているわけではないのよ。ただ、もうずっとまえにあなたが受けとるべきだったものを差しあげたいだけ」夫人は涙を浮かべ、ノエルの手を取った。「息子はあなたを愛していた。わたしがあの子にしてやれることは、あとに残されたあなたを大切にすることだけなの。これまでのやり方は本当に間違っていたわ。夫に反対する気になれなくて。その気になれば、もう一度アダムを家族として迎え入れるよう、夫を説得できたはずなのに。実際、カーライルの助けを借りて説得したのよ。でも、そのときにはもう……遅すぎたの。アダムは死んでしまった。安易な道を選んだために、息子と最後の時間を過ごすことさえできなかった。一生悔やむでしょうね」

長いこと義母に抱いてきた反発が同情に代わり、ノエルはその手を取った。「アダムはお母さまを心から愛していました。いつも愛情のこもった声で話してくれましたわ。お母さまを責めたことは一度もありませんでした」

「ありがとう」夫人は優しい笑みを浮かべ、瞬《まばた》きして涙を払った。「過去を変えることはできないけれど、残された家族を大切にすることはできるわ。これからはそうするつもり。カーライルとギルと、アダムが愛したあなた。わたしにとっては三人とも大切な家族よ」

9

買い物から戻ったレディ・アデリーンが少し休むと言って二階の部屋に引きとり、ノエルがギルの様子を見に行ってしまうと、カーライルはネイサンにねぎらいの言葉をかけた。

「女性の買い物に付き合ったあとだ、疲れたろう。書斎で一杯やらないか」

飲み物を手にして書斎に落ち着くと、カーライルは言った。「きみが付き添ってくれて助かった」

「いやな役目じゃなかったよ」友人はあっさりそう言った。「ふたりと過ごすのはとても楽しかった」グラスを口元に運び、言葉を選びながら続ける。「レディ・ラザフォードは……思っていたような女性じゃなかったな」

「ああ、そうだな」カーライルはうなずいた。「稀代《きだい》の嘘つきかもしれないが……くそ、ネイサン、ぼくはやり方を間違えたようだ。彼女はぼくを嫌っている。ギルバートの母親だというのに」

「しばらく一緒に過ごせば、きみに対する印象も変わるさ」

「どうだか。尊大で融通のきかない、聖人ぶった俗物だと思われているからな」カーライルはため息をついた。「まあ、そのとおりかもしれない」

　ネイサンは驚いて眉を上げた。「きみが？　いったい何をしたんだ？」

「これまでの襲撃に関する情報が欲しかっただけなんだが、またしてもすっかり怒らせてしまった。ぼくはただ、ふたりを守るため、彼女に恨みを抱きそうな人物の情報を知りたかっただけなんだ。そういう男のひとりが、ギルバートを奪い、彼女を傷つけようとしているんだと思う。ギル自身が狙いだとは思えない。まだほんの子どもだからな」

「だが、誘拐すれば身の代金をたっぷり搾りとれる子どもだぞ」

「それは考えたさ。しかし、ギルバートがラザフォード家の跡取りだと、犯人はどうやって知ったんだ？　彼女はギルが生まれたときから、さまざまな偽名を使ってあちこちを転々とし、外見も変えていたのに。それに彼女は、男なら簡単には手放したくない女性だ」

「まあね」ネイサンは友人の顔をじっと見た。「たしかに、きみはなんとしても彼女を連れ戻そうとしていたな」

「あたりまえだ。ギルバートが一緒だったんだから。まさか、ぼくが彼女に惹《ひ》かれているとほのめかしているんじゃないだろうな」ノエルを見るたびに感じる欲望は、惹かれているせいではない。「ノエルはぼくにとっては厄介の種でしかない。それはともかく、ぼくは元恋人について尋ねたんだ。アダムが死んでから彼女に金銭的な援助をしてきた男たちのことを。ところが、そんな男はひとりもいないときた。この五年、どんな仕事であろうとえり好みせず自活してきたというんだ」

「まあ、あの身なりがその証拠だと言えないこともない。ロンドンでもどこかの店で働いていたんだろう?」

「ああ」カーライルはグラスを置いた。「金を渡していた男がいたとしても、あんなに痩せて生活に疲れているところをみると、大した額ではなかったんだろう。それはべつにしても、これまでのぼくの認識が完全に誤解だったとしたら? 本人の主張が正しくて、アダムを罠《わな》にかけ、不幸な結婚に追いやったわけではないとしたら? 彼女が言うには、アダムとは実家の客間で会っていただけだし、結婚してくれと迫ったのもアダムのほうだったそうだ。まあ、彼のやりそうなことだが。アダムは昔から衝動的で、感情で動くたちだったから。芸術家気質、というのかな。ぼくには理解できなかったが」

「きみは理性的で、行動するまえにじっくり考えるタイプだからな。それに、ノエルがアダムを誘惑し、まんまと罠にかけた、と思っていたのはきみだけじゃない。ぼくも同じような想像をしていた」

「ぼくがそう言ったからだ」

「きみだって、伯爵がそう言ったから信じたんだろう?」

「ああ。なんの疑問も持たなかった。伯爵はボウ・ストリートの探偵を雇って調べさせたんだ。その探偵が、雇い主の聞きたがっていることを察したのかもしれないな。さもなければ、伯爵が自分の思いこみに合わせて報告をねじまげたか。当時はアダムに反抗されて激怒していたからな。自分に当てつけるためにアダムはあばずれと結婚した、と思いこんでいた」

「それもアダムならやりそうなことだった」

「たしかに。だが、ぼくは自分で調べもせずに、アダムの結婚相手はひどい女だと決めつけた。いま考えると、伯爵の言葉をあっさり鵜呑《うの》みにしたのは、彼女が上流階級の女性ではなかったからだと思う。ぼくたちのひとりではなかったから。オックスフォードに行き、アダムと話すべきだったんだ。ふたりが結婚するまえに、ノエルと会っておくべきだった」

「アダムの助けに駆けつけなかったからって、自分を責めるのはよせよ。きみは彼の保護者じゃなかったんだから」

「だが、ぼくはノエルを苦しめるのではなく、守るべきだった」

「いまそうしているじゃないか」ネイサンがとりなすように言った。「ぼくはきみを知っている。きみの目が届くストーンクリフにいれば、あのふたりはどこにいるよりも安全だ」

「ああ、きっと守ってみせる」カーライルは厳しい声で言った。

「ぼくも一緒に行けるといいんだが、母に、次の舞踏会まではこっちにいるよう言われているんだ。パーティの準備など何ひとつできないから、なぜぼくがいる必要があるのかはさっぱりわからないが、断れば泣くに決まってる。そして……」

「罪悪感に駆られ、結局、承知するはめになる。きみは女性の涙には人一倍弱いからな。ぼくの頑固で尊大な性格を少し分けてあげたいくらいだ」カーライルは軽口を叩《たた》いて口元をゆるめた。

ネイサンが鼻を鳴らした。「きみだって、レディ・アデリーンに頼まれればいやと言えないくせに」

「あの人の頼みを断れる者などいないさ」

「たしかに」ネイサンはうなずいた。「とにかく、母のパーティが終わったらぼくも邸《やしき》に戻る。それが言いたかったんだ。ストーンクリフからはひとっ走りの距離だから、多少は役に立てると思う。なんでも言ってくれ」

「ありがとう。迷惑をかけたくないが、頼りになる友がそばにいてくれれば助かる」

「迷惑なものか。厄介な仕事はトンプキンスにまかせておくさ」

「誰だって?」

「ぼくの事務弁護士だよ。とびきり賢くて、用心深くて、堅苦しい男だ」

「ああ、葬儀屋みたいな男か。まあ、見かけは陰気でも、知恵がまわるし用心深いなら、事務弁護士としては有能なんだろう？」

「まあね。顔を合わせるたびに、聞きたくもないことを言うのが玉に瑕《きず》だが。女相続人と結婚すれば、どれほど財政状態の助けになるか、とか」ネイサンはため息をついて手にした飲み物に目を落とし、グラスのなかでまわした。「あれを聞くと苛々《いらいら》する。何しろ、ぼくが結婚したい唯一の女性は、ぼくよりもっと貧しいんだから」

「わかってる」

「それに、彼女はほかの男を愛している」

「そろそろアナベスも、スローンに振られたショックを乗り越えたんじゃないか？」

「どうかな。その愛情がぼくに向いていないことはたしかだ。こんなふうにあてもなく待ち続けるのは愚かなことだろうか？」

カーライルは肩をすくめた。「ぼくに訊《き》かれても困る。大恋愛とは縁がないんだから。実際、女性の扱いはどうも苦手だ」

ネイサンは低い声で笑い、肩をすくめて暗い気分を払い落とした。「心配するな。そのうちレディ・ラザフォードの怒りも解けるさ。きちんと謝罪すれば、機嫌を直してくれるとも」それから、こう警告する。「だが、理由を説明するのはやめたほうがいいぞ。さもないとさらに墓穴を掘ることになる」

「わかってる。昨夜は流砂にはまった気がしたよ」カーライルはため息をついた。「謝罪はもちろんする。しかし、彼女とは友達になれそうもないな」

ネイサンが帰ると、カーライルはノエルを捜しに行った。どうせ謝るなら、先延ばしにしてさらに嫌われるより、早いほうがいい。

ノエルはアダムの絵がかかっている部屋にいた。まずいことに、カーライルがほかの絵とべつに壁に立てかけてあった自身の絵を見ている。

足音を聞きつけ、ノエルは振り向いた。「どうやら、わたしの絵はごみ箱行きらしいわね」

その口調は面白がっているようにも聞こえるが、カーライルは騙《だま》されなかった。きっと腹を立てているにちがいない。

「いや、そんなつもりは……」だが、額に入れもせず、壁に立てかけてあったことをどう言い訳する？　ノエルを描いている絵が、まとめてはぶかれているのは明らかだ。カーライルは気まずさに頬がほてるのを感じながら、背中で手を組み、堅苦しい調子で言った。「きみに対するぼくの思いこみが間違っていたことを謝る。それに……」

説明するな。ネイサンの助言が頭のなかに響いた。

「なんの証拠もなしにきみを貶《おとし》めてすまなかった。許してくれるといいが」

よし、これでいい。カーライルは安堵《あんど》のため息をついた。ささいなことを謝るのは簡単だが、根が深い問題について謝罪するのは難しい。

どうやらこの謝罪に意表をつかれたらしく、ノエルが応じるまで少し間があった。

「……謝罪してくれてありがとう。お互いにこの調子で礼儀正しくすれば、波風を立てずにすむと思うわ」カーライルと同じくらい堅苦しく応じると、ノエルはひとつうなずいて部屋を出ていこうとした。

「待ってくれ」カーライルは急いで片手を伸ばし、その手を途中で止めて、のろのろとおろした。「ほかにもふたつほど聞きたいことがある。その、どう言えばいいか……きみにパトロンがいなかったことは信じるが、強引に言い寄ろうとした男たちはいたにちがいない。襲撃者を捜すには、そこから始めるのがいいと思うんだが」

氷のような沈黙に、カーライルは身じろぎしたくなるのをこらえた。

「狙われたのはわたしではないと思うけれど」

冷ややかな声だが、敵意は含まれていない。カーライルはほんの少し緊張を解いた。

「ギルを狙った相手を早く見つけたいから、できるだけ協力するわ。たしかに言い寄ってきた人は何人かいた。あとで名前を書いて渡します。狙いがわたしではないことを納得してもらえれば、それだけ早く実りある捜査に移ってもらえるでしょうから。ふたつめの質問は何かしら？」

すでに冷ややかな声がいっそう鋭くなるのを予測して、カーライルは穏便な表現を探ろうとしたが、急に頭のなかが真っ白になった。だが、いまさらきびすを返して立ち去ることもできない。「その……まだ小遣いを渡していなかったから」

「小遣い?」ノエルはけげんそうに繰り返した。

「ああ。個人的なものに使うための」

ノエルは全身をこわばらせた。「あれだけ的外れの非難をしたあとでお金を差しだすの?　なんて厚かましい人。さっきの謝罪がどれだけ真摯なものだったかよくわかるわ。まだわたしをお金で買えると思っているのね」

「いや、そうじゃない。それとこれとはまったく関係が――」カーライルはため息をついた。これからも話をするたび、こうして言い争うはめになるのだろうか?「きみを金で買おうとしているわけじゃない。日用品などの出費の話をしているんだ」

「どんな日用品が必要なの?　ギルとわたしは衣食住の面倒をみてもらうのよ。それに、午前中の買い物の請求書もすぐに届くはず――とんでもない高額の請求書がね。当然、あとでお返しするけれど」

カーライルは奥歯を噛《か》みしめた。ノエルは思ったほど不道徳な女性ではないかもしれないが、苛立たしいことこのうえない。「ばかな。返済など必要ない。それに、返済する金をどうやって作るつもりだ?　ストーンクリフで帽子を売るのか?」

「どうするかは、まだわからない」ノエルは両手を固く握りしめた。「でも、きちんと返します。最初のときもそうしたはずよ」

「きみが盗み、当てつけがましく送りつけてきた金貨のことか。だいたい、意趣返しのためにあの金を返してくるなんて、とんでもなく愚かな真似《まね》だったぞ」

「意趣返しのためじゃないわ。わたしは泥棒じゃないから返しただけよ！」

カーライルは歩きだそうとして、すぐに足を止めた。「まったく、きみのように頑固で聞き分けのない女性には会ったことがない。これは無意味な議論だ。まず、ぼくはきみに渡す小遣いなどどうでもいい。第二に、きみに渡す金はぼくの金じゃない。レディ・ドリューズベリーがすでに指摘したように、この家の経費もきみの服も、すべてがギルバートの所領からの収入で賄われる。第三に、ぼくは食べ物や部屋代の話をしているわけじゃない。きみが好きなように使える個人的な金について話しているんだ。リボンや小物、そういうものが欲しいときに使う金だよ。ほら」ノエルの手首をつかみ、上着の内ポケットから小袋を取りだすと、それをてのひらに押しつける。

「受けとりたまえ。いいか、これは返すなよ」そう言って手首を放し、きびすを返して部屋をあとにした。

彼らはその日の午後、ストーンクリフに向けて出発した。ギルは何ひとつ見逃すまいと、馬車の左右の窓を往復し、上機嫌で答える伯爵夫人に次々と質問を浴びせている。ソーンは馬車には乗らず、馬を走らせていた。馬車を守るのが馬番と御者だけでは心もとないというのがその理由だったが、きっと旅のあいだノエルに礼儀正しく振る舞うのが苦痛なのだろう。

　ノエルも彼が車内にいないほうがありがたかった。そう、あの男の姿はできるだけ目に入らないほうがいい。もちろん、完全に見ないわけにはいかないけれど。馬車のこちら側を走っているせいで、颯爽《さっそう》とした乗馬姿がいやでも目に入る。乗馬靴と細身の乗馬服がよく似合っていた。葦毛《あしげ》の悍馬《かんば》にまたがり、たくましい太腿で軽々と馬の動きを制御しているソーンはとても男らしい。その姿が目に入るたびに、何年も眠っていた何かが体の奥深くでかすかにうずいた。

　ふいにソーンに振り向かれ、ノエルは急いで顔をそむけた。じっと見つめていたのがばれてしまっただろうか。少なくとも、不埒《ふらち》なうずきを悟られる恐れはない。彼を敵ではなく、突然ひとりの男として意識したことを。あの男性のことだ、ノエルが自分に対してまた何か企《たくら》んでいると思っただろう。

　窓の外に目を戻すと、今度はソーンがじっとノエルを見ていた。わざと眉を上げ見返すと、ややあって目をそらし、馬の腹に踵《かかと》をくいこませて速度を上げた。

「安心してカーライルにまかせておくのね」伯爵夫人がノエルの視線をたどり、前方に顎をしゃくった。「ストーンクリフで危険な目に遭う心配はないわ。カーライルはこうと決めたら、どこまでも追及するたちなの。必ず犯人を突きとめ、悪夢を終わらせてくれるはずよ」

心から信頼できる人間に厄介事を丸投げし、安心して解決を待つだけでよければどんなにありがたいことか。けれど、伯爵夫人と違って、ノエルがそこまで信頼できるのは自分自身だけだ。「ギルを守るのに、ミスター・ソーンが最善を尽くしてくださっているのはわかっています」

「彼は昔からそうなの」夫人は言った。「わたしたちのところに来たときから」

好奇心が頭をもたげ、ノエルは尋ねた。「〝来た〟というと？」

「父親が亡くなったあとだったわ。カーライルの父ホレスは、わたしの夫トーマスの親友だったの。ホレスはずいぶん若いうちに亡くなり、夫は彼の遺言でカーライルの後見人になった。ストーンクリフに来たとき、カーライルは十歳ぐらいだった。アダムはまだ三歳で、いまのギルバートよりももっと幼かったわ」

「お母さまも——亡くなったんですか？」

「いいえ、ベリンダはまだ存命よ。でも、母親業にはあまり向かない人なの。これは悪口ではないのよ。カーライルのことはきちんと愛している。でも、政治にとても関心があって」伯爵夫人は曖昧に手を振った。「同じ関心を持つハルダー卿《きょう》と結婚したの。それで、トーマスがカーライルをストーンクリフであずかろう、と言いだして」

「カーライルのお母さまは息子を手放したんですか？」ノエルは驚いて目をみはった。わたしが簡単にギルを手放すとソーンが思いこんでいたのは、そのせいだろうか？

「ええ、そこがベリンダの偉いところなの。もちろん、あの人はカーライルを手元におくこともできたのよ。召使いも家庭教師もいたんですもの。カーライルをわたしたちにあずけたために、あちこちから非難されたわ。でも、自分と一緒では、カーライルが寂しい思いをする……わたしたちと一緒にストーンクリフで暮らすほうが、はるかに幸せだとわかっていたの。わが子を手放すのは、ベリンダにとっても決して簡単な決断ではなかったはずよ。もちろん、ときどきカーライルに会いに来たし、カーライルもときどきベリンダを訪ねたわ。でも……」そこで伯爵夫人の声が途切れた。

「彼があなたをあんなに慕っているのも当然ですね」

夫人は微笑した。「カーライルはトーマスのことも愛していたわ。トーマスも彼を愛した」そう言って身を乗りだし、ノエルの目をひたと見つめた。「トーマスは、アダムに冷たかったように見えたかもしれないけれど」

亡き伯爵については〝冷たい〟という以外にもいくつか形容詞を思いつくが、ノエルは黙っていた。伯爵夫人は、夫を嫌ってもらいたくないのだ。

「トーマスはアダムと断絶してしまって、とても後悔していたの。アダムに会いたくて寂しい思いをしていたわ。でも、頑固な人で、自分から折れることができなかった。アダムもそういうところは父親にそっくりだった。まあ、あなたも知っているでしょうけれど」

ノエルはかすかに笑った。「ええ。頑固なところもありました」

「ふたりは怒りのあまり、口にすべきではない言葉をぶつけ合った。そしてどちらも自分から謝ろうとはしなかった。不幸な時期だったわ。カーライルがアダムに毎月お金を送ってくれて、本当にありがたかった。わたしもそうしたかったけれど、月々の小遣いではとても足りなくて」

「ミスター・ソーンは、自分のお金をアダムに送っていたんですか？」ノエルは驚いて訊き返した。「あれはドリューズベリー卿から送られてくるのだとばかり思っていました」

「トーマスは完全に仕送りを断てば、アダムが頭をさげて戻ってくると思っていたの。でもカーライルは、アダムがよけい意地になるとわかっていたのね。アダムにとっては兄のような存在だったから。アダムが何かしでかすたびに、助けだすのはいつもカーライルの役目だった」伯爵夫人の目に涙がきらめいた。

自分の知っている傲慢な男と夫人が語る愛情深い寛大な男が、頭のなかでうまく一致しなかった。でも、ソーンが夫人とギルに見せる思いやりは本物だ。おそらく愛する者には、まるで異なる面を見せるのだろう。彼がその面をこちらに見せることはまずありえないだろうけれど。

伯爵夫人は瞬《まばた》きして涙を払い、窓の外に目をやった。「あら、もう村に着いたのね。ストーンクリフまではすぐだわ」

　馬車はがたごと揺れながら活気のなさそうな小さな村を通過し、まもなく街道を折れて美しい並木道を走った。前方にそびえる、黒々としたストーンクリフ邸が視界に入る。中央の邸宅の両側から別棟が前方に突きだし、その二棟の前端を繋《つな》ぐ石壁が中庭を造っている。ここなら安全だとソーンが言うわけだ。ストーンクリフはまるで砦《とりで》のようだった。

「心配しないで、すぐに慣れるわ」夫人がそう言って笑った。「第一印象は砦そのものでしょう？　でも、暮らしはじめれば、とても美しい場所だってことがすぐにわかるわ」

　ソーンは迎えに出た馬番に手綱を渡し、馬車の扉を開けて伯爵夫人が降りるのに手を貸した。手を伸ばしていれば、ノエルにも同じように手助けしてくれたにちがいない。でも、ノエルはひとりでさっさと降りた。ソーンが片方の眉を上げ、ふらついてもいいように腕の下に手を添える。悔しいことに、小石を敷きつめた馬車道で片方の踵が滑り、ソーンがとっさに腕をつかんで支えてくれなければ、しりもちをつくところだった。

　ソーンは腕をつかんだまま、身を乗りだして耳元でささやいた。「足元に気をつけて。ちょっとした助けは受けたほうがいいこともあるぞ」

　ノエルは彼をにらみつけたが、せっかくの怖い顔も、恥ずかしさで赤らんだ頬では効果が薄れたにちがいない。ソーンはノエルの腕を放し、馬車の戸口に立って、目を丸くして巨大な邸を見つめているギルに目を移した。

「ここなら安全だよ、ギルバート」ソーンはギルを抱きあげて馬車から降ろした。「ぼくが保証する」

「うん」ギルはソーンを見上げた。「あなたはカーライル・ソーンだからね」

「ああ、そうだが……」ソーンはけげんそうに答えた。

「ママが言ったんだ。何か起こったら、あなたのところに連れてってもらいなさい、あなたはぼくを守ってくれるからって」

ソーンはちらっとノエルを見て答えた。「ああ、そのとおりだよ」

「いらっしゃい」伯爵夫人がギルの手を取り、邸に向かって歩きだす。「ここがあなたの新しいお家よ」

10

大理石の大階段がある玄関ホールも、外観と同じくらい堂々としていた。厳《いか》めしい顔をした遠い祖先たちの肖像画が、邸《やしき》に入ってくる者を壁から見下ろしている。ギルにも、これから雇われる家庭教師と使う、ひと続きの部屋が与えられた。家庭教師の部屋と自室のあいだには、おもちゃと本がたくさん置かれたスペースもある。ノエル自身の寝室はロンドンの邸で与えられた部屋よりさらに大きく、家具も立派で、窓からは美しい庭が見えた。これ以上望めない快適な部屋だが、こういう贅沢《ぜいたく》に慣れるのは少し時間がかかりそうだ。

でも、息子と一緒にたくさんの時間を過ごせることを思えば、どれほど落ち着かなくても、それに耐える価値はある。ギルが昼寝をする時間と、ソーンが約束した乗馬の稽古をする時間をのぞけば、これからは好きなだけギルと一緒にいられるのだ。

ノエルは、ギルと一緒に巨大な邸のなかを探検した。集会室や大広間、ふたつある食堂、数えきれないほどの寝室、居間、客間、コートや帽子をかけておく部屋、喫煙室、明らかにソーンが使っているらしい書斎。ほかにも使途がよくわからない部屋がいくつもあった。中央の母屋から前に伸びている二棟のうち、一棟は閉め切りだというのに、こんなにたくさんの部屋があるなんて。

けれどストーンクリフでいちばんすばらしいのは、大きな図書室だった。ノエルとギルはそこを二日めに見つけた。ただの図書室と呼ぶのがためらわれるほど広い。

上の回廊へ伸びる螺旋《らせん》階段のある図書室は、二階部分まで吹き抜けで、回廊の三方の壁は書棚が覆っていた。残った壁にはずらりと窓が並び、外の光がたっぷり入ってくる。見上げるほど高い天井からは豪華なシャンデリアがさがっていた。

読書にぴったりの、座り心地のよさそうな椅子とテーブル。一階部分の書棚には、いちばん高い棚にも手が届くように、滑車付きの梯子《はしご》もある。

ノエルは壁を埋め尽くす本を見て胸を躍らせた。ギルも歓声をあげて梯子を上がったり、地球儀をまわしたり、二階の手すり付き回廊に駆けあがったりと大喜び。ノエルは部屋の真ん中に立ち、満面の笑みを浮かべて見まわしながら、ここはいちばんお気に入りの場所になりそうだと思った。

ソーンの姿はお茶の時間や食事のとき以外、ほとんど目にしなかった。ときどき顔を合わせても、これまでにも増してよそよそしく堅苦しい。食事は、広い食堂にある呆《あき》れるほど長いテーブルの片方の端に固まってとった。ソーンが料理に関してときどき気取ったコメントを口にするほかは、ノエルと伯爵夫人がギルのことを話すか、ソーンと夫人が共通の知人の話をするだけ。ときどき夫人が、ノエルのためにそうした知人について説明してくれた。

ソーンは無礼に振る舞っているつもりも、爪はじきにしているつもりもないのだろう。ノエルは彼にとって、とくに仲良くなりたいと思わないよそ者にすぎない。こちらに距離を縮める気があれば、傷ついたかもしれないが……。

もちろん、そんな気はまったくない。あの男と仲良くなる必要などないのだから。ただ、せめてもう少し打ち解けた関係になったほうが、同じ屋根の下で過ごしやすいことはたしかだ。ストーンクリフに来てから、ノエルのソーンに対する気持ちは少しずつ変わりはじめていた。ソーンの申し出に裏があると疑い続けるのは難しかった。

伯爵家はギルを取り戻した。ソーンは欲しいものを手に入れたのだ。これ以上何を企《たくら》む必要がある？

それに、ギルにはとても優しく接し、呆れるほどたくさんの質問にもいやな顔ひとつせずに答えている。先日、約束どおりポニーをプレゼントしてからは、午後は必ず厩舎長《きゅうしゃちょう》とともにギルに乗馬を教えていた。ソーンに肩車され、あるいはソーンの横を嬉《うれ》しそうにスキップしながら厩舎から戻ってくる息子を見るたびに、ノエルの胸はじんわりと温かくなった。少なくともギルは、ソーンを完全に信頼している。

乗馬の稽古だけでなく、母と連れ立って庭を散歩するのもギルの日課になった。そのたびに、いろいろな宝物を見つけてはポケットに入れる。お気に入りの場所は金魚が泳ぐ小さな池で、静かで平和なその場所はノエルも気に入っていた。その日も池に行くため小道の角を曲がると、池のほとりにある鋳鉄製のベンチにソーンが座っていた。

ノエルはすぐに来た道を戻ろうとしたが、ギルが〝カーライル！〟と呼びながらベンチに向かって駆けだした。

「待って、ギル。ミスター・ソーンの邪魔をしてはだめよ」

あわててスカートをつかみ、あとを追うころには、ギルはもうその日見つけた宝物をソーンに見せていた。なんの値打ちもないものばかりで、彼にはまったく興味などないだろうに。ノエルはそう思ったが、意外にもソーンは丸いきれいな石や、ブルーベルの花や、奇妙な形の石をじっくり見ている。ギルはソーンの脚にもたれ、得意そうにしゃべっていた。

「お邪魔してごめんなさい」ノエルは謝った。

ソーンが振り向き、礼儀正しく立ちあがって微笑《ほほえ》みかけるのを見て、ノエルは一瞬息を止めた。なんて素敵な笑顔だろう！　もっと有効に使えばいいのに。笑みを浮かべると険しい雰囲気が薄れ、グレーの瞳が温かくきらめいた。いつもは不機嫌にさがっている口角が、なんとも言えぬ魅力的な感じにきゅっと上がる。それを見て胸がときめいた自分に当惑しながら、ノエルは髪に手をやった。今日は帽子を忘れたから、風に吹かれてひどいことになっているにちがいない。きっと顔も赤くほてって……。

ばかみたい、何を考えているの？　カーライル・ソーンにどう思われようと関係ないはず。

「邪魔などころか、ギルバートと過ごすのはとても楽しいよ」ソーンはそう言ってギルを見た。「そういえば、昔はぼくも庭を散歩しながら宝物を集めたな。こういう奇妙な形の石とか」

「ほんと？」ギルがソーンを見上げ、嬉しそうに叫ぶ。

「ああ。庭仕事の好きな父に似て、地面をあちこち掘るのが好きだったらしい。部屋の棚に飾って、よく眺めたものだ」

「ぼくも見ていい？」

「残念ながら、いまはもうないんだ」

「どうして？　どこに行ったの？」

「ずいぶんまえだからな、どこへやったか忘れてしまった」ギルの驚いた顔を見て、ソーンは小さく笑った。「まあ、いまのきみには考えられないだろうが、大人になると……」

肩をすくめる。「失くすものもあるんだよ。屋根裏にあるかもしれないな。ベネットに訊《き》いてみよう」

「うん、あの人なら知ってるね」ストーンクリフの執事を心から信頼しているギルは、うなずいて池のほとりに走っていき、水のなかをのぞきこんだ。「ぼく、お魚大好き」

「ぼくもさ。きみの歳《とし》ぐらいのとき、ぼくの家にもこういう池があった。父と造ったんだ。ぼくはむしろ足手まといだっただろうが」ソーンは昔を懐かしむような顔になった。

「お父さんはどこ？」ギルが尋ねる。「ぼくも会える？」

「会えたら、きみを好きになっただろうに。でも、父は何年もまえに亡くなったんだ」

「ほんと？」ギルは目を見開いた。「パパもだよ。パパのことは覚えてないんだ。まだ赤ちゃんだったから」魚を見ようと池の縁にしゃがみこむ。「ここの魚、みんな同じ種類なの？　きれいだね。火の色みたい」

「ああ」ソーンはうなずいた。「全部同じ種類だ。とても長生きの魚なんだよ。樽《たる》いっぱいの水と一緒にここへ運んできた」低い声で笑うと、さらに表情をやわらげる。「そういえば、樽が倒れないように荷馬車ではすぐ横に立っていたっけ」

少年のソーンが真剣な顔で荷馬車に乗りこみ、樽を押さえている光景が浮かんで、ノエルは微笑んだ。「ドリューズベリー卿《きょう》が許してくれてよかったわね」

「ああ、伯爵はとても優しくしてくれた」ソーンはノエルを見た。「あの人のそういう一面を、きみにも知ってほしかったな」

魚の観察がすんだらしく、ギルが勢いよく立ちあがった。「宝物をお祖母《ばあ》ちゃまに見せよう、っと」そう言って小道を邸へと走っていく。

いますぐ息子のあとを追うべきなのはわかっていた。ここでぐずぐずしていたら、ソーンは、自分と話したくてこの場を立ち去りかねている、と思うにちがいない。おかしなことに、実際ここでもっと話していたいのだが、身の程知らずだと思われるに決まっている。

ノエルはきびすを返した。

「ノエル、待ってくれ」振り向くとソーンが一歩近づき、ためらったあと、両手をポケットに突っこんだ。「きみに訊きたかったことがあるんだ。ここに着いたときギルバートが言ったんだが……きみはあの子に、ぼくが必ず彼を守る、と教えたことがあるそうだな。それは公園で……話し合いをしたあとだったのかな?」

「いいえ。物心がつくとすぐに教えたわ」

「だが、なぜ?」ソーンはけげんそうな顔になった。「きみはぼくが誘拐を企んでいると思っていた。その一方で、ぼくと一緒にいれば安全だと教えたのか?」

「でも、あの子があなたを頼れば守ってくれたでしょう?」ノエルは問いかけるように彼を見た。

「もちろんだ。しかし、きみはぼくを恐れ、見つかるたびに逃げていた。ぼくの手下だと思いこんでいた男たちに襲われ、ギルバートも何度も怖い目に遭ったはずだ。それなのに、あの子はどうしてぼくが危害を加えないと信じたんだ?」

　ノエルは肩をすくめた。「追っ手を差し向けているのがあなただとは言わなかったもの。ギルはまだ幼かったから、すべてを説明する必要はなかった。あの子は、悪い男たちに追いかけられていると思っただけ」

「しかし、なぜ？　きみはぼくを憎み、恐れていたのに。ふつうなら、あの子にも……」

「現実的に行動しただけよ。わたしは赤ん坊の世話を他人まかせにはできなかったから逃げたけれど、わたしの気持ちや、あなたのしたことはともかく、あなたがギルに危害を与えないことはわかっていたわ。わたしは、あなたが欲しいものの前に立ちはだかる障害というだけで、たぶん、わたしを害するつもりもないことも。ただ……」声が割れ、ノエルは顔をそむけて池の縁へと歩いていき、水のなかをのぞきこんだ。「ギルを奪われたら、取り戻せないこともわかっていた。だから必死に逃げたの。それでも、わたしに万一のことがあってギルが突然ひとりぼっちになったら、誰を頼ればいいか教えておきたかった。あなたの名前を出すのが、あの子にとっては最善に思えたのよ」

「すまない」ソーンは無意識に一歩近づき、片手を伸ばして……触れる寸前に引っこめ、赤くなりながら謝った。「きみを怖がらせたことを、心から謝罪する。パリのアパルトマンを訪れたときは、怒りと悲しみと罪悪感でどうかしていたんだ。きみを脅すつもりも、怖がらせるつもりもなかった。いつかぼくを怖がらなくなる日が来るのを願っているよ。これまでもこれからも、きみに危害を加えるなんてありえない。ほかの誰にもそんなことはさせないと約束する」

ソーンの言葉に、ノエルの胸のなかで何かがゆらめき、じんわりと熱を持った。この約束を信じてすべてをゆだねるのは、きっととても簡単だ。そうすれば不安や恐れから永遠に解き放たれる。堅実で頼もしい、頑固なほど一徹のソーン。いまの約束は、伯爵夫人とギルに対する彼の献身と同じくらいたしかで、揺るぎない。

ノエルは信じたかった。胸が痛むほど信じたいと思った。でも、本当にそれでいいのだろうか？　この男性に全幅の信頼をおき、すっかり気を許しても平気なの？

ノエルは震える息を吐きだした。「ええ、あなたを信じるわ」この言葉を口にしたとたん、気持ちが固まった。

ふだんは厳めしい顔に、ふたたび笑みが浮かぶ。「ありがとう」

こうして、ふたりのあいだに何かが芽生えた。それがなんなのかはよくわからないが、とても大きな意味を持つものが。

11

ストーンクリフ邸の暮らしに慣れようと努力するうち、瞬く間に二週間が過ぎた。ノエルは邸《やしき》の見取り図を頭に入れ、召使いの名前を記憶した。伯爵夫人と家庭教師の面接を行い、執事からは社交の場で必要な知識やマナーを教わった。さらに、伯爵夫人を交えて村のお針子と服のデザインを何着も決め、出来上がっていく服の仮縫いに何時間も費やした。残った時間は息子と一緒に過ごした。

とはいえ、家庭教師が決まると、ギルと過ごす時間はかなり減った。午前中は勉強し、昼食のあとは乗馬の稽古で、カーライルと厩舎長《きゅうしゃちょう》に付き添われ、邸の周囲に広がる敷地内をしだいに遠くまで行くようになっていたからだ。伯爵夫人とのおしゃべりは楽しいし、大好きな本を読めるのも嬉《うれ》しい。でも、何年も働いてきたせいか、気ままな暮らしがすぐに物足りなくなったノエルは、図書室を整理しようと思いついた。

掃除こそ行き届いているが、広い図書室には小説から野菜作りの入門書まで、あらゆる種類の書籍がでたらめに置かれている。大量の本のなかで、自分が読みたいものを見つけるのはひと苦労だった。目録を作り、きちんと分類すれば、ずいぶん使いやすくなるだろう。ついでに暇つぶしにもなる。

ノエルは蔵書のリスト作りから始めた。紙と鉛筆を手に梯子《はしご》に登り、書棚の最上段に並んだ本の書名を写しているある日、カーライルがひょっこり顔を見せた。

「ノエル?」

図書室の静けさに慣れていたノエルは、びくっと体を揺らした。鉛筆が指のあいだから滑り落ちる。それから振り向いて会釈した。「カーライル」

「失礼、驚かす気はなかったんだ」カーライルは笑いを含んだ目でノエルを見上げた。「そこで何をしているんだ?」

ノエルは後ろ向きに梯子をおりはじめた。「この図書室は混沌《こんとん》そのものよ。それに、誰かがここにいるのを見たこともないわ。使う人がいないのかしら?」

カーライルは口元に微笑を浮かべた。「ぼくは使うが、夜来ることが多いんだ。読みたい本がある場所はわかっているし。何か探しているのかい? どこを探せばいいか教えてあげられるかもしれない。ラドクリフ夫人の小説は向こうにある」カーライルは手を伸ばし、ノエルが梯子をおりるのに手を貸した。

「つまり、わたしが読めるのは、せいぜいその程度の軽い読み物だってこと?」ノエルは皮肉まじりに応じた。

カーライルが赤くなった。「いや、そんなつもりは……ただ、レディ・ドリューズベリーが好きだから、きみも――」

「女性だから、そういうものが好き？」

「失礼、怒らせるつもりはなかった」カーライルの声が固くなった。「少しでも役に立てばと思っただけだ。それに、『ユードルフォの秘密』はなかなか面白かった」

「そう」ノエルは答えに詰まった。カーライルのような律儀で堅苦しい男が、アン・ラドクリフの書く娯楽小説を読むとは思わなかった。まして、それを率直に認めるとは。もっとも、カーライルが何を好み、何を嫌っているか、実際にはほとんど知らないのだ。ノエルは口調をやわらげた。「では、お互いに相手に対して誤った判断を下したのかもしれないわね」

「ぼくたちの場合は、頻繁にそういうことが起こるようだな」カーライルは口の片端を上げ、グレーの瞳を笑うようにきらめかせた。

「助言をありがとう。でも、ラドクリフ夫人の著書は何日かまえに見つけて、もう全部読んだわ」

「そうか」

「いまはフランチェスコ・ペトラルカを読んでいるところ」

「ペトラ――」カーライルは驚いて口走り、あわてて咳払《せきばら》いでごまかした。「そうか」

ノエルは小さく笑った。「あなたはご自分の思いこみを少しばかり調整すべきね」

「ぼくはべつに――ただ、女性はふつう……受ける教育が……」

「男性よりも劣っている？　学べるのはほんの初歩まで？」カーライルの発言に片方の眉を上げたものの、口ごもっている彼が気の毒になった。「まあ、世間一般では、女性に教育はいらない、重要ではないとみなされているわね。さいわい、進歩的な考えの学者だった父はそう思わなかった。ひとり娘が、自分が大学で教えている学生に匹敵するほど――いいえ、はっきり言うと大半の学生よりも賢いのを見てとり、わたしに平均以上の教育を授けてくれたの。娘時代は父の調べ物をよく手伝ったものだったわ。大学の図書館を使えなかったせいで、残念ながらできることは限られていたけれど。だから、この図書室に魅せられたのかもしれない」ノエルは、本がびっしり並んだ周囲の書棚を笑顔で示した。

「たしかにかなりの蔵書数だ」カーライルは共通の話題を見つけ、ほっとしたようにうなずいた。「それに、きみの言うとおり、嘆かわしいほど雑然と置かれているな」

「だから分類しようと思ったの。あの……そうしてもかまわなければ、だけれど」ノエルは自分が勝手に動いていたことに気づいて付け加えた。

「もちろんかまわない」ノエルの言葉が意外だったらしく、カーライルは急いで答えた。

「いずれにしろ、これはきみの図書室だ」

「そうかもしれない。でも……ストーンクリフをわが家だと思うのは難しくて」

カーライルが眉間にしわを寄せ、少し近づいた。「誰かにいやな思いをさせられたとか？」

「いいえ」ノエルはすぐさま否定した。カーライルの気遣いに驚いたものの、心配してくれるのはすなおに嬉しい。「ただ、これまでと違うから。そのうち邸の立派さにも慣れるでしょうけれど」

「虚栄と富を臆面もなくひけらかしていることに？」カーライルが微笑《ほほえ》む。

魅力的な笑みにどきりとしながら、ノエルはうなずいた。「ええ」

「本当にやりたいのかい？　これだけの本を整理するのはたいへんだぞ」カーライルはちらっと図書室を見まわした。「何年もかかる大仕事だ」

「でも、ギルがここを巣立つまでには、まだ何年もあるわ」

「それでも気の遠くなるような作業だ。のんびり過ごせばいいのに」

「レディは本の整理などすべきではない、と思っているの？」

「いや、そんなことはない」カーライルはため息をついた。「どうやら、きみには言いたいことがうまく伝わらないようだ。ただ、世話になるお返しに働く必要がある、とは思ってほしくないんだ。ラザフォード家に受け入れられるためには、何かをしなくてはならない、とは」

ノエルは首を傾《かし》げ、少し考えた。「そんなふうに考えたわけじゃないわ。何もせずに過ごすのが性に合わないだけ。ここの整理はやりがいのある仕事よ。それに……でたらめに並んだ本のなかにいると、整理したくてむずむずするの」

「では、ありがたい申し出だと感謝して、まかせるとしよう」カーライルは腕を組んで広い部屋をぐるりと見まわした。明らかに気づまりな様子だが、出ていこうとはしない。

「きみが読みたがるのはラドクリフ夫人の本ぐらいだとほのめかして悪かった」

「謝ってくださってありがとう」

「ラドクリフ夫人についてだけなら単純な謝罪ですむんだが、何度も暴言を吐いたことを謝るべきだろうな。そうした暴言の裏にあった偏見にも。きみを傷つけた発言を深くお詫《わ》びする」咳払いして付け加える。「それも、たびたび」

「大したことじゃないわ」本当にノエルを傷つけたのは、この男が口にした言葉ではなく、考えていることだった。でも、自分が傷ついていることを教えるつもりはない。

「大したことだ。きみを傷つけたんだから。よく知りもせずに決めつけたのも、確かめもせずに話を信じたのも間違いだった」

「謝罪は受け入れたわ」

「ああ。だが、許せないだろうな。ぼくも自分を許せない。この二週間、ギルバートに注ぐ愛情や、レディ・ドリューズベリーへの優しい気配り、きみの礼儀正しさやマナーのよさ、豊かな知識……そういったものを間近で見ていて、自分がどれほど間違っていたか気づいたんだ」カーライルは言葉を切り、行きつ戻りつしはじめた。「こんなことを言っても信じてもらえないだろうが、ふだんは理由もなく人を見下したり、根拠なくひどい人間だと決めつけたりはしない。少なくとも、めったにない。もちろん、頑固な性格で、たぶん尊大だと思う。自分の主張を通すのに慣れているから、出し抜かれるのは嫌いだ。それに、自分の出自も誇りにしている。しかし、誇らしいのは先祖の人柄や名誉心、誠実さ、勇気であって、上流階級の出そのものを鼻にかけているわけではない。日ごろはできるだけ公平に振る舞おうと努めている」

「だったら、わたしだけが例外だったのね」痛烈な皮肉を、からかうような調子でやわらげる。

「ああ、きみにはとくに人を苛立《いらだ》たせる才能があるな」カーライルはかすかな笑みで応じた。「だが、これまでのことは、何ひとつきみのせいではないよ。すべてぼくの間違いだった。きみがラザフォード家を分断したという非難も的外れだった。アダムが気まぐれなのも、ドリューズベリー卿《きょう》が頑固だったのも、きみのせいではない。ぼくがふたりのあいだに入らなかったせいだ」

本当はカーライルに対する怒りを保ち、傷つけられたことも忘れずにいたかった。何年もそれを心の支えにしてきたのだ。でも、彼の真摯な言葉に胸を打たれ、気がつくとノエルはこう言っていた。「あなたの説得でアダムの気持ちが変わったとは思えないわ。伯爵とアダムが仲たがいしたのはわたしのせいではなかった、と言ったわね。でも、あなたのせいでもなかった。仲たがいしたのはふたりの責任。それをいつまでも引きずっていたのもふたりの責任よ」

この二週間で、ノエルはカーライルの笑顔がとても好きになっていた。唇の端がきゅっと上がるのを見るたびに、長いこと持ち続けてきたわだかまりが解けていく気がする。近づいて、あの唇から微笑みが消えないように、それがもっと広がるようにしたい。

この思いを読みとったように、カーライルが一歩近づき、低くかすれた声で言った。

「もうきみと憎み合いたくない」

「わたしもよ」ノエルは少し息を乱しながら言った。彼の温かいまなざしに、体のなかが震える。

「きみのそばでは、いつも間違ったことを言ってしまう。自分でもいやになるくらい堅苦しい、聖人君子みたいな言葉を。それに、褒めようとしても、誤解されるような言い方しかできない」

「わたしを褒めてくれたことなんてあった？」ノエルはいたずらっぽい笑みを浮かべてカーライルを見上げ……そんな自分に気づいて驚愕《きょうがく》した。なんてこと、わたしはカーライル・ソーンの気を惹《ひ》いているの？

「褒めようとしたよ」カーライルは片方の口角を上げ、また少し近づいた。「うまくいかなかったが」

「もう一度試してみたら？」

ええ、わたしはこの気難しい男の歓心を買おうとしている。もっと奇妙なことに、彼もそれに応えている。信じられない展開だが、なぜか胸が高鳴った。

「やってみるかな」カーライルがノエルの髪に触れようと手を伸ばした。

彼を見つめ、頬に触れそうな手に気をとられて、近づいてくる足音に気づくのが少し遅れた。ふたりはあわてて離れたあとも見つめ合い、それから急いで目をそらした。ノエルは高まる鼓動を鎮めるように胸に手を当て、髪とスカートを意味もなく撫《な》でつけた。軽い足音からすると伯爵夫人のようだが、いつもよりはるかに早足だ。いま顔を合わせたら、心の乱れを悟られてしまいそうで怖い。

でも、息を切らして走りこんできた夫人は、何かに気づくゆとりなどないくらいうろたえていた。「カーライル！　ああ、どうしましょう、たいへんなことが起こったの！」

夫人の悲鳴のような言葉に、ノエルの心臓がびくんと跳ねた。ギル！　ギルに何かあったにちがいない。夫人に駆け寄ろうとすると、カーライルのほうが先に伯爵夫人に歩み寄った。

「どうしたんです？　何があったんです？」

「母が来るのよ！」

12

ノエルは驚いて伯爵夫人を見つめた。きっと聞き間違えたにちがいない。

だが、カーライルはいまの訴えを奇妙だとは思っていないらしく、低い声で毒づくと、夫人の腕を取り、椅子に導いた。「到着はいつです？」

「それが、ひどいことに今日の午後ですって！」夫人は握りしめていた紙を振り立てて、いまにも泣きださんばかりの声で告げ、カーライルが示す椅子に崩れるように座りこんだ。「手紙には今朝、邸《やしき》を出ると書いてあるわ。どうしましょう？　せめてもう少しまえに知らせてくれればよかったのに。一日か二日出発をずらして、手紙を受けとってから準備をする時間をくれれば。でも、それではわたしの落ち度を見つけられない。だから、わざとこうしたんだわ」

「あるいは、逃げられたくなかったから、ですね」カーライルが付け加える。「でも、今日のうちに着くとはかぎりませんよ。レディ・ロックウッドは頻繁に休憩するから」

夫人は軽くカーライルをにらんだ。「気休めを言わないで。いくら母でもロンドンからここまで一日以上かかるものですか」

「少なくとも、アナベスにも会える——きっと連れてくるでしょうから」

「連れてくるに決まってているわ」夫人の声が意地悪くなった。「旅の途中でいじめる相手が必要ですもの。妹が再婚して出ていってから、母の気晴らしはかわいそうなアナベスだけ。ありがたいことにネイサンがふたりに付き添ってくるそうよ」なかば祈るような口調で付け加える。「彼が多少は母の毒舌をやわらげてくれれば……」

「あの犬も来るのかな?」カーライルのなだめるような口調に、かすかな恐れが混じる。

「聞くまでもないでしょうに。母はどこへ行くにも、あのつぶれた顔の小さな獣と一緒ですもの。あれはチッペンデールの家具の脚を噛《か》むし、敷物という敷物を汚すんだから」

「おまけにぼくの踵《かかと》に噛みつく」

「それに、召使いを見るたびに動転して、ガチョウの群れみたいに吠《ほ》え立てるわ。あれが来ると知ったら、ベネットが辞表を出すかもしれない」伯爵夫人は深いため息をついて、ノエルに言った。「ごめんなさい。母親の訪問を嘆くなんて、ひどい娘だと思うでしょうね」

「いえ……そんなに気を揉《も》まれるなんてお気の毒ですわ」

「レディ・ロックウッドは、その……」カーライルが咳払《せきばら》いをして説明を加えた。「猛烈な女性なんだ」

「はっきりおっしゃいな、カーライル。母がどんな人かは、ノエルにもすぐにわかるんですもの」伯爵夫人はため息をついて立ちあがった。「さてと、ここに座ってあれこれくよくよしている暇はないわ。できるだけ邸のなかを整えておかなくては」

邸内はいつもきちんとしているから、これ以上何をどうできるのかわからなかったが、ノエルは申しでた。「わたしにも手伝わせてください」

「まあ、ありがとう」夫人は微笑《ほほえ》んだ。「ぜひお願いするわ」

邸のあらゆる場所で、全員がせかせかと動きまわっていた。メイドたちは伯爵夫人の母親が好んでいる続き部屋の支度と、すでに埃《ほこり》ひとつない邸のあらゆる場所を拭いている。帽子とエプロンを着け、ノエルも掃除に加わった。その姿にメイドたちがショックを受けていたが、働くのは少しも苦ではない。さきほどの出来事が頭のなかから離れないから、むしろ手を動かしていたほうが気が紛れる。カーライルがどんなふうに髪に触れたか、自分がどれほど抱きしめてキスしてほしいと思ったか……。

堅物のカーライルが衝動的にキスするとは思えないが、あのとき伯爵夫人が駆けこんでこなければ、どうなっていただろう。キスはともかく、彼はたしかにこちらの気を惹《ひ》こうとしていた。オックスフォードで過ごした娘時代は、まだ忘れるほど昔ではない。何気ない会話に隠された意味、戯れるような口調、熱いまなざしはよく覚えている。

ノエルが玄関ホールと客間にあるものすべてを拭いていると、庭師に切らせた大量の花を活《い》けていた伯爵夫人が一歩下がり、さまざまな角度から眺めて尋ねた。「花の数はこれで足りるかしら？　母は見栄えを重んじる人なの」

「バッキンガム宮殿に置いても、引けをとらないほど立派ですわ。そんなにぴりぴりされなくても、お母さまは活けた花ではなく、ご自分の娘に会いに来られるのでしょうから」

夫人が気の毒そうな目でノエルを見た。「母を知らないから、そんな呑気《のんき》なことが言えるのよ。母が会いに来るのは、わたしではなくあなたよ」

「わたしですか？」

「ええ、そう」夫人は声を落とした。「お願い、何を言われても気にしないでね。母に無礼な振る舞いをするつもりはないの……と言えればいいんだけれど。昔かたぎの人で、少し気位が高いのよ。昔、フランスの王妃さまに会ったことがあって――」

「マリー・アントワネット王妃に、ですか？」ノエルは驚いて眉を上げた。

「ええ、それが自慢なの。少しばかり、その……」夫人は眉根をぐっと寄せた。おそらくノエルを傷つけないような言葉を探しているのだろう。

「高飛車な態度で、わたしのような平民を見下すんですね？」ノエルは代わりに言ってにっこり笑い、心配そうな伯爵夫人を安心させた。夫人が母親の訪問にこれほど気を揉んでいるのは、ノエルが侮辱されるのを恐れているからなのだ。「大丈夫、何を言われても聞き流します。見下されるのは慣れていますから」

夫人が皮肉っぽい笑みを浮かべる。「あなただけではないわ。母は誰も彼も見下すの」

「王妃にお会いしたことはありませんが、貴族の相手は慣れています。尊大な態度をうまく受け流して、たいていは帽子を売りつけることに成功しましたわ」

一時間後、邸の前に馬車が停《と》まり、ノエルは伯爵夫人とカーライルとともにお客を迎えに出た。

興味津々で、エレガントな馬車から降りてくる人々を見守る。ほっとした顔のネイサンがまず降りてきて、小さな毛玉を抱えている若い女性に手を差しのべた。その毛玉がもぞもぞ動いているところをみると、あれが嫌われものの犬にちがいない。小型犬は無我夢中でもがき、若い女性の腕から飛びだして、ぜんそくの子どもが悲鳴をあげているような奇声をあげながら中庭を一直線に走ってきた。なるほど、〝ガチョウの群れ〟のように聞こえる。カーライルがため息をつき、ブーツの踵に噛みついてくる小犬を見下ろした。

「だめよ！　ペチュニア！」若い女性が走ってきて、もがく犬をふたたび抱きあげる。

「カーライル、ごめんなさい」

「きみが謝る必要はないよ」カーライルは温かい笑みを浮かべた。「ペチュニアの攻撃はいつものことだ。こいつが死んだら寂しくなるだろうな。あと何年くらいでそうなるかな？」

「この犬がそう簡単に死ぬものですか」伯爵夫人が険悪な声で言う。「きっと永遠に生きるわ。アナベス、久しぶりね」夫人は前に進みでて、もがく犬ごと若い女性を抱きしめた。

ブルドッグより小型だが、同じような樽《たる》型の胴体に短い脚のペチュニアは、金色の毛に覆われていた。大きな黒い目、つぶれた黒い鼻、豚のようにくるんと丸まった尻尾。体の脂肪の量からすると、おそらく豚みたいに食べるのだろう。

アナベスはハート型の顔に、笑みを含んだ緑色の瞳が魅力的な若い女性だった。ひとしきり抱擁したあとで夫人にノエルを紹介されると、アナベスは警戒と好奇心が入り混じった目で片手を差しだしてきた。まだノエルを受け入れる用意はできていないようだが、敵意は感じられない。

ノエルが挨拶しようとすると、馬車のほうから鋭い声が聞こえた。

「アナベス、戻ってらっしゃい！　そんなところで何をしているの？　あなたの手伝いが必要なのはわかっているでしょうに」

「ごめんなさい、お祖母《ばあ》さま。ペチュニアを捕まえなくてはいけなくて」いつものことらしく、アナベスは特段腹も立てずに馬車に戻っていった。

馬車のそばに立っているネイサンが、こわばった笑みを浮かべて手を差しのべる。「レディ・ロックウッド、どうかぼくにお手伝いをさせてください。ぼくひとりでも大丈夫ですよ」

伯爵夫人の母は、彼に目をくれようともしなかった。「いいえ、アナベスはどうすればいいか心得ているわ。それに、馬車にさんざん揺られたあとですからね、わたしにはふたりの助けが必要よ」

ネイサンの笑みがさらにこわばる。アナベスは片方の腕でしっかり犬を抱え、馬車からおろした踏み段のところに戻った。専制君主のような祖母は片手をその肩に置き、もう片方の手で握った杖《つえ》を支えにして、踏み段をおりてきた。アナベスは着痩せするタイプらしく、ほっそりした外見にもかかわらず、よろめきもせずに大柄な祖母の体重を受けとめた。ネイサンが反対側の肘の下に手を添えている。

レディ・ロックウッドは一歩ずつ踏みしめるようにおりたあと、まずスカートを振りおろし、ついで帽子を整えてから、自分の権威を強調するように杖を振り立て、まるで衰えを感じさせない足取りで歩きだした。前世紀の流行を取り入れた服は高貴な紫で、ぴたりと体に合った上衣からスカートが大きく広がっている。鉄灰色の髪は粉こそ振られていないものの、やはり前世紀をしのばせる凝った形に高々と結いあげられ、その上にリボンと羽根で飾り立てたつば広帽子がのっていた。

レディ・ロックウッドは女王のようにゆったりと娘に歩み寄った。まるで、片膝をつき、指輪にキスするのを期待するかのごとく片手を差しだす。

が、伯爵夫人は母の手を握っただけだった。「ストーンクリフにようこそ。お会いできてとても……」歓迎の声はしだいに小さくなり、尻すぼみになった。

「カーライル」続いて、同じように尊大な調子でカーライルに手を差しだす。「ここまでの道をなんとかすべきですよ。わだちと穴だらけじゃないの。きっと肝臓にあざができたわ」

「それはお気の毒でした。しかし、王が治める街道については、ぼくにはなんの権限もないんですよ」カーライルは的外れの非難をさらりと流し、こう付け加えた。「私道に入ってからは、さほど揺れなかったはずですが」

レディはふんと鼻を鳴らしただけで、体ごと娘に向き直り、言った。「さあ、例の娘に会わせてちょうだい」

まるでノエルがそこにいないかのように。

「ええ、お母さま」伯爵夫人はノエルに顔を向けた。「この方が――」

「アダムの妻だった、ノエル・ラザフォードです」ノエルは一歩前に出て、自分で名乗った。おとなしく紹介されるのを待つべきだろうが、この偉そうなレディに威嚇されるのはごめんだ。

「ふむ」レディ・ロックウッドが眉を上げる。

「そうですの」伯爵夫人が急いで続ける。「ノエル、母のレディ・ロックウッドです」

「ええ、そうよ」レディ・ロックウッドはつんと顎を上げ、冷ややかな目で値踏みするようにノエルを見下ろした。

ノエルはスカートをつかんでお辞儀をし、年配者で貴族でもある相手に必要な敬意を払ったものの、ことさらへりくだる気はなかった。こういうタイプには、〝怖《お》じ気《け》づいている〟という印象を与えるのがいちばんまずい。売り子として培った直観がそう告げていた。

「お会いできて嬉《うれ》しいですわ、奥さま。夫からよくお話をうかがっていました」ノエルはなめらかに嘘をついた。アダムから祖母について聞いた覚えは一度もない。でも、悪口も言わなかったところをみると、おそらく彼は祖母のお気に入りだったのだろう。

どうやらこの推測は当たったらしく、レディ・ロックウッドの眉と顎の角度がほんの少しゆるやかになった。「アダムが美しい相手を選ぶのはわかってましたよ」そして、ふんと鼻を鳴らし、三人の前を通り過ぎて玄関へと向かった。

ノエルのすぐ横で伯爵夫人が肩の力を抜く。夫人はちらっとノエルに笑いかけ、母のあとに従った。カーライルが皮肉まじりの視線を投げ、つぶやいた。「第一関門は突破したな」

レディ・ロックウッドとまだ犬を抱いているアナベスが、伯爵夫人とともに階段を上がって重厚な邸のなかに消えると、カーライルは疲れ果てた顔のネイサンに目をやった。

「たいへんな旅だったようだな」

「ああ。あの人には聖者でさえ殺意を抱くにちがいない」ネイサンは長いため息をもらし、カーライルとノエルとともに玄関ホールに入った。「やれ道路ががたがただ、やれ暑すぎると文句ばかり。埃が入るからと、自分が窓を閉めさせたのに！　文句の種が尽きると、今度は休憩に立ち寄った宿の悪口だ。しかも、三回も休憩したんだぞ！　おまけにあのチビ犬ときたら、おろしたてのブーツに歯形をつけてくれた」ネイサンは悲しそうに足元を見下ろした。「先週買ったばかりなのに」

カーライルは低い声で笑った。「だから、あいつがいるときは古いのをはくことにしているんだ」

ネイサンは非難をこめてカーライルをにらんだ。「気の毒そうな顔をしてみせても罰は当たらないぞ」それからノエルに言った。「実に見事なお手並みでしたよ」

「そうだな。アダムの名前を持ちだしたのは賢かった」カーライルもうなずいた。「レディ・ロックウッドはアダムを可愛《かわい》がっていたから」

「まったく、アナベスはどうやって我慢しているんだろう」ネイサンがつぶやく。

「必要に迫られて、だろうな」

伯爵夫人から聞いている一族の相関関係がさっそく役に立った。さもなければ、ふたりのやりとりがさっぱり理解できなかっただろう。アナベスの母親で伯爵夫人の妹であるマーサは、夫の死で一文無しになり、アナベスを連れて実家に身を寄せた。その後に再婚し、母の支配から逃れたが、娘のアナベスは祖母のもとに残ったのだ。

「母親の再婚先についていくこともできたのに」ネイサンがつぶやく。「継父《ままちち》と暮らすのも気づまりだろうが、あの祖母と暮らすよりはずっとましじゃないか」

「自分のところに話がくれば、レディ・アデリーンも喜んでアナベスを引きとったと思う」カーライルが付け加える。「だが、どっちもレディ・ロックウッドには逆らえない。あの人は一族を完全に支配しているからな。ロックウッド卿《きょう》ですら怖がっているくらいだ」

ネイサンは鼻を鳴らし、現在ロックウッドの爵位を継いでいる、レディ・ロックウッドの甥《おい》に対する自分の意見を示した。「あの人が年に一、二度ストーンクリフへの訪問をアナベスに許してくれるのを、感謝しなければならないんだろうな」

「まあな。よかったら、午後のお茶を一緒にどうだ?」カーライルは友人に勧めた。「それとも、少しばかり強いものがいいか?」

「いや、今日はこのまま帰る。雑用がたまっているんだ。事務弁護士に会い、所領の管理者と話し……ほかにもあれやこれやと」

「用事があるなら仕方がない」カーライルはあっさり誘いを取りさげた。「レディ・ロックウッドがいるとあっては、あまり無理にも勧められないが、いつでも立ち寄ってくれ。あの人の攻撃の的になる人間が多ければ多いほど、ひとりが受ける害が減るからな」

ネイサンはため息をついた。「わかってる。ぼくの付き添いでアナベスへの嫌みが多少減ったと思えば、旅のあいだ我慢したかいがあった。明日のいまごろ顔を出すことにするよ」

カーライルは、馬車に戻ろうときびすを返したネイサンを呼びとめた。「馬車より、ぼくの馬のどれかに乗っていくといい。少しは気が晴れるだろう」

「ありがとう。きみの馬はあとで馬番に届けさせる」ネイサンは顔をほころばせた。「あの馬車を使わずにすんでよかった。もう少しバネの効いた馬車を買えば、レディ・ロックウッドも道中あれほど揺られずにすんだのに」

背後で声が聞こえ、杖の音がした。振り返ると、レディ・ロックウッドがホールの大階段をおりてくる。小さな犬がスカートの周囲を走りまわっているのを見て、ノエルは体をこわばらせた。あんなふうに足元にじゃれついていたら危険きわまりない。伯爵夫人がせかせかした足取りで母に付き添い、アナベスがふたりのあとから、祖母のショールや刺《し》繍《しゅう》の枠、その他もろもろを手についてくる。

「ずいぶんお茶の時間が遅れたのね、アデリーン」レディ・ロックウッドは大きな声で文句を言っていた。「お腹がぺこぺこ」

「何時にお着きになるか、わからなかったんですもの」いつもは心地よい夫人の声がひどくこわばっている。「それに、着いたあとは、まっすぐお部屋に行かれたし」

「あたりまえですよ。長旅のあとだもの、まず埃を落とさなくては」踊り場で向きを変えたレディ・ロックウッドは、玄関ホールに立っているカーライルとノエルに顔を向けた。まるでふたりを捜していたような口ぶりだった。「ああ、ここにいたの」

格好の攻撃相手を見つけたペチュニアが、ゆったりした足運びで階段をおり続ける飼い主のそばを離れ、階段を駆けおりてくる。カーライルは猛然とブーツに噛みつく小型犬を無視して階段の下へ行き、伯爵夫人の母親に腕を差しだした。

レディ・ロックウッドはその腕を、力のこもった手でつかんだ。「あなたの母親はずいぶん無責任な女だけれど、マナーだけは叩《たた》きこんだようね」

伯爵夫人が目を閉じて片手でこめかみを押さえる。

夫人の母親は鋭い棘《とげ》でちくりと刺してくるか、辛辣な質問を繰りだし、お茶のあいだもみんなの神経を逆なでし続けた。いつ誰を攻撃してくるか、いっさい予測がつかないものの、カーライルは長年のあいだに対処の仕方を身に着けたらしく、何を言われてもさらりと流していた。伯爵夫人も貼りつけた笑みをしだいにこわばらせながら、母との会話に耐えている。アナベスは祖母の注意が自分からそれてほっとしているのか、ほとんど口をはさまずに、カーライルのブーツに飽きて家具の脚を噛みはじめたペチュニアのあとを追いかけていた。

レディ・ロックウッドの質問はノエルに集中していたが、尊大なレディの扱いは慣れたものだ。ノエルは苛立《いらだ》ちを隠し、さきほど名乗ったときのように礼儀正しく、しかし少しもへりくだることなく対応した。

それが功を奏したのか、レディ・ロックウッドはしばらくじっと見つめたあとでこう言った。「まあ、どこに出しても恥ずかしくない点だけはありがたいわね」

「お母さま！」伯爵夫人が母の無礼に赤くなって抗議する。

ノエル自身は、ささいな侮辱にはびくともしなかった。この老夫人は平民がどうのとも言わなければ、この自分を邸に呼び寄せた伯爵夫人を非難もしない。ほかはともかく、それだけでも公平な女性であることがわかる。

「それで、アデリーン？」レディ・ロックウッドはお茶の時間が終わりかけるころ、娘を促した。「子どもはどこにいるの？」

「ギルですか？」伯爵夫人が緊張もあらわに訊《き》き返した。

「もちろんよ。ギルだなんて、ずいぶんと庶民的な呼び方だこと。きちんとギルバートとおっしゃい。なんのために、わたしがわざわざロンドンからここまで足を運んだと思っているんです？　その子に会うために決まっているでしょうに。最初にロンドンで会った際、すぐわたしの邸に連れてくるべきでしたよ。まったく気のきかない娘だこと」レディ・ロックウッドは鋭い目で娘をにらんだ。

「急いでここに来たのは、ぼくの判断だったんです」カーライルが伯爵夫人をかばった。

「ギルには、まずここに慣れてもらい、そのあとゆっくりみんなに紹介していくつもりでした。まだ幼い子を混乱させないように」

レディ・ロックウッドは鷹《たか》のような目でじろりとカーライルを見た。「わたしは〝みんな〟ではありませんよ、カーライル。しかも、なぜあなたがそれを決めたの？　ギルバートの親戚でもなんでもないのに」

「ええ」カーライルは落ち着いてうなずいた。「ぼくはただの後見人です」

老夫人は無造作に片手を振ってこの言葉を払った。「ま、すんだことを蒸し返しても仕方がないわ。とにかく、あなたの手紙でひ孫がここにいると知って、急いで会いに来たんですよ、アデリーン。それなのに、どうしてまだひ孫の顔を見せてもらえないの？」

「今日はずっと家庭教師と勉強部屋にいるんです」伯爵夫人は膝の上に置いた手をぎゅっと握りしめた。

ギルのことも不用意な言葉で傷つけるのではと恐れているのだろう。でも、この老夫人の言うとおりだ。この人にはひ孫に会う権利がある。故意に遠ざけて、怒りを買うのも愚かだ。

ノエルは口をはさんだ。「さきほど召使いに伝言を頼みました。お茶が終わるころに、家庭教師が連れてきてくれるはずですわ」

レディ・ロックウッドは、またしても測るような目でノエルを見ると、うなずいて杖で床を叩いた。「適切な判断ね」

〝ペチュニアがレディ・ロックウッドの椅子の脚のにおいを嗅ぎはじめている〟というカーライルの指摘に、伯爵夫人とその母が声をあげた。アナベスが椅子から飛びあがり、犬をすくいあげるようにつかんで小走りに部屋を出ていく。母と娘は、高価なペルシャ絨《じゅう》毯《たん》に粗相しかけたペチュニアについて辛辣な言葉を交わした。それが一段落して、戻ってきたペチュニアが疲れて昼寝を始めるころ、家庭教師がギルを連れて戸口に現れた。

「ギル」伯爵夫人がにっこり笑って両手を広げ、駆け寄ってきた孫を抱きしめた。「お母さま、この子がギルバートですわ。ギル、この方はレディ・ロックウッド、お祖母《ばあ》ちゃまのお母さまよ」

杖と高く結いあげられた髪の老夫人を、ギルは畏敬の念を浮かべて見つめた。ノエルは何かあれば口をはさもうと身構えたが、レディ・ロックウッドはじっとひ孫を見返し、こくんとひとつうなずいて、到着してから初めて微笑んだ。

「ギルバート、あなたはお父さまにそっくりね」

マナーを思い出したらしく、ギルが完璧なお辞儀をする。「お会いできて嬉しいです、奥さま」

「いらっしゃい。あなたの顔をよく見せてちょうだい」

ギルはためらわずに進みでた。レディ・ロックウッドがギルの顎を指のあいだにはさみ、秘密を探るかのようにまじまじと見つめる。ギルは驚いて瞬《まばた》きしたものの、めずらしい髪型にすっかり魅せられたようだ。くるくる巻いた髪のなかできらめくダイヤモンドの飾りを指さして、にっこり笑う。「髪のなかに鳥がいるなんて、とっても素敵」

「ありがとう」老夫人の目に涙がきらめいたように見えた。が、ノエルが見直したときには、すでに消えていた。「本当にアダムにそっくりだわ」

ペチュニアがぴくんと動いて目を覚まし、飛びあがって、あの奇妙な声でひと声吠えた。

ギルはくるりと振り向いて叫んだ。「犬だ！　お祖母ちゃまのお母さまの犬？」そう訊いたときの声で、レディ・ロックウッドに対するギルの評価はぐんと上がったのが聞きとれた。「撫《な》でてもいい？」

伯爵夫人がぎょっとして、引きとめようと手を伸ばす。ノエルも一歩前に出た。が、ペチュニアはギルが遊び相手だとわかったらしく、豚のような尻尾だけでなくお尻まで振りはじめた。それを見て吹きだしたギルが駆け寄って撫でると、ペチュニアは嬉しそうにもだえ、彼の顔をなめはじめた。

ノエルと伯爵夫人は顔を見合わせ、笑みを交わした。ギルバートが手ごわいレディ・ロックウッドの愛情を勝ちとったのは明らかだ。

ひ孫に会って満足したにもかかわらず、レディ・ロックウッドはそのあとも容赦なく難癖をつけ続けた。どうやら、周囲の人々を振りまわすのはこの老夫人の退屈しのぎらしい。

頻繁に呼びつけられるメイドたちがせわしなく廊下を行き来する。アナベスも祖母が立ち居するたびに手を貸し、寒さよけのショールとバッグを持って、階段の上り下りに付き添った。バッグのなかには、ハンカチや消化薬や喉の薬、頭痛用のラベンダー、緊急用の気付け薬などが入っているようだが、レディ・ロックウッドは驚くほど健康で、旺盛な食欲もあり、何があっても気を失いそうには見えなかった。

ペチュニアは騒々しい犬だった。メイドを見るたびに耳障りな声で吠える。ギルは例外だが、とくに男が嫌いらしく、男とみると駆け寄ってブーツの踵に噛みついていた。午後遅く、レディ・ロックウッドが少しのあいだ横になるためペチュニアを連れて二階に引きとったときには、全員がほっと安堵《あんど》の息をついた。

翌日、約束どおりお茶の時間に訪れたネイサンは、カーライルとふたりでウイスキーのある書斎に早々と逃げこんだ。その後、カーライルはめっきり外の用事が増え、頻繁に邸を出ていく。ギルの乗馬の稽古の時間もこれまでより長くなった。レディ・ロックウッドを伯爵夫人とアナベスにまかせるのは少々気が引けたものの、ノエルもチャンス到来とみるやこっそり抜けだし、図書室に逃げこんだ。

不幸にして、ひとりになると考える時間もできる。しかも図書室にいるとよけいに先日の出来事を思い出すはめになった。カーライルが厳しい顔をやわらげ、自分の髪に触れながら唇を見つめたときのことを。あのときは、体がほてり、息が速くなって、たまらなく彼にキスしたくなった。

ああ、絶対に起こりえないことを考えるのは無意味だ。起こってほしくもないのに。それとも……？

自分がカーライルに惹かれはじめているのは、否定できない事実だった。意志の強い、男らしい顔。あの厳しい顔に笑みが浮かぶと……まるで違う印象になる。ギルをとても可愛がり、伯爵夫人を心から慕う、優しい男性が突然現れるのだ。その優しさがノエル自身に向けられたことは数えるほどしかないものの、彼の笑みを見るたびに膝の力が抜けそうになる。

でも、人一倍自制心の強い、理性的なカーライルのこと——たとえわたしに欲望を感じたとしても、一時の衝動にわれを忘れたりはしないだろう。こちらとしても、息子の後見人との情事など、考えるだけでも恥ずかしいことだ。

乱れる思いを抱えているせいか、本のリスト作りはいっこうに進まず、気がつくとノエルは窓の外を見つめていた。二階の回廊からは、下の庭園だけでなく、その先の景色が一望できる。

この日もぼんやり外を眺めていると、遠くで何かが動いた。誰かが馬に乗って全速力で駆けてくるのだ。その誰かは馬に乗ったまま低い生け垣を跳び越え、まっすぐこちらに走ってくる。

あれはカーライルの馬……乗っているのはカーライルだ。彼は自分の前に乗せている何かを片方の腕で抱え、馬の首にかがみこむようにしてそれをかばっていた。その何かがギルだと気づき、ノエルの心臓は凍りついた。

13

ノエルはあわてて螺旋《らせん》階段を駆けおり、図書室を飛びだして、長い廊下を母屋へと走った。まったく、この邸《やしき》はどうしてこんなに大きいの？

「ノエル？」居間から伯爵夫人がけげんそうに問いかけてきたが、答える間も惜しんで走り過ぎた。「ノエル？　どうしたの？　何があったの？」問いが背中を追ってくる。

「ギルが！」ノエルは走り続けながら叫び、サンルームを駆け抜けて外に走りでた。階段を駆けおり、左に曲がって小道づたいに厩舎《きゅうしゃ》へ向かう。庭のはずれに達したとき、ふたたびカーライルと彼の馬が見えた。広い芝生を横切ってくる。彼は片方の腕をギルの腰にまわし、しっかり抱えていた。ギルは髪をなびかせ、目を見開いて、その腕に両手でつかまっている。同じく馬に乗った男が、ギルのポニーを引いてその後ろから駆けてくるのが見えた。

カーライルが手綱を引いて馬を止めたときに、ノエルは厩舎に着いた。彼は駆け寄ってきた馬番のひとりに手綱を投げ、ギルを抱いたまま馬から降りた。

「何があったの?」ノエルは叫んだ。「ギルは大丈夫?　ポニーから落ちたの?」

「ギルは心配ない」カーライルが答える。

「ママン!」ギルがノエルの腕のなかに飛びこんできた。ノエルがよろめくのを見て、カーライルがあわてて腕をつかむ。

ノエルはギルをひしと抱きしめ、片手を頭から腕へと滑らせて怪我《けが》がないことを確かめた。「何があったの?　どこか痛む?」

「誰かがぼくらを撃ってきた」カーライルが険しい声で答え、ノエルの腕をつかんだまま邸へと歩きだした。

「なんですって?」ノエルは驚いて彼を見た。確かめるまでもなく冗談でないことはすぐにわかった。いかつい顎が怒りにこわばっている。

「悪者が……撃ってきたの」ギルはまだ片方の手でノエルのスカートをつかんでいるものの、その手から力が抜けはじめた。

「たぶん密猟者だ」カーライルがつぶやく。「たんなる事故かもしれない。猟場の管理人に調べさせるよ」

「密猟者?」ノエルは納得できなかった。頭のなかで警報が鳴りだし、いますぐギルを連れて、安全な場所へ逃げろと急《せ》き立てる。

「そうだ」カーライルは確信に満ちた声で答えながら、ギルをちらっと見た。「心配することは何もない」

カーライルはたんなる事故だと思っているわけではない。ギルを怖がらせたくないだけなのだ。ノエルはほっとしてうなずいた。

「バンって音がしたの。そしたらぼくは地面に倒れてて、カーライルおじさんが、ぼくをこんなふうにつかんで——」どうやらショックは収まったらしく、ギルはその瞬間を再現するように手を動かし、自分の胸にぎゅっと押しつけた。「悪い言葉を使ったんだよ」

「あれはまずかったな」カーライルが認めるのを聞いて、ノエルは笑みを隠した。

「それから、ぼくと一緒にサムソンに飛び乗って、走りだしたの。ものすごく速かった」ギルは興奮に瞳を輝かせた。「生け垣も跳び越えたんだよ。まるで空を飛んでるみたいに。でも、ぼく、ちっとも怖くなかった。そうだよね？」そこでカーライルを見た。

「ああ、まったく怖がらなかったな。勇敢な子だ。それに、とてもいい子だったぞ。言われたとおりに、しっかりしがみついていた」

「また、やれる？」

「また撃たれたいのか？　残念だが、それは無理だな」

「違うよ」ギルは嬉《うれ》しそうに笑った。「馬に乗って生け垣を跳び越えるやつ。ぼくにもできるかな？　教えてくれる？」

「いいとも。もう少し大きくなったら、だが」

「見て！　お祖母《ばあ》ちゃまだ！」庭のはずれにいる真っ青な顔の伯爵夫人を見つけ、ギルが叫んだ。「お祖母ちゃまにも話さなきゃ」ギルはノエルの腕のなかからもがいておりると、自分が体験したばかりの大事件を話しに駆けていった。

「訊《き》かれるまえに言っておくが」カーライルがノエルに告げた。「本気で密猟者だと思っているわけじゃない。ギルを怖がらせたくなかったんだ」

「ええ。気を遣ってくれてありがとう。何があったの？」

カーライルは肩をすくめた。「ポニーに乗ったギルと並んで走っているときに、突然銃声がしたんだ。落ち着きをなくしたサムソンをなだめていると、同じく驚いたポニーがギルを振り落とした。一瞬……」カーライルはその瞬間を思い出し、口元をこわばらせた。

「ギルが撃たれたと思った？」

「ああ。サムソンの背から飛びおりて駆け寄ったとき、ギルは声もあげずに横たわっていた。だが、黙っていたのは地面に落ちたときに息を吐き、とっさに呼吸ができなかったせいで、意識を失ったわけではなかった。撃たれてもいないし、どこの骨も折れていないとわかったときは、どんなにほっとしたか。撃たれたのはその一発だけだった。撃った男が逃げたからか、森とぼくらのあいだにポニーとサムソンがいて、うまく狙えなかったからなのかはわからない。だが、二発めを装弾する時間はたっぷりあったから、撃った男が森に留《とど》まっていれば、どこからでも狙える。で、ギルを乗せて大急ぎで戻ってきたんだ」

カーライルの説明は淡々としていたが、彼はギルに重なるようにして盾になってくれたのだ。ノエルはその腕に手を置いた。「あの子を守ってくれてありがとう」

カーライルは唇をゆがめた。「守るどころか、乗馬中に撃たれた」

「でも、無事に連れ戻してくれたわ。大事なのはそれだけよ」自分を呼ぶ息子の声に、ノエルは向きを変え、手を振った。「行かないと」

「ああ。そばにいてやったほうがいい。この件はあとで話そう」

テラスでは、レディ・ロックウッドがやきもきして当たり散らしていた。そのそばでアナベスがなだめている。

「お祖母さま、大丈夫よ。心配することは何もないわ」

「ちっとも大丈夫なんかじゃない。どんなばかでもそれくらいわかりますよ。カーライル、いったい何を騒いでいるの？　メイドたちが、ギルバートが撃たれたと取り乱しているけれど」レディ・ロックウッドは鼻を鳴らして杖《つえ》でテラスの敷石を叩《たた》き、傷を探すような目でギルを見た。「撃たれたようには見えないわね」

曾祖母《そうそぼ》の鋭い視線もなんのその、恐怖の体験はすでにスリル満点の冒険に代わり、ギルは興奮した声でついさっきの出来事を最初から説明しはじめた。驚いたことに、老夫人はすばらしい聞き手だった。ちょうどいいタイミングで驚きの声をあげ、ギルが生け垣を跳び越える真似《まね》をすると大きな笑い声をあげた。すでにギルのなかでは、生け垣の高さは実際より倍も高くなっていた。

「ずいぶんと楽しんだようで何よりだこと。それにしても、密猟者ときたら！　まったく、なんて連中なの」老夫人は突き刺すようにカーライルへ杖を突きつけた。「あなたはこのふたりを守るためにここにいるんですよ。ああいう連中を野放しにしておいては、みんなが迷惑するわ。さっさと捕まえて縛り首になさい」

「お母さま……」過激な罰を口にする母に、伯爵夫人が口ごもる。

「あなたは昔から優しすぎるのよ、アデリーン」

レディ・ロックウッドとアナベスは、密猟者の仕業だという話を額面どおりに受けとったようだ。でも、伯爵夫人がそう思っていないことは心配そうな表情に表れていた。

「ギルバートは子ども部屋に連れていきます」ノエルはさりげなく口をはさんだ。「今日はもう十分興奮したようですもの」

「そのとおりね。わたしたちもそう」伯爵夫人は母を見た。「お母さまも少し横になりたいでしょう？」

「昼寝の時間はとっくに過ぎてますよ」レディ・ロックウッドはじろりと娘をにらみ、きびすを返した。「密猟者やらいたずらやら、ここでは気持ちの落ち着く暇がないわ。いらっしゃい、アナベス」

まだ興奮のさめないギルは、ふたたび自分の冒険をノエルに語り、家庭教師にも話すと言ってきかず、なかなか眠ろうとしなかった。ノエルがようやく子ども部屋をあとにして階段をおりていくと、カーライルと伯爵夫人はネイサンと客間に集まっていた。

「ノエル」ネイサンが声をかけた。「ギルはどんな様子だい？」

「元気よ。自分の冒険がよっぽど誇らしいみたい」

夫人が言った。「ネイサンにさきほどの出来事を話していたの」

「ちょっとした騒動だったようだね。ぼくはそろそろ失礼するよ。こんなときに客を迎えてお茶を楽しむ気にもなれないだろう」

「ばかなことを言うな」カーライルが引きとめた。「きみもいてくれ。この一件が何を意味するか突きとめるには、できるだけ多くの助けが必要だ」

「そうね」ノエルはうなずいた。「偏見のない意見を聞かせていただけるとありがたいわ」

ノエルの意味ありげな視線に、カーライルが片方の眉を上げる。「ああ、何が言いたいかはわかっている。だが、ぼくの考えもまだ完全に捨てるわけにはいかないぞ。きみを傷つけたい人間がいれば、ギルを傷つけるのがいちばん効果的だからな。とはいえ今日の出来事からすると、敵の狙いはきみではなくギルのようだ。しかし、誰が、いったいなぜギルを狙っているんだ？」

「そのどちらかがわかれば、もう一方の答えも明らかになるだろうな」ネイサンが口をはさむ。

「でも、どうしてギルが狙われるの？　あの子はまだほんの子どもなのよ」伯爵夫人がハンカチを揉《も》みしだきながら抗議する。

ノエルはうなずいて言った。「犯人の狙いは身の代金だと思っていたけれど、ギルを殺そうとしたところをみると違うようですね」

「きみではなく、ギルを狙ったのはたしかなのか、カーライル？」ネイサンが尋ねた。

「犯人はもしかしてきみを狙ったんじゃないか？　ギルを誘拐しやすいように」

「ぼくだったとしたら、よほどひどい腕だな」カーライルが答えた。「ぼくはギルから二メートル近く離れていた。馬番もそうだ。しかも、犯人の狙いがあと何センチかずれていれば、ギルは撃たれていた。ギルが小さな的で本当に運がよかったんだ」

「でも、あの子が死んで、誰が利益を受けるの？」ノエルはカーライルを見て尋ねた。

カーライルは体をこわばらせた。「ぼくではないよ」

「ええ、もちろん。わたしはべつに――」

「ぼくが子どもに危害を加えるような人間だとしても」カーライルはノエルの言葉にかぶせるように続けた。「ラザフォード一族の相続人はぼくではない。どれほど家系図をさかのぼろうと、ぼくとギルに血縁関係はないんだ」

ネイサンが厳しい声で言った。「ギルに万一のことがあった場合、ラザフォードのすべてを相続するのは、相手が子どもだろうが容赦なく危害を加えられる人でなしだ」

「いいえ！」伯爵夫人が叫んだ。「マーカスは怠惰で無責任な人だけれど、子どもを狙うようなことはしない。ただ意志が弱いだけで、悪い人ではないわ」

「ぼくが言ったのはマーカスじゃありませんよ。彼の息子です」ネイサンが説明した。

「スローンはマーカスの相続人だ。父親が死ねばすべてを受け継ぐ」

「あの酒量からすると、マーカスが命を落とすのはそれほど先のことではないだろうが、いくらスローンでも……ギルはほんの子どもだぞ」そこでカーライルは首を振った。

「スローンというのは？」ノエルは、ふだんは微笑をたやさないネイサンのしかめ面に驚き、厳しい表情のカーライルを見た。「それにマーカスというのは誰？　誰の話をしているの？」

「マーカス・ラザフォードは亡き伯爵の弟で、スローンはその息子だ。アダムの年上のいとこにあたる」

ノエルはけげんな顔でつぶやいた。「その名前は、アダムから聞いた覚えがないわ」

「アダムはマーカス父子についてよく知らなかったんだと思う。スローンも父親のマーカスも、ここにはめったに来なかったからね。それにスローンは……十二年まえにこの国を出た」

「この国を出た？　つまり、イングランドにいないということ？　だったら、ギルに向かって発砲できるはずがないわ」

「残念ながら戻ってきたんだ」ネイサンはじっとしていられないように立ちあがり、暖炉に向かうと、くるりときびすを返して戻ってきた。

「夫のトーマスは、マーカスと不仲だったの」隣で伯爵夫人が言う。ノエルは〝亡き伯爵と仲のよかった人がいるんですか？〟という言葉をのみこんだ。「マーカスには……いくつか感心できない習慣があって」

「マーカスは大酒飲みなんだ」カーライルが例によって率直に言った。「おまけにギャンブル中毒で桁外れの浪費家でもある。憎めない男だと言う人々もいるが、ぼくは酔っ払っているところと、伯爵に金をせびっているところしか見たことがない」

「マーカスはチャーミングだったわ」夫人は懐かしむように口元をゆるめた。「それに、とてもハンサムだった。わたしは昔からトーマスのほうがはるかに魅力的だと思っていたけれど、ラザフォード家一のハンサムはマーカスだという人もいたくらい。スローンは彼にそっくりだとみんなが言うわ――顔立ちがね。性格はチャーミングとはとても言えないけれど。あの子は……好人物ではないの」

伯爵夫人がそう言うなら、相当いやな男なのだろう。ノエルは婉曲《えんきょく》な言い回しをしないカーライルに目をやった。

「スローンは密輸に手を染めたんだ」

「密輸だけじゃない」ネイサンが不満そうに付け足す。「あいつは反逆者だ」

「なんですって？」ノエルは目を丸くした。

「その証拠はないぞ」カーライルがたしなめる。

「フランス人と共謀していたに決まってる」ネイサンは吐き捨てるように言った。「それから、アメリカにいるフランス人がナポレオンを自由にする企《たくら》みに手を貸した。どうしてあんなやつをかばうんだ？」

「かばってはいないさ」カーライルが冷静に言い返す。「スローンはろくでなしだ」彼は慎重に言葉を選びながらノエルに説明した。「スローンは、ぼくたちみんなが大切に思っている人間を傷つけたんだ」

「はっきり言ったらどうだ？」ネイサンがくってかかった。「やつはアナベスの心をもてあそび、それからさっさと国を出てフランスのスパイになった、と」

「スローンは密輸に手を染めた。それに、フランス人と手を組んでいるという噂もあった」カーライルは落ち着いた声でネイサンの言葉を訂正した。「その後はアメリカに渡り――これも噂《うわさ》だが――そこでも西インド諸島とルイジアナにいるフランス人と協力して、ナポレオンの脱出作戦に加担したらしい。スローンが何をしたかは誰も知らないが、一年ほどまえに驚くほど裕福になって戻ってきた」

「どうやってひと財産作ったか知らないが、あいつのことだ、道徳にも法律にも反することをしたに決まってる」ネイサンが険しい顔で言った。「おそらくこちらに戻ってからも、悪行を続けているにちがいない」

「まあ、その話はいまはやめておこう」カーライルはちらっと伯爵夫人を見た。

「わたしを守る必要はないのよ、カーライル。スローンがしていたことは、母から聞いているもの」夫人はノエルを見た。「いまは賭博場と居酒屋を経営し、スコットランドで蒸留酒を作っているそうよ」そう言ってため息をつく。「気の毒な子なの。まだ小さいうちに母親を亡くして。マーカスは、いい父親とはとても言えなかったし。だからといって、すべてが許されるわけではないけれど……」つぶやいて首を振る。「まさかギルを狙うなんて」

「まだ、スローンの仕業だと決まったわけではありません」カーライルがなだめるように言った。「スローンが犯人だと断定するのは早すぎます。しかし、ネイサンの言うとおり、スローンが共犯者である可能性は高いでしょうね。昔からあの男は名誉心とは無縁だったから」そこで顔をしかめる。「次回、ぼくと乗馬勝負をするのも、がんとして拒否したし」

「はっ！」ネイサンが笑った。「一生に一度負けただけで、根に持つ必要はないだろう？」

「スローンのほうが、あなたより乗馬が得意なの？」ノエルは驚いて眉を上げた。ほとんどの場合、ギルに合わせてゆっくり走っているから、カーライルの乗馬の腕前を測るのは難しい。でも、つい先ほど彼が全速力で走ってきて、なんなく生け垣を跳び越えたのを見たばかりだ。

「いや」カーライルはきっぱりと否定した。「たまたまぼくの調子が悪いときにスローンが僅差で勝っただけだ。あいつときたら、それまでは何年も勝負しようとしつこく迫ってきたのに、一度勝ったら突然ぼくとの勝負には興味を失って、何度挑んでものらくらと逃げるばかりだ」

「勝者になったからさ。スローンにとって大事なのはそれだけだ」

「だが、彼を調べるべきだと思うのは、それが理由じゃないぞ」カーライルはたしなめるようにネイサンを見た。「きみの言うとおり、スローンはギルが死ねば得をする人間のひとりだからだ。ロンドンでやつの商売のことをディッグスに調べさせよう。賭博場や居酒屋には、汚れ仕事を引き受ける男たちがいるにちがいない。しかし、スローン自身とはぼくが直接話をする」

「ぼくも一緒に行くよ」ネイサンが申しでた。

「きみが冷静に質問できるとは思えないな。スローンのことだ、辛辣な言葉できみを挑発するにちがいない。それに、きみはスローンが罪を認めないかぎり、あいつが何を言っても信じないだろう」ネイサンが抗議しようとすると、カーライルはこう付け加えた。「きみにはここにいてもらいたいんだ。スローンがロンドンにいれば話は早いが、いなければ所領まで足を運ぶことになる。ここを女性とギルだけにしておくわけにはいかないからな」

ネイサンはしぶしぶうなずいた。「もちろんだ。きみが戻るまでストーンクリフに滞在するよ」

「頼むぞ」カーライルはふたりの女性を見た。「ぼくは明日の朝いちばんで発《た》ちますが、ネイサンがいてくれればここは安全です。外に面した扉はすべて召使いに見張らせます。ギルの乗馬はぼくが戻るまで中止してください。外庭に出るのも禁止。中庭で遊ぶときも、必ず召使いをひとり付き添わせるように。邸の外には誰も出ないほうがいいですね。行動を制限するようで申し訳ありませんが、そのほうが安全です」

「ええ、そうするわ。少しの辛抱ですもの」伯爵夫人が言った。

カーライルは気の毒そうな笑みを浮かべた。「レディ・ロックウッドと一緒に邸内に閉じこめておくことになって申し訳ありません」

「ここにいては危険だと思って、母は早々に引きあげるかもしれないわ。わたしたちについては心配ご無用。必要なことをしてちょうだい」

「そうします」カーライルはノエルを見た。「真相を突きとめ、二度とギルが危ない目に遭わないよう、できるだけのことをする」

「ええ、わかっているわ」ノエルはうなずいた。「わたしも一緒に行きます」

「なんだって？」カーライルの眉が跳ねあがった。「とんでもない」

「どうしてかしら？」

「ロンドンの往復だけではすまないかもしれない。スローンの所領があるのはドーセットだ。そこに行くとなれば、長い旅になる。それに、途中の道もひどい状態だと思う」

「女のわたしには無理だと言いたいの？」ノエルは胸の前で腕を組んだ。

カーライルは椅子の上で落ち着きなく体を動かした。「きみが行く必要はない」

「わたしにはあるの」

「しかし、きみとぼくだけで長旅をするのは――」

「あなたと一緒では、わたしの評判に危険があるのかしら？」

「まさか！」カーライルの頬が赤くなった。「危険などあるものか。しかし、ほかの人々の目に――」

「わたしをロンドンに連れ戻したときもふたりだけだった。あなたと旅をしてわたしの評判に傷がつくのなら、もうすでについているわ。それに、あなたがレディ・ドリューズベリーと旅をするときも、ほかの人々は疑いの目で見るの？」

「いや。しかし、それとこれとは……ぼくはスローンと対決することになる。危険かもしれない」

「バルセロナやベルンで襲われたときも危険だったわ」

「きみを、これまで遭遇したような危険にさらすつもりはない」カーライルは鋭く言い返し、ぱっと立ちあがった。「ここにいれば安全だ。ぼくはきみを守ると約束した――」

「だったら、一緒に行っても安全なはずよ」ノエルも立ちあがり、カーライルと向かい合った。

「ギルにはきみが必要だ」

「ギルにはネイサンだけでなく、レディ・ドリューズベリーも、アナベスも、レディ・ロックウッドもいるわ。家庭教師もあの子を守ってくれる」

「しかし――」

「わたしはギルの母親よ。生まれてからずっとあの子を守ってきた。これからも守るわ。ここに住むことには同意したけれど、母親としての義務と権利のすべてをあなたに譲り渡した覚えはない。ギルを撃とうとした男に会う必要があるの。あなたには、それを止める権利はないわ。安心してちょうだい、わたしは邪魔にも、お荷物にもならない」

カーライルはため息をつき、ふたたび腰をおろした。「いいだろう。明日の朝、夜明けと同時にここを発つ」

ノエルは決意もあらわにうなずいた。「結構よ」

14

カーライルはそれ以上何も言わなかったが、そのあともずっと、ノエルを伴ってロンドンへ行くことが頭を離れなかった。夕食をすませ、自分の部屋に引きとるころになっても頭のなかはそのことばかり。なんとかノエルを思いとどまらせる方法はないものか……。上着を脱いで、乱暴にクラヴァットをはずし、どちらもベッド脇の椅子に投げると、すぐにベストもそのあとを追った。夜明けまえに起きることを考えれば、このまま寝るべきだ。

だが、入り乱れる思いで頭がいっぱいで眠れそうもなかった。これは誰にも言えないが、ノエルとの言い争いに負けたことを喜ぶ気持ちもあった。ふたりだけの旅を思うと恐ろしい半面、同じくらい――ひょっとすると、それよりももっと強く――待ち遠しかった。問題はそこだ。まだ旅が始まってもいないのに自分の気持ちを抑えかねているとしたら、ふたりきりではいったいどうなる？

きっと何かが起こる。その危険な可能性が、カーライルの心を甘くくすぐった。あってはならないことだとわかっているのに。ノエルに関するかぎり、自分は愚かな間違いばかりしているようだ。ノエル母子をようやく見つけ、望みどおりの結果になったのだから、それで満足すべきだ。ところが、ノエルはまだこちらを悩ませ、混乱させている。もっとひどいことに、ノエルといると自分がわからなくなる。いったいなぜ、図書室で危うくノエルにキスしそうになったのか？　ノエルがそばにいるだけで、この理性は吹き飛んでしまうようだった。

その理由ははっきりしている。花びらを思わせる柔肌、キスを乞うようなふっくらした下唇、あざやかな青い瞳、襟ぐりからのぞく胸の柔らかな曲線。地味にまとめるには短すぎる、柔らかな巻き毛。ノエルはときどき細いリボンで結んでいるが、見るたびにシルクのリボンの結び目をするりと解きたくなる。赤い血の通った男なら、欲しいと思わずにはいられない女性だ。

カーライルはこれまで、性的な欲望に振りまわされたことはなかった。ノエルを見てキスの味を想像し、抱きしめたときの感触を夢想したとしても、本来ならそういう欲望を抑えられる。しかし、図書室ですぐそばから青い瞳を見下ろしたあのときは、理性も礼節も吹き飛びそうになった。アデリーンが入ってこなければ、間違いなくノエルにキスしていただろう。

安全を約束してこの邸《やしき》に連れてきたのに、その相手にけしからぬ振る舞いをしそうになるとは。そうでなくてもこちらを低く評価しているノエルのことだ、その想《おも》いを知ったらどれほど軽蔑することか。まだ自分を簡単に男になびく奔放な女だと思っている、と激怒するかもしれない。

実際、軽蔑と怒りの両方を感じているのだろう。カーライルは暗い気持ちでそう思った。図書室での出来事以来、ノエルと話すたびにぎくしゃくし、気まずい雰囲気になるのは、おそらくそのせいだ。今日の発砲事件のあと、久しぶりに自然に話せたことが嬉《うれ》しかった。恐ろしい事件が起きたというのに、そんな喜びを感じた自分は間違いなく最低の男だ。

カーライルは苛立《いらだ》ちをため息にして吐きだした。このままでは眠れそうもない。書斎でブランデーを注《つ》いでから、図書室へと足を向けた。ノエルはそこでよく夜を過ごしているが、この時間にはいないだろう。明日の朝が早いとあって、きっともう休んでいる。

だが、図書室に向かう足取りは軽く、胸のなかではなじみのない気持ちが躍っていた。不安もあるが、おそらく期待のほうが大きい。重い扉を押し開けると、天井の高い広い部屋はがらんとしていた。現金なもので、とたんに足取りが重くなる。だが、もちろん、ノエルがいないほうがよかったのだ。グラスを地球儀の近くにある小テーブルに置き、かなり読みこまれているルイスの小説、『マンク』を手に取った。

ブランデーを飲みおえるころには緊張がやわらぎ、眠れそうな気がしてきた。だが、ノエルが図書室に入ってきたとたん、眠気はたちまち吹き飛んだ。自分がシャツ姿なのを急に意識しながら、急いで立ちあがる。ノエルはドレッシングガウン姿で、白いコットンの寝巻きが胸元からV字形にのぞいている。

ノエルはドアのすぐ内側で足を止め、とても魅力的に乱れた髪に手をやり、ガウンの襟元をかき合わせた。「ごめんなさい、あなたがいるとは知らなかったの。灯《あか》りが見えたので、ランプを消し忘れたと思って……」

「ちょうど部屋に戻るところだったんだ」カーライルは急いでそう言った。立ち去りたくはないが、これほどくだけた服装でふたりきりなのは不適切だ。

「いいえ、そのままいらして」ノエルは首を振った。「せっかくの穏やかな時間を乱したのは、わたしのほうですもの」

「乱してなどしていないさ」カーライルは嘘をついた。ノエルを見てどんなふうに心が乱れたか知られたら、きっと軽蔑される。「きみに会うのはいつだって喜ばしい」

「会えてよかったわ。実は気になって眠れないことがあるの。だからここに来たのよ……眠くなるような本を探しに」ノエルは近づいてきて、すぐ前で足を止めた。「でも、本よりも、あなたに話すほうがよさそう」

「そうだな」カーライルは不安と期待のどちらを感じるべきかわからず、落ち着こうと軽く咳払《せきばら》いをした。「もちろんだ。で、何が気になるのかな?」会話に集中しようとしたが、ともすれば柔らかくなめらかな白い喉へと視線がさまよっていく。あの無防備な喉のくぼみに舌を這《は》わせたら……。

「今日の午後、ギルが撃たれたとき、ロンドンに行く話を――」

「気が変わって、ここに残ることにした?」カーライルは内心の失望を隠しながら尋ねた。

「いいえ」ノエルは驚いたように首を振った。「行くつもりよ。ただ……」ノエルは適切な言葉を探すように目をさまよわせた。「一緒に行くのは、あなたを信頼していないからではないの。それを言っておきたくて。ギルにもしものことがあった場合の話をしたとき、あなたは〝ラザフォード一族の資産を相続するのは自分ではない〟と真っ先に言ったでしょう? それで、ちゃんと話すべきだと思ったの。わたしはもう、あなたがギルに危害を加えるとは思っていないわ。たとえ一瞬でも、あなたがギルを殺そうとしたなんて思いもしなかった」カーライルの腕に手を置いて続ける。「それどころか、あなたはギルの命の恩人よ。とうてい返せないほどの借りができたわ」

「返す必要などないさ」カーライルはノエルの手に自分の手を重ねた。小さな手はとても温かく、このまま引き寄せたくなる。「ギルのことは、心から大切に思っている。ラザフォード家の全員が大切なんだ。できるだけのことをして守るよ」

「わかっているわ」ノエルはカーライルを見上げ、驚いたことに、つま先立ってその頬にキスした。「ありがとう、カーライル」

自分の名を呼ぶノエルの声を聞いたとたん、カーライルのなかで何かが弾《はじ》けた。親指をなめらかな頬に走らせ、その手をうなじへと滑らせる。ノエルがその手にもたれてきた。

こらえきれずに柔らかい口を自分の唇で覆うと、ノエルが唇を開いた。痺《しび》れるような衝撃に全身を貫かれ、両腕でノエルを抱き寄せた。キスに応えるノエルの体が腕のなかで溶ける。カーライルは腕に力をこめ、柔らかい体に自分の体を押しつけた。ノエルの両手が胸板を這いあがり、シャツの前をつかむ。

カーライルは夢見心地だった。こうして抱き合うのが、とても正しいことに思える。ノエル……亡きアダムの妻と。

カーライルはだしぬけにノエルを放し、一歩さがった。

「すまない。こんなつもりは……こんなことはすべきでは――」

「気にしないで」ノエルは急いでそう言ったが、青い瞳にはさきほどまでなかった何かがあった。悲しみだ。

カーライルは自分を呪った。これでは信頼できないと思われても仕方がない。

「ふたりでロンドンへ行く気になれなければ……」

「いいえ」ノエルは瞳に固い決意を浮かべ、きっぱりと答えた。「明日、朝食のときに会いましょう」

「ああ、朝食のときに。では、失礼して休むことにする」カーライルはグラスと本をすくうようにつかんだ。さすがに続きを読む気にはなれないが、両手がふさがっていれば、もう一度抱き寄せ、心ゆくまでキスしたいという誘惑をしりぞけられるだろう。「おやすみ、マイ・レディ」

カーライルは翌日、ノエルを伴ってロンドンに着くと、すぐさまディッグスを呼びにやった。そしてギルが撃たれそうになった事件を話し、スローン・ラザフォードを調べるよう命じた。

「スローンが昨日どこにいたか知りたい。どんな店を持っているか、どんないかがわしい連中とつるんでいるか、わかることはなんでも調べてくれ。もちろん、ロンドンでギルを誘拐しようとした男も引き続き探してもらう。そいつが見つかれば、スローンに繋《つな》がるか……べつの誰かが犯人だとわかるかもしれない」

ディッグスが新たな命令をさっそく遂行するために立ち去ると、カーライルはノエルに言った。「ぼくはスローンの邸に行ってくる。運がよければ、彼はそこにいるだろう。そうなれば長旅の必要はない」

「そうね」うなずいて、ノエルも立ちあがった。

「さっきまで馬車に揺られどおしだったんだ。きみはここでひと息入れながら待っているといい」

「そんなに簡単にわたしを追い払えると思ったら大間違いよ。ほんの数時間馬車に乗ったくらいで疲れるものですか。ギルを殺そうとしたかどうか、あなたがその男を問いただしているあいだ、ここで待つつもりはないわ」

残念ながら、この訪問は空振りに終わった。スローンの邸の扉を開けた執事は、ラザフォードさまはお留守です、と告げたのだ。ノエルは店の売り子として培った手管を駆使して情報を仕入れようとしたが、執事から引きだせたのは、〝スローンはドーセットにある所領を頻繁に訪問している〟という言葉だけだった。

ラザフォード家に戻ったふたりに、執事が帰りを待ちかねていたように言った。「ソーンさま、客間でお客さまがお待ちでございます」

「ぼくが留守なのに客間に通したのか？」カーライルは驚いて尋ねた。

「あなたさまがそれをお望みだと思ったものですから。お客さまはレディ・ハルダーでいらっしゃいます」

「母が来たって？」カーライルはつぶやいた。「よりによって間の悪いときに」

15

ふたりが客間に入っていくと、身なりのよい長身の女性がソファから立ちあがった。カーライルが軽くうなずきながら前置きなしで尋ねた。「なぜ来たんです？」

「母親が息子に会いに来てはいけないの？」レディ・ハルダーがにこやかにノエルに目を移し、暗に紹介を促した。

ノエルが同じソファに座ると、レディ・ハルダーはとるに足りない質問からなる礼儀正しい会話をしながら、あからさまにノエルを観察しはじめた。カーライルは疑わしげな顔で暖炉のそばに立ち、ふたりを見ている。こちらがぼろを出すのを心配しているのかもしれない。

まもなくカーライルは、放っておいたら何時間も続きそうな母の〝尋問〟に割りこんだ。

「それで、ここに来た本当の理由はなんです？　ただ好奇心を満足させるため、ぼくの顔を見に来ただけではないんでしょう？」

「まあ、カーライル。わたしのすることすべてに隠された動機があるわけではないわ」傷ついたような口ぶりとは裏腹に、レディ・ハルダーは愉快そうに瞳をきらめかせた。「ほとんどの場合はそうですからね。どうしてこんなに早く、ぼくがロンドンにいることがわかったんです？」

まるでこの問いを喜んでいるように、形のよい口元がほころぶ。「何度言ったらわかるの？　街の噂《うわさ》はすべて耳に入ってくるのよ。それはともかく、今日は金曜日の夜に催すささやかな夜会に誘いに来たの。マイ・レディ、どうかいらして」そうノエルに告げ、息子に目を戻す。「もちろんあなたもよ、カーライル」

「ぼくまで招いていただけるとは光栄の至りです」カーライルが皮肉たっぷりに言い返す。「どうやら、できるだけ大勢の客を集めたいようですね。政治活動の一環として」

「わたしはただ、ハルダーの名を――」

カーライルは片手を上げてその先を制した。「政治的なコマになってあげたいのは山々ですが、残念ながらふたりとも参加できそうにありません」

「カーライル、代わりに答えるまえに、レディ・ラザフォードの意向を確認すべきよ」

「おっしゃるとおりですわ」ノエルはカーライルをにらんだ。カーライルの母親が催す夜会に興味があるわけではないが、彼に自分の返事まで決められるのは不愉快だ。「素敵な夜会のようですもの」

カーライルは鼻を鳴らした。「そんなことを言うのは、母の夜会に行った経験がないからだ。あれほど退屈で――」

「失礼よ！」ここに来た動機を問われたときとは違い、レディ・ハルダーは本気で怒ったようだ。「まったく、あなたときたら。わたしのパーティは楽しいと評判なんだから。お客さまも高貴な方たちばかりで」

だからカーライルは行くのを渋ったの？　わたしが場違いに見えるから？　ノエルは胸をわしづかみにされたような気がした。

平民のわたしを伴うのが恥ずかしいの？　称号や立派な名前を言いよどみ、不作法な真《ま》似《ね》をして笑われるにちがいないと思っている？

「お客が退屈だとは言いませんでしたよ」カーライルが言い返した。「いずれにしても、ぼくたちは明日ドーセットに行くんです」

「ドーセットですって？　いったいなぜ？」

「そこにいる人物に話があるからです。ドーセットからは、まっすぐストーンクリフに帰ります」

レディ・ハルダーは、おかしいほどカーライルそっくりの顎をつんと上げた。「でも、彼女は何もない田舎に閉じこめられるのをいやがっているかもしれないでしょう？」

「本人に訊《き》いたらどうです？」カーライルは母にそう言うと、挑むような目でノエルを見た。「ぼくはドーセットに行くが、ロンドンに残って母の夜会に参加したいならそうすればいい」

ノエルはくるりと目玉をまわしたくなるのをこらえた。「申し訳ありません、レディ・ハルダー。お誘いをお受けしたいのは山々ですけれど、ミスター・ソーンとドーセットに行かなくてはなりませんの。今回のお招きはご遠慮させてください」

「もちろんですとも」レディ・ハルダーは潔くこの断りを受け入れた。「ロンドンに戻ったら、ぜひ知らせてね。あなたとはまたご一緒したいわ」そう言って、当てつけるようにカーライルを見る。おまえは呼ばないぞ、とほのめかすように。

レディ・ハルダーが帰ったあと、着替えるためにいったん自室に引きとると、伯爵夫人が作ってくれたイブニングドレスがロンドンの仕立屋から届いていた。村のお針子が縫ってくれた服も楽しみながら着ているが、夫人が贔屓《ひいき》にしている仕立屋のドレスは、どれもため息が出るほど上等でエレガントだった。一着は透けるように薄い青緑色のボイル生地、もう一着はノエルの瞳を引き立てるあざやかなブルーのサテン、三着めは淡いピンクのシルクだ。

ノエルは三着とも試着し、鏡の前であれこれポーズをとってみた。アダムが死んでからは、常に目立たないことを優先し、地味なものしか着てこなかった。自分を美しく見せてくれる服を着るのは、ずいぶん久しぶりだ。鏡に映る青緑色の優雅なドレスをうっとり眺めながら、ふと思った。夕食のときにこれを着ておりていったら、カーライルはどんな顔をするだろう？

彼がどんな反応を示すか見たい。昨夜のキスがその場かぎりの気まぐれではないと知りたかった。でも、これを着て階下におりるのは愚かだ。貴族は夕食の席で美しく装うとはいえ、このドレスは自宅でとるふつうの夕食には大げさすぎる。それこそレディ・ハルダー宅の夜会のような、エレガントなパーティ向きだ。今夜これを着ておりていけば、カーライルはこちらの意図をたちまち見抜くにちがいない。彼の注意を惹《ひ》きたがっていると思われるのは絶対にいやだ。彼を……欲しがっていると。

その日の残りは、昨夜のキスのことを考えて過ごした。カーライルがキスをしたのは、わたしが厳格な行動規範に従うべきレディではなく、欲望のままにベッドに引きずりこんでもかまわない平民の女だからだろうか？

〝きみのことを誤解していた〟という謝罪がどれほど真摯に聞こえたとしても、カーライルには、何世代にもわたる貴族階級特有の意識が染みついている。彼の関心を惹こうとしていると誤解されるような振る舞いは絶対に避けなくては。ノエルはため息をつきながら美しいドレスを脱ぎ、いつもの服に着替えた。

階下に行くと、夕食は、食堂の控えの間にある小さめのテーブルに用意されていた。そこにはシャンデリアはなく、サイドボードに置かれた燭台《しょくだい》の炎があらゆるものの輪郭を柔らかい影でぼかし、親密な雰囲気を作りだしている。ふたりだけの食事がその雰囲気をいっそう強めていた。

ノエルはカーライルの右側に座った。テーブルが小さいため、彼の席は手を伸ばせば届くほど近く、唇の形や男らしい眉……鋭い顔の線がはっきりと見えた。またしても昨夜のキスが思い出され、ノエルは気がつくと彫りの深い横顔を見つめていた。カーライル自身も落ち着かぬ様子で、給仕として控えている執事のほうをちらちら見ている。昨夜のことを思い出しているのだろうか？　なぜキスしたの？　わたしをどう思っているの？　そう訊きたかったが、思いきって尋ねる勇気はなかった。

いつものように、食事のあとは客間に移った。でも、ストーンクリフと違ってここにいるのはふたりだけ。気を散らすレディ・ロックウッドやペチュニアも、会話を繋《つな》いでくれる伯爵夫人やアナベスもいない。ノエルはソファではなく椅子に座り、飾り棚に肘をのせて暖炉のそばに立つカーライルを見守った。食事のあいだどうにか会話を続けるだけで話の種は尽き、客間には重い沈黙がたれこめた。

ノエルは膝の上で手を組み、必死に話題を探した。カーライルも気まずいとみえて、意味もなく飾り棚の人形を手に取っては置き、何歩か歩いて戻ってきた。

「ノエル……」顔を上げると、彼は口ごもった。「その、これだけは言っておきたい。図書室のことは……不謹慎だった。あれは……」

ノエルはそれ以上黙っていられず、ぱっと立ちあがった。「どうして昨夜わたしにキスしたの？」

カーライルはノエルを見つめた。いかつい顔が徐々に赤くなっていく。「あれは……不適切な行為だった」

「不適切な行為？」ノエルは訊き返した。

あなたはあのキスをそんなふうに思っているの？　キスしたことを悔やんでいるのね。ノエルの頬が怒りでほてった。

「頬にキスしたことは謝るわ。あれは衝動的で、恥知らずな行為でした。でも……誘ったつもりはなかったの」

カーライルはショックを受けたように口走った。「もちろん、きみのせいでは――」

「昨夜のわたしは、あなたが最初思ったとおりのあばずれに見えたでしょうね。気楽に殿方にキスを許すような女に」

「いや、違うんだ」カーライルは前に出て手を伸ばしたが、すぐに力なくおろした。「そんなことは考えもしなかった」

「わたしが性的に奔放な女だと思っているから、キスをしたんでしょう？　平民《コモン》の、お手軽な相手だから」

「違う」カーライルは怒ったように首を振った。「それに、きみはどう見ても平凡《コモン》ではないよ」

「相手が本物のレディでも、あのときキスをしたかしら？　アナベスでも？」

「ばかな」カーライルは鋭く言い返した。「アナベスとキスをしたいとは思わない。だが、それはアナベスの身分とはなんの関係もない。そもそも、相手が応じるというだけで、誰彼かまわずキスする習慣はぼくにはないぞ。ノエル、ぼくを見てくれ」カーライルはノエルの顎を上げ、その目をのぞきこんだ。「ぼくがキスをしたのは、呪わしいほどきみに惹かれているからだ。きみのことしか考えられず夢にまで見るから……きみにキスをしたくてたまらないからだ」

「本当に？」喜びがこみあげ、自然と口元がほころぶ。

「嘘などつくものか。きみといるたび、きみを見るたびに、必死に自分を抑えているんだ。信じてくれ、昨夜のキスはきみの道徳観念とはまったく関係がない。ただ、そんなふうに微笑《ほほえ》まれると……」カーライルはうめくような声をもらし、顔を近づけた。

　ノエルはつま先立って彼の唇を迎えた。怒りも不安も消え、ふたりの唇がたてる音とカーライルの味とにおいが頭を占領する。キスが深くなり、まわされた腕に力がこもった。カーライルの唇がノエルの唇を離れ、羽根のように喉をかすめていく。切なそうに名前を呼ぶ声が体の奥をうずかせ、体中の神経に火をつける。たくましい腕のなかにすっぽりと収まり、すべてをゆだねられるのはなんとすばらしいことか。この強さ、温かさを、もっと感じたい。カーライルの親指が胸の脇をくすぐりながら這《は》いおり、腰を、ヒップの丸みをなぞっていく。乱れた息遣いが聞こえ、熱い肌が脈打つのが感じられた。

「こんなことを……してはいけないのに」カーライルはつぶやきながらも、熱い唇は喉をおり、鎖骨をくすぐっていた。

欲望が目覚め、体が震えはじめる。ノエルはカーライルの肌をじかに感じたかった。愛《あい》撫《ぶ》を求めて胸の先端がうずき、こらえきれずに低いうめきをもらす。するとカーライルがふたたび唇を奪い、深く、激しくキスしながら大きな手でヒップをつかんで、ノエルの体を自分に押しつけた。

低い声で毒づきながら、だしぬけに彼が離れた。「すまない……ぼくはどうかしてしまったんだ」そしてノエルに背を向け、髪をかきあげながら暖炉に戻り、指の関節が白くなるほど強く飾り棚をつかんだ。「……許してくれ」

ノエルも一歩さがり、片手で髪を撫《な》でつけた。答えようと口を開いたが、かすれてほとんど聞こえない。軽く咳払《せきばら》いをして、できるだけ落ち着いた声を出そうとした。「ええ、あなたの言うとおり。こんなことをするのはいけないわね」

「きみに不埒《ふらち》な振る舞いをするなんて、ぼくは最低の男だ」カーライルが振り向く。ノエルは自分の気持ちを悟られるのが怖くて目をそらした。「きみにはひどいことばかりしているな。こんなことは……もう二度と繰り返さないと約束する。信じてもらえないかもしれないが、誓って――」

「やめて。あなたを責めるつもりはないの。わたしもわれを忘れていたんですもの。でも、あなたの言うとおりよ。わたしたちは決して――」

「そのとおりだ」カーライルの声に安堵《あんど》がにじんだ。「これからはもっと慎重に行動する。二度とこんなことはしない。一瞬、自制心を失ったが――」

「ええ」ノエルはちらっとカーライルを見て、すぐに目をそらした。「よかったら、もう失礼させていただくわ」

「ああ、もちろんだ」

ノエルは自室に急ぎ、それが誘惑を断ち切ってくれるかのようにしっかりドアを閉めると、ぐったりともたれかかった。彼が相手だと、どうして抑えがきかなくなるの？
カ、カーライルは分別を忘れず、結果的には情熱に流されず、論理的、理性的に振る舞った。感情や欲望に負けて、衝動的に無責任なことをする男性ではないのだ。まるで拒まれたように傷つくのはばかげている。彼が言うように、あのまま続けてはいけなかったのだから、せめてひとりは引き返すだけの分別があったことを感謝すべきだ。
同じ屋根の下で過ごすカーライルと関係を持ったりしたら、ほかのみんなから秘密を隠すために、どれほど緊張を強いられることか。それに、もしも……カーライルが飽きて、自分にふさわしい相手と結婚しようと決めたらどうなるの？　ええ、きっとそうなる。それが貴族というもの――彼らには自分の地位にふさわしい相手と結婚し、跡継ぎを作る義務があるのだから。そうなったら、ストーンクリフで暮らすことに耐えられるだろうか？　ほかの女性といる彼を目にすることに？

分別を働かせなくては。二度と警戒をゆるめてはいけない。カーライルも自制心を働かせると約束した。こちらも同じように振る舞わなくては。簡単ではないだろうが、これまでは、もっと難しいこともやり遂げてきた。きっとこれも乗り越えられる。

分別を取り戻せと自分に言い聞かせて、着替えをすませ横になったものの、眠りはいっこうに訪れなかった。邸《やしき》のなかのさまざまな音や、通りのかすかなざわめきが耳に入ってくる。ずいぶん遅くなってから、階段を上がり、廊下を歩いてくるカーライルの足音がした。立ちどまらずにこの部屋の前を通り過ぎていく。こちらをちらっとでも見ただろうか？　もし見たとしたら、何を思っただろう？

明日はドーセットまでの長旅に出発し、夜はどこかの宿に泊まることになる。宿の食堂なら、ふたりきりにはならずにすむ。まわりに人がいれば、今夜のような張りつめた空気にはならないはずだ。決して欲しいと思ってはいけない男性への不都合な思いを無視することができるだろう。

ところが、翌日の夜、宿に到着すると、見知らぬ人たちに囲まれている宿のほうが、かえって親密な状況であることがわかった。ロンドンの邸では、ほぼ常に召使いの目がある状況が一種の抑制になっていた。少しでも親しげに振る舞おうものなら、あっというまによからぬ噂が広まる。でも旅先では、朝が来れば出発し、宿の客や召使いとは二度と顔を合わせない。

それに、食堂で食事をするつもりでいたものの、考えてみれば貴族は個室に通されるのだった。宿の召使いは運んできた料理をテーブルに並べるとさっさと立ち去り、ノエルとカーライルは邸とは違って、本当の意味でふたりきりになった。

馬車のなかでもそうだったが、ノエルは隣に座っているカーライルを痛いほど意識せずにいられなかった。ロースト肉を巧みに切る長い指を見れば、その指が昨夜自分の背中を滑ったときの快感がよみがえり、袖の下で筋肉が動くのを見れば、自分を引き寄せた腕の力強さが頭をよぎる。一日中馬車に揺られたあとでも完璧に結ばれている襟元のクラヴァットですら、ストーンクリフの図書室で見た、その下の喉とくぼみを思い出させた。

テーブルには、凝った味ではないが、おいしくて量もたっぷりある料理が並んでいる。ノエルは食事に専念しようとしたが、ともすればカーライルに目が行ってしまう。そのたびに昨夜の出来事を思い出し、想像するはめになり、ようやく食事が終わると疲れ果てて部屋に逃れた。

だが、部屋のなかでひとりになっても、カーライルから逃れることはできなかった。ラザフォード家では、ふたりの寝室のあいだにはほかの部屋がいくつもあった。でもこの宿では、彼の部屋はすぐ隣、あいだには薄い壁しかない。彼が歩きまわっている音も、やがて部屋を出ていった音も聞こえた。窓から外を見ると、カーライルは庭を歩いていた。

ふたりを隔てるのは薄い壁だけ。隣をこっそり訪れるのがどれほどたやすいか、彼も気づいているのだろうか？　今夜は昨夜と違い、廊下を戻ってきた足音が部屋の前で止まった。それから、永遠にも思える長い一瞬のあいだ息を止め、期待して待つノエルの気持ちも知らずに、やがて足音は隣室へ向かった。

こんな状況で、ぐっすり眠るのはとても無理だ。

ふたりは翌朝早くふたたび馬車に乗った。同じように眠れない夜を過ごしたらしいカーライルのやつれた顔を見て、ノエルはほんの少しだけ溜飲《りゅういん》をさげた。二晩続けて睡眠不足だったせいか、いつしか馬車の壁に頭をあずけて眠っていたらしく、車輪がわだちにはまって馬車がひどく揺れたとき、ようやく目を覚ました。

向かいの席に目をやると、カーライルがこちらを見て口元をゆるめている。「道が悪いと言ったはずだぞ」

「レディ・ロックウッドがこの馬車に乗っていたら、さぞ盛大に文句を言うでしょうね」

ノエルのぼやきに、カーライルが笑った。

道の状態はますますひどくなるばかり。やがて馬車は崖っぷちすれすれを通る小道へと折れた。鉛色の波が、眼下の岩に打ち寄せては砕けている。散在する藪《やぶ》とまばらな雑草の緑しかない、荒涼とした景色のなかをしばらく進むと、ようやく馬車が止まり、スローン・ラザフォードの邸が見えた。

ノエルは思わず身を乗りだした。「まあ……ずいぶん大きな廃墟《はいきょ》だこと」

16

海を見下ろす崖の上の邸《やしき》は、驚くほど大きいが荒れ果てていた。もとは灰色の石だったらしき外壁は、長い年月と地衣類で炭色の一歩手前まで黒ずんでいる。かつては立派な城だったのだろうが、見る影もない。小道に近い側面はまだしっかりしているものの、奥のほうは崩れ、天井も陥没して、ところどころに壁が残っているだけ。塔の名残がぎざぎざの尖塔《せんとう》のように空を突き刺していた。

「どうしてこんな邸を買ったのかしら?」ノエルは尋ねた。荒涼としているところが魅力的と言えなくもないが、実際にここに住みたいと思う人間がいるとはとても思えない。

カーライルが笑い声をあげた。「スローンは一風変わったユーモアの持ち主なんだ」

「まさか、悪ふざけでここを買ったの?」

カーライルは小さく肩をすくめた。「悪ふざけというより、当てこすりではないかな。スローンは根性の腐ったろくでなしだと思われている。この邸は、見るからに邪《よこしま》な貴族の住処《すみか》にふさわしいじゃないか。いわば上流階級への痛烈な意趣返しのつもりで、彼はここを買ったんだろう」

「つまり、一種の反抗ね」ノエルは邸をじっと見た。「なるほど。スローンという人は屈辱を味わった。だから、自分を拒否した世界に〝勝手にしろ、こっちは少しも気にしていない〟と示したいのね……実際は、とても気にしているから」

「屈辱を味わった？」カーライルはノエルの見方に興をそそられたようだった。「あの男に恥のなんたるかがわかるとは思えないな。さもなければ、一族をあんな醜聞にさらしたりするものか」

　ねじれた木が数本とみすぼらしい藪《やぶ》がいくつかある以外、邸の周囲に緑はまったくない。馬車を降りたとたんに帽子を吹き飛ばされそうになって、そのわけがわかった。花や蔦《つた》のように弱いものは、この強風のなかで育たないのだ。

　しかし、召使いの案内で入った邸内は荒廃した外観とはまるで異なり、贅《ぜい》を尽くして美しくしつらえられていた。玄関ホールには大理石が敷きつめられ、濃い胡桃材《くるみざい》を使ったジャコビアン様式の大階段が美しい弧を描いている。扉の左右にはビロード張りの対のベンチ。美しい彫像が適所に配置され、美術品を飾った細長いテーブルがあちこちに置かれていた。

　召使いはふたりを、玄関ホールに向かって開いている広い部屋に通して立ち去った。そこでしばらく待っていると、中年の紳士が急ぎ足で入ってきてにこやかに言った。

「カーライル、ずいぶん久しぶりだな。こんな地の果てまでやってくるとは、よほど急ぎの用事なのか?」その紳士は身を乗りだすようにして、カーライルの差しだす手を握った。「ひょっとして、ウイスキーを持ってはいないか?」

「残念ですが」

「まあ、とにかく会えて嬉《うれ》しいよ。で、お供の美しいレディはどなたかな?」彼はノエルに向かって微笑《ほほえ》んだ。

スローンにしては歳《とし》をとりすぎているから、その父親にちがいない。暗褐色の髪はこめかみのあたりに美しい銀の筋が入り、目と口の端には深いしわが刻まれている。どきっとするほどあざやかな青い瞳、ほんの少し好色な笑みを浮かべた顔はとても整っていた。年齢相応に顎の線が崩れ、筋肉が贅肉に変わりはじめているとはいえ、伯爵夫人の言ったハンサムでチャーミングな男性の面影は、まだ十分残っている。

「こちらはノエル――レディ・ラザフォードです」カーライルが言った。

「ほう、アダムが結婚した女性か」マーカス・ラザフォードは目をきらめかせ、微笑みながらノエルの手を取り、お辞儀をした。「ようこそ」声が低く、絹のようになめらかになる。「アダムのことだ、美人と結婚したにちがいないと思ってはいたが、あなたは第一級のダイヤモンドだね」

すぐ横でカーライルが体をこわばらせ、半歩前に出る。だが、こういう相手をうまくあしらうのはお手のものだ。ノエルはまばゆい笑みを返してマーカスの手からするりと自分の手を引き抜き、一歩さがった。「アダムの叔父さまにお会いできるなんて、これほど嬉しいことはありませんわ」

「いやいや、嬉しいのはこちらのほうだよ」マーカスは笑いを含んだ目でカーライルを見た。「心配するな、カーライル。不適切な真似《まね》はしないさ。美しい女性と少々戯れるのは年寄りの特権だぞ。ふたりとも、どうぞ座ってくれたまえ。さっそく用事を尋ねるべきかもしれんが、しばらくよもやま話をしようじゃないか。用件を聞くのはそのあとでよかろう。長旅で喉が渇いているにちがいないな。くたくただろうし」そこでノエルの腕を取り、ソファに導いた。「お悔やみを申しあげる。アダムが死んだと聞いたときは悲しかったよ。あれはいい子だったからな。一族のなかでは、いちばんいいやつだった」

「とても才能のある人でした」

「ああ、たしかに。アダムには命があった。兄のような退屈な男に、ああいう息子が生まれたのを驚いたものだ」マーカスはちらっとカーライルを見た。「ヤマウズラみたいに頬を膨らませることはないぞ。きみがトーマスを崇拝していたことは知っているとも。悪いやつだったと言ってるわけじゃない。ご立派な伯爵さまだったさ。うちの父よりは間違いなくましだった。父はあまり善良な男ではなかったからな。ただ、トーマスは退屈な男だったと言っているだけだ。だが、アダムは違った」

「ええ、アダムは退屈な人ではありませんでした」ノエルはつぶやいた。

「そうとも。さあ、きみのことを話してくれないか。てっきり、ソーンに不当な扱いを受けたと思っていたが」

カーライルが喉の奥でうなるような声を出すのを聞いて、ノエルは笑みを隠した。「ミスター・ソーンとのあいだには、たしかに誤解がありました。でも、いまは息子とふたりでレディ・ドリューズベリーのお世話になっているんです」

「息子？　そういえば、アダムには子どもがいたな。忘れていたよ」

「ギルバートは伯爵位を継ぎました」マーカスをじっと見ながらカーライルが言った。

マーカスはけげんそうにカーライルを見返した。「当然だな」

「ギルバートのことを、息子さんから聞いていないんですか？」

「スローンか？」マーカスは驚いて訊《き》き返した。「なぜスローンがそんなことをわたしに話す？　あいつはアダムに息子がいたことも知らんだろう」

「突然お邪魔したのは、スローンと話したいからなんです。ここにいるんですか？」

「いや、いまはおらん。どこかへ出かけとる。あいつはいつもどこかに出かけているよ。ゆったり暮らすことができん性分らしい」マーカスがきらめく目でノエルを見た。「わたしはそのコツを完璧に習得しているがね」

「こんなに素敵なお邸を楽しむ暇がないなんて、もったいないですこと」

「あれがこのぼろ邸を買ったのは、自分のためじゃないからな」マーカスは片手を振ってノエルの言葉を払った。「わたしをロンドンの誘惑から遠ざけておくためさ。誘惑といえば……」顔を輝かせ、カーライルを見る。「どうだね、ホイストでも？」

「いいえ、ぼくはルールも知らないんですよ」カーライルはすまなそうに言った。「申し訳ありません」

マーカスは肩をすくめた。「どうせ、面白い勝負ができる金は持っとらんのだ。ときどきスローンが相手をしてくれるんだが、あいつはマッチ棒しか賭けんし」非難がましく口を尖《とが》らせる。「マッチ棒だぞ、まったく。ギャンブルのなんたるかを、ちっともわかっとらん。大金をつかむか失うか、そのスリルがあってこそ面白いのに。あいつは取り替えっ子かもしれんな。妖精が帳簿係の息子とでも取り替えてしまったんだろう」そこで首を傾けてカーライルを見た。「そういえば、きみも昔からつまらん男だった。なぜスローンを捜しているのかね？　あいつとは友達だったわけでもないのに」

「たしかに友達ではありませんでした。実は……所領のことでちょっと。出かけてからどれくらいになります？　いつ出かけたか、覚えておられますか？」

「ああ、何週間もまえだ。ふだんはロンドンにいるぞ。そっちを当たってみたのか？」

「ええ。ロンドンの邸を訪ねたところ、こちらに来ているだろうと執事から言われたんです」

「残念ながら、ここにはおらん。伝言があれば残していくといい。わたしは忘れてしまうだろうが、執事が渡してくれる。そろそろ戻る頃合いだろうし。あまり長く、わたしをひとりにしておきたくないらしくてな。出ていくのを心配しているんだろう。そんな可能性はまずないのに。まあ、逃げだそうと思ったことはあるがね。悲しいことに、近ごろはそれを実行するだけの気力がない。どうせスローンにすぐ居所を突きとめられ、延々とつまらん説教をされることになるだろうしな」

「ここに閉じこめられているんですか？」ノエルは驚いて尋ねた。

「うむ。居心地は悪くないが……」マーカスは広間をぐるりと見てノエルに目を戻し、笑いだした。「いや、いや、そんな顔をする必要はない。同情してくれるのは嬉しいが、べつに強制的に足止めされているわけではないよ。スローンはギャンブルと飲酒の悪癖よりも、怠け癖が勝つのを当てにしているだけだ。こんな地の果てを選んだ理由はそれなのさ」言葉を切ってから付け加える。「だいたい、もうわたしの相手をしてくれるギャンブラーなどどこにもいない。わたしが一文無しなのは周知の事実だからな」

玄関の扉が開く音がして、ホールでひとしきり小声のやりとりが続き、誰かが大きな声で叫んだ。「誰だって？　あいつがここに、なんの用があるんだ？」

「おや、スローンが戻ったようだぞ」マーカスが声を弾ませた。「きみたちは運がいい」

大理石の床を横切ってブーツの足音が近づき、男がひとり広間に入ってきた。どうやら馬に乗ってきたらしく、ブーツは泥だらけ、黒い髪も乱れている。スローン・ラザフォードはまっすぐカーライルが座っている椅子の前に来て、威嚇するように立ちはだかった。

「ソーン、どういうつもりだ？　断りもなく押しかけ、父を困らせるとは」

彼がアナベスの心を引き裂いた人ね。ノエルはじっくりとその男性を見た。たしかに女性の心や、ほかにもいろいろなものを引き裂くことができそうだ。

スローン・ラザフォードは驚くほどハンサムだった。カーライルほど肩幅はないが、背は同じくらい高く、すらりとした体は豹《ひょう》のようにしなやかで、危険な雰囲気を漂わせている。濃く黒いまつ毛に縁どられた父親譲りの青い瞳は、どきっとするほど美しい。流行よりは長めの豊かな黒髪も野性的な印象を強めていた。アナベスが夢中になるのも無理はないが、ノエルには、あの控えめでおとなしいアナベスがこの男性といるところが想像できなかった。

カーライルが立ちあがり、怒りに燃える目を冷ややかに見返した。「実は、きみと話したくてここに来た」

「スローン、客を迎えるのにその態度はないぞ」マーカスが穏やかにたしなめる。「レディもいるというのに」

スローンは無関心な視線をノエルに向け、〝失礼、奥さま〟とつぶやくと、カーライルに目を戻した。「きみと話すことなど何もない。帰ってくれ」

マーカスがため息をついた。「やれやれ。カーライルと話すのがなぜそんなにいやなんだ？」

「この男の家族とは、なんの関係もありませんからね」

マーカスはうなずいた。「もちろんだ。カーライルの父親とラザフォード家に、血の繋《つな》がりはいっさいない。しかし、兄はカーライルをとても可愛《かわい》がっていた」

「たしかにこいつはドリューズベリーのお気に入りでした。ぼくたちは爪はじきにされたのに。伯爵は、何年もまえにそれをたっぷり思い知らせてくれましたよ」

「伯爵はきみの父親と絶縁しなかった」カーライルはドリューズベリー伯爵をかばった。

「きみとも絶縁しなかった。教育費を出すという申し出をはねつけたのはきみのほうだぞ」

「あたりまえだ。伯爵の事務弁護士か事業の代行人として、そのあと一生こき使われるのはごめんだからな」

「いまは事業を管理しているそうじゃないか」

「自分の事業だ。伯爵の使い走りではなく」

ノエルはカーライルが言い返すまえに口をはさんだ。「お話の途中ですが、ミスター・ラザフォード、わたしたちは一族の歴史を振り返るために来たわけではないんです。自己紹介させてください。わたしはノエル・ラザフォード、亡きアダムの妻でした」

スローンはノエルに顔を向け、考えこむような顔で見つめた。「たしかアダムが結婚したのは……」

「身分の低い娘？　ええ、そのとおりです」ノエルは、言いよどむスローンに代わってそう結んだ。「ミスター・ソーンと違って、わたしは亡きドリューズベリー卿《きょう》が好きではありませんでした。あなたが彼を嫌いなら、それでもかまいません。でも、はっきり言って、いまの反応は子どもじみていますわ」

「子どもじみているだと！」スローンはノエルをにらみつけた。カーライルが大きな声で笑う。

「ええ」ノエルは、息子をたしなめるようなきっぱりとした声で続けた。「伯爵に傷つけられたから、わたしたちと話すのもいやだなんて、すねた子どもと同じです。何をどう言おうと、あなたは間違いなくラザフォードのひとり。だからわたしたちはあなたと話す必要があるんです」

　スローンは警戒するように目を細め、ちらっとカーライルを見た。「なんの話だ？」

「ドリューズベリー卿が亡くなったときには、アダムはすでに他界していた。だから、アダムの息子のギルバートが伯爵位と所領を相続したんだ」

　スローンはうなずいた。「それで？」

「そのギルバートに万一のことがあれば、ラザフォード家の爵位と所領はきみの父上が相続する」カーライルはそこに浮かぶかすかな表情も見逃すまいと、スローンの目をひたと見つめた。「何日かまえ、誰かがギルバートに向かって発砲した」

「発砲した？　どういう意味だ？　事故だろう？　たぶん密猟者が――」

「今回だけなら、ぼくも密猟者の流れ弾だと考えただろう。だが、最近ギルバートがロンドンで誘拐されかけた経緯を考えると、たんなる事故だとは思えない。ギルバートとノエルは、それ以前もヨーロッパの都市で少なくとも二回は襲われているんだ」

スローンはカーライルを見つめた。「誰かがその子を殺そうとしている、と言いたいのか？　だが、なぜここに……」ふいに言葉を切る。「父がアダムの息子を殺そうとしたのでは、と言いたいのか？　ばかばかしい」

「父上のことは疑っていないよ」

「まさか、ぼくを疑っているのか？　ぼくが殺人未遂をおかした、と？」スローンはすばやく向きを変え、苦い笑い声をあげた。「なるほど。その子の近くで誰かが銃を撃ったとなれば、当然ぼ**く**が犯人にちがいない」

「ギルバートが死ねば、利益を受けるのはきみと、きみの父上だからな」カーライルは相手の皮肉にはとり合わず、淡々と告げた。「月曜日はどこにいた？」

「ストーンクリフで子どもを撃っていなかったことはたしかだ」

「発砲事件が起きたのが、ストーンクリフだとは言わなかったぞ」

「ほかのどこでそんな事態が起こる？」スローンは鋭く言い返した。「とにかく、何が起きているにせよ、ぼくも父も無関係だ。アダムに息子がいたことさえ初耳だよ。ついさっききみが口にするまでは、子どもの名前を聞いたこともなかった。こう言うときみは驚くかもしれないが、伯爵一家の動向には関心がないんでね。所領を継ぎたいとも思わないし、爵位にもまったく関心がない。まあ、信じてはもらえないだろうな。どうやら、ぼくは子どもを殺すような男だと思われているようだから。だが、少しは分別を働かせたらどうだ？　この部屋を見てみろ」スローンは片手を振って、美しく飾りつけられた部屋を示した。「邸はもう三つも持っているんだ。これ以上は必要ない。ドリューズベリーの金にも用はないな。いまのぼくには、おそらく伯爵家以上の資産がある。それに、ぼくの過去を考えてみろ。爵位を欲しがる男が密輸を生業になどするか？」

「やましいことがないなら、なぜ月曜日にどこにいたか言い渋る？」

「答える義務がないからだ。あの一家には何ひとつ借りはない」

「きみの一族でもあるんだぞ」

「悲しいことに、血が繋がっているという事実は変えられないが、だからといって関係を持つ必要はない。きみとはもっと無関係だな。さあ、ぼくの邸から出ていってくれ。いますぐに」スローンは広間を出て玄関へ向かい、表の扉を大きく開けた。

ノエルはカーライルと顔を見合わせ、仕方なく玄関へと向かったものの、扉のところで足を止めた。「ミスター・ラザフォード、さきほども言ったように、わたしはアダムのお父さまが嫌いでした。わたしとの結婚に腹を立て、アダムと縁を切った人ですもの」

「ああ、伯爵はそういうのが好きだった」

「わたしは貴族ではありませんし、爵位も、ラザフォードの名前も、お金もいりません。大事なのは息子の安全と幸せだけ。だから、あなたの助けを借りたいんです。ラザフォードの一員としてではなく、母親として」

スローンはため息をついて目をそらすと、胸の前で腕を組んだ。「この二週間はスコットランドにいた。ダルギーズの近くにある、釣り用のコテージに。近くに住む者が、ぼくがそこにいたことを証言してくれるはずだ」そう言ってカーライルを見た。「さあ、これで知りたいことはわかったはずだ。帰ってくれ」

カーライルがそっけなくうなずき、外に出る。

「ありがとう」ノエルは礼を言い、そのあとに続いた。

「マイ・レディ……」スローンが邸を出てきて、振り向いたふたりに言った。「息子さんから目を離さないことだ。犯人はぼくではないが、息子さんが死んで利益を得る者は何人かいる。もっと近くを探すんですね」それからカーライルに目を移した。「伯爵とその仲間が設立したトンチン年金について、この男に訊いてみたらどうでしょう？　最後のひとりになれば、彼がいくら手にするかを？」

17

ぽかんと見つめているノエルとカーライルを残し、スローンはきびすを返して玄関に戻っていく。

「待ってくれ！」カーライルがわれに返ってあとを追った。「いったいなんの話だ？」

スローンは軽蔑もあらわにカーライルを見た。「知らないふりをするつもりか？」

「教えてくれ」カーライルがうなるような声で返す。「そのトンチン年金とはなんだ？」

「きみの父親や伯爵が、ほかの連中と作った年金さ。たしかネイサン・ダンブリッジの父親もそのひとりだった——仲良しグループの全員だ。ぼくの父はそのグループに入れてもらえなかったから、正確な内容は知らない」

「そんな話は聞いたことがないぞ」

「だったら調べるんだな。あなたには、ぼくよりもソーンを恐れる理由があるんですよ」

おしまいのほうはノエルに向かって言うと、スローンはふたたびきびすを返した。

「くそ、スローン」カーライルはその腕をつかんだ。「何か知っているなら教えてくれ！」

スローンは体をこわばらせてカーライルをにらみ、その腕を振り払った。「ぼくが知っているのは、それで全部だ」そう言い捨ててさっさと邸《やしき》に戻り、大きな音をたてて扉を閉めた。

カーライルが毒づいてノッカーで分厚い扉を叩《たた》いたが、誰も応じようとしない。

「カーライル」ノエルは彼に近づいた。「カーライル」三度めに呼ぶと、ようやく彼はノエルを振り向いた。「あきらめて。もう開けるつもりがないのよ」

「あいつは昔から頑固で、傲慢で、ひとりよがりのく――」カーライルはノエルの表情を見て、言葉を切った。「自分のことを棚に上げて、と言いたそうだな」

「そんなこと、思ってもいないわ」ノエルは皮肉な調子で言い返した。「いくら叩いても無駄よ。知っていることは、あれで全部だと言ったもの」

「しかし、ずいぶん都合のいい話じゃないか？　あの情報だけでは何もわからない」カーライルはノエルの腕を取り、馬車に乗りこんだ。

「さっきの話は嘘だってこと？」隣に座ったカーライルに尋ねる。「でも、なぜわざわざ、あんな突拍子もない話をでっちあげるの？」

「ぼくの気を散らすため、自分にかかった疑いをそらすためだ」

「それにしても、トンチン年金だなんて、いかにも眉唾な話をするかしら？　そんな名前の年金、聞いたこともないわ。どういう年金なの？」

「一種の生命保険だ。何人かが集まり、受取人を指定して一定の金額を払う。ふつうは子どもが受取人になる。集まった金は一定期間投資され、受取人が死んでいき、最後のひとりになると、残った人間がすべてを受けとる」

ノエルは驚いてカーライルを見た。「嘘でしょう？」

「いや、そういう年金があるんだ。昔はかなり人気があった。いまだに加入する人はいるよ。いちばんの魅力は、子どもが満期日まで生きていれば、自分が払った金額よりもはるかに多くを受けとれることだ」

「つまり、基本的にはギャンブルなのね。自分の跡継ぎが、ほかの跡継ぎより長く生きることに賭けるという」

「まあ、そうだな」

「でも、そんなの――」

「ばかげている？　ああ、いまでは愚かな投資だと思われているよ。だが、加入した人々は、子どもや孫に労せずして大金を遺《のこ》せる方法だとみなした。自分の子がほかの加入者の子どもたちよりも長く生きれば、だが。いま言ったように、一時期は多くの企業が大口の仕事の資金作りにトンチン年金の株を売ったものだ。その仕事が利益を生めば元金に利息がつく。そういう投資を繰り返すうちに元金は何倍にも増え、最後は残った受取人がすべてを手にする。もっとも、詐欺が横行して、引っかかった連中が掛け金を失ったり、運用がうまくいかずに思ったほど元金が増えないケースも多かったが」

「殺人を招きそうな仕組みね」

「それが明らかな欠点だな。受取人が大勢残っているうちは問題ないが、少なくなると、不心得者は誘惑に駆られるかもしれない」

「恐ろしい話」

「トンチン年金の受取人で実際に殺された者がいるかどうかは知らないが、その危険は常にあるな」

「ミスター・ラザフォードは、ギルがその受取人のひとりだ、と言ったのね」

カーライルがうなずく。「本当にそんな年金が存在すれば、だ。ただ、ぼくやネイサンの父、ドリューズベリー伯爵が加わっていたとスローンは言ったが、ぼくの父は死んだのはずいぶんまえのことだ。ギルバートが生まれるずっとまえ、アダムがまだ子どものころだよ。だから伯爵がギルバートを受取人にできるはずがない。となると、子どもたちを名指しで受取人にしたのではなく、もっと曖昧な、孫まで含まれるような取り決めをしたことになるな。しかし、まだ生まれてもいない孫を受取人にするなんて、いったい誰が考える？」

「ええ、そうね」ノエルの胸を締めつけていた不安がやわらいだ。「ギルバートが受取人になっているはずがないわ」

「トンチン年金が実際にあるとすれば、受取人はふつう加入者の子どもだ」

「あなたやアダム、ネイサンね」

「それと、ほかの加入者の子どもたち。だから仮にスローンのいう年金が存在するとしても、それがギルバートの命を狙う理由にはなりえない。考えれば考えるほど、調査を脇道にそらすためのでっちあげだとしか思えないな」

「こちらが見当違いの年金とその加入者を調べているあいだに、ミスター・ラザフォードはスコットランドに戻り、お金に物を言わせて自分がそこにいたと証言する人間を用意するつもりだ、ってこと？」

「そういう邪悪な筋書きがとっさに頭に浮かぶとは、きみもあんがい狡猾《こうかつ》なんだな」

カーライルがそう言って笑うと、いつものように体が熱くなった。唇の端がかすかに持ちあがり、グレーの瞳が愉快そうにきらめく……そんなちょっとしたことで心を乱し、こんな反応を示すのはばかげている。

ノエルは頬を染めながら目をそらし、散漫になる気持ちを引き戻した。「彼はスコットランドにいたのかしら？」

「さあ。ロンドンに戻りしだい、ディッグスをスコットランドに送って確認させよう。スローンが小細工を弄さないうちに。だが、おそらく本当だろう。黒幕はスローンだとしても、ギルに発砲したのはスローン自身ではないと思う。誰かを雇ったにちがいない。実際、スコットランドにいたというたしかなアリバイ自体が、むしろスローンを疑う理由になる」

「疑わしい人は、ほかにはマーカス・ラザフォードだけね。でも、あの人がギルバートを殺すために誰かを雇うところなんて想像できないわ。それほど悪い人には見えないもの。そもそも、そんな面倒なことをするかしら？　監禁同様に閉じこめられているのが気に入らないのに、あの邸を出ようともしない人よ」

「そうだな。マーカスは人殺しを企《たくら》むほどワルではないと思う。意志が弱いだけだ。あんがい、自分でもそれがわかっているから、おとなしく息子に従っているのかもしれない」カーライルは首を振った。「スローンは昔から気が短くて頑固だったが、ますます頑《かたく》なになっている。アナベスがあれほど愛した男だから、と噂《うわさ》を全面的に信じる気にはなれなかったんだが、久しぶりに会ってみて、どんなことでもできそうな男だと確信したよ」

「でも、最後はちゃんと答えてくれたわ」

「きみが訊《き》いたからだ」カーライルはちらっと流し目をくれた。「聞きだしたきみの手柄さ。どんなワルでも、美しい女性には弱いってことだな」

　カーライルの温かい笑みにからかうような微笑を返しながら、ノエルも流し目をくれずにはいられなかった。カーライルがごくりとつばをのみ、グレーの瞳が色を増す。キスするつもりなのだ……ノエルはそう思い、それを願った。

つかのま、この願いがかないそうに見えたが、カーライルは結局目をそらし、馬車の扉のほうに体をずらした。「ぼくは……」途方に暮れたように言葉を切り、毒づいた。「くそ、気を散らさないでくれ」

「そんなつもりはないわ」

「そうか？」カーライルは小さく笑った。「だったら、ぼくは思ったよりもっとひどい状態だな」彼は自分の手を見つめ、紋章入りの指輪をまわしながら低い声で言った。「何も起こらないぞ。今夜の宿でも」

ノエルは、カーライルの首が赤く染まっていくのを見守った。「もちろんよ」

「きみはギルの母親だ」

「ええ」

「ぼくは……きみをとても尊敬している」

「ありがとう」

こんなふうにからかうのは意地悪かもしれないが、自制心を失くしかけ、うろたえているカーライルはとても魅力的だ。もっと若いころの彼は、きっとこういう姿だったのだろう。何年も自分とギルを追い続けてきた男、日ごろは毅然《きぜん》として冷静そのものの男が、欲望をもてあまし、苦しんでいるのを見ると、なぜか誘惑したくなってくる。彼がうろたえている理由が、自分にキスしたくてたまらないからだとわかっているからかもしれない。

カーライルがにらんできた。「楽しんでいるようだな」

「ほんの少し」ノエルがものうげに微笑《ほほえ》むと、彼の表情に微妙な変化が生じた。

「ぼくが正しいことはわかっているはずだぞ」カーライルがかすれた声で言う。

「わかっているわ」ノエルはくるぶしをちらりと見せながら足を組んだ。カーライルの視線がそれをとらえ、ぱっと離れる。彼をからかうのは間違いだ。またしてもそう思ったが、男性と戯れるのはずいぶん久しぶりだった。それに、相手がカーライルなら……安全だ。

「ぼくは……何をしたいかはお見通しだろうな。だが、そんなことはできない。きみに手を出さないと約束したからにはちゃんと守る。きみを軽々しく扱うようなことはしない」

そのひと言で、ノエルは現実に立ち返った。自分が欲望に負けてカーライルとベッドをともにすれば、軽い女だと証明することになる。そして彼の欲望はともかく、尊敬は消える。彼にとって自分は、最初のころに彼が思いこんでいたような、男の気を惹《ひ》くふしだらな女になり果てる。

カーライルの愛人になることはできなかった。そんなことが噂になれば、ギルの将来が傷つく。伯爵夫人の評判も台無しになる。カーライルの尊敬に値する女性にならなくては。

胸のなかにため息をこぼして、ノエルは彼から少し離れた。「当然ね」

カーライルはほっとして、ありもしない喉の霞《かすみ》を払った。いかつい顔にかすかな失望がよぎったように見えたのは気のせいだろうか？

「でっちあげだとは思うが、いちおうスローンの主張も調べなくてはならないな。年金契約の控えを見逃したとは思えないが、伯爵の書類にもう一度目を通してみよう。ロンドンにもう一泊し、伯爵家の事業の代行者と事務弁護士からも話を聞く必要がある」

「ええ、そうね」

馬車のなかは重い沈黙に包まれた。愛人関係にはならない、と口で言うのはたやすいが、愛し合うことを考えずにいるのははるかに難しかった。実際にノエルは、薄い壁ひとつを隔てて宿に泊まる今夜のこと以外は何ひとつ考えられず、体の奥から徐々に広がっていく熱をもてあました。そんな状態で、ふつうの会話などできるはずもない。ときおり短いやりとりを交わしていても、無理やりほかのことを考えはじめても、頭の半分ではかたわらにいるカーライルと自分のうずきを意識していた。

ほてった体には、厚い生地で作られた馬車旅用の服が暑すぎた。腕を動かすたびに、布地が敏感になった肌を刺激する。ふだんは意識しないその刺激に耐えかねて、服を脱ぎ捨て、ひんやりした空気を直接肌に感じたくなった。脈が走り、呼吸も速くなっている。

カーライルも同じように苦しみを味わっているのか、顔を赤らめ、心地悪そうに絶えず体を動かしている。ノエルのほうをちらりと見ては目をそらし、上着の襟を引っ張り、シャツの袖口をおろし、せわしなく指で腿を叩いていた。

そうした動きとそれに伴う衣擦《きぬず》れの音が、欲望をいやがうえにも高めていく。ノエルは一刻も早く馬車を降りたかった。宿に着いて、この狭い空間から解放されたい。だが一方では、そのときが来るのが怖くもあった。部屋でひとりになれば、激しい誘惑と闘わねばならない。

馬車のなかなら貞淑の誓いを立てることもできる。でも、宿に着いたら、実際にそれを守らなくてはならないのだ。

夜の帳《とばり》がおりると、馬車の速度が目に見えて落ちた。馬車の外にさげた灯《あか》りがカーテンを通して射《さ》しこむだけの暗がりが、昼間より一段と濃い親密さを醸しだす。横にいるカーライルは黒い塊になり、顔も翳《かげ》ってよく見えない。

そのそばににじり寄り、腕に頭をあずけるのはとても簡単なことだ。思いきってそうしたら、彼は抱きしめてくれるだろうか？　膝に抱きあげ、このまえのように背中に手を滑らせながら熱いキスをくれるだろうか？　はしたない想像にノエルは体を震わせた。こんなことを考えるのはやめなくては。

ようやく馬車が宿の庭に入って止まった。カーライルが飛びだすように降りて、ノエルが降りるのを礼儀正しく助けてから、御者に指示を与えるために離れていった。

周囲を見まわすと、暗すぎて、こぎれいでこぢんまりした宿だというくらいしかわからない。とても静かで、分厚い曇りガラスを通して食堂らしき部屋の灯りがもれていなければ、とうに店じまいしたようにしか見えない。

馬番が蝋燭《ろうそく》を立てたランプを手にやってきた。すぐに正面の扉が開き、ずんぐりした男が満面の笑みを浮かべ、手招きしながら出てきた。「どうぞ、どうぞ、お入りください」

カーライルが戻ってきて、一緒に宿へと向かいながらノエルに言った。「御者の話だと、昨夜泊まった宿まではまだ一時間かかるらしい。馬も疲れているし、ここがこぎれいな宿なら、今夜はここに泊まるとしようか」

ノエルはうなずいた。「だいぶ遅い時間ですものね」それに、狭くて暗い馬車のなかには戻りたくない。

宿の主人は扉の前でふたりを迎えた。「どうぞ、どうぞ。今夜は混み合っておりましてね。ですが、さいわい、まだひと部屋だけ空いております」

ひと部屋。ノエルは軽く置いた手の下で、カーライルの腕がこわばるのを感じた。

「その部屋を見せてもらおうか」

「はい、はい、もちろんで」最初の文句を繰り返す癖があるらしい主人は、ふたりの先に立って廊下を歩きだした。さきほど灯りが見えた部屋は食堂兼居酒屋らしく、階段を上がるまえに男がふたり座っているのが見えた。「夕食はどうなさいます？　奥さまとふたりで個室をお使いになれます」

どうやら主人は、ふたりを夫婦だと思っているらしい。カーライルはこの間違いをただそうとはしなかった。「そうだな。泊まらないにしても、食事はここですませたい」

「お部屋は気に入っていただけると思いますよ」主人は、廊下に並ぶいちばんはずれのドアを開けた。最初の印象どおり小さな宿らしく、廊下に面したドアは四つしかない。「いつもお使いになるお部屋にはおよびませんでしょうが、使い心地もよく、とても清潔ですから。なんせ女房がきれい好きで、鬼のように掃除をするもんで」

洗面台とチェスト、ベッドがあるだけの部屋は、広くはないが宿の主人が言うとおり清潔だった。ノエルは部屋を見まわしただけで何も言わなかった。ここに泊まるかどうかは、カーライルに決めてもらおう。こっそり彼を見ると、ベッドを見つめている。喉のところが赤くなりはじめるのが目に入り、ノエルは急いで目をそらした。

「ああ、ここでいいだろう」カーライルはようやくそう言った。

「よろしゅうございました。では、お食事の用意をさせますんで」主人はドアを閉めて立ち去った。

とたんに緊張をはらんだ沈黙が落ち、心臓が胸のなかで跳ねはじめた。

カーライルが早口に謝る。「すまない。誤解しないでほしい……そのつもりは……いや、心配はいらない。ぼくは馬車で寝る。この部屋はたしかに清潔で居心地がよさそうだ。街道沿いのほかの宿と比べても遜色はないだろう。それに、亭主には結婚していると思わせておいたほうがいいと思う。そのほうが、あれこれ詮索されずにすむ」

「ええ」ノエルはうなずいた。夫が馬車のなかで寝たら、どちらにせよ詮索されるにちがいないが、それには触れずにおいた。

「では……戻って馬を見てくる。個室で落ち合おう」

カーライルが出ていったとたん、急に部屋が広くなったような気がした。ベッドに目をやると、さきほどの彼の顔が目に浮かび、体の奥がうずきはじめる。謝る必要などなかったのに。彼なら自分の欲望をしっかりと抑えこむだろう。でも、わたしにも同じことができるだろうか？　いけないと思うそばから彼の横顔が頭に浮かぶ。あのたくましい体に触れ、くちづけ、ベッドをともにしたくてたまらない。

愚かな考えを振り払い、ノエルは洗面器と水差しが置かれた台に歩み寄った。使用人のひとりが鞄《かばん》を持ってきてくれたのを見て、急いでモスリンの服に着替え、髪を整えた。

着いたときよりもはるかにこざっぱりし、見栄えがよくなったことに満足して、ノエルは階段をおりていった。カーライルはすでに小さな個室にいて、宿の主人が夕食を並べていた。窓辺にいたカーライルが足音を聞いて振り向き、すばやく全身に目を走らせた。「食欲があるといいが。主人がたっぷり夕食を用意してくれた」

「ノエル」彼はかすれた声で呼びかけ、一歩前に出て、宿の主人を見た。

主人が満面の笑みを浮かべる。「はい、はい、どうぞ、ゆっくりお召しあがりください。ご用がございましたら、呼び鈴を鳴らしていただければすぐにまいります」

カーライルが引いてくれた椅子に腰をおろすと、彼の指が腕を羽根のように撫《な》でていった。「ほぼ一日中馬車で揺られていたのに、きみはとても美しい」

ありふれた褒め言葉が心をくすぐる。ノエルはそれを隠すために軽い調子で応じた。

「ありがとう。でも、蝋燭の灯りだからよ」

「女性をこれほど美しく見せる蝋燭などあるものか」それから、まるで口説き文句のようだと思ったらしく、表情を引き締めて向かいに腰をおろした。

カーライルの態度が変わっても、欲望をはらんだ空気は変わらず、食事のあいだノエルはカーライルの動きのひとつひとつを意識していた。そして、ごくふつうの会話にそぐわない熱いまなざしを向けられるたびに、体の奥のうずきが強くなった。

まもなく食事をおえたが、どちらも腰をあげようとはしなかった。ノエルはワイングラスをつかんでいるカーライルの指を見つめた。見るからに器用そうなこの長い指の激しさはよく知っている。でも、優しさも知っていた。体を滑っていくときの感触も。その指がグラスの脚をゆっくり滑りおりてはまたのぼるのを見つめ、顔を上げると、カーライルが欲望に黒ずむ瞳で食い入るようにこちらを見ていた。

震えが体を走るのを感じながら、ノエルはついこう思わずにいられなかった。

彼を欲しいと思うのは、この体に触れてほしいと願うのは、そんなにいけないこと？

この五年は、息子のことだけを考えて生きてきた。いつ見つかるかと怯《おび》えながら、来る日も来る日も必死に働き、息子の世話をしてきた。ようやく楽になったいま、自分のために何かを求めても罰は当たらないはず。ほかの誰でもない、自分だけのためのひとときを持っても。

この思いが顔に表れたのだろうか。カーライルが震えるように息を吸いこみ、立ちあがった。「そろそろ休む時間だ」それから赤くなって付け加えた。「つまり、その、明日はまた朝が早いから……」いつもは歯切れよく、自信たっぷりの彼が口ごもり、どうにかこう結んだ。「明日のうちにロンドンに着きたければ、眠ったほうがいい」

いまのノエルの望みとはほど遠かったが、それを口にする勇気はなかった。代わりに、一夜の情熱よりも貞淑な未亡人であり続けることのほうが大事だと、無理やり自分に言い聞かせる。そうとも、息子や伯爵夫人のことを考えなくては。将来のことも。

「ええ、そうね」ノエルは目をそらして立ちあがった。「おやすみなさい」

「部屋まで送ろう」

階段を上がるあいだ、かたわらのカーライルは体のどこも触れ合わぬように細心の注意を払っていた。が、ノエルは彼が放つ熱を感じ、コロンの香りに鼻孔をくすぐられて、まるで愛撫《あいぶ》されているような気がした。耳のなかでどくどくと鼓動が脈打ち、つややかな手すりを撫でていく指先がちりちりする。こうして彼の肌を撫でることができたら。

こんなことばかり考えるのは、もうやめなくては。さもないと愚かな過ちをしでかすはめになる。〝ひと晩の過ちなら許される〟と頭のなかでしつこくささやく声に耳をふさぎ、理性を失わず、超然とした態度を保つべきだ。それはわかっている……が、街道沿いにある宿屋でふたりきり。まわりにいるのは知らぬ人間ばかりで、たとえ欲望のままに振る舞っても、誰にも知られる恐れはない。だとすれば、自分の評判にも傷はつかないはず。知っているのは自分とカーライルだけ。どちらも口外することなどありえない。

伯爵夫人もギルもここにはいないのだ。傷つく者などひとりもいない。ノエル自身はおそらく傷つくことになるだろうが、いまはそれすらどうでもいい気がした。女としての欲望を感じたのはずいぶん久しぶりだ。長いこと熱い愛撫もキスも忘れ、女を捨てて母親として生きてきた。

ギルのことは何よりも、誰よりも愛している。母親として過ごしてきた五年間の一秒たりとも、息子と過ごす時間も母親の役割も、悔やんだことはない。でも、ギルはいまたくさんの人々に守られ、愛されている。

ノエルは視界の端でこっそりカーライルを見た。奥歯を噛《か》みしめているように顎をこわばらせ、すぐ前の階段に目を据えている。もちろん彼は、欲望を抑えこんでいる。でも、彼のキスを味わい、彼の熱を感じたことのあるノエルは、この厳しい顔の下に欲望がたぎっているのを知っていた。その気になればこの鉄壁の自制心を吹き飛ばすことができると思うと、そうしたくてたまらなくなる。

階段の最上段で、ノエルはうっかり服の裾を踏んで倒れそうになり、あわてて手すりをつかもうとした。カーライルがその腕をつかむ。服地を通して肌を焦がすほど熱い指は、いつまでも離れようとしない。問いかけるように振り向くと、一段下に立っているカーライルの顔がすぐ目の前にあった。思いがけぬ近さで見つめられ、周囲の空気が突然吸いとられたように息ができなくなる。両側の壁が迫ってくる……。

ふたりは荒い息をつきながら、しばらく立ち尽くしていたが、やがてカーライルが動き、手をおろした。「もう行かないと」

「待って」ノエルは両手をカーライルの肩に置いた。彼は何も言わず、動こうともせずに、じっとノエルを見ている。ノエルは不安とかすかな願いに震えながら、思いきってつぶやいた。「馬車のなかで寝なくてもいいわ」

カーライルは鋭く息を吸いこんだ。「だが――」

「そうしてほしいの。どうか一緒にいて」

彼はこの言葉が終わらぬうちに最後の段を上がり、ノエルを抱きしめて唇を奪っていた。

18

ノエルも首にしがみつき、大胆なキスで応じた。カーライルは貪るようなキスを続けながら、細い廊下をやみくもに進み、壁にぶつかった。そこでようやく顔を上げ、抱いている腕から力を抜いて、ノエルがゆっくり、官能的に自分の体を滑りおりるのを待った。それから、少しぼうっとした顔でまわりを見た。「ここは……」

「ドアはあそこよ」ノエルも同じように曖昧な身振りで背後を示した。

カーライルは自分の問いを忘れたように、ノエルの喉へと唇を這《は》わせ、両手で脇を撫《な》でながらヒップの丸みに当て、ぐっと自分に押しつけた。ノエルがさらにひとつになろうとすると、低いうめきをもらしてキスを深めた。

廊下でどこかのドアが開く音がした。カーライルはとっさに自分の体でノエルを隠し、かすれた声をつややかな巻き毛に落とした。「部屋に入ろう」

「ええ」そう答えたものの、離れるどころかたくましい胸に頬をすり寄せた。その熱とにおいと感触に、鼓動がもっと速くなる。

カーライルが低い声で笑った。「それでは助けになっていないぞ」

「そう？」ノエルは微笑《ほほえ》み、両手をカーライルの上着の下に滑りこませて腰にまわした。

「それもだ」カーライルが熱い息を髪にこぼす。

「ごめんなさい」広い背中をせわしなく撫でながらつぶやく。「やめたほうがいい？」指を広げ、カーライルのヒップへと近づける。

カーライルが髪に笑みをもらすのを感じた。「一時間ほどあとなら」

低い、かすれた笑い声をあげ、両手でヒップをつかむと、彼のものが即座に反応した。

「まだ誰かそこにいる？」

「いてもかまうものか」カーライルはそう答えたが、わずかに顔を上げて廊下を振り返った。「いや。どうやらショックを受けて部屋に引っこんでしまったらしい」体を起こし、少し離した。「ぼくも部屋に入りたいな」

「だったら、そうしましょう」

カーライルは肩を抱いてノエルを脇に引き寄せ、唇を重ねながら歩きだした。途中で足が止まり、両手をノエルにまわしてまたしても貪るようにキスする。「ぼくたちの部屋、ずいぶん遠い気がする」

「このぶんだと、いつまで経《た》ってもたどり着けないわね」ノエルは微笑んで彼を見上げた。

「きみにそんなふうに笑いかけられると、頭のなかが真っ白になるんだ」カーライルはノエルの顔を両手ではさみ、燃えるような目で見つめながらもつれた巻き毛に指を走らせた。「この数日――いや、二週間、きみが欲しくておかしくなりそうだった。正直に打ち明けると、初めて見たときから欲しかった」

ノエルは片方の眉を上げた。「とてもそうは見えなかったけど?」言いながらベストのボタンに指をかける。

カーライルは震える息を吸いこんだ。「きみはとても魅力的だったが、同じくらい腹立たしかったからな。きみのような女性は初めてだ」

「わたしのような……?」また片方の眉を上げる。

「こんなに美しくて」額に柔らかいキスが落ちた。「強くて」そのまま唇を頬へと滑らせていく。「一歩も譲らず、厄介で、頑固で、腸《はらわた》がよじれるほどの欲望をかき立てる女性は」熱い唇がノエルの唇をついばむ。「とにかく部屋に入ろう。さもないとこの場でとんでもなく恥ずべき行為に走りそうだ」

「それは困るわ」ノエルは体を離し、手を取って部屋のドアへと足を向けた。

カーライルはなかに入ったとたんノエルを引き寄せ、夢中で唇を求めてきた。止めようもなく体が震え、膝の力が抜けていく。ノエルのすべてが彼のなかへ溶けこんでいくようだった。ほてり、痛いほどうずく体が大胆にカーライルを求めている。カーライルもむきだしの激しい欲望をぶつけてきた。

ノエルは一刻も早くひとつになりたくて、急《せ》かすように腰を動かした。カーライルが欲望で震える指でぎこちなく背中のボタンをはずしはじめると、ノエルもベストのボタンをはずし、乱暴に前を開いて、薄いシャツのなかに両手を滑らせた。襟元のクラヴァットには手こずったが、どうにか結び目をはずす。

最後のボタンに達したカーライルが片手を襟元から滑りこませ、剥がすように服を脱がせてから、一歩さがって自分が着ているものを脱ぎ捨てた。ノエルも腕から垂れさがった服を床に落とし、シュミーズの細いサテンの紐《ひも》を引いた。シュミーズの生地がゆっくり開きはじめる。

「それは」カーライルがかすれた声で言い、細いリボンをつかむ。「ぼくにやらせてくれ」

「いいわ」

乱れた髪、ものうげな瞳、キスで赤く腫れた唇……いまの自分がどう見えるか、それがカーライルにどんな影響をおよぼすか、ノエルにはよくわかっていた。長いこと、できるだけ目立たぬよう、女らしさを見せないように暮らしてきた。でも、いまはカーライルを魅了し、誘惑して、まなざしと唇で彼に約束し……その約束をかなえると知らせたかった。

ノエルは艶然と微笑んだ。「あなたがそうしたいなら」

「そうしたい」耳をくすぐる低い声は期待に満ちている。「ああ、とてもそうしたい」

カーライルは二本の指をシュミーズの襟元に引っかけ、じれったいほどゆっくりとおろしはじめた。白いコットンが、盛りあがった白い胸を横切り、固く尖《とが》った薄桃色の蕾《つぼみ》を越えて、やがて上半身があらわになる。彼は欲望に翳《かげ》る目で胸の丸みを両手に受けとめ、親指で頂をこすった。

ノエルの体がかすかに震えるのを感じてつぶやく。「寒い？」

「いいえ」ノエルはズボンの前ボタンをはずしながら彼を見上げた。「ちっとも」

彼のものが指先を押してくる。ふたたび唇が重なると、夢中でキスを返しながら片手をなかに滑らせた。カーライルがたまらず低いうめきをもらす。ふたりはキスを深め、ゆっくりと情熱のダンスを踊るように、身をよじり、向きを変え、立ちどまり、また動きだしながら、ベッドへ近づいていった。やがて、つかのま互いから離れて残りの邪魔者をすべて剝ぎとると、ノエルは一糸まとわぬ姿で両脚をからませ、ベッドへと運ばれていった。

倒れこむふたりを柔らかいマットレスが迎える。先日、教会の墓地で地面を転がったときのように、たくましい体がノエルを釘《くぎ》づけにする。でも、あのときとは違って、いまノエルのうちに燃えているのは怒りではなく、熱い欲望だった。

ノエルはマットレスに踵《かかと》をくいこませ、腰を上げた。重なった体がたちまち熱くなる。カーライルの唇が、たまらないほどゆっくり喉を這いおり、唇と舌で胸を愛撫《あいぶ》しはじめた。そのあいだも、両手でせわしなく体のあらゆる丸みやくぼみを探っていく。

息遣いが浅くなり、肌が燃えるようだ。自分のなかにカーライルを感じたくて、ノエルは彼の下でヒップを動かした。円を描くようなその動きに、またしても低いうめきをもらしながらも、カーライルは唇をさらに下へ這わせていった。濡《ぬ》れたキスが柔らかい胸を横切り、あばらを過ぎて、お腹の敏感な肌をくすぐる。ノエルが肩に爪をくいこませ、切なく彼の名前をささやくと、カーライルはようやく脚のあいだへ体を滑らせ、ゆっくり入ってきて、ノエルを完全に満たした。歓《よろこ》びの声が喉をせりあがり、唇のあいだからもれていく。

カーライルが一定のリズムで動きはじめた。ひと突きごとに情熱が渦を巻き、高まっていく。ひたすら成就を求め、それを乞い続けながらシーツをつかんでともに動くうちに、とうとう体の奥で何かが弾けた。その直後、息もできないほど強烈な愉悦の波が、ノエルを一気に高みへと押しあげた。

カーライルの体が激しく痙攣《けいれん》し、しゃがれた声をあげ、ぐったりと重なる。嵐のなかの木の葉のように快感に翻弄されながら彼にしがみつき、ノエルは声をあげて笑いたかった。熱い涙を流したかった。次々に頭をよぎる思いを大きな声で叫びたかった。が、ただカーライルを抱きしめ、ひたすら歓びに身をゆだねた。

カーライルは幸せに包まれ、眠りに引きずりこまれた。柔らかくて温かいものが押しつけられると、体がすぐさま反応し、煙るような欲望がふたたび頭をもたげる。ノエルだ。カーライルは微笑し、頬をくすぐる巻き毛に顔をすり寄せた。丸みをおびたヒップが体を押している。心ゆくまで貪り満足したあとのけだるさの、なんと心地よいことか。何時間かまえの行為を思い出すと、甘い唇やサテンのような肌、豊かな乳房の甘美な重みがよみがえってくる。熱く潤ったきついひだのなかに自分を埋めた瞬間、体を貫いた鋭い快感、鼻孔を満たす甘いにおい。あえぎながら彼女のなかで迎えた途方もないクライマックス。

ノエルのヒップがさらに押しつけられ、体中の神経に火をつけはじめる。細い指がまるで羽根のように、ノエルの上にかけた腕をおりてくる。ノエルは目覚め、自分の動きがもたらす反応を楽しんでいるのだ。招きに応じて首の横に柔らかいキスを落とし、その愛撫に応えるように震える体を抱きしめた。

「おはよう」カーライルは耳元でつぶやき、耳たぶをかじった。

ノエルが腕のなかで向きを変え、にっこり笑う。「おはよう」

その声は柔らかく、深い青の瞳も眠そうだ。ふっくらした唇は激しいキスの名残でまだ少し赤い。そんなノエルにそそられ、たちまち欲望が高まる。カーライルはシーツの縁から指を一本滑りこませた。人差し指で胸の頂を愛撫したとたん、瞳の青が濃くなる。突きあげるような歓びを感じながら、頂にキスを落とし、喉のくぼみを味わってから唇に達し、キスを深めた。

顔を上げ、ノエルの目を見つめる。「これは愚かな行為、狂乱のきわみだ」

「わかっているわ」ノエルは両手をカーライルの腕に置き、肩へと撫であげた。指先が鎖骨の固い線をたどり、胸の真ん中へとおりていく。

「ストーンクリフで続けるわけにはいかない」

「もちろんよ」ノエルはうなずきながら、指先でへそのまわりに円を描いた。

「ロンドンの邸《やしき》でもだめだ。召使いが――」指がさらにおりていくと、カーライルは息を止めた。

「でも、ここは街道沿いの宿」ノエルが目標に達してそれを軽く握る。

「ああ、ありがたいことに」カーライルはノエルを上にのせ、仰向けになった。くすぐるような笑い声が背筋を走り、震えをもたらす。

ノエルが膝をついてまたがり、上半身をさらして、すでに石のように硬くなっているものをゆっくり自分のなかへ導き、動きはじめた。カーライルは鋭く息をのみ、両手をほっそりした腿に置いて、胸へと撫であげた。この感触、この快感、まるで天国にいるようだ。なめらかな肌と、美しい顔に浮かぶ愉悦の表情を心ゆくまで愛《め》でながら、甘く鋭い痛みに胸を貫かれ、粉々に砕けるような気がした。

そして高みに達したノエルが全身を震わせると同時に、上体を起こし、細い体を抱きしめて、自身も精を放った。

ロンドンまでの道のりは遠く、ようやく邸の前で馬車が止まったときには夕食の時間を過ぎていた。コックがミートパイとスープを温め、パンとプディングを添えた軽食を用意してくれた。コックは粗末な軽食に恐縮していたが、空腹のふたりには何よりもおいしく感じられた。カーライルは台所の傷だらけのテーブルでかまわないと言ったのだが、執事が恐怖もあらわに首を振り、食堂の控えの間にある小テーブルに用意すると、自分が給仕すると言い張った。

昨夜泊まった宿の主人のように、執事も夜食をテーブルに並べてさっさと引きあげてくれたら……そう思いながらカーライルは、向かいに座ったノエルを見た。旅先では作法に気を遣わず、気兼ねなく水入らずで食事ができたのに。

ついテーブル越しに手を伸ばしそうになり、代わりにワイングラスをつかむ。今日の馬車の旅では、好きなときにノエルの手を握ることができた。そのあと膝の上に引き寄せ、キスしたことを思い出すと、つい口元がほころんだ。

ああ、これからどうすればいいのだろう？　こんなふうに堅苦しく、話し方や仕草、まなざしにまで注意して、よそよそしく振る舞わねばならないと思うだけで気が滅入《めい》る。今朝起きたときは、昨夜だけで十分だ、これで欲望は満たされた、もうノエルを欲しがることはない、と自分に言い聞かせた。だが、もちろんそんなことはありえない。実際にそう信じていたとしたら、とんでもなく愚かだったのだ。一夜だろうが、十夜だろうが、ノエルのような女性への欲望を鎮めることなどできるものか。

　カーライルはどうにかこの場に気持ちを引き戻し、ちらっと顔を上げた。ノエルがかすかに眉を上げ、こちらを見ている。どうやら何か話しかけられていたらしい。もぞもぞ動きながらさきほどまでの話題を思い出そうとしていると、ノエルが低い声で笑った。からかうようなその響きに、またしてもみぞおちの奥深くがうずきはじめた。

　ノエルは質問を繰り返そうとはせず、穏やかな声でこう言った。「少し疲れたみたい。よかったら失礼して、今夜は早めに横になるわ」

「そのほうがいい」答えるあいだも、二階に上がったノエルが寝支度を始めるところが目に浮かんだ。服を脱いで、髪をとかし、シーツのあいだに滑りこむ場面が。「長旅だったから……無理もない」なんてことだ、まともな返事さえできないのか？

「昨夜はほとんど眠れなかったの」ノエルがいたずらっぽいまなざしを向けてくる。

　どういうつもりだ？　今夜も誘っているのか？　こんなことは間違っている。そう思いながらも、狂おしいほどの欲望にのまれそうになる。「まあ、街道沿いの宿屋だから」

「でも、気持ちのいい部屋だった」ノエルはすまして続けた。「一泊しただけだけれど、とても楽しかったわ」

　カーライルはノエルをにらもうとしたが、すました顔を見て笑みがこぼれそうになり、あわてて唇を引き結んだ。「それはよかった。適切な……場所を見つけようと、最善を尽くしたかいがあったな」グラスを口に運び、縁越しにノエルを見る。

入れる。

「ええ、とても……適切だった」ノエルが猫のような笑みを浮かべ、パンをちぎって口に

カーライルは自分の皿に目を落とした。「適切よりは、少しましだったと思いたいが」

ノエルはまた笑った。「どうかしら。もう一度試してみないと、よくわからないわ」

「それもそうだな」

本当に今夜、ノエルと離れて過ごす必要があるのか？

執事がいるこの部屋では、不適切な関係を悟られるような真似《まね》はできない。それに、召使いに嗅ぎつけられて噂《うわさ》の種にならぬよう、昼間は離れている必要がある。だが、廊下の灯《あか》りが消え、召使いが四階に引きとったあとなら、誰にも見られる心配はない。執事が罪人を探して廊下を巡回しているわけではないのだ。

いったん自分の部屋に引きとり、邸が寝静まるのを待てば……そして召使いが起きるまえに自分のベッドに戻れば……要するに、誰にも見られないようにすれば、問題はないはずだ。道徳的には罪深いことかもしれないが、いまはノエルが欲しくて、そこまで配慮しているゆとりはなかった。禁欲するのはストーンクリフに戻ってからでいい。今夜はノエルの腕のなかで過ごそう。

19

翌朝ノエルが目を覚ましたときには、カーライルの姿は消えていた。ノエルはため息をついた。もちろん、召使いが起きるまえに自室に戻らなければならないのだが、それでも、昨日のように彼の隣で目を覚ませたなら、どんなに嬉《うれ》しいことか。

ノエルは心地よいけだるさを感じながら伸びをして、横に寝返りを打ち、昨夜の出来事をうっとりと思い浮かべた。昨日の朝のカーライルの言葉を思い出すと、口元がゆるむ。口にした当の本人が、それを無視してこの部屋を訪れるとは。ストーンクリフに戻れば、こんなことは続けられない。それはカーライルの言うとおりだ。でも、そのまえにもうひと晩一緒に過ごせるのは嬉しかった。

彼の言うとおり、これはとても愚かな振る舞いだ。カーライル・ソーンをベッドに迎えるのは、とうてい分別のある行動とは言えない。でも、自分のほうから終わらせる気はなかった。たとえ最後は泣くことになっても、この短い幸せを手放したくない。

しばらくして階下に行くと、カーライルはすでに朝食をすませ、書斎に引きあげていた。

がっかりしていると、食事の途中で彼が食堂に戻ってきて、いたずらっぽい笑みを浮かべながら隣に腰をおろした。「よく眠れたといいが」

「ええ、とても」指先が、彼の手に触れるか、頬に手を添えたいと訴えている。ふたりのあいだに何も起こっていないように振る舞うのは、どんどん難しくなるようだ。

カーライルも同じ気持ちらしく、ノエルが食べおえるのを待っている召使いに言った。「さがっていいぞ、フォレスター」そして召使いが部屋を出ていくのを待ち、ノエルに目を戻した。「ディッグスと、亡き伯爵の事務弁護士、事業代行人の三人に、今日ここに来てくれと伝言を届けた。きみも一緒に話が聞きたいだろうな」

「ええ、そうしたいわ」

カーライルはうなずき、黙ってノエルを見つめたあと、わずかに身を乗りだしてつぶやいた。「キスしたくてたまらないよ」

ノエルは頬が熱くなるのを感じながら、くすりと笑った。「ミスター・ソーン！　なんてお行儀の悪いこと。驚いたわ」

「ああ、自分でも少し驚いている」カーライルはちらっと廊下に目をやった。召使いの姿は見えないが、いつ通りかかるかわからない。彼はため息をついて座り直した。「見ているだけで満足するしかなさそうだな。まあ、それだけでも楽しいが」

「話をすることもできるわよ」ノエルは指摘した。「ドリューズベリー卿《きょう》の事務弁護士から何か聞きだせるかしら？　それとも、ディッグスが何か突きとめたと思う？」

カーライルは小さく肩をすくめた。「とにかく、スローンとその同僚に関するディッグスの調査結果を聞いてみよう。手がかりが得られるかもしれない。だが、伯爵の弁護士と事業代行人がトンチン年金のことを知っているとは思えない。スローンの言葉が正しければ、このふたりが知らないはずはないが、知っていたらとっくにぼくに引き継ぎをしているはずだ。伯爵が亡くなってからは、ぼくがいっさいを管理しているんだから。そもそも、ぼくを遺言執行人に指定した伯爵が、トンチンに加入したことを黙っていたとは考えにくい。それもスローンの話が眉唾だと思う理由のひとつだ」

「でも、何度も言うけれど、でっちあげるにしてはずいぶんと奇妙な話だわ」

カーライルもうなずく。「ああ。無実を主張するにせよ、疑いをそらしたいにせよ、真っ先に思い浮かぶ嘘ではないな」

まもなく、調査の結果を報告するためにディッグスが到着した。「スローン・ラザフォードは三、四年まえにひと財産築いてこの国に戻ってきました。何をして財産を作ったのかは誰も知らないようです。驚いたことに、船会社も持っています。まだ密輸を続けているという噂《うわさ》もありますが、尻尾をつかまれたことは一度もありません」

「このところ、密輸は下火になりはじめた」カーライルがつぶやく。

「ええ。ほかにもいくつか事業を買いとってます。その……」ディッグスは気兼ねするようにノエルを見た。「ご婦人のまえでこういう店の話をするのは気が引けますが、賭博場が一軒に居酒屋を数軒、スコットランドに醸造所も所有してます。噂じゃ、ほかにもいろいろと持ってるようですが、確認できたのはそれだけでした。邸《やしき》があるのはスコットランドとドーセット、ロンドンで、公爵邸だったという話もあります。ロンドンには貸家も何軒か持ってますね」

「ずいぶん手を広げているな」

「ええ、店や不動産を持つのが好きなことはたしかですね」

「借財はないのか?」

ディッグスがうなずく。「調べたかぎりでは。ギャンブルはいっさいやらないそうで。仕立てのいい服を着て、最高の馬を買い、二頭立ての二輪馬車と四輪馬車を所有。馬と馬車は、おそらくほかの邸にもあるでしょう。しかし、収入以上の暮らしをしてる様子はありません。召使いは、触れるものすべてを黄金に変えたミダス王のような大金持ちだと言ってるそうです」

「だからといって、無罪と断定はできない」ディッグスが立ち去ったあと、カーライルはノエルに言った。

「ええ。でも、動機のほとんどがなくなるわ。ギルが死んで転がりこむ遺産は必要ないわけですもの。動機として残るのは爵位だけ」ノエルはため息をついた。「こうなると、トンチン年金の話に信憑性《しんぴようせい》が出てくるわね」

しかし、そのあと訪れた亡き伯爵の事務弁護士は、ぽかんとした顔でふたりを見た。

「トンチン年金ですと！　伯爵が？　誰の話か知りませんが、何かの間違いでしょう。伯爵は年金のことなどひと言も口にしませんでした。もしも聞いていたら、わたしは間違いなく反対したでしょうな」

事業代行人は弁護士よりもっと驚き、ほとんど同じ言葉で〝聞いたこともない〟と断言した。彼が帰ったあと、カーライルはノエルを見た。「トンチンの件はここまでだな。ほかに知っていそうな人間は思いつかない」

「もうひとりだけいるわ」

「誰のことだい？　レディ・アデリーンか？　どうかな。伯爵は、事業や所領に関する話をいっさいレディ・アデリーンにしなかった」

「いいえ、あなたのお母さまよ」

「ぼくの……ああ」カーライルは目をしばたたいた。「たしかにスローンは、父も加入者だと言っていた。だとしたら、母が父から何か聞いた可能性はある」

「さいわい、今夜お母さまがどこにいるかはわかっているわ」

「ぼくたちを招待したがっていた夜会か？　いや」カーライルはきっぱり首を振った。

「あんな退屈な夜会に、きみが行くことはない。午後にでも直接母に会ってくる」

「いま行っても、最後の準備で忙しくて、座って話をする暇などないはずよ。でも、今夜出かけてさりげなく切りだせば、話を聞いてくれるかもしれない」

「だめだ。きみを――」

「カーライル」ノエルは身を乗りだし、カーライルの腕に手を置いた。「正直に言って。わたしを連れていくのが恥ずかしいの？」

「そうじゃない！」カーライルはノエルの手に自分の手を重ねた。「誓って言うが、ぼくが心配しているのは、きみが噂の種にされることだけだ。夜会でほかの客に冷たくされるのはいやだろう？」

「わたしは平気よ。貴族に無視されるのは慣れているもの」にっこり笑い、辛辣な言葉をやわらげる。「でも、凝視されたり、ひそひそ話をされたりするのにあなたが耐えられないというなら、無理強いはしないわ」

カーライルはノエルを見つめ、もうひとつの手も取った。「ぼくがきみを恥ずかしいと思うことなどありえない。きみは美しくて知的な女性だ。一分でも話をすれば、誰だってそう思うさ。母の夜会に参加する客がきみに無礼な態度をとるとしたら、彼らが愚かなんだ」

「でも、少しまえまでは、あなたもわたしをふしだらな女だと思っていた」

「ノエル、頼むよ、その話を蒸し返すのは――」

「責めているんじゃないの。ただ、知性も教養もある好人物でも、わたしを知る機会がなければ、同じような評価を下すにちがいない、と言いたいだけ。そのうち、ギルのためにいやでも彼らと交流しなくてはならないのよ。あなたが言ったように、彼らはギルの同胞になるわけですもの。ギルが爪はじきにされず、見下されないように、できるかぎりの努力をしなくては。ギルが社交の場に出るようになれば、その母親のことも話題になるでしょう？　母親が平民で伯爵の息子と駆け落ちしたことや、わたしの過去に関する根も葉もない噂がまことしやかにささやかれる。でも、そのまえにわたしを知ってもらう機会があれば、被害は最小限度に食いとめられるはずよ。反対に、わたしがストーンクリフに引きこもってどこにも出ようとしなければ、あなたもレディ・ドリューズベリーも外に出したくないほどひどい女にちがいない、と陰口を叩《たた》かれることになる」

カーライルは言い返そうとしたものの、反論はため息に変わった。「きみの言うとおりだな」

「だったら、いまからその下地を作りはじめてはどうかしら？　社交界の面々にわたしを見て、知ってもらうの。わたしが彼らと同じように話し、避けるべき話題を知り、公爵夫人に——さもなければ準男爵にどう呼びかけるか心得ていることをね。そうよ、ストーンクリフの執事が教えてくれた知識を試してみたいわ。ベネットは社交界のちょっとしたゴシップまで耳打ちしてくれたのよ。彼の努力を台無しにしたくないでしょう？」ノエルはにっこり笑ってえくぼを作った。

「驚いたな、ベネットがそんなことを?」

「ええ、わたしが頼んだの。快く承知してくれたわ。堅苦しいけれど、とても愉快な人ね。今夜の夜会では、ごくふつうに振る舞えると思う」

低い声で笑うカーライルの優しい目が、少し熱を持った。「きみがふつうになるのは無理だと思うな。それに、ベネットが教えることは大してなかったと思う。きみの不適切な言動は一度も見たことがない。まあ、ドーセットへの旅でぼくを誘惑したことをべつにすれば、だが」

「今夜は誰も誘惑しないと約束する」ノエルは皮肉まじりに言った。「社交界の人たちが、いまわたしに会って、ふしだらな女ではないと知れば、そのうちわたしの存在に慣れてくれるかもしれない。ギルが社交界に出入りするようになるころには、母親に関する悪意のあるゴシップはずっと少なくなっているはずだわ」

「たしかに。さっさと初お目見えをすませてしまうほうが賢明だ」カーライルはため息をついて譲歩した。「それに、母のパーティは退屈だが、きみを社交界の面々に紹介するにはお誂《あつら》え向きだろう。母の再婚相手のハルダーは実力者だから、招待客のほとんどは彼の妻の機嫌をとろうとする。彼らが、きみは頭の回転が速く軽妙な会話ができるチャーミングな美人だと知り、その噂を広めてくれれば、ほかのパーティでは多少なりとも楽になるだろう」

「そうなるといいわね。では、出かける支度をしましょうか」

先日試着したイブニングドレスを着られるのは、とても嬉しかった。あのときもカーライルがドレス姿の自分を見てどんな反応を示すか想像したものだったが、実際に青緑色の薄い生地に銀色のレースをあしらったドレス姿の自分を見たとき、彼の顔に浮かんだ表情は想像をはるかに超えていた。

「レディ・ラザフォード、今夜のきみはとても美しい」カーライルは、扉の前に控えている召使いの前で礼儀正しくノエルを迎えた。口にした言葉は月並みだったが、そのまなざしははるかに多くを語っていた。そしてきらめく薄いショールを肩にかけてくれた手が、適切とされるよりほんの少し長く留《とど》まり、その想《おも》いを伝えてくる。「今夜は、きみに群がる男たちを追い払うので忙しくなりそうだ」

「その心配はないと思うわ」ノエルは笑いながら言った。貴族連中にまじまじと見つめられ、陰口を言われるかもしれないと思うと気が重いが、カーライルにエスコートされて夜会に出席するのは心が弾む。

とはいえ、エレガントに装い、宝石をきらめかせた人々の集うハルダー家の大広間に入ったとたん、鼓動が速くなった。パニックがこみあげ、このまま逃げ帰りたいという衝動に打ちのめされる。腕に置かれた指がかすかに震えていることに気づいたカーライルが、励ますように手を重ねてくれなければ、カーライルの母親に笑顔を向けることもできなかったかもしれない。レディ・ハルダーはふたりを見て一瞬目を見開いたが、すぐに何事もなかったような顔で近づいてきた。

「カーライル、それにレディ・ラザフォード、ようこそ」ベリンダ・ハルダーは嬉しそうにノエルの手を取った。「いらしてくださってとても嬉しいわ。いやがる息子を連れてきてくださったのね。この子はこういう集まりを忌み嫌っているの。まったく、退屈な男なんだから」そう言って息子に笑みを投げ、辛辣な言葉をやわらげた。

「退屈だなんてとんでもない」ノエルは反論し、カーライルに目をやった。「その気になれば、とても楽しくなれる人ですわ」

この言葉で、ふだんは鋭い息子のまなざしがやわらぎ、口元にかすかな笑みを浮かべるのを見て、ベリンダ・ハルダーはふたりの顔を見比べた。「この子が楽しくなれるですって？　それは興味深いこと……」

「話があるんです」カーライルが言った。

「なるほど、今夜来たのは楽しむためではないわけね。ええ、もちろんですとも。あとで聞くわ。でも、まずはレディ・ラザフォードをお客さまに紹介させてちょうだい。今夜はフランス大使ご夫妻もお見えなの。たしか、あなたはパリに長いことといらしたのよね？」

レディ・ハルダーはノエルを促し、歩きだした。

　ノエルはおとなしく従った。カーライルがあきらめたような顔でついてくる。レディ・ハルダーが紹介を始めると、客の目がノエルに吸い寄せられた。好奇心まるだしの目もあれば、あからさまに探るような視線もある。悪意を感じさせるまなざしもあった。手袋の下でてのひらが汗ばむのを感じながらも、ノエルは落ち着きを保った。今夜着ているイブニングドレスは、ここにいる誰のものと比べても引けをとらない。それに、カーライルがすぐそばにいてくれる。ノエルはその場にふさわしい笑みを保ち、少しのあいだそつなく挨拶を交わした。英語をほとんど話さない大使夫人は、フランス語を流暢《りゅうちょう》に話す相手が現れてとても喜び、ノエルもフランス語で話せることにほっとした。

「母さん、話したいことがあります」最初のグループを離れるとすぐに、カーライルがさっきの言葉をもう一度口にしたが、そのころにはハルダー夫人はすでに次のグループに達し、またひとしきり紹介と挨拶が繰り返された。母が自分たちをべつのグループへ伴うまえに、彼は母の腕をつかみ、人のいない隅に導いた。「話があるんだ」

「でも、カーライル、自分の夜会で座をはずすわけにはいかないわ」レディ・ハルダーはたたんだ扇で広間の人々を示しながら抗議した。「お客さまにご挨拶をしないと。それに、レディ・ラザフォードに引き合わせたい人たちがまだいるの。これまでのところはとても順調よ。あなたが誰彼かまわずに怖い顔でにらまなければ、もっといいんだけど。これでチェスター夫妻と仲良くなれば、レディ・ラザフォードの上流階級での立場はほぼ安泰だわ」

「でしょうね。チェスター夫妻は七匹のコッカースパニエルの自慢をしたくて、うずうずしているだろうし」

「カーライル！　スパニエルはたったの五匹よ。それに、わたしはあなたを無礼な男に育てた覚えはありません」

息子さんを育てたのは、あなたではないのでは？　ノエルはそう思ったが、口には出さなかった。

「とにかく、ぼくたちには、社交界におけるノエルの立場を万全のものにするよりも大事な話があるんです」

社交界で認められるより大事なことなどひとつもない。美しい顔に浮かんだ表情は明らかにそう言っていたが、レディ・ハルダーはため息をついて譲歩した。「わかったわ。あなたが満足するまでは、お客さまをおもてなしするのは無理なようね。それで、その話というのはなんなの？」

「父さんがトンチン年金に加入していたのを知っていましたか？」

レディ・ハルダーはぽかんとした顔でカーライルを見た。「何年金ですって？」

「トンチン年金。一種の生命保険で……」カーライルが説明を始めようとすると、母親にさえぎられた。

「ええ。トンチン年金が何かは知っているわ。だいたいのことはね。でも、どうしてそんな突拍子もないことを訊《き》くの？」

「父さんは加入していたんですか？」

「いいえ、加入してはいなかったと思うわ」レディ・ハルダーは考えこむような顔になった。「そういうことは、あなたのほうがよく知っているでしょうに。ホレスが死んだあと、彼の書類はすべてドリューズベリーが管理していたんですもの。ホレスの資産に関することは、彼があなたに話したはずよ」

「ええ、話してくれました。でも、トンチンのことは何も言っていなかった。成人後、うちの古い書類にもずいぶん目を通しましたが、そこにも何もありませんでした。しかし、スローンが言うには――」

「スローンって、スローン・ラザフォードのこと？　カーライル、どうしてあんな男と話したの？」レディ・ハルダーは険しい顔になった。「あんなに評判の悪い男と親しくするのはやめてちょうだい。ハルダー卿に迷惑がかかってはたいへんだわ」カーライルがばかにするように眉を上げると、レディ・ハルダーは顔をしかめた。「ええ、わかっているわ。わたしの夫がどう思われようと、あなたには関係ないわね。でも、あなた自身の評判についても少しは気にすべきよ。それに、レディ・ラザフォードと息子さんの評判も」

「ぼくとスローンは友達どころか犬猿の仲です。だが、ドリューズベリー卿やネイサン・ダンブリッジの父親と一緒に、父さんもトンチンに加入したと彼が言っている」

「たしかに、いかにもダンブリッジがやりそうな愚かな企てね。ジョージ・ダンブリッジは昔からそうだったわ。失われた資産を一挙に取り戻そうと、次から次へとばかげた計画を思いついたものよ」レディ・ハルダーは苛立《いらだ》たしげに口をひくつかせた。「あなたのお父さまは、ドリューズベリーに頼まれればいやとは言わなかった。ドリューズベリーが望めば、どんなに愚かなことでもしたから」そう言って軽蔑もあらわに鼻を鳴らす。「でも、話したら怒られると思って、わたしには言わなかったかもしれない。ジョージ・ダンブリッジが関わっていたのなら、どうせ失敗に終わり、注《つ》ぎこんだお金は戻らないに決まっているもの」

「古い書類に、トンチンの控えがなかったのはそのせいかもしれない」カーライルがつぶやく。「もう一度当たってみるか」

「ええ、そうなさい。話がそれだけなら……」レディ・ハルダーはノエルに顔を向けた。「チェスター夫妻には、ぜひ会っておいたほうがいいわ」

ノエルはうなずいてその覚悟を決めたが、カーライルがちらっと視線をよこして口をはさんだ。「いや、その必要はありません」彼はノエルの腕を取った。「レディ・ラザフォードはもう十分に母さんのコマとして役立ったはずです。きっと疲れたにちがいない」

「まあ、カーライル。あなたほど無礼な人はいないわよ。ときどき、自分の息子とは思えないくらい。レディ・ラザフォードはまだ残りたいかもしれないでしょう。こういう集いを楽しむ人もいるのよ」レディ・ハルダーはノエルに向かって続けた。「どうか、まだいらして。カーライルはそうしたければ帰ればいいわ。のちほどうちの馬車で送らせるから――」

「ご親切はとてもありがたいのですが、少し頭痛がしますの」ノエルは詫《わ》びるように微笑《ほほえ》んだ。「それに、明日はストーンクリフに戻るので、今夜は早めに……」

「ええ、もちろんそうね」レディ・ハルダーは優雅に譲歩した。「でも、ぜひまたいらして。カーライル、レディ・ラザフォードのショールを取ってきてさしあげたら？　玄関まではわたしがご一緒するわ」

「しかし……」

「そんなに疑《うたぐ》り深《ぶか》い顔をしないの。噛《か》みつきはしませんよ」レディ・ハルダーはさっさとノエルの腕を取って玄関へと歩きだした。カーライルがしぶしぶショールを取りに向かう。レディ・ハルダーはちらっと振り向き、ため息をついた。「あのぶんだと、再婚したことを一生許してもらえそうもないわね」

「大丈夫、ミスター・ソーンはちゃんとわかっていますわ」ノエルは優しく慰めた。

レディ・ハルダーは鋭い目でノエルを見た。「お願い、あなたとはお互いに嘘をつくようなお付き合いをしたくないの。カーライルはずっとわたしに腹をたてているわ。夫の死後すぐに再婚した、亡き父の思い出に不誠実な女だ、と。それに、ドリューズベリー夫妻に彼をあずけたわたしを冷たい母親だと恨んでいる。たしかにわたしは自分の人生、自分の楽しみが欲しかった。それは否定しないわ。でも、あの子は伯爵一家と暮らすほうが幸せだってこともわかっていた。ロンドンに連れてきて、わたしが選んだ人生を押しつけていたら、みじめな思いをさせることになったでしょう。実際、あの子はストーンクリフでとても幸せだったのよ。でも……」そこで小さく肩をすくめる。「わたしに捨てられたことを、いまでも怒っている」

「ミスター・ソーンからは何も聞いていませんの」肩を落としてため息をつくレディ・ハルダーを気の毒に思ったものの、ノエルはそれしか言えなかった。自分なら、何があろうと息子を手放すことはありえない。ギルを誰かにあずけることなど想像もできなかった。

「そうでしょうね。あの子は貝のように何も言わないんですもの。父親そっくり。ホレスのことは愛していたけど……融通のきかない人だった。愚かなほど誠実で、名誉と勇気を重んじる人だったわ」レディ・ハルダーは目を潤ませたものの、涙を押し戻すようにして続けた。「いい人だったけど、黒か白、是か非、上か下と、なんでもはっきりさせたがった。過ちには容赦せず、行動でも感情でも曖昧さを認めない。ホレスはまるで双子みたいにドリューズベリーとそっくりだったわ。カーライルは父親を崇拝していたの。わたしはあの子を忍耐のある人間に育てようとしたけど、うまくいったかどうか……」

「彼はとても親切にしてくれます」

「でも、あなたが何年も海外にいたのは、あの子が親切だったからでしょう?」レディ・ハルダーはちくりと皮肉った。「いえ、話してくれなくてもいいの。あなたとラザフォード家の折り合いが悪かったことは明らかですもの。もちろん、アデリーンのせいではなかった。アデリーンは誰とでも仲良くできる人よ。それに、カーライルをよく理解してくれている。頭はいいけれど、思いこみが激しいうえに自分が正しいと思いこんでいる、少しばかり傲慢な子だ、とね」

ノエルは苦笑した。「かなり正確な分析ですね」

「あなたと息子が和解できてよかった。ほかはともかく、アデリーンがどんなに喜んでいることか。あの人のことは昔から好きなの。こうしてあなたと知り合ってみると、希望が持てそうな気がするわ。あなたはカーライルにいい影響を与えているもの」

「わたしが?　まさか。わたしにはなんの影響力もありませんわ」

「あなたが思っているよりもあることはたしかよ。今夜のカーライルはいつもと違うもの。その原因はあなただとしか思えない。そもそも、今夜この夜会に足を運んだのが証拠。パーティに顔を見せるなんて、まるであの子らしくないの。昔から、静かというか、退屈な生活のほうが好きで……読書や帳簿つけ、庭いじりや父親の魚の世話なんかがね。ここに来るよう説得したのはあなたでしょう？」

彼女は何を言おうとしているの？　話せば話すほど、レディ・ハルダーは自分とカーライルの関係に気づいているような気がしてくる。しかも、どういうわけかそれを喜んでいるようだ。そんなことがありえるだろうか？　ノエルは落ち着かない気分になった。

「早めに引きあげるのを気にしなくていいのよ」レディ・ハルダーが軽く腕を叩いた。「来てくれるとは思っていなかったんですもの。ただ、ひとつお願いがあるの……カーライルのことをすぐにあきらめてしまわないで。不愛想で頑固で独断的だけど、心根はいい子よ。それに、上手に隠してしまうけど、本当はとても傷つきやすい」深いため息をついて続けた。「それは、わたしが誰よりもよくわかってるわ」

玄関ホールに着くと、カーライルが近づいてきて、この一方的な会話に終止符を打った。ノエルは銀色のショールを肩にかけてもらい、レディ・ハルダーに礼儀正しく別れを告げた。

「さようなら」レディ・ハルダーはノエルの手を取り、軽く握った。「またロンドンに来たら、ぜひいらしてね。それから、どうかわたしが言ったことを心に留めておいてちょうだい」

馬車に乗ると、予想どおりカーライルは開口一番こう尋ねた。「何を吹きこまれたんだ？　母の頼みなど聞く必要はないよ。自分の計画に利用したがっているんだろうが、そんなことはぼくが許さない」

「いいえ、わたしを利用しようとしたわけじゃないわ」ノエルは即座に否定し、納得のいかなそうなカーライルにこう続けた。「とても感じがいい方ね。今夜出席したことで、少しでもお役に立てたのならいいけれど。フランス大使夫妻と会えたのは幸運だったわ。これだけすんなり社交界の人たちと顔合わせができたのはレディ・ハルダーのおかげ」

カーライルはうなるように言った。「そういうことには長《た》けている人だからな。だが、そのうち見返りを要求するに決まってる」

「カーライル、少しお母さまに厳しすぎない？　レディ・ハルダーはあなたを愛しているのよ。わたしを助けてくれたのも、あなたのためだと思うわ」

カーライルは片方の眉を上げた。「それがちょっとした内緒話の理由だったのか？　母はきみの同情を得ようとしたわけか。ぼくが反抗的な息子だと説明して？」

「いいえ、違うわ」

「だったら何を話したんだ？」

ノエルは眉を上げた。「邸に着くまでその調子でわたしを尋問するつもり？　お互いに自分たちについて話しただけよ」

カーライルは顔をしかめた。「なぜ隠すんだ？　母が何を言ったか知らないが、なんらかの形で自分が得するための話題に決まってる」

「いいかげんにして、しつこい人ね。レディ・ハルダーはわたしに、あなたは融通がきかないプライドの高い人だけど、優しい心の持ち主だとおっしゃったの。それに、誠実で正直で親切なところは、お父さまにそっくりですって。白か黒かはっきりさせたがり、曖昧さに我慢がならない性分も含めてね。ほら、これで気がすんだ？」ノエルは胸の前で腕組みした。

カーライルはぽかんと口を開け、それから笑いだした。「それを忘れるな、ときみに言ったのか？　カーライルは思ったほど悪い人間ではない、と？」

「そうよ。これからそれを思い出す機会はたっぷりあると思うわ」ノエルはからかうように笑った。

「いまさらぼくの欠点を教えても、遅いと思うな」カーライルはノエルの手を取り、親指でてのひらを撫《な》ではじめた。「もう最悪の面を見られてしまった」

「だとしたら、わたしは心配せずにすむわね」

「これからはいい面しか見せないように努力する」

「あるがままのあなたでいいわ。わたしが欲しいのはそういうあなたですもの」

「ぼくが欲しいって？」カーライルはからかうように眉を上げ、ノエルの手にキスを落とした。

「ええ」ノエルは彼ににじり寄った。「でも、いま言いたいのはひとつだけ」

「なんだい?」

「今夜はここで過ごす最後の夜よ。あなたのお母さまの話をして過ごしたくない」

「では、もうやめよう」カーライルは手を伸ばしてノエルを膝にのせ、唇を近づけた。

「どんな話も」

20

夢中でキスを繰り返すふたりにとって、邸《やしき》までの帰路は驚くほど短かった。馬車が止まると、あわてて体を離し、何事もなかったような表情を貼りつけた。ノエルは顔を隠してくれる暗がりに感謝しながら馬車を降り、カーライルを待たずに急いで家のなかに入った。彼と一緒にいたら、ふたりが馬車のなかで何をしていたか、召使いに悟られてしまう気がしたのだ。続いて入ってきた彼が、書斎でブランデーを飲むつもりだ、と必要もないのに執事に告げる声が聞こえた。

部屋に引きとり、寝る支度をしながらも、ノエルは廊下の足音に耳をそばだてていた。カーライルはどれくらい書斎にいるつもり？　そこからまっすぐこの部屋に来るかしら？　それとも、まず自分の部屋に行き、さらに時間をつぶすかもしれない。ベッドに入って待っていようか？　それとも、起きていたほうがいいの？　どちらも彼が来ると決めつけているようで、なんだか気が引ける。もちろん、それはそのとおりなのだが……。

ようやく一時間後、かすかなノックの音がしてドアが開き、カーライルが足音をしのばせて入ってくると、ノエルはそれまでの問いや疑いをすっかり忘れ、その腕のなかに飛びこんだ。馬車のなかで火がついた欲望が、待っているあいだに煽《あお》られて高まり、ふたりは嵐のような情熱にまかせて抱き合った。ひと言も交わさずに夢中でキスし、愛撫《あいぶ》しながら、ぎこちない動きで着ているものを脱ぎ捨て、ベッドに向かう。まるで全身が燃えているようだった。一時間ものあいだ愛の成就を求めて悶々《もんもん》としていたノエルは、カーライルが入ってきた瞬間に鋭い快感に貫かれ、あえぎながら一気に昇りつめた。

そのあとも、ふたりは離れがたくて手足をからませたまま愛撫を繰り返していた。カーライルの息が髪にかかり、温かい手が腕を這《は》いおりる。ノエルは広い胸に頭をあずけ、固いあばらを指でなぞった。これが最後。明日ストーンクリフに帰れば、すべてが変わってしまう。

明日はもう彼とベッドを分かち合えないことが、最初に思っていたよりもずっとつらい。ふたりで過ごした夜はあまりにも短く、渇きを癒やすどころか、いや増しただけだった。カーライルと愛し合うことがこれほどの喜びをもたらし、深い影響をおよぼすとは思いもしなかった。肌を重ねれば重ねるほど、もっと欲しくなる。でも、どんなに願おうと、もうすぐ終わるという事実は変わらない。ノエルはついため息をこぼしていた。

カーライルが髪を撫《な》でた。「少ししたら、ふたりでまたロンドンに戻ってこよう……何か方法を考えるよ」

「心配しないで、わたしは大丈夫。それに今夜はまだ何時間もあるわ」ノエルは顔を上げてけなげに微笑《ほほえ》み、彼の唇に自分の唇を重ねた。

カーライルは馬車の窓から村の建物に目を向けていたが、何も見えていなかった。あと三キロも走れば、ストーンクリフへと折れる私道が見えてくる。あの邸を見たくないと思ったのは、生まれて初めてだ。

遠くにそびえる、堂々たるたたずまいの建物。それが目に入るたびに喜びが胸を満たしたものだったが、いまは気が滅入《めい》るだけだ。そこで待っているネイサン、アナベス、ギル、レディ・アデリーンとその小うるさい母親、召使いたちのことを思うと、かすかな苛立《いらだ》ちさえ覚える。くそ、まるで蟻塚《ありづか》のように人が多すぎる。ストーンクリフは大きな邸だが、それでもどこへ行こうと常に人がいる。

反対側の窓から外を見ているノエルに目をやった。見えるのは横顔だけ。柔らかい白い肌、なじみぶかくなった顎のかすかな傾き、優しい弧を描く眉しか見えないが、温かい微笑みと、こちらをからかうときのいたずらっぽい目の輝き、かすかに上気したクリームのような肌が、容易に浮かびあがった。

またしてもノエルが欲しくなり、みじめな気持ちで目をそらす。今夜から自分は、ノエルにとって恋人ではなく、息子の後見人、友人、保護者でしかなくなるのだ。旅の宿でノエルに部屋へ招かれたときには、こんな気持ちになるなんて思わなかった。とにかくノエルを抱いて欲望を鎮める。それでおしまい、簡単に割り切れる、と。

だが、思ったとおりには運んでいない。

欲望は鎮まるどころか高まるばかり。ノエルの体がもたらす歓《よろこ》びを知ったいま、もっと欲しくて絶えず体がうずく。あんなに軽はずみに、無分別に行動してはいけなかったのだ。とはいえ、たとえやり直せるとしても、同じ選択をして、同じ結果に甘んじることになるだろう。この数日味わった愉悦をあきらめることなど考えられない。

ノエルが視線をよこした。「どうかした?」

自分でも気づかずにため息をついていたらしい。「いや、なんでもない。少し気持ちが落ち着かないだけだ。もうすぐ着くよ」カーライルは無理に微笑んだ。いつもどおり、期待されているとおりに振る舞おう。これまではなんとかそれでやってきた。何日か戸惑うかもしれないが、欲望はそのうち鎮まるはずだ。そしてすべてが正常に戻る。そうでなければならない。

ノエルは一刻も早くギルに会いたかった。どうやら、ストーンクリフをわが家と感じはじめているらしく、そこで待つほかの人々に会えるのも嬉《うれ》しい。けれども、近づくにつれて悲しみもこみあげてきた。カーライルとふたりきりで過ごす時間がもうすぐ終わってしまう。

ふたりで邸に入ると、ホールで待っていたネイサンと伯爵夫人がすばやく前に進みでてノエルの手を取り、頬にキスした。「おかえりなさい。ギルに会いたいでしょうけれど、ちょうどお昼寝をしているの。ふたりの帰宅を待ちわびて、馬車が見えないかと窓から窓へ走りまわっていたから、疲れてしまったのね」

「でしたら、起きるまで待ちますわ」本当はまっすぐ子ども部屋に行き、寝顔を見たかったが、昼寝の途中で起こしてはかわいそうだ。

母親のことを話したら本人が現れるとでも思っているように、伯爵夫人は用心深い視線を階段に向け、声をひそめた。「母も昼寝の最中なの。だから客間でゆっくり話せるわ」

ネイサンがカーライルと握手しながらうなずき、ノエルに完璧なお辞儀をした。「スローンがなんと言ったか、聞くのが待ちきれないよ。あいつのことだ、あっさり白状したとは思えないが」

「白状どころか、とんでもないことを言いだした」カーライルは言いながら客間に入った。それぞれが落ち着くと、まずマーカス・ラザフォードの様子を伯爵夫人に報告してから、話している途中でスローンが帰ってきたことを話した。「ぼくたちがマーカスと話しているのを見て怒りくるっていた」

「自分の企《たくら》みを父親がばらしたと思ったからじゃないか」

なかった」

「いや、それはないと思う」カーライルは首を振った。「マーカスはぼくたちに会えて喜んでいた。話し相手ができて嬉しそうだったよ。突然の訪問を疑っている様子はまったくなかった」

「ええ、とても誠実な人に見えたわ」ノエルも口を添えた。

「マーカスは嘘をつくのがへたなの」伯爵夫人がうなずく。「ギャンブルで負け続けたのは、そのせいもあるのよ」

「マーカスは無関係かもしれないが、だからといってスローンも無実だとは言えないぞ」ネイサンがくいさがった。「あいつは嘘をつくのがうまいからな」

「ああ。だが、そのときのスローンが嘘をついているようには見えなかった」カーライルが言った。

「スコットランドで釣りだって！」ネイサンが鼻を鳴らす。「そんな話、嘘に決まってる。証拠はあるのか？　だいたい、彼がスコットランドにいようがコンスタンティノープルにいようが関係ないさ。自分で手を下す必要はないんだ。あいつのまわりには汚れ仕事を引き受ける連中がいくらでもいるんだから」

「そうだな」カーライルはうなずいた。「ディッグスの部下がスコットランドに向かったから、スローンが本当にそこにいたのかどうかはまもなくわかる。スローンが雇いそうな連中も調べているところだ。しかし、あの男には動機がない。ギルを殺す理由がないんだ。

スローンはドリューズベリーの資産を手に入れる必要などないのさ。ドーセットの邸は、高価な家具や美術品で贅沢《ぜいたく》に飾られていたよ。ほかにも、さきほど言ったスコットランドの別荘を含め、何軒も邸を持っている。ドーセットの厩舎《きゅうしゃ》の前に停《と》まっていた馬車も立派だったぞ。まったく、あそこの馬ときたら……」目を輝かせて続ける。「きみにも見せたかったたな、ネイサン。まったく同じ色合いの、すばらしい鹿毛が四頭揃《そろ》っていた」

「昔から見せびらかしが好きな男だったからな」

「だが、ああいう馬を揃えるにはかなりの金が必要だ。ディッグスの調査では、相当な資産があることがわかった。船会社に、複数の不動産、スコットランドにはウイスキーの醸造所も持っているそうだ。ギルの財産は必要ないんだよ」

「だったら、目当ては爵位だ」

「伯爵になるために子どもを殺すのか？　スローンは爵位を気にかけたことなど一度もなかったぞ」

自分の仮説をあきらめるのがいやなのか、ネイサンがため息をついた。「どうかな。ほかにこんなことを企みそうな者がいるか？」

「スローンはノエルに、警戒をゆるめるな、と警告した」カーライルは説明した。「一連の事件の動機はトンチン年金にある可能性が高い、と」

伯爵夫人とネイサンがぽかんとした顔でカーライルを見た。

「トンチン年金？　いったいそれはなんなんだ？」

カーライルは友人の問いを無視して、伯爵夫人に尋ねた。「何かご存じですか？　亡き伯爵が友人たちと加入した可能性があるんです」

「カーライル、わたしもネイサンと同じよ。トンチン年金が何かも知らないわ」

カーライルは説明したが、ネイサンも伯爵夫人も戸惑いを浮かべるだけだった。「そういうものに加入したと、伯爵から聞いたことはありませんか？」

「ないわ。トーマスは事業の話をいっさいしなかったから」

「ぼくの父が死ぬまえのことだったはずです。スローンの話だと、うちの父とネイサンの父、ほかにも何人かが加入したそうです。スローンは、父はのけ者にされた、と苦々しい口調で言っていました」カーライルはネイサンを見た。「だからよけいに、彼が真実を語っている気がしたんだ」

「ずいぶん都合よくお誂《あつら》えの動機が出てきたな。自分にかかった疑いを晴らせるばかりか、きみやぼくに罪をなすりつけられる。ぼくはスローンの言うことなど信じないぞ」

「カーライル、そんな年金があるとすれば、トーマスはあなたに話したのではなくて？」

伯爵夫人が口をはさんだ。「それにお金を払ったのなら、控えか何かが残っているはずだし」

「ええ、それがふつうですが、控えは残っていないんです。母も知りませんでした」

「ベリンダに会いに行ったの？」伯爵夫人は驚いたようだった。「まあ、ホレスならベリンダに話したでしょうね。彼女は昔から、政治や経済に強かったから」

「でもスローンは、〝話せば怒られると思って、母には隠したかもしれない〟と言うんです。きみの父上はどうだ、ネイサン」カーライルは尋ねた。「何か言っていなかったか？トンチン年金という名前は使わなかったかもしれないが、書類のなかにそれらしいものが――」

「ひとつもなかった」ネイサンは首を振った。「きみほど財政を知るわけではないが、トンチンとか、そういうたぐいのものがあれば気づいたと思う。それに、父の事務弁護士だった者はすでに故人とはいえ、その事務所は息子のカトー・トンプキンスが受け継いでいる。彼の父親が扱った件《くだん》の書類もそっくり受け継いだはずだ。うちの財務はすべてカトーが扱っている。まだ時間がとれずにいるが、どうせこちらにいるあいだに彼と会わなくてはならないんだ。伝言を届けさせるよ。事務所はセヴン・オークスだから、それほど遠くない」

「なんだか込み入った話になってきたわね」伯爵夫人は顔をしかめた。「これからどうするつもり、カーライル？」

「伯爵の古い書類をもう一度確認してみます。この種の情報を知る立場にあったとは思えませんが、所領の管理人にも念のため訊《き》いてみるつもりです。伯爵の事務弁護士と事業代行者にはすでに確認しましたが、ふたりとも何も知りませんでした」

「よた話に決まってる。スローンは時間稼ぎをしてるだけさ」廊下に足音が聞こえ、顔を上げたネイサンは、戸口に立っているアナベスを見て顔を赤らめた。「すまない、アナ」

「謝る必要なんてないわ」アナベスは優しい笑みを浮かべ、首を振った。「彼の名前を聞いただけでぼうっとなったのは昔のことよ」

「何が昔のことなの？」アナベスの後ろからレディ・ロックウッドが足音も荒く入ってきて、椅子のひとつに向かった。「アナベス、この小さな台を隅に片付けてはどう？」伯爵夫人の母は、椅子の前に置いてある足置きを杖《つえ》の先で突き、傾けた。「そこらじゅうにあって、いつもつまずきそうになるのよ」

「すみません、お母さま」伯爵夫人がこわばった笑みで言った。

「お祖母《ばあ》さまのお気に入りの椅子はこっちよ」アナベスが言い、祖母が腰をおろすのに手を貸した。

「わかってますよ。ここで座り心地がいいのはこの椅子だけだもの」そう言って、残りの椅子を気難しい顔で見まわす。

「それに、足置きがあったほうが座り心地がよくなるわ」アナベスが続ける。

「あたりまえですよ。椅子のほとんどは座るところが高すぎるんだから。トーマスにはちょうどよかっただろうけどね。あの子は背が高すぎるといつも思ったものよ」レディ・ロックウッドはちらりとみなの顔を見やった。「ペチュニアはどこ？　あの子をどうしたの？　ああ、そこにいたのね」

ペチュニアが木の床に爪をカチカチ言わせながら駆けこんできて、カーライルを見ると跳ねるようにそちらに向かった。彼はため息をついて、くるぶしに噛《か》みつこうとする犬をつかみ、レディ・ロックウッドの膝に置いた。

「ほらほら、いい子ね」レディ・ロックウッドは愛犬をぽんぽんと叩《たた》き、両足を足置きにのせて、椅子の背もたれに背をあずけた。「で……」ネイサンをじっと見る。「何が昔のことなの？　誰がアナベスをぼうっとさせるの？」

「いや……」ネイサンがアナベスに謝るような目を向ける。「大した話ではないんです」

「彼はスローン・ラザフォードのことを話していたのよ、お祖母さま」

「まあ！」レディ・ロックウッドはネイサンをにらみつけた。「なんだって、あの悪党の話を持ちだしたの？」

「ぼくは……べつに……」

ノエルはネイサンが気の毒になった。「彼のことを話していたのは、ミスター・ソーンとわたしですわ。二日まえに彼に会いに行ったものですから」

伯爵夫人が急いでうなずく。「お母さま、お話ししたでしょう。ふたりは、ギルバートに向かって撃ってきた人について調べに行ったんですよ」

「ええ、ええ、わかってます。まだ耄碌《もうろく》してはいませんからね」鷹《たか》のように鋭い目がカーライルを見た。「で、何がわかったの？」

「あの発砲事件があったとき、スローンはスコットランドにいたそうです。そしてギルが狙われた原因は、ぼくたちの父親が創設したトンチン年金ではないかとほのめかし、むしろネイサンやぼくのことを警戒すべきだ、とノエルに警告したんです」

「ああ、あのばかげたトンチン！」レディ・ロックウッドが苛立たしげに首を振る。

部屋にいる全員があんぐり口を開けて彼女を見た。

「ご存じなんですか？」カーライルが身を乗りだす。

「もちろんですよ。アデリーンの兄も加入したもの」

「スターリングが？」伯爵夫人が驚いて訊き返した。

「ええ、スターリングがね。それ以外に誰がいるの。アナベスの父親も加入したわね。当時の愚か者がこぞって、まったく……」

「当時の愚か者というと？」ノエルが尋ねた。

「当時あのクラブに入り浸りだった男たちですよ。ほら、あそこ、トーマスとホレスが通っているうちに、みんなも行きはじめたクラブよ、アデリーン。トーマスとホレスはそれが原因で、ぴたりと行かなくなったけれど」

「〈フロビッシャー・クラブ〉のことですの？」

「そう、フロビッシャーですよ」

「レディ・ロックウッド、誰がそのトンチン年金に加入したか覚えておられますか？」カーライルが勢いこんで尋ねた。「全部で何人いたんです？」

「さて、何人だったかしら」レディ・ロックウッドは考えこんだ。「ドリューズベリーにソーン、ダンブリッジ――」ネイサンに向かって言う。「あなたではなく、お父さまのことよ、もちろん。この三人がクラブの常連だったわ。マーカスもときどきフロビッシャーに顔を出したけれど、あそこのゲームは彼には退屈すぎたのよ。それとスターリングに、アナベスの父親も。ほら、彼はスターリングがすることは、なんでも一緒にやりたがったから。たしかフレディ・ペンローズもいたわね。ハヴァーストック卿《きょう》はかなり頻繁に通っていましたよ。ええと、当時フロビッシャーに通っていたのは、全部で十人から十二人ぐらいかしら。その全員がトンチン年金に加入したかどうかはわからない。スターリングはあれを信託と呼んでいたけれど、実態は明らかにトンチン年金だった。あの子にもそう言ってやったものよ」

「信託にしろトンチン年金にしろ、条件を記した書類があったはずです」カーライルが厳しい顔で言った。「しかし、ぼくもネイサンも、それを見たこともなければ聞いたこともありません。ロンドンにいるとき、もう一度目を通したんですが、ドリューズベリー卿の書類にもそんなものはありませんでした」

老夫人は肩をすくめた。「秘密にしていたのよ。そういうお金は受取人に知らせないのがいちばんだから」

「その金を独り占めするため、受取人どうしが殺し合わないように」カーライルが皮肉たっぷりに引きとった。

「そうですよ。仲間のことは信頼していたけれど、子どもたちの誰かが不心得者に育たないとはかぎらない」レディ・ロックウッドは肩をすくめた。「だから秘密にしたのよ」

「でも、あなたは知っていた」カーライルが指摘した。

「もちろんです。スターリングが話してくれましたからね」

「お兄さまなら当然ね」伯爵夫人がつぶやく。

「どんな条件だったのかご存じですか?」ノエルは尋ねた。

「細かいことは知らないわ。スターリングが話してくれたのは要点だけだから。ある日、冗談まじりにそんな話が出たそうよ。アデリーン、あなたとトーマスは結婚したばかりだったわ。ネイサンの父親も婚約者がいて、ホレスとベリンダも結婚してから一年か二年しか経《た》っていなかった。それぞれ落ち着いて、これから子どもが生まれ……みたいな話だったんでしょうよ。そして、子どもたちがまとまった金を受けとれるようにしてやろう、と思いついたのね」

「まだ生まれてもいないのに?」

「そうですよ。まあ、なかにはすでに子どもがいる者もいたかもしれない。いずれにしろ、あらかじめ満期日が決まっていたはずよ。それがいつなのかは知らないけれど、その時点で残っている息子たちで分けることになっていた」

「男の子だけで?」ノエルは口をはさんだ。「ずいぶん不公平ですね」

「人生は不公平なものと相場が決まっているの」伯爵夫人の母はそっけなく答えた。

「ずいぶん変わった取り決めだな」カーライルがつぶやく。

「ひと晩飲み明かしたあとで決めたことですからね」

カーライルは首をひねった。「しかし、本当にその思いつきを実行したんですか? 彼らがトンチン年金を設立したのはたしかですか?」

「たしかですよ。ばかげた賭けだとしか思えない、とスターリングに言った覚えがあるわ。お金を捨てるような真似《まね》をすべきではない、とね。でも、もう支払ってしまったと言っていたわ」

「では、誰が契約書を作成したんです? ドリューズベリー卿の事務弁護士は何ひとつ知りませんでした」

「そうね。彼に話を持ちこめば、反対されたに決まっているもの。きっとほかの加入者の弁護士を使ったのね」

「スローンは〝年金の受取人のひとりが、金を独り占めしたくてギルを殺そうとした〟と言いたいのか」ネイサンが顔をしかめた。「ばかばかしい！　常連の男たちが十人から十二人なら、息子の数はもっと多いにちがいない。一家にひとりとはかぎらないからな。犯人がその全員を殺そうとしているなんて、とうてい信じがたい。ぼくは発砲されたことなどないぞ。きみはどうだ、カーライル？」

　カーライルが首を振る。「ぼくもない」

「でも、子どものほうが大人よりも狙いやすいのではないかしら」アナベスが遠慮がちに指摘した。「それに、ギルは若いから、そのぶん長生きする。だから、誰よりも大きな脅威とみなされたのかもしれないわ」

「筋は通るな」カーライルがうなずいた。「だが、もうひとつ問題がある。トンチン年金がそれほど厳重に秘密にされていたのなら、犯人はどうしてその存在を知ったんだ？」

「お祖母さまは知っていたわ」アナベスが答えた。「もしかすると、ほかの加入者も家族に話したのかもしれない。あなたとネイサンのお父さまのように、ルールを忠実に守る人ばかりとはかぎらないもの」

「アナベス」カーライルがたしなめるように言った。「犯人がスローンであってほしくない気持ちはわかるが――」

「あなたとネイサンは、スローンを犯人にしたいようね」アナベスが鋭く言い返す。

「いや。そんなことはない。ぼくはギルを守りたいだけだ。そのためには、ありえそうにないものも含め、あらゆる可能性を調べなくては」

「もちろんよ」アナベスは手にした刺繍《ししゅう》を見下ろした。

「納得してもらえてよかった」カーライルがゆったりと座り直す。

アナベスが針を布に突き刺し、乱暴に引き抜くのを見たノエルは、〝彼女は、カーライルが思っているほどいまの答えに納得していないのでは？〟と思った。この件に関しては、カーライルもネイサンもいないところでアナベスと話してみよう。

そのとき廊下を走ってくる足音が聞こえ、ノエルはぱっと立ちあがって部屋を走りでた。

「ギル！」

「ママン、おかえり！」

ノエルは、広げた腕のなかに飛びこんできた息子を抱きしめ、頭のてっぺんにキスした。

誰が犯人にしろ、きっと突きとめてみせる。この子を傷つけようとする者は、誰であろうと許さない。

21

ノエルはその日の残りをギルと過ごした。息子のおどけた仕草に笑い、留守のあいだの出来事を聞き、中庭で一緒に遊んだ。夜は子ども部屋で早めの夕食をとり、そのあとは寝る時間が来るまで本を読んでやった。そうしていると、少しまえと同じように、ふたりだけで暮らしているような錯覚に陥る。カーライルのことはまるで頭に浮かばなかった。まあ、一度か二度をのぞけば。

でも、自分の部屋に戻り、空っぽのベッドが目に入ったとたん、寂しさと恋しさに胸がつぶれそうになった。こんなに恋しがるなんてどうかしている。ふたりが一緒に過ごしたのはほんの数日だけ。そばにいないと寂しくなるほど長く一緒にいたわけではない。それに、彼とはもう会えないわけではなく、少し先の部屋にいるのだ。

ただ、その距離感も問題だった。その気になれば、いつでも廊下に出て彼と会い、話し、キスをすることができると思うと、恋しさをこらえるのがとても難しい……絶対にしてはいけないのに。

とはいえ、翌朝、食事におりていくときには、彼の姿を見られるという期待に胸が高鳴った。朝食のテーブルにはふたりだけかもしれない。ネイサンは昨日帰ったし、伯爵夫人は朝が遅いから……。

食堂に入っていくと、残念ながらカーライルはすでに朝食をすませたらしく、アナベスとその祖母の姿しかなかった。今朝のレディ・ロックウッドはとくに小言が多い。アナベスが気の毒になったノエルは、居間に行くふたりについていった。祖母の小言をノエルがときどきさりげなく引き受けることに気づいているのだろう、アナベスが感謝をこめて微笑《ほほえ》みを投げてきた。

ほどなく居間にやってきたカーライルは、まっすぐノエルを見て言った。「みんなの声がしたものだから。お邪魔してもいいかな?」

アナベスとノエルは声を揃《そろ》えて歓迎し、レディ・ロックウッドは鼻を鳴らした。「あなたをここに呼び寄せたのが誰の声かは、ちゃんとわかってますよ」

「お祖母《ばあ》さま……」アナベスがつぶやく。

「ええ、レディ・ロックウッド。ご存じだと思いますが、ぼくは昔からあなたの甘美な声に引き寄せられたものです」カーライルがとぼけて応じる。

レディ・ロックウッドは鋭い笑い声をあげた。「邸《やしき》を逃げだす気にさせられた、の間違いでしょうに」

執事が戸口に現れ、この辛辣なやりとりをさえぎった。「レディ・ロックウッド、ソーンさま。ダンブリッジさまがお客さまを連れてお見えです」

そう言うと、執事は横に寄ってネイサンたちを通した。ネイサンの少し後ろに控えている長身痩躯《そうく》の男性は、見るからに居心地が悪そうだ。驚くほど細いのと、顔色が蝋《ろう》のように白いという以外は、ごく平凡な男性だ。眼鏡をかけた顔は見るからに真面目そのもの、地味なスーツがいかにも事務弁護士といった雰囲気を醸しだしている。

「おや、帰ったと思ったらもう戻ってきたの、ダンブリッジ」レディ・ロックウッドが皮肉たっぷりに言った。「いっそここに引っ越してきてはどう?」

ネイサンは愉快そうに目をきらめかせ、彼女とアナベルに礼儀正しくお辞儀をした。「お邪魔をして申し訳ありません、奥さま。ですが、昨日うちの弁護士にトンチン年金の件で伝言を届けたところ、さっそく来てくれたものですから。みなさん、ご紹介します。カトー・トンプキンスです」

びくっと身を縮める事務弁護士に、レディ・ロックウッドが鼻眼鏡を通して鋭い目を向ける。「なんだってこの男をここに連れてきたの? こんなに若い男が、あなたの父親たちの書類のことを知っているはずがないでしょうに」

「カトーは、父の事務弁護士だった男の息子なんです。ぼくはこの男ごと相続したようなものなんですよ」ネイサンが説明した。「うちの財務関係にはとても詳しいし、父親の書類にもすべて目を通しています」

　カーライルが目を輝かせて尋ねた。「きみは、ダンブリッジ卿《きょう》が加入したトンチン年金のことを知っているのか？」

「ええと、その……知りません」トンプキンスは襟元のクラヴァットを引っ張った。「昨日ダンブリッジさまの伝言を受けとったあと、父の古い書類をひと通り調べ、それに関する書類かメモを探したんですが、何も見つかりませんでした」

　トンプキンスはおずおずした態度のせいで若く見えるが、よく見ると実際の年齢はネイサンと大して変わらないようだ。事務弁護士としての経験も、仕事に対する矜持《きょうじ》もあるにちがいない。それなのにトンチンのことなど知らないと断言され、ノエルはがっかりした。

「手紙なども？」カーライルも失望を隠せずに尋ねた。

「ええ、何ひとつありませんでした」トンプキンスは申し訳なさそうに答え、みんなを見まわした。「お役に立てればよかったんですが」

「きみのせいじゃないさ、トンプキンス」ネイサンがそう言って肩を叩《たた》き、一緒にドアへと向かった。「セヴン・オークスからわざわざ出向いてくれてありがとう」

「どういたしまして。では、わたしはこれで失礼します」トンプキンスは誰にともなく頭をさげ、立ち去った。

ネイサンがみなのほうを振り向いた。「すまない。知らないなら伝言を届けてくれるだけでよかったのに。ばかがつくほど真面目なやつなんだ」

「少なくとも、きみの父上の弁護士が関わっていなかったことはわかった」カーライルがうなずいた。「座れよ。話に加わってくれ」

ネイサンは嬉《うれ》しそうにアナベスの近くに座った。彼が弁護士を連れてやってきたのは、とるに足りない知らせを届けるためより、アナベスに会いたいからにちがいない。

ネイサンが紅茶の入ったカップを手に落ち着くと、カーライルは言った。「ペンローズ氏に手紙を書いて、トンチン年金の加入者かどうか訊《き》いてみよう。ハヴァーストック卿にも。ほかにも問い合わせられる人物がいるかな?」

「当時の男たちがこれほどたくさん亡くなっているなんて、残念だこと」レディ・ロックウッドが、彼らの死が自分への個人的な侮辱でもあるかのように顔をしかめた。「わたしのスターリングさえ死んでしまった。ラザフォード家の男たちは、昔からあまり頑健ではなかったもの」彼女の発言のあとによくあるように、つかのま沈黙が落ちた。「フレディ・ペンローズからも大したことは聞けないでしょうよ。望みがあるとすればハヴァーストックのほうね。もっとも、悲しいほど衰えてしまったようだけれど。それにしても、トーマスとホレスがなんの情報も残していないなんて、ずいぶんと不注意だったこと。自分たちがいつか死ぬことはわかっていたでしょうに」

「いえ、あんなに早く死ぬとは、本人たちさえ予測していなかったと思います」カーライルが口をはさんだ。「父はまだ四十にもなっていませんでした」

「そんなにたくさんの人が死んでいるなんて、少し不思議ね」アナベスがつぶやく。「父とスターリング伯父さまだって、亡くなったときはまだ五十代の半ばだったわ」

「ぼくの父も彼らと二、三歳しか違わなかった」ネイサンが付け加える。「もっとも、とくに健康だったわけではないから、家族も特段怪しまずに受け入れたが」

「加入者の死に疑わしい点があった、と言っているの？」レディ・ロックウッドが険しい顔でにらみつける。

「それは……」ネイサンが口ごもり、手にした紅茶のカップを見下ろす。

レディ・ロックウッドはアナベスをにらんだ。「あなたも口を慎みなさい。そんなことはありえないわ。ロックウッド卿が殺された、だなんて」

貴族は殺されない、と言わんばかりの言葉に、ノエルはついカーライルと目を合わせるという間違いをおかし、こみあげてきた笑いをこらえるのに苦労した。

だが、祖母のこういう考えには慣れているらしく、アナベスが真顔で言い返した。「殺されたとは言っていません。でも、奇妙だわ。先日のギルバートの件もあるし。奇妙だと思いません？」

「あなたは本の読みすぎですよ」レディ・ロックウッドが決めつけた。「だから、そんなとんでもないことを思いつくの」

「たしかに奇妙ね」ノエルはアナベスに同意した。

レディ・ロックウッドがぴしゃりと断じた。「あなたの父親の死には、疑わしい点などありませんでしたよ、アナベス」

「ええ。でも——」

レディ・ロックウッドはかまわず言葉を続けた。「それに、わたしのかわいそうなスターリングは熱病で死んだのよ。あの子は生まれたときから肺が弱かったから。あなたの父親は……」カーライルをじろりと見る。「よせばいいのに、馬に乗って生け垣を跳び越えようとしたからだし、あなたの父親は飲みすぎて死んだのよ、ネイサン。誰もが知っていることです。健康ではなかったなどと遠回しな言い方をしても意味がないわ」

レディ・ロックウッドの言葉に、紅茶を飲もうとしていたネイサンはカップのなかに咳《せ》きこんだ。

「まあ、ダンブリッジ、礼儀をわきまえなさい」レディ・ロックウッドがすかさず叱りつける。「レディの前でカップに吐くなど、許しがたいほど無礼ですよ。呼び鈴を鳴らして、新しく紅茶を持ってきてもらうのね」

「はい、奥さま」ネイサンはカップを置き、ハンカチに向かってもう一度咳きこんだ。

ノエルはぎゅっと口を結んでいた。たとえレディ・ロックウッド自身の振る舞いがどんなに無礼だとしても、いま笑いだすのはまずい。

「ええ、ドリューズベリー伯爵は心臓麻痺《まひ》でした」カーライルが、レディ・ロックウッドの注意をネイサンからそらそうとして言った。「たしかに、加入者のこれほど多くがすでに他界しているのは少し奇妙ですが、たんなる運命のいたずらでしょう。ぼくたちの知るかぎり、ほかの加入者はまだ生きているんですから。とにかく、この年金の加入者や受取人について、できるかぎり調べてみます。伯爵の書類にも、もう一度目を通すつもりです。必要なら自宅に戻り、父が何か遺《のこ》していないか探してみます」そこで、瞳にかすかな同情を浮かべてアナベスを見た。「だが、もっとも怪しいのはスローンだという事実は無視できない」

「ばかばかしい」レディ・ロックウッドが言った。「マーカスは怠け者で、息子はろくでなしかもしれないけれど、ふたりともラザフォードですよ」

ノエルは思わずレディ・ロックウッドを見た。この人は家名を基準にして罪のあるなしを判断するの？

「しかし、誰かが犯人にちがいない」カーライルが言い返す。ノエルは彼の歯ぎしりの音が聞こえるような気がした。

「あれは密猟者の流れ弾よ」レディ・ロックウッドはきっぱり告げた。「よくあることです。さもなければ……愚かな事故か。そのどちらかに決まっているわ」ノエルに向かってスプーンを振り立てた。「そもそも、彼女のような容姿の女性には、ひとりやふたり、振られた色男がうろうろしているものよ。フランス人やイタリア人みたいな、不道徳な者たちのあいだで暮らしていたんだし」

ノエルはこらえきれずに吹きだし、笑いを押し殺そうと、あわてて咳き込んだふりをしてナプキンを口に当てた。

「お祖母さま！」アナベスが叫んだ。「なんて失礼なことをおっしゃるの」

「おや、失礼なのはどっちです？」レディ・ロックウッドはネイサンとノエルをスプーンで示した。「ばかみたいに咳きこんでいるのは、このふたりよ。まるで咳が伝染するみたいに。あらまあ、あなたまで？　よしてちょうだい」アナベスが片手で口をふさぐのを見て続ける。「だいたい、何が失礼なの。れっきとした事実でしょうに。ここにいるのは家族ばかりですもの、婉曲《えんきょく》な言い回しは必要ありませんよ」

「全員が家族ではありません」カーライルが首を振った。「たとえば、ぼくはあなた方の誰とも血の繋《つな》がりはない。それにノエルのまわりには、得体の知れない色男などうろついていません。まさか、ノエルの過去が立派なものではないなどと、ばかげた噂《うわさ》を広めるつもりではないでしょうね」

レディ・ロックウッドは驚いてカーライルを見た。「なんです、急に。そんなことを公の場所で言うものですか。ギルはわたしのひ孫なのよ。でも、事実は考慮しなくてはね」

「事実ははっきりしています」カーライルが険しい顔で言い返した。「ディッグスの調べでは、大陸にいたあいだ、ノエルの周囲にあなたがおっしゃるような人間はひとりもいませんでした。犯人はここにいるんです。断言してもいいが、この国の人間です」

レディ・ロックウッドとカーライルがにらみ合う。

アナベスがとりなした。「お祖母さまは、レディ・ラザフォードにひどいことを言うつもりはなかったのよ」

「ええ」ノエルはうなずき、咳払いして言った。「レディ・ロックウッドは、家族を傷つけるような言葉は決して口になさらない方ですもの。かばってくださってありがとう、ミスター・ソーン。でも、レディ・ロックウッドのおっしゃる事実にうなずく人もいるでしょうね」皮肉たっぷりに付け加える。

カーライルは鋭くノエルを見て、顔をしかめ、つぶやいた。「たしかに」そして肩の力を抜くと、レディ・ロックウッドに軽く頭をさげた。「失礼しました、どうか許してください。この数日、気が短くなっているようです」

「いいのよ」レディ・ロックウッドは片手を振ってこの件をおしまいにした。「あなたの父親は強情を張るとき、ちょうどいまのあなたのような顔をしたものだったわ」

ノエルは急いで紅茶を飲み、またしても笑いがこぼれるまえに部屋を出た。

誰かが急いであとを追ってくる。「ノエル……待ってくれ」

ノエルは足を止め、カーライルのほうを振り向いた。

「すまなかった」

ノエルは微笑んだ。「謝る必要はないわ。レディ・ロックウッドの気性はのみこんでいるもの。あの人が言いそうなことはわかってる」

カーライルは肩をすくめた。「ああ。だが、ぼくが以前言ったことも謝りたい。ぼくは……あんなつもりでは……」

ノエルは眉を上げ、からかいを含んだ声で言った。「まさか、あなたがわたしをどんなふうに誤解していたか、という話をまた蒸し返すつもりかしら？」

カーライルは低いうめき声をもらした。「どうやら忘れさせてもらえないようだな」

「そうかもしれないわね」ノエルは軽い調子で応じ、廊下を歩きだした。「でも、あなたの貴族ゆえの無知はあなたの責任ではないと、もうとっくに割り切っているわ」

「それはご親切に」彼が皮肉たっぷりに言い返す。

「そんなことより、こんなふうにわたしのあとを追ってきてはだめよ。疑いを招きかねないもの」

「さいわい、レディ・ロックウッドはあらゆることを疑うから、誰も本気にはしないさ」

カーライルはため息をついた。「だが、きみの言うとおりだな。追ってくるべきではなかった。ただ……昨夜は食事のときに会えなかったから」

「ええ。夕食はギルと一緒にとって、あの子を寝かしつけたの。疲れていたからそのまま部屋に引きとったのよ」なかなか眠れず悶々《もんもん》としていたから、これは掛け値なしの真実とは言えないが、カーライルにそれを知らせても仕方がない。

「きみが恋しかった。いや、つまり……」カーライルは急いで訂正した。「姿を見られなくて寂しかった。このあいだまでずっと一緒だったから」

「ええ」

「ぼくは……」カーライルはポケットに手を突っこみ、足を止めた。「そろそろ仕事をしないと」だが、動こうとはしない。「今日は何をするつもりだい？」

「午前中はギルが勉強しているから、図書室の目録作りに精を出そうと思って」

「ギルのそばに戻れて嬉しいだろうね」

「ええ。また一緒にいられるのはすばらしいわ」ノエルは自然と微笑んでいた。

「できれば……」カーライルはそのあとの言葉をのみこみ、目をそらした。「さっき話した手紙を書かないと」

そしてノエルに向かって軽く会釈し、立ち去った。いったい何を言おうとしたのだろう？　ノエルはそう思いながら、廊下を遠ざかる彼を見送った。

ノエルが図書室の回廊で作業をしていると、女性の声がした。「レディ・ラザフォード？」

振り向くと、戸口にアナベスが立っている。「ミス・ウィンフィールド」

「アナベスと呼んでちょうだいな」

「わかったわ」ノエルは手にした紙と鉛筆を置き、細い螺旋《らせん》階段をおりた。「遠慮なさらないで、なかへどうぞ。何かご用？」

アナベスは部屋を見まわしながら近づいてきた。「アデリーン伯母さまから、ここにいらっしゃると聞いて。お邪魔だったかしら」

「ちっとも。何年もかかる作業ですもの、何分か手を休めたところで大勢に影響はないわ」

「何をなさっているの？」アナベスが興味深そうに尋ねた。

「ここにある本の目録作り」

「まあ、たいへんなお仕事」

ノエルは笑った。「ええ。最初に思ったよりもずっと大仕事。作る〝試み〟をしてると言ったほうが近いかもしれないわ」

「きっと着実に進めていらっしゃるのね。よかったらお手伝いさせてほしいわ」

「ええ、ぜひ。とてもありがたい申し出だわ。たいていの人には退屈な仕事だけれど」

「お祖母さまが気の毒なアデリーン伯母さまにがみがみ言うのを聞いているよりは楽しい

はずよ」

「たしかに」ノエルは微笑した。

アナベスがどういう女性なのか、ノエルにはまだよくつかめなかった。日ごろは、不平も不満も言わずに、忍耐強くレディ・ロックウッドの仕打ちに耐えている。でも、ときどき口にする冗談や辛辣な皮肉が、おとなしい見かけの下に、まるで違う女性が隠れていることをほのめかしていた。

「やり方を説明しましょうか?」

「そうしていただけると嬉しいわ。でも、そのまえに少し話がしたいの」アナベスは息を吸いこみ、言葉を続けた。「ネイサンとカーライルは、このまえの発砲事件がスローンの差し金だと確信しているけれど、そんなことは絶対にありえない」

「でも……わたしたちは、ギルの死で得をする人たちをすべて調べなくてはならないの」

ノエルは慎重に答えた。スローンからどんな仕打ちを受けたにせよ、アナベスはまだ彼を想《おも》っているようだ。

「あなたが考えていることはわかるわ。相手の欠点も見えず、ろくでもない男にまだ熱をあげている、頭の空っぽな娘だと思っているんでしょう? でも、それは違う。わたしはもうスローンを愛してはいないわ。昔のわたしなら、彼は悪いことなどできる人ではない、と言い張ったかもしれない。彼に夢中で、欠点さえ好ましく思えた時期もあった。でも、それはもう何年もまえのことよ。いまは自分が愚かだったとわかっているし、彼が決してわたしを愛してくれないことも受け入れているわ。でも、少女時代の夢や希望はべつにして、彼のことは生まれたときから知っているの——恋に落ちるずっとまえから。家が近かったせいで、ネイサンやカーライルより、わたしのほうがスローンと過ごすことが多かったのよ。ふたりはわたしほどスローンを知らない。ギルバートを襲ったのはスローンではないわ」

「そうだといいんだけれど」

「誓って、違うわ。犯人が年金の受取人かどうかはわからない。でも、スローンが襲ったという証拠を探すのは時間の無駄よ。なんの証拠もないのに、カーライルとネイサンは彼がやったと確信して、ほかの人間を調べない可能性がある。わたしはそれが心配なの。あのふたりはスローンがからむと理性をなくすんですもの。スローンに気をとられて実際の捜査が進まなければ、ギルバートはいつまでも危険に身をさらすことになるわ」

アナベスの言葉はノエルの不安をかき立てた。カーライルはあらゆる可能性を探ると言ったが、もしもアナベスの言うとおりだったら？　すでに嫌っているスローンにこだわり続け、ほかの可能性をなおざりにしたら？

「どうしてスローンではないと、そんなにはっきり言いきれるの？　それを証明することを何かご存じなの？」

「言ったでしょう？　わたしはスローンを知っている、いる、」アナベスはじっとノエルを見つめた。「彼はわかりやすい人ではないわ。短気で気難しいし、お父さまをけなされると激怒する。亡きドリューズベリー伯爵には、昔から大きな怒りを抱えていたわ。でも、子どもを襲うなんて、決してそんなことはしない」

「こう言っても気休めにしかならないでしょうけれど、わたしはミスター・ラザフォードが犯人だと確信しているわけではないのよ」ノエルはアナベスに自分の気持ちを告げた。

「本当？」

ノエルはうなずいた。「たしかに好戦的で、棘《とげ》のある言い方をする人ね。きっと冷酷な面もあるんでしょう。でも、ギルが襲われたと聞いたときの驚きは本物に見えた。ラザフォード家に対する嫌悪を隠そうともしなかったし、爵位にも無関心だった。欲しいものを手に入れるために邪魔になるなら、たとえ子どもでも容赦しない人なのかもしれない。でも、伯爵家の資産も爵位も、とくに欲しがっているようには見えなかったわ」

アナベスはうなずいた。「昔から、継承権や爵位なんかは軽蔑していたもの」彼女はノエルの手を取り、軽く握った。「ありがとう」

「完全に除外したわけではないのよ」ノエルは釘《くぎ》を刺した。「でも、ほかの可能性もすべて検討するつもり。残念ながら、いまの時点ではどの可能性もあまり現実的には思えないけれど」

「お祖母さまが言うように、密猟者の流れ弾だという可能性はないのかしら？　さもなければ事故とか……」

「まったくないとは言えないでしょうけれど、カーライルはそう思っていないわ」

「ふだんはとても慎重な人なのに」アナベスはぽつりとこぼし、口元をゆがめた。「でも、苛立《いらだ》たしいことに、たいていは正しいの」

「そうね」

「わたしの話を聞いてくださってありがとう」アナベスは背筋を伸ばし、ちらっと図書室を見まわした。「さてと……やり方を教えてくれたら、喜んでお手伝いするわ」

　ノエルはアナベスに紙と鉛筆を渡し、自分が書名をメモしている書棚の隣を割り当てた。ふたりはそちらに向かい、おしゃべりを楽しみながら作業に取りかかった。

　そして、いつしかふたりは昔話を始めていた。アナベスが、おおらかな父のもとで育ったノエルの子ども時代を聞きたがったのは少し意外だったが、ノエルはノエルで、アナベスがユーモアを交えて面白おかしく語る子ども時代の話に興味を引かれた。レディ・ハルダーの夜会で見た気位の高い女性たちとは違い、とても友好的で、好きにならずにはいられない人だ。

　彼女の話にすっかり引きこまれ、まもなくノエルは〝この人となら友達になれるかもしれない〟と思いはじめた。ただ、話していると楽しいものの、アナベスはあまり自分の気持ちを語ろうとしない。よそよそしいわけではないが、見えない壁で自分を囲い、残りの世界を寄せつけまいとしているようだった。

その日を皮切りに図書室で目録作りに励むうち、ノエルはいつしかアナベスを心から信頼するようになり、よけいにスローンが犯人だとは思えなくなった。やはりトンチン年金のほうを調べるべきではないか？　カーライルは、新たな情報が入ればすべて知らせると約束してくれたが、いまのところ新しい情報はひとつもない。

そのせいで不安と焦燥が胸にわだかまり、気持ちが落ち着かなかった。もっとも、この焦燥の半分は、カーライルと過ごす時間が少ないせいだ。とくに、夜遅くひとりになると寂しさが身に染みた。昼間一緒にいるときも、だいたいはほかの人々が同席しているとあって、まなざしや口調に神経を使い、彼に触れたいという衝動を押し殺さなくてはならない。それがノエルを心身ともに消耗させた。調査に打ちこんでいるらしく、カーライルのほうはまるで苦しんでいるように見えないせいで、よけいに不安が募る。

その姿は、感情を隠すのを美徳とみなす育ちのせいであって、自分への気持ちが冷めたせいではないことを願うしかなかった。

カーライルは書斎の窓から外を見ながら、二週間まえにストーンクリフに戻って以来身を焼く焦がれをもてあましていた。二週間が一カ月にも思えるほど、一日が長く感じられる。ハヴァーストック卿とペンローズに出した問い合わせの返事もまだ届かない。

それを待つあいだ、やることは山ほどあった。ギルの所領に関する雑務だけでなく、自身の事務弁護士とも連絡をとらなくてはならない。その合間を縫って、伯爵の古い書類にも目を通す必要がある。これは面倒なばかりか退屈な作業だが、妙に気持ちが落ち着かないのはそのせいではなかった。原因はひとつだけ。ノエルだ。いや、ノエルがいないことだ。

といっても、ストーンクリフから姿を消したわけではない。彼女は毎日、一日中邸にいる。食事の際や夜の団欒《だんらん》には顔を合わせるし、廊下で行き合うこともあった。とくに、カーライルがさまざまな時間帯に目的もなく邸内を歩きまわるようになってからは、よく廊下で顔を合わせる。図書室に行けば、あるいは客間に行けば、そこにノエルがいることもわかっている。毎日、午後は中庭で息子と遊ぶから、庭に出ればベンチに隣り合って座り、ギルが遊ぶのを見守りながら話すこともできる。

しかし、頻繁にノエルの姿を求めれば、ほかの人々の目に留まり、詮索されるはめになるだろう。レディ・ロックウッドは鷹《たか》のような目の持ち主で、なんでも疑ってかかるばかりか、思ったことをずけずけ口にする。

同じ邸に住んでいなければ、たえまないうずきもそのうち消える。毎日顔を合わせなければ、夜ごと寝返りを打ち続けずにすむはずだ。ノエルの残り香を嗅ぐこともなく、彼女の声も耳に入らず、あの微笑みを目にしないですめば……。

もちろん、自分の邸に帰れば、少なくともしばらくのあいだ問題は解決する。それはわかっていた。父の書類をもう一度見直さねばならないという、都合のいい口実もある。だが、代わりにカーライルは来る日も来る日も邸のなかを歩きまわり、ぐずぐずと先延ばしにしていた。

父の書類を調べる手伝いにという口実で、ノエルも連れて帰ろうか？　そう思いつくと、ノエルと過ごした数日と、ベッドをともにした夜の記憶があざやかによみがえった。だが、この口実はあまりにも見え透いているから、きっと疑いを生む。そもそも、ノエルとの情事は続けるのではなく終わらせるべきなのに、自宅に連れていくなど愚かのきわみだ。

思いきって結婚すればいいのかもしれないが……それはもっと愚かな行為ではないか？　自分はどれだけノエルのことを知っているのだろう？　結婚は情熱にまかせてするものではないのに、ふたりにあるのはそれだけ——欲望だけだ。たしかにノエルには、これまでの誰よりも激しく惹《ひ》かれている。だが、愛しているわけではない。ノエルが欲しいだけだ。まあ、ノエルは頭の回転が速く、誠実で、意志が強い。彼女に会うのが毎日楽しみで、会えば抱きたくなり、夜は夢に見る。とはいえ、そのどれも愛とは違う。違う……はずだ。

「そこから見える庭に、よほど魅力的なものがあるにちがいないな」

「なんだって？」カーライルが振り向くと、ドア枠に片方の肩をあずけ、ネイサンが戸口に立っていた。「悪い。考え事をしていたんだ。きみがいるのに気づかなかった」

「そうらしいな」ネイサンはゆったりした足取りで書斎に入ってくると、椅子のひとつに腰をおろし、長い脚を前に伸ばした。「何をそんなに考えこんでいたんだ？」

「べつに」カーライルは肩をすくめた。「そうだ、きみは妻にするとしたら、どんな女性がいい？」

ネイサンは面食らってカーライルを見た。「なんだって？　結婚相手を探しているのか？」

「まさか。ただ……なんとなく訊いただけさ」

ネイサンは目を細めたものの、とくに追求せずに質問に答えた。「愛する相手、かな」

「それは当然だろう。もっと根本的な条件はないのか？　信頼できるとか」

「まあ、真っ先に頭に浮かぶ条件とは言えないが、たしかに妻を信頼できるのは大事だろう。ぼくが結婚したい相手は知っているよな。しかし、アナベスはぼくを選んでくれそうもないから……残りの一生をともに過ごしてもいいと思う女性、かな？　これまでのところ、一週間以上我慢できる相手はひとりもいなかったが」ネイサンは言葉を切った。「どうしてそんなことを訊くんだ？」

「とくに理由はないさ。トンチンの件で将来に目が向いたのかな。結婚とか、跡継ぎとか、そういうことに」

「ああ、跡継ぎを作る義務だな。すると、良家の血筋が重要だってことか？　ベニングフィールドの娘は喪があけたそうだぞ。彼女の母親の家系は、古代ローマのイギリス征服時代までさかのぼる家柄だが……ごめんだよな」

「ああ、ベニングフィールド一家はあまり好きになれない」

「だったら、どこがいいんだ？」

「さあ」カーライルは苦笑をもらし、首を振った。「ばか話はこれくらいにして、客間に行こうか。ご婦人たちの話のほうが面白い」

客間には、レディ・アデリーンとノエルがいた。ギルがブリキの兵士に囲まれて、ふたりのあいだの床に座っている。

「やあ、そのおもちゃの兵隊を見つけたのか」ネイサンが嬉しそうな顔でギルのそばに座り、赤い上着の兵隊を手に取った。「ぼくは昔からこれが大好きだったんだ。覚えてるか、カーライル、自分の軍隊持参でここに来て、激戦を繰り広げたっけ」

「わたしは覚えているわ」アデリーンが笑った。「トーマスが靴下だけの足でそのひとつをうっかり踏んで、大騒ぎになったから」

ノエルが首を振る。「ネイサン、ギルと遊んでくれるのは嬉しいけど、床に座ると服が汚れてしまうわ」

「はっ！　ベネットが床に泥を落ちたままにしておくもんか。それに、ギルとぼくはこの数日ですっかり仲良くなったんだ。なあ?」

ギルがうなずいた。「一緒に蝶々《ちょうちょう》をとったり、屋根裏に上がったりしたんだ」

「屋根裏に?」ノエルは笑ってネイサンを見た。「すっかりギルと友達になったようね」

「そしてふたりとも、煙突掃除の少年みたいになっておりてきたの」アデリーンが思い出して笑う。「どうしてなのか、昔から男の子は屋根裏を探検したがるわね」

「謎と不思議に満ちた場所だからですよ」カーライルはそう言って、ギルのそばにしゃがんだ。

ギルがぱっと顔を上げ、窓に目をやった。「誰か来るよ」勢いよく立ちあがり、中庭に面した窓に駆け寄る。「男の人だ」

カーライルがギルの横に並んだとき、玄関のノッカーを勢いよく叩く音がした。

「驚いたな」カーライルは厳しい顔できびすを返した。「スローンだ」

22

「なんだと？」ネイサンが立ちあがり、脇におろした手を握りしめた。

「アナベスはどこです？」

「それより、母はどこにいるのかしら」伯爵夫人が恐怖を浮かべた。「スローンを見たら、編み棒で突き刺しかねないわ」

「ぼくは止めませんよ」ネイサンがつぶやく。

アナベスは花を摘みに裏庭へ出ていったわ――ノエルがそう言おうとすると、スローンが戸口に姿を現した。このまえ会ったときほど怒ってはいないが、やはり敵意をむきだしにしている。

執事のベネットがそのあとを追いかけてきた。「ラザフォードさま、どうか、わたしにご紹介させてください」

「なんのために？　みんなぼくを知っているよ」スローンはそっけなく言って、戸口を入ったところで足を止めた。「ソーン」それからネイサンに目を移すと、せせら笑うように口の片端を上げた。「ダンブリッジ。ああ、当然ここにいるよな」ネイサンの足元に散らばっているブリキの兵隊を見下ろし、嘲るような目になる。「まだ、おもちゃの兵隊で遊んでいるのか？」

ギルは興味津々という目でお客を見ている。「こんにちは」

スローンが瞬《まばた》きし、言おうとしていた言葉をのみこむと、険しい表情をかすかにやわらげた。「やあ。きみがドリューズベリー伯爵にちがいないな」

「へんなの。ぼく、まだ五つだよ」ギルは笑ってスローンの前に行き、ノエルが教えたように礼儀正しくお辞儀をした。「ご機嫌いかがですか？」

「いいよ。ありがとう」笑みと呼べるほどではないが、スローンは口角をかすかに上げ、ギルが差しだす手を握った。「きみのいとこのスローンだ」

「いとこ？」ギルが不思議そうにつぶやく。「いとこがいたの、知らなかった」

「ぼくはみんなが隠したがる男なんだ」形のよい唇が、今度は正真正銘の笑みを作る。

「ママンとぼくも、ずっと隠れてたんだよ」ギルは、ぼくたち仲間だね、と言うようににっこり笑う。「だけど、カーライルおじさんが見つけてくれて、もう隠れなくてもよくなったの。おじさんのことも助けてくれるかもしれないよ」

スローン・ラザフォードは静かに笑った。「それはどうかな。今日来たのは、おじさんのほうがカーライルおじさんを助けるためだ」

「ギルバート」伯爵夫人が立ちあがった。「ミスター・ラザフォードはミスター・ソーンとお話があるようね。一緒にコックを捜して、あのタルトがまだ残っているか訊《き》いてみましょうか?」

ギルが大喜びで伯爵夫人と手を繋《つな》ぎ、客間を出ていくと、ノエルとカーライルとネイサンは黙ってスローンの出方を見守った。ギルとのやりとりに調子が狂ったとみえたスローンは、少しうわの空のまま三人に顔を戻した。ふたたび肩をいからせ、顎に力を入れたものの、入ってきたときの敵意はだいぶ薄れている。

「父に言われて、これをきみに届けに来た」スローンは前置きなしにそう言うと、上着の内ポケットから折りたたんだ紙を取りだした。「きみが訪ねてきた理由を話すと、父はトンチン年金に加入した男たちの名前をぼくに書きとらせたんだ」

「本当か?」カーライルは驚いて眉を上げた。

「ああ。冗談でここまで出かけてくるほど暇じゃない」スローンが心外だというように顔をしかめる。

「いや。ただ……驚いただけだ」カーライルは紙を受けとって開いた。

「人助けのためにわざわざ足を運ぶなんて、きみらしくもないな」ネイサンが怖い顔をして胸の前で腕を組む。

スローンはしばらく彼を見返し、冷ややかに応じた。「ぼく以外に殺人未遂をおかしそうな男の名前を教えるのは、純粋な人助けとは呼べないだろう」

そう言うと、すぐさまきびすを返して部屋を出ていった。

「ふたりとも、ずいぶん無礼ね」ノエルは呆《あき》れてカーライルたちをにらみ、スローンのあとを追った。「ミスター・ラザフォード！　どうかお待ちになって」

スローンは廊下で足を止め、急ぎ足で追ってくるノエルを無表情で待った。ほかのふたりが従ってくる足音がしたが、ノエルは振り返らずにスローンに片手を差しだした。「リストを届けてくださってありがとう。とても助かります。わざわざ来てくださるなんて、本当にご親切に」

「ロンドンに戻る用事があって、少し回り道をしただけだから」スローンが肩をすくめてノエルの感謝をしりぞけた。それから驚いたことに、ギルに見せたかすかな笑みを浮かべ、ノエルの片手を取って礼儀正しく頭をさげた。

「ありがとう、スローン」ノエルの後ろからカーライルも礼を言った。「感謝する」

スローンは皮肉な笑みを彼に投げた。「ああ、そうだろうな」

そしてふたたびきびすを返しかけたとき、廊下のはずれで誰かが鋭く息をのんだ。スローン含め、その場にいる全員が突き当たりにある扉に目を向ける。

そこには、アナベスが立ち尽くしていた。花の入った籠が手から滑り落ちて、菖蒲《しょうぶ》や花葵《はなあおい》が床に散らばる。ふたりは少しのあいだ見つめ合った。スローンが脇におろした手を握りしめたことに、ノエルは気づいた。それからスローンはすばやくきびすを返し、玄関から出ていった。

根がはえたように立ち尽くしていたアナベスも、ぎこちなく床の籠に手を伸ばした。ネイサンが低く毒づいてそちらに向かいかけたが、彼女は来るなというように首を振り、あとずさった。

ノエルは、肩を落とすネイサンの腕に手を置いた。「わたしにまかせて。あなたとカーライルは客間に戻っているといいわ」

少したためらったものの、結局ネイサンは客間に戻った。ノエルはその姿を見送ったあと、青ざめ、目に涙をためて花を拾っているアナベスのそばに行き、黙って手伝いはじめた。

アナベスは廊下のテーブルに音をたてて籠を置いた。「全部台無し」

「庭にまだたくさん咲いているわ」ノエルは集めた花を籠のなかに投げこんだ。「アナベス……」

アナベスは首を振り、頬にこぼれた涙をぬぐった。「ばかなわたし。ほんの一瞬、彼がわたしに会いに来た、と思ったの」

ノエルは彼女の腕をつかんだ。「庭に出て、ちょっと座らない?」

「ありがとう」アナベスはどうにか笑みを作った。「でも、わたしは大丈夫よ。心配しないで。どうしてあんな愚かな反応をしたのか自分でもわからないわ。もう何年もまえのことなのに。彼を思って泣くことなどないのよ。思い出すことさえない。ずっと昔にあきらめたんですもの。きっと、不意を突かれたせいね。以前とはまるで違う人みたい……それでいて、ほとんど変わっていない」

「時は痛みをやわらげてくれるわ」ノエルは言った。「でも、心のどこかには残っていて、何かのきっかけで表面に出てくるの」

「あなたはアダムのことが恋しい？」アナベスはノエルを見た。「まだとてもつらい？」

「ときどきね。ギルがアダムそっくりに微笑《ほほえ》んだときや、アダムの描いた絵を見たときは」

アナベスはうなずいた。「部屋で少し休むわ。ネイサンにわたしは大丈夫だと言ってくれる？　彼はとても心配性なの」

「あなたのことが大切だからよ」

「ええ。わたしも彼のことが大切」アナベスはため息をついた。「〝大切〟の意味が、彼と同じだったらよかったのに」階段へ向かい、途中で振り向いた。「スローンはどうしてここに来たの？」

「トンチン年金に加入していた人たちのリストを届けてくれたの」

アナベスはかすかに微笑んだ。「あなたに協力するためね。ギルを襲ったりする人じゃないことはわかっていたわ」

「ええ。あなたが正しかったわね」

　客間では、カーライルとネイサンが、スローンの持ってきたメモを見ていた。

　ノエルが入っていくと、カーライルが顔を上げた。「十人の名前がある」

「知っている人たち？」ノエルは彼のそばに行き、走り書きされた名前をのぞきこんだ。

「何人かは。だいたいが父と同世代だ。すでに他界している人が多いな」

「その息子さんたちは？　レディ・ロックウッドは、満期日まで生きていた男子が受取人になると言っていたわ」

「ここにある名前は加入者のものだが、息子たちの名前も調べればわかる。まずはそれを調べよう」

「だが、これがでっちあげだという可能性もいちおうは考慮すべきだ」ネイサンは指摘した。「自身から疑いをそらすために、スローンが用意した餌かもしれない」

「彼は犯人ではないと思うの」ノエルは思いきって言った。

「わたしもそう思うわ」伯爵夫人が戸口から言い、客間に入ってきた。

　カーライルが言い返す。「これを持ってきたからといって、スローンが無実かどうかはわかりませんよ。彼のことも調べ続けるべきです」

「いくら疑っても、それで彼を犯人にはできないわ」ノエルは少しばかりきつい調子で言った。「ミスター・ラザフォードがほかに何をしたにせよ、わたしの息子を殺そうとしたとは思えない。ギルと話したときの彼の顔をあなたも見たでしょう?」

「そのとおりよ」伯爵夫人がうなずく。「あの子を見るまなざしや話しかけたときの声でわかるわ。しかも、ギルに微笑んだ」

「ただの演技かもしれませんよ」ネイサンは頑固に言い張った。

「あなたたちは彼を犯人にしたいのね」ノエルは胸の前で腕を組み、ネイサンとカーライルを見た。「でも、彼の言動には疑わしい点はひとつもない。むしろその反対よ」

カーライルはしぶしぶため息をついた。「ふたりの言うとおりだぞ、ネイサン。認めるのは癪《しゃく》だが、一連の襲撃の裏にスローンがいるとは考えにくい。あいつにはギルの遺産など必要ないんだ。それに、爵位を手に入れるために子どもを殺すとは思えない」

「どうかな」ネイサンは顔をしかめた。「そもそも、誰かがトンチン年金を手に入れるためにギルを殺そうとするのもありえない気がするぞ。ここには十人の名前が書いてある」手にした紙を振ってみせる。「その息子や孫息子が何人いると思う? 目的を遂げるためには、全員を殺さなくてはならないんだ」

「きみの言うことにも一理あるな」カーライルは認めた。「スローンの潔白を完全に信じるつもりはない。ディッグスが、彼のまわりにいる芳《かんば》しくない連中と、スコットランドのアリバイを確認しているところだ。しかし、このリストにある男たちも調べなくては。加入者とその息子たち、あらゆる可能性を書きだすとしよう」

ノエルは、壁際に置かれた伯爵夫人の優美な書き物机から紙を一枚調達した。「名前はわたしが書くわ」

「ネイサンとぼくの父親は、どちらも他界している。伯爵もだ」カーライルがリストのいちばん上から吟味しはじめた。「彼らの跡継ぎがネイサンとぼくだな。ギルは伯爵の跡継ぎだが、あの子は容疑者から除外できる」

「ええ」ノエルは机の前に座り、インク壺《つぼ》のコルク栓をはずして名前を書きはじめた。

「次がレディ・ドリューズベリーの兄上、スターリング・ロックウッドだが、彼も二年まえに亡くなった。アナベスの父親ハンター・ウィンフィールドも数年前に他界」そこでカーライルは、ハンカチを目の隅に当てている伯爵夫人をちらっと見た。「すみません、お気持ちを乱すつもりはなかったんです。ほかの部屋で続けたほうがよければ――」

「かまわないわ。みんな、亡くなってから時が経《た》っているもの。ただ、みんなが元気だったときのことを思い出して悲しくなっただけ。でも、重要なことですものね」夫人は背筋を伸ばした。「義理の妹の跡継ぎたちも受取人にはなれないわ。みんな女ですもの」

「女性は受取人から除外されているから、子どもたちのうち何人かは削除できるわね」

「ああ。加入者たちの不当な差別に感謝すべきだろうな」カーライルは皮肉な目でノエルを見てから続けた。「ヴィンソン・ブルックウェル。彼はまだ生きているのかな」

「さあ」伯爵夫人がつぶやく。「たしか子どもは何人もいたはずよ。息子もふたりいたと思うわ」

「ええ、ミルトンはぼくと同い年でした。ワーテルローで戦死しましたが」カーライルはネイサンを見た。「もうひとりの名前を覚えてるか？」

「ジョンだ。ときどきクラブで見かけるよ」ネイサンは肩をすくめた。「目が合うと会釈する程度だから、彼については何も知らないな」

「ハヴァーストック卿《きょう》はまだご存命よ。所領にこもられているそうだけれど」伯爵夫人が言った。「長男のスプレーグが去年ボートの事故で亡くなったの。次男のティモシーは小さいときから体の弱い子だった。もうひとりはお嬢さんよ。たしかアナベスが子どものころ、お友達だったと思う」

「すると、ハヴァーストック卿のご子息で残っているのはひとりだけか。その子が病弱では、ほかの跡継ぎよりも長生きするとは思えない」カーライルは顔をしかめた。「犯人の可能性がある者の数はどんどん少なくなるな。次の――」廊下で声が聞こえ、カーライルはリストから目を上げた。

「アデリーン！」

伯爵夫人が、がっくり肩を落とす。「母が昼寝から起きたんだわ」特徴のある足音と、合間に床を叩《たた》く杖《つえ》の音が聞こえてきて、この推測を裏付けた。レディ・ロックウッドはふだんよりも早足で近づいてくる。

「ちょうどいいところに来てくれたじゃないか」ネイサンが言った。「あの人なら、ここに書かれている男たちばかりか、その子どもたちや孫まで知っているにちがいない」

伯爵夫人は顔を輝かせた。「そうね。母はあまり外出しないけれど、噂話《うわさばなし》には目がないから」

「ここで何をしているの？」レディ・ロックウッドがかっかしながら客間に入ってきた。「アナベスときたら、ノックをしても返事もしないし、ドアに鍵までかけているの。わたしのものは誰が持つの？　この時間にわたしが下に来ることは知っているはずなのに」

「アナベスのことは心配いりませんわ、お母さま」伯爵夫人がなだめた。「メイドをやってお母さまのものを持ってこさせます」

「ふん、もう持ってこさせましたよ」レディ・ロックウッドは戸口を示した。そこには編み物の袋やほかの必需品を抱え、疲れきった様子のメイドが立っている。「でも、きっと何か忘れてきたわね。アナベスなら何が必要かよくわかっているのに」

伯爵夫人は母親をいつもの椅子に導き、メイドから荷物を受けとって、椅子のすぐそばに置いた。

「アナベスはいったいどうしたの？　わたしはそれが知りたいわね」

「心配いりません」アナベスが廊下でスローンと顔を合わせたときに居合わせなかった伯爵夫人は、憂い顔でちらっとノエルを見た。「まさか、顔を合わせたり――」

ノエルはうなずいたものの、口ではこう言った。「心配するようなことは何もありませんわ。アナベスは少し横になっているだけですもの」

「横になっている？　具合が悪いの？」レディ・ロックウッドはぱっと娘を見た。「〝まさか、顔を合わせたり〟とは、どういう意味？　誰の顔のこと？　何があったのか、ちゃんとおっしゃい」

「スローン・ラザフォードがここに来たんです」カーライルが口をはさんだ。

「ここに？」レディ・ロックウッドは手にした杖で床を叩いた。「あの男が！　アナベスを煩わせに来たの？　すぐさま追い払ったのでしょうね、ソーン」

「実は、例の年金に加入していた男たちのリストを持ってきてくれたんです。彼らに関して知っていることを教えていただけると助かります。レディ・ドリューズベリーでは、彼らやその子どもたちについて知らないこともあって」

カーライルの申し出に気をそらされ、レディ・ロックウッドは床をにらみながら杖で音をたてた。

「それで？　出し惜しみせずに、さっさとおっしゃい。加入者は誰なの？」

「ここには、ペンローズの名が――」

「フレディ・ペンローズ」レディ・ロックウッドが嫌悪のにじむ声で言った。「あの男には娘しかいませんよ。だから、彼の子どもが犯人だという可能性はまったくないわね。フレディ自身は……てんで役立たず」そこでパチンと指を鳴らした。「どうかすると自分の家に帰る道さえ忘れてしまうような男に、人殺しの計画など立てられるものですか」

「リチャード・スノーデンとバジル・カニンガム卿はどうです?」カーライルは、まだ検討していなかった加入者の名前を挙げた。

「バジル・カニンガムは一度も結婚しなかった。スノーデンは……どうだったかしら」レディ・ロックウッドは少し考えた。「思い出した。フランスの移民と結婚したんだわ。父親の不興を買って、当時はちょっとした騒動になったものよ。たしか、息子がひとり、名前は……」

「どうして騒動になったんです?」ネイサンが尋ねた。「レディ・スノーデンはたしかフランスの貴族でしたよね。だから、革命が起きたパリから一家で逃げてきたんでしょう?」

「ええ、そのとおりよ」レディ・ロックウッドはネイサンの言葉を一蹴した。「でも、フランス人だったし、一文無しだった。着の身着のままで逃げてきたんですから」

「あら!」ノエルは驚いて声をあげ、カーライルを見た。「その方とは、お会いしたことがあるわ。レディ・ハルダーの夜会で。フランス語で話してあげて、とフランス大使の奥さまに紹介されたの。そのとき、息子さんの名前を聞いたような気がする。ガスパールだったかしら?」

「そうですよ」レディ・ロックウッドは自分の言葉を強調するように、杖を勢いよく床に叩きつけた。「まったく愚かしい名前」

「フランスの名前よ、お母さま」

「なんだってわざわざイギリス人にフランスの名前をつけるの?」レディ・ロックウッドが娘に言い返す。「思い出してきましたよ。男の子はもうひとりいたわ。こちらも愚かしい名前。フィルバートとかなんとか」

「フルベルですね」ノエルは〝フィルバート〟をフランス風に発音した。「でも、フランス大使夫人のマダム・ブランシェは、数年まえに亡くなったとおっしゃっていたわ。十六歳のときに岩山を登っていて落ちたとか。フルベルがご長男だったそうよ」

「またしても、いまは亡き跡継ぎか」カーライルがつぶやいた。「残っているのはほんの数人だ。ネイサンとぼく、ブルックウェルの次男、ハヴァーストックの次男、それとこのガスパールだ」

「ずいぶん死人が多いな」ネイサンが眉をひそめた。「加入者が五人とその子どもが四人」

長い沈黙のあと、伯爵夫人が言った。「でも、ネイサン、そんなにたくさんの人が、誰かに殺されたなんてありえないわ」

「そうですとも」レディ・ロックウッドが鼻を鳴らす。「ブルックウェルの長男は戦争で死んだのよ。子どものころに死んだ息子たちもいるわ。スプレーグ・ハヴァーストックはボートの事故で溺死した。あとはみな老人ばかりでしょうに」

「でも、加入者でまだ生きている人たちもいるわ」伯爵夫人が付け加えた。「ハヴァーストック卿にサー・バジル、フレディ・ペンローズ、ミスター・スノーデン。ヴィンソン・ブルックウェルもよ」

「いいえ、ヴィンソンは何年かまえに他界しましたよ」レディ・ロックウッドが訂正した。「銃の手入れをしているときに。おそらく自死ではないかしら。ワーテルローでミルトンが死んでからというもの、すっかり気落ちしていたから」

「死者が多いぶん、疑わしい人間の数はかなり少ないな」カーライルが言った。「相続人のうち、殺されかけたギル、ネイサン、ぼくは犯人からはずせると思うが」

「そうなると、あとはジョン・ブルックウェルとガスパール・スノーデンだけね」ノエルはつぶやいた。「体の弱いハヴァーストック卿の次男が犯人ではないとすれば」

「もちろん、彼のことも調べる必要がある」カーライルがうなずく。

「加入者はどうだ?」ネイサンが尋ねた。「四人残っていることになるだろう? 子どものいない加入者や娘しかできなかった加入者は、分け前にあずかる望みがないことに反発を感じたかもしれない。受取人は加入者の息子でないとだめなのかな? 最後に残ったのが加入者本人だったらどうなる?」

「息子たちがひとりも残らなければ、金は加入者に戻されるのかもしれないな」カーライルが考えこむような顔で言った。「だとすれば、加入者のあいだで分けることになるのか？　賢明な投資できちんと増えていれば、受けとる総額は払った額よりもかなり大きいはずだ。どんなふうに分配されるか、満期がいつなのか、運用した年金の現在高がどれくらいなのか、まだわからないことが多すぎるな」

　客間に重い沈黙が落ち、彼らは互いに顔を見合わせた。

「とにかく、できることから始めましょう」ノエルは立ちあがった。「契約書を見つければ、ほとんどの疑問が解決するわ。加入者のハヴァーストック卿、ミスター・スノーデン、サー・バジル、ミスター・ペンローズから話を聞く必要があるわね」

「そうだな。そのうちの誰かが契約書を持っているといいが。それが空振りでも、作成した弁護士を教えてもらえるだろう。残っている息子たちとも話したい。ジョン・ブルックウェルとガスパール・スノーデン。それにハヴァーストックの次男と」カーライルが言葉を切り、少し考えた。「ハヴァーストックの所領はサセックスじゃなかったかな？　ぼくらはいったん自宅に戻って父の書類に目を通し、それからハヴァーストックに話を聞きに行くとしよう」そこで急にノエルを見た。「きみが一緒に行きたければ、だが」

「ええ、もちろん行きたいわ」またカーライルとふたりきりになれると思うと心が弾んだ。ギルの生死がかかっているのに、真っ先にそんなことを考えるなんてずいぶん不謹慎だ。

「ギルはわたしの息子ですもの。一日も早く犯人を突きとめたい。そのためならなんでもするわ。ふたりのほうがひとりより気づくことも多いでしょうし」

　そう口にしていたノエルは、自分がこの旅を正当化しようとしているのに気づいた。このまえは、ただ〝行きます〟と言い張っただけだった。カーライルと愛し合うまえ、ふたりで旅に出るのに罪悪感を覚えるまえは。

　遅まきながら伯爵夫人を見て、言った。「何日かギルの世話をお願いできれば、ですけれど」

「もちろんよ」伯爵夫人は顔を輝かせた。「喜んでお世話させてもらうわ。それにネイサンもまたここにいてくれるはずよ」そう言ってネイサンに微笑みかける。

「三人のチャーミングなレディとご一緒できる機会とあれば、これは逃せないな」ネイサンはにやりと笑って付け加えた。「正直な話、邸《やしき》に戻ると、デムソン夫人の料理がとても恋しいんですよ」

「めったに戻らずにすんで、あなたの食欲にはさいわいだこと」レディ・ロックウッドが皮肉る。

「ディッグスにもこっちに来てもらおう」カーライルはネイサンに言った。

　ネイサンが眉を上げる。「ぼくにはギルを守れないと言いたいのか？」

「いや、もちろん違う。ただ、きみが邸内でギルを守るあいだ、邸の周囲を見まわる人間が欲しい。庭師と馬番だけでは心もとないんだ。それにディッグスは、ロンドンでスローンの有罪を示す証拠を探すより、こっちにいるほうがはるかに役に立つ。彼にはきみの指示に従えと言っておくよ」

　ネイサンはうなずいた。「わかった。彼には、先日の発砲に関する地元の情報も集めてもらおうか」

「それがいい。よし、これで決まった」カーライルはてのひらを打ち合わせた。「問題は、ハヴァーストックのところからどこへ行くか、だが」

「スノーデン夫妻はロンドンよ」ノエルは言った。「少なくとも、わたしたちがロンドンにいたときには、彼らもそこにいたわ」

「フレディ・ペンローズもロンドンに住んでいるはずですよ。あそこはいつも娘の誰かを社交界にデビューさせているから。サー・バジルも間違いなくロンドンにいるわね。あとは誰だったかしら？」

「残っている加入者はそれだけですが、子息たちにも会いたいと思っています。そのうちのひとりが犯人かもしれませんから。ティモシーは父親と所領にいるでしょう。きみがクラブでジョン・ブルックウェルを見かけたとすれば、彼はロンドンにいるな、ネイサン」

「いると思う。最後に見たのがいつだったか思い出せないが」

「運がよければ、スノーデンの息子もロンドンにいる」

「いいえ、その子がいるのはヨークシャーよ」レディ・ロックウッドは自分でそう言っておいて、首を傾《かし》げた。「どうしてあんな田舎にいるんだか」

「では、彼を訪ねるのは最後にします」カーライルがふたたびノエルを見る。「明日では早すぎるかな？」

「大丈夫よ」ノエルは口をきつく結び、こぼれそうになる笑みをこらえた。また何日かカーライルとふたりだけで過ごせる。そう思うと喜びがこみあげてくるが、ほかの人たちに知られるわけにはいかない。「出かける準備はすぐにできるわ」

「よかった」カーライルも厳しい表情を崩さないが、ノエルに向けたまなざしで、彼も同じくらいこの旅を楽しみにしていることがわかった。

「すぐに支度を始めるわね」ノエルは足取りも軽く客間を出ると、浮き立ちそうな心を抑え、急ぎ足に階段を上がった。

明日は待つ必要も、自分の気持ちを隠す必要もない。カーライルとふたりだけで過ごせるのだ。

23

持っていく服を吟味するのには前回よりはるかに時間をかけたものの、荷造りを手早くすませ、そのあとはギルと過ごした。これはギルのためというより、自分のためだった。ギルは、母がまたしばらく留守にすると聞いても、少しも気にならない様子だ。それどころか、優しい祖母が自分の世話をしてくれることを喜んでいるようだった。

一緒に夕食をすませ、息子を寝かしつけたあとは、部屋に戻ってもすることは何もなかった。明朝の出発は、伯爵夫人がふだん起きる時間よりずっと早い。ノエルはふと思い立って、息子のことをあらためて頼みがてら、今夜のうちに別れの挨拶をしておくことにした。

だが、夫人の部屋からは、レディ・ロックウッドの大きな声が聞こえてきた。少ししてから出直したほうがいいだろうか？　ノックをしようと片手を上げたままためらっていると、レディ・ロックウッドが言った。

「カーライルがあの女と出かけるのを、なんだって許したの？」

ノエルは体をこわばらせた。〝あの女〟とは、間違いなく自分のことだ。盗み聞きは卑しい行為、本来ならすぐに立ち去るべきだが、ふたりのやりとりが気になった。

部屋のなかで、アデリーンが穏やかな声で応じた。「カーライルに指図することなど、わたしにはできませんわ、お母さま。彼は大人ですもの」

「いい歳《とし》をした大人でも、指図してもらったほうがためになることもあるのよ」レディ・ロックウッドが鋭く言い返す。「わたしが叱責したいところだけれど、カーライルが聞く耳を持つとは思えませんからね。でも、あなたの言うことなら聞くわ」

「でも、なぜカーライルがノエルを連れていってはいけないんですの？　ギルの母親として、ノエルには一緒に行く権利がありますわ。きっと助けになります。カーライルは彼女の言うことにも耳を傾けますから」

老夫人はうんざりしたような声をもらし、杖《つえ》で床を叩《たた》いた。「もちろん、耳を傾けるに決まってます。問題はそれですよ」

「どこが問題なんです？　ノエルは冷静な判断のできる人だし、とても頭がいいんですよ。本に関しても、とても博識で――」

「ごまかすのはおやめ、アデリーン。わたしはあの女の知性について話しているんじゃありません。カーライルがあの女に夢中だってことを話しているのよ」

ノエルはすばやく廊下に目を配った。盗み聞きはいけないことだ。伯爵夫人の部屋の前で、なかの話を立ち聞きしているところを召使いに見られたら、どんな噂《うわさ》が立つことか。でも、ふたりが話しているのは自分とカーライルについてだ。ノエルはさらに一歩ドアに近づいた。

「まあ、そう思います？」伯爵夫人は機嫌よく応じた。「わたしもそうかなと思っていましたの。でも、確信が持てなくて。カーライルは何も言ってくれないんですもの。でも、ときどきノエルを見るときに、とても優しい目をするんですのよ。それに、最近はよく笑顔を見せてくれるでしょう？　とてもいい方向に変わりましたわ。最初のうち、あのふたりは犬猿の仲だったのに」

「ふん、あなたが〝いい方向〟だと思うなら結構」レディ・ロックウッドの声は冷ややかだった。「あのふたりのせいでラザフォード家が醜聞に巻きこまれても、そう言えるといいけれど」

「お母さま！　なんてことをおっしゃるの。ふたりは醜聞になるようなことなどしていません。さきほども言ったように、どちらもとても慎重なたちですもの」

「頻繁にふたりきりで出かけていれば、いつまで慎重でいられることか。誰の目もないところで、カーライルがそれほど慎重に振る舞うとは思えないわね。ここ])とロンドンがどれほど離れているにせよ、遠からず、彼があなたの孫の母親を愛人にしているという噂が立つでしょうよ！」

「そんなこと――」

レディ・ロックウッドは娘の抗議を無視して言いつのった。「ええ、ええ、きっとひどい醜聞になる。いいこと、あの女はアダムと駆け落ちして、すでに一度ラザフォードの家名に泥を塗ったのよ。どこの馬の骨とも知れない――」

「お母さま！」伯爵夫人の声が大きくなった。「いまのノエルはラザフォード家の嫁ですのよ。それに、マナーも話し方もどこのレディと比べても遜色がないばかりか、ほとんどのレディよりはるかに頭がよくて知識も豊富です。孫にとっては申しぶんのない母親で、わたしにも優しくしてくれます。おまけに一緒にいると、とても楽しい相手ですわ」

ノエルが伯爵夫人の賛辞に胸を打たれて涙ぐんでいると、レディ・ロックウッドがさらに驚くような発言をした。

「ええ、たしかに楽しい話し相手ね。おかげで夕食の席がぐんと明るくなる。まあ、本の話題が多くてときどき閉口するけれど。大胆すぎることも臆病すぎることもない点はたいへんよろしい。でも、それがなんなの？　わたしは醜聞の話をしているのよ。母親がカーライルの愛人だと騒がれたら、ギルの将来にどんな影響を与えると思うの？」

「あの子はまだ五歳ですわ」

「そういう記憶は、存外しぶとく残るんです。それにあなたの評判はどうなるの？　カーライルはあなたが住む邸《やしき》に自分の愛人を住まわせているんですよ！」

「いいかげんにしてください！」伯爵夫人は、ノエルが驚くほどきつい声で言い返した。「カーライルとノエルを中傷するなんて。ふたりとも、後ろ指をさされるようなことは何もしていません。それに、愛し合っているなら結婚するはずですもの。醜聞にはなりませんわ」

「愛がなんなの」レディ・ロックウッドは軽蔑もあらわに言い返した。「カーライルは愛のために結婚するものですか。彼をよく知っているあなたが、よくそんな愚かな言葉を口にできるわね。あれは家族や名前、血筋といった、まっとうな理由で結婚する男です。とくに大事なのは血筋ね。あなたがなんと言おうと、優れた血筋には、立派なマナーや正しい文法よりも、はるかに大きな意味があるのよ。自分のおかれた立場とそれに伴う責任を理解し、真のレディとして生きるには、生まれたときから身に刻まれてきた資質が必要なんです。カーライルは、彼自身のような――あなたやわたしのような相手と結婚するでしょう。貴族の娘として育ち、この国の重鎮と縁戚関係にあるレディとね。醜聞のある女性など選ぶものですか。父親が死んだあと、あんなに早く再婚した母親を、彼がどう思っているかはあなたも知っているでしょうに。ベリンダの不適切な再婚と、それにまつわるゴシップに、当時はひどく苦しめられたのだもの。カーライルは決して衝動的に行動しない。感情にまかせて突き進むこともしません。どこかの店主の娘と、愛とやらのために結婚することなどありえないわ」

「ノエルのお父さまは大学で教えていらしたんです」伯爵夫人が言い返す。「それにカーライルだって、もしもノエルが――」

「妊娠すれば?」

「ええ――ノエルをゴシップと醜聞から守るために結婚するでしょう。ふたりが不適切な行為に走ったとしても、カーライルはノエルを愛人として囲うようなことはしません。ちゃんと結婚しますわ」

レディ・ロックウッドがしぶしぶながら譲歩した。「まあ、あなたとギルを醜聞に巻きこむのを恐れ、結婚する可能性はあるわね。だからこそ、この調査にはひとりで行くように説得すべきですよ。彼を誘惑から遠ざけ、醜聞から遠ざけるのが、あなたの義務なのよ、アデリーン」

ノエルはきびすを返し、すっかり取り乱して自分の部屋に戻った。あんな話を聞いたあと、そしらぬふりで伯爵夫人と話すことなどできない。伯爵夫人が自分とカーライルの結婚に賛成だとわかったのは嬉《うれ》しかったが、実際には、そんなにたやすく物事が運ばないこともわかっている。レディ・ロックウッドの言うとおり、カーライルは自分にふさわしい女性を結婚相手に選ぶだろう。

何よりも名誉を重んじる人だから、たしかにわたしが妊娠すれば、結婚を申しこむにちがいない。でも、意思に反して結婚せざるを得ない立場に彼を追いこむことは、避けなくてはならなかった。そんな結婚をすれば、彼がこちらに多少なりとも抱いている愛情すら恨みと後悔で少しずつ失われ、最後は憎しみに変わってしまうだろう。

わたしはこのすべてを承知でカーライルと関係を持ったのよ――ノエルはそう考えた。彼を愛しているわけではない、これは欲望にすぎない、と自分に言い聞かせて。でも、本当はもうとっくに恋に落ちている。自分を偽ることはもはやできなかった。

そして、これが恋だと認めたいま、決して自分のものにならないとわかっている相手との情事を続けるのはつらすぎる。いずれはほかの女性と結婚する男を愛しながら、自分の気持ちをひた隠し、ときおりつかむ細切れの時間にすがって生きるなんて、どうしてできる？

でも、彼をあきらめることもできない。

ノエルたちは翌朝早くストーンクリフを出発し、午後遅くにカーライルの邸に到着した。蔦《つた》が壁のひとつを覆っている赤煉瓦《あかれんが》の建物は、ストーンクリフほど大きくはないが、とても住み心地がよさそうだ。

「気に入った？」玄関に向かう途中、いつもは自信たっぷりのカーライルがめずらしくためらいがちに尋ねた。

「ええ、素敵なお宅ね。温かみがあって。あなたもわが家に戻れてほっとしたでしょうね」

「ああ。それに、きみにここを見せられるのがとても嬉しい」

雇い人の数もストーンクリフと比べると少なく、彼らに挨拶するのにはほんの数分しかかからなかった。執事のジャミソンは、ノエルの使う部屋の準備ができていないことを何度も謝った。

「気にするな。ぼくがいきなり連れてきたのが悪いんだ。そうだな、青の間を使ってもらおうか。ラザフォード夫人に邸をひととおり見てもらうあいだに、準備を頼む」

邸内もとても住み心地がよさそうだ。家具は流行よりも使いやすさを優先して作られたものばかり。どの部屋にも縦長の窓から光が射《さ》しこんでいる。南側にある、ガラスで囲まれた温室に観葉植物がずらりと並んでいるのを見て、ノエルは思わず歓声をあげた。背の低い椰子《やし》の木とシダ、見たこともない花をつけた鉢もある。つややかな葉のオレンジの木は、花が咲く時期にはさぞ甘い香りを放つにちがいない。もしもここに住むなら、この温室がいちばんお気に入りの部屋になりそうだ。

でも、そんな日が来ることはない。この邸の廊下を犬と一緒に走りまわるギルの姿や、陽当《ひあ》たりのよい温室でくつろぐ自分の姿が目に浮かぶが、そんな夢を見るのは愚かだ。

そのあと、ふたりはのんびりと庭を散歩した。曲がりくねった小道沿いに歩いていくと、突き当たりに小さなあずまやがあった。赤や白の薔薇《ばら》をからませた美しい格子が三方を囲み、咲き乱れる花が芳香を放っている。

ほかからは見えない、隔離された美しい場所で、ノエルはカーライルを見上げた。散歩の途中カーライルが手を握ってきたが、とても自然なこと、あたりまえのことに思えて、少しも違和感を覚えなかった。あずまやのなかで、暗く翳《かげ》った瞳がノエルを見下ろしている。反射的に一歩近づくと、カーライルの腕にからめとられ、引き寄せられた。

唇が重なり、一気に体温が上がる。ノエルは彼に溶《う》けこもうとしながら、夢中でキスに応えた。あらゆる思い、疑い、ためらいが消え失せ、この瞬間、このキス、耐えがたいほどの歓《よろこ》びがそれに取って代わる。カーライルが喉の奥でうめき、羽根のような両手でノエルの背中や腰を撫《な》で、ヒップをつかむ。

ほてる体の奥で、甘い焦がれが成就を求めて脈打ちはじめた。肌がちりつき、血が燃えて、体の奥で欲望がとぐろを巻いていく。ふたりで過ごした夜の記憶がよみがえったが、実際の反応は、記憶にあるよりもずっと激しかった。体のあらゆる部分がうずき、脈打つのを感じながら、ノエルは彼の上着の下に手を滑らせ、胸と背中にさまよわせた。カーライルの肌をじかに感じたくて、ベストのボタンをはずし、その下のシャツのボタンもはずすと、ようやく指が温かくなめらかな肌に触れた。カーライルも熱い唇を喉へと這《は》わせながら、片手を服の襟元から滑りこませた。

これだけでは足りない。もっと欲しい。ノエルは後ろに手を伸ばして、自分の服のホックやボタンをはずしはじめた。カーライルも急いで背中に手を伸ばす。ノエルはそちらを彼にまかせ、ズボンのベルトに手をかけた。カーライルが低くうめきながら、あらわになった白い肩にキスを落とす。ふたりは夢中でキスと愛撫《あいぶ》を続けながら、合間に互いの服を脱がせ、引きはがすように取り去り、足元に落とした。

カーライルが上着を広げ、そこにノエルを横たえながら覆いかぶさった。周囲に落ちた花びらの濃厚な香りがふたりを酔わせ、嵐のような情熱をかき立てる。ノエルは体の奥から突きあげる欲望のおもむくまま、カーライルの背中に指をくいこませて、ささやいた。

「お願い」

硬くなったものが力強く、深くノエルを満たすと、ここ数日の焦燥が跡形もなく消えていった。ひと突きするごとに、引くごとに、燃えさかる炎に新たな火が加わっていく。体の奥の欲望がどんどん強く、大きくなり、ついにすさまじい勢いで弾《はじ》けて、快感の大波がふたりを高みへと押しあげた。

つかのまノエルは温かい体に包まれて、からみ合う薔薇のあいだから空を見上げ、満ち足りて、ただぐったりと横たわっていた。

薔薇……ここは庭だった。

「カーライル！」

「んん?」首に押しつけられた唇から、くぐもった声がもれる。

「わたしたち、外にいるのよ！」

「わかってる」

ノエルは彼の肩を押しやった。「とにかく起きて。こんなところを誰かに見られたらどうするの？」

「誰も来ないさ」カーライルは胸を震わせながら低い声で笑い、起きあがってノエルを見下ろした。「邸にいるのは召使いだけだから、ぼくたちを捜しに来る者はいない。ここにいて、きみを見られるのはぼくだけだ」そう言いながら片手をノエルの体に這わせた。

「なかなかいい眺めだな」

ノエルは彼の大胆さに呆《あき》れたものの、置かれた手を払いのけようとはしなかった。じらすような愛撫も、熱いまなざしもとても好ましい。自分でも彼の頬に手を添えて、乱れた髪を撫でつける。いつもこうしていられればいいのに。〝愛している〟という言葉がうっかりこぼれそうになり、ぎゅっと口を閉じてそれをなかに閉じこめた。

気持ちが顔に出るのが怖くて、周囲に気をとられたふりをして目をそらす。「信じられない。庭の片隅で服を剥ぎとるなんて」

「ぼくは信じられる。今朝からずっとそうしたかったんだ」

「計画的だったの？」ノエルは笑った。「呆れた。わたしの助けが必要だなんて、きっと大量の書類があるにちがいないと思ったのに。最初から、このあずまやでわたしを誘惑するつもりだったのね」

カーライルが低い声で笑いながら立ちあがった。「計画はほかにもたくさんある」にやりと笑いながら手を差しのべ、ノエルを引き起こす。「そのすべてを見せてあげるよ」

24

カーライルは約束を守り、その夜ふたりは彼のベッドで愛し合った。最初はゆっくり、穏やかに。それから真夜中過ぎに目を覚まし、情熱に急《せ》かされるように激しく。ノエルはすっかり満足し、彼の腕のなかでふたたび眠った。

どうやらぐっすり寝すぎたらしく、翌朝はドアの取っ手がまわる音でぱっと目を開けた。メイドが来たのだ！　取っ手がガチャガチャと音をたてたが、まわらない。カーライルが前もって鍵をかけておいたからだ。でも、あのメイドは暖炉の灰をかきだし、火をおこして、すっかり冷えた部屋を暖めるために、次はわたしの部屋に行くにちがいない。

ノエルはベッドから飛びだすと、あわてて下着を着け、あちこちに脱ぎ散らした服を必死に集めた。カーライルがベッドを離れ、本棚に近づいて、その後ろに手を入れる。彼がレバーを引いたとたん、壁の一部がドアの大きさに開いた。その向こうはノエルの寝室だ。

まだメイドの姿はない。ノエルがドアを駆け抜けるのを待って、カーライルが服の残りを放りこみ、境のドアを閉めた。ベッドに飛びこみ、上掛けを首まで引きあげたとき、廊下側のドアが静かに開いてメイドが入ってきた。ノエルは目を閉じ、乱れた気持ちが許すかぎり、ゆっくり、規則正しく呼吸し、寝ているふりをした。

上掛けの下で全身をこわばらせ、暖炉で働くメイドがたてる静かな音に耳を傾けていると、ふたたびドアが閉まった。安堵《あんど》の息を吐き、目を開ける。体を起こして部屋を見まわすと、昨夜の服が床に山を作っていた。あれを見て、メイドはなんと思っただろう？　脱いだ服をきちんとたたもうともしない、行儀の悪い貴族のひとりだと思ってくれるといいけれど。

両手で顔をこすり、ほてった頬を押さえた。あのメイドは書棚の仕組みを知っているのだろうか？　さっきのドアは、ごく細い線が残りの壁を隔てているだけで、ほかの部分とほとんど見分けがつかない。でも、さすがに執事は知っているはず。そうなると、カーライルがノエルの部屋にここを指定した意図も、おそらくお見通しだ。ジャミソンは、わたしがカーライルのベッドで眠ることを知っていたのだろうか？　カーライルが女性を自宅に伴い、隠し扉で行き来できる隣の部屋に泊めるのは、よくあることなの？

ノエルは頭を振ってその思いを払った。くだらない邪推で一日を台無しにしたくない。それよりもふたりきりで過ごせることに感謝して、与えられた時間を楽しむとしよう。あとのことは……運にまかせるしかない。

「ここで何がわかると思う？」その日の午後、ふたりはハヴァーストック邸の前で馬車を降りた。

「さあ、見当もつかないな。何もかも――」

「まるで小説のよう？」

カーライルはうなずいた。「ああ。だが、きみとギルの身に起きたことは現実だ。ハヴァーストック卿《きょう》から詳しい話を聞けるといいんだが」

玄関扉を開けたのは、ひょろりと背の高い召使いだった。その男はカーライルが渡した名刺を手にいったん引っこみ、数分後に戻ってきて、ふたりを長い廊下の先にある居間へと案内した。夏だというのに暖炉に小さな火が燃えているその部屋は、とても心地がよさそうだった。

かぎ針編みのひざかけで両足を包んだ若い男性が、暖炉のそばの車椅子に座っていた。すぐ横に何歳か年上の女性が立っている。明るい茶色の髪と頬に散っているそばかすからすると、姉弟のようだ。でも、似ているのはそれだけで、女性のほうは背が高く頬も薔薇《ばら》色だが、男性のほうは小柄で病的なほど痩せ、顔色もひどく悪い。

「ミスター・ソーン、レディ・ラザフォード。ティモシー・ハヴァーストックです。座ったままで失礼します」男性がふたりに会釈し、かすかな笑みを浮かべて覆った脚を示した。

「こちらは姉のレディ・プリシラ・ハヴァーストックです」

「ようこそ」プリシラは前に進みでて軽く手を握った。動作のきびきびした、いかにも有能そうな女性だ。

　彼らは何分か礼儀正しく世間話を続けた。どちらのハヴァーストックも、思いがけない訪問に感じているであろう好奇心をちらりとも見せない。

「ストーンクリフからでは、お疲れになったでしょう」プリシラがようやく本題に入った。

「紅茶でもいかが？」

「ご親切はたいへんありがたいが、結構です。今日はぼくの所領から来たので、三時間で着いたんですよ」

　プリシラが驚いたように眉を上げた。「ふたりきりでお宅に滞在していらっしゃるの？」

「とんでもない。レディ・ラザフォードの子息と家庭教師も一緒です」カーライルはなめらかに嘘をついた。「突然お邪魔をして、申し訳ない。実はハヴァーストック卿にお訊《き》きしたいことがあるんです。重要な案件でお手紙を差しあげ、返事をお待ちしていたんですが、事は急を要するため、こうしてうかがったんです」

「父はあまりお客さまに会いたがりませんの。代わりに弟かわたしが――」

「ありがとう。しかし、訊きたいのは、何年もまえにハヴァーストック卿が、ぼくの父や亡きドリューズベリー卿たちと設定したトンチン年金のことなんです。ぼく自身、つい最近知ったばかりで」

「父の事業に関する業務は弟が引き継ぎましたの」

ティモシーが低い声で笑った。「姉の口ぶりだと、ぼくが所領の経営の一端を担っているように聞こえますが、ほとんどは姉がするんです。昔からぼくよりはるかに数字に強い人で。スプレーグよりも――」そこで言葉を切り、顔をそむけた。プリシラもふいに涙ぐみ、瞬《まばた》きしてそれを払った。

どうやらふたりとも、兄に死なれた衝撃からまだ立ち直っていないようだ。

「お兄さんのことはお気の毒でしたわ。おふたりやハヴァーストック卿を煩わせたいわけではないんです。ただ、この年金の件は、所領とはまったく無関係ですの」

「しかも、きわめて注意深く秘密にされていたらしく、いま言ったように、ぼく自身そういうものが存在するのを、ほんの数日まえに知ったばかりなんです。それに関して早急に確認したいことがあって、失礼を承知でこうして突然おうかがいしました。長くはかからないとお約束します」

プリシラの目が興味深そうにきらめいた。「わかりましたわ。父のところにご案内します」

彼女は廊下をさらに進み、角を曲がって短い廊下の先にあるドアの前で足を止め、ノックした。「わたしよ、お父さま」そして答えを待たずにドアを開き、なかに入った。「お客さまが見えたの」

ノエルとカーライルも続いて部屋に入った。分厚い綾織《あやおり》のカーテンが窓を覆っているせいで、なかは薄暗かった。灯《あか》りは机の上に置かれた燭台《しょくだい》だけだ。椅子に座った男のたれた頬には、少し薄れてはいるものの姉弟と同じそばかすが散っている。すぐ横のテーブルには、琥珀《こはく》色の飲み物の入ったグラスが置いてあった。鼻孔につんとくるにおいと男のぼんやりしたまなざしからすると、中身はアルコールのようだ。

姉弟の父親は立ちあがる格好だけすると、すぐに椅子に腰を戻した。娘がドアを閉め、そこにいることを忘れそうになるほど静かに、その横にある椅子に座る。カーライルとともにハヴァーストック卿に近づきながら、ノエルはふと思った。プリシラはトンチン年金のことを知っていたのだろうか？　それとも、さきほど初めて聞いたの？

「ハヴァーストック卿、突然お邪魔して申し訳ありません」カーライルが礼儀正しくお辞儀をして名乗り、ノエルを紹介した。

「レディ・ラザフォード……」老人はけげんな顔でノエルを見た。「きみは――」

「アダム・ラザフォードの妻でした」ノエルは説明を加えた。近くで見ると、老人はひどく具合が悪そうだった。赤らんだ顔はむくみ、目の下には黒いくまがある。口の両側には深いしわが刻まれていた。レディ・ロックウッドはたしか〝悲しいほど衰えてしまった〟と評していたが、たしかにそのとおりだ。

「アダムも死んだのだったな」ハヴァーストック卿は首を振った。「われわれの息子はみな死んでしまった。かわいそうなアダム。かわいそうなスプレーグ」彼はカーライルを見た。「だが、きみは生きておる。ホレスの息子だな？　ああ、その目でわかるよ。遠慮はいらん、そこに座りなさい」そう言うと、グラスを手にしてカーライルに向かって上げ、ひと口あおった。「一緒にどうだね？　あそこの戸棚にある」曖昧に片手を振る。「座ったままで失礼するよ、少しばかり足元がおぼつかなくてな」

「いえ、飲み物は結構です」カーライルはノエルとともに、ハヴァーストックの向かいに座った。

老人がノエルを見た。「ドリューズベリーの息子があんたを選んだ理由はひと目でわかるな。息子のスプレーグを知っていたかね？」

「いえ、残念ながら存じあげませんでした」さっきから、この男性が口にするのは死んだ長男のことだけだ。

「ぼくは何度か会ったことがあります」カーライルが言った。「スプレーグは同じ学校の下級生でした。息子さんを亡くされて、本当にお気の毒です」

老人はうなずいた。「一年になる。一年と一カ月だ」

「さぞおつらいでしょうね」

この人は昔からこんなふうに、昼日中から薄暗い部屋にこもって酒を飲んでいたのだろうか？　それとも長男の死に打ちのめされ、生きる気力を失ったの？

「スプレーグは……」老人は喉仏を上下させて喉をふさぐ塊をのみくだし、首を振った。「いまさら悔やんでも遅すぎる。あの子は死んでしまい、何をどう言っても、もう戻ってこないのだ」彼は少し背筋を伸ばした。「それで？　何が聞きたいのかな？」

「父とドリューズベリーとダンブリッジ、そのほか何人かで設定したトンチン年金のことをお訊きしたいんです。レディ・ロックウッドの話では――」

「ほう、彼女はまだ生きとるのかね？」ハヴァーストックはうなるような声をもらした。「まあ、驚くにはあたらんか。あの人はわれわれがひとり残らずいなくなったあとも、何年も生きそうだ」

「その可能性はありますね」カーライルはかすかな笑みを浮かべて同意し、本題に戻った。「レディ・ロックウッドの話では、あなたもその年金に加入したとか。〈フロビッシャー・クラブ〉に集まっていたんですね」

「ああ、そうだ。当時はみな自信に満ちて、向かうところ敵なし……少なくとも、そう思っておった」

「トンチン年金のことをうかがいたいんです。たしか、一定額を投資されたんですよね。それを――」

「何が年金だ！」老人は鋭く吐き捨てた。「あれは忌まわしい呪いだった。あれがわれわれと息子たちを殺したんだ」

「それはどういう意味です？　何があなた方を殺したんです？」

「わしはまだ死んでおらんが、もう長くはあるまい」老人は頭を椅子の背もたれにあずけた。「トーマスにホレス、スターリング、ダンブリッジ、ウィンフィールド、そしてブルックウェル。やつは息子がワーテルローで戦死したことに、耐えられなかったのだよ。で、自分の頭を銃で吹き飛ばした」彼はカーライルをじっと見た。「きみも気をつけたほうがいいぞ。あれは息子たちも狙うからな」

「何がです？　何がぼくらを狙うんですか？」

ハヴァーストックは片手で円を描いた。「運命、宿命、呪い……好きなように呼ぶがいい。あんな年金を設けたのが間違いのもとだ。子どもの命で賭けをするなど、運命に挑むようなものだったのだ。われわれだけならまだしも、かわいそうに、子どもたちまで巻きこんでしまった。ブルックウェルの息子も死んだそうじゃないか」

「ブルックウェルの息子というと、ミルトンのことですか？」

「いや。さっきも言ったが、ミルトンはワーテルローで戦死した。その弟だよ。ジェームズ……いや、ジョンだったか」

「ジョン・ブルックウェルが死んだんですか？」カーライルは驚いて訊き返し、ちらっとノエルを見た。

ハヴァーストックがうなずく。「二カ月ばかりまえだ。強盗に出くわし、暖炉の火かき棒で頭をかち割られた」

「それは……気の毒に」

カーライルはどうしてこんなに落ち着いていられるのだろう？　ノエルの心臓はいまにも飛びだしそうなほど激しく打っていた。またひとり加入者の息子が死んだ？　これは偶然ではありえない。

「わしに残されたのはティモシーだけだが、あれもそう長くは生きられまい。昔から体が弱くてな。去年の冬も危うく死にかけた。軽い風邪ですら命取りになりかねん」ハヴァーストックは憂いに満ちた目で琥珀色の液体を見つめた。「くそったれフレディめ」

「フレディ・ペンローズのことですか？」ノエルは尋ねた。そういえば、レディ・ロックウッドも悪口を言っていた。

「アイ」ハヴァーストックは口元をゆがめた。「あれはやつの思いつきだったのさ。いや、やつの弁護士の、と言うべきか。フレディは何かを思いつくような男ではないから」

「契約書は、ミスター・ペンローズの事務弁護士が作成したんですか？」相手がうなずくのを待って、カーライルは続けた。「その控えをお持ちですか？　ネイサン・ダンブリッジとぼくも、父たちの書類を探してみたんですが、何も見つからなかったんです」

「ドリューズベリーは最初から、たわけた契約だとみなしていたよ。ジョージ・ダンブリッジがやりたがったから加わっただけだ。ダンブリッジの所領はめいっぱい抵当に入っていたからな。あの一家は気持ちのいいやつばかりだが、昔から金にはとことん縁がない」

「その契約書ですが」カーライルは話を戻した。「控えをお持ちですか？」

「いや」ハヴァーストックは片手を振った。「あの契約はわれわれだけの秘密だった。それも楽しみのうちだったのさ。契約書はフレディの弁護士にあずけた。集まった金もその弁護士が管理し、投資で増やすことになっていた。まあ、半分は遊びのようなものだった。息子ができるとはかぎらんのだから。実際、フレディには娘しか生まれなかったし、サー・バジルはひとりも子どもができなかった。子どもの命を賭けてさいころを転がすような、愚かな思いつきだよ。だから呪われたんだ」そこでカーライルの目をじっと見る。

「わかるだろう？　息子が父親より先に死ぬなんて、自然の摂理に反している」

「ええ、たしかに。わかろうと……しているところです。その契約にある条件を覚えておられますか？　満期日などを」

「たしか、あと十二年で終わることになっていたはずだ。法律の関係で果てしなく伸ばすわけにはいかないらしく、期限を切る必要があった。受取人は加入者の相続人だ。息子が亡くなっていれば、孫、あるいはひ孫……」

「それだと、満期日には当然、複数の受取人が残りますね」ノエルは指摘した。「その場合はどうなるんです？」

「最終的な金額を等分する」

「跡継ぎだけで、ですか？　契約に加入した人たちも含まれるんですか？」

ハヴァーストックは首を振った。「いや、あの金は将来のためだった。それに、満期日までわれわれが生きているかどうかわからんからな」

「仮に、跡継ぎがひとりも残らなかったらどうなるんでしょう？」

「どこかの慈善事業に行くんだ。孤児院かどこかに」ハヴァーストックがふたたびため息をつき、さらに椅子に沈みこんだ。酔いがまわったのか、言葉も不明瞭になってきた。「フレディと話すんだな。あいつは覚えておらんだろうが、担当した事務弁護士の名前はわかる」

ノエルたちはハヴァーストック卿に別れを告げ、プリシラに会釈して玄関に向かった。

「またひとり相続人が死んだ？　全部で何人死んだことになるの？」ノエルはささやいた。

「気に入らないほど多いことはたしかだ」カーライルも低い声で応じた。召使いが開けてくれた扉から外に出たとき、閉まりかけた扉の向こうからせかせかした足音が聞こえ、プリシラがふたりを呼んだ。「ミスター・ソーン、レディ・ラザフォード、お待ちになって」

振り向くと、プリシラも外に出てきて玄関の扉を閉め、両手を体の前で握りしめた。

「こんなところでごめんなさい。誰もいないところでお話ししたかったの。その年金のことは初耳だわ」

「ぼくたちも偶然知ったんです」カーライルが落ち着いた声で応じた。

「娘は最初から除外されていたのね」プリシラは口元をゆがめた。「うちにはあまり関係のない話。ティモシーが満期日まで生きられるとは思えないもの。ただ……ティモシーもわたしも、兄のスプレーグが舟で死んだとは思っていないの。それをお話ししておきたくて」

「どういうことですの?」

兄が死んだのは、ボート事故ではないと言いたいのだろうか? あるいは、実際には死んでいないと? 調べるにつれて、ますます奇妙な事実が明らかになっていくことを考えると、何がわかっても驚かないが……。

「あれは事故ではなかった。兄は文字どおり、物心ついたころから海に出ていたのよ」

カーライルがうなずいた。「そういえば、彼とスローンがよくヨットに乗っていたことを覚えています」

「ええ」プリシラは勢いよくうなずいた。「愚かな過ちをおかすはずなどないの。あの日は絶好のヨット日和だった。だから父は、呪いのせいだと思いこむことにしたんです。その理由が今日初めてわかったわ。理由をつけなくては、長男の死を受け入れられなかったのね。残酷な運命を説明できる理由――自分が……引きこもるのを正当化できる口実を。ティモシーやわたしと違って、父は兄が殺されたという事実を受け入れられなかったの」

「殺された?」カーライルが用心深く尋ねた。「たしかですか? どんなに優れた船乗りでも、過ちをおかすのはよくあることです」

「いいえ。兄はよく愚かな振る舞いをしたものだけど、船に関するかぎり過ちをおかしたことは一度もなかった。兄の頭には……大きなこぶがあって、血糊《ちのり》がべったりついていた。だから、倒れたときに頭を打ったんだろうということになったの。喉のまわりにひどいあざもあったわ。あの日はわたしが編んだクラヴァットをしていた」プリシラの目に涙があふれた。「みんなは、たぶんそれがどこかに引っかかって、しばらくそのままぶらさがっていたあと海に滑り落ち、溺死した、と言うの」

「お気の毒に……」

「そんなの口実よ！」プリシラは乱暴に涙をぬぐい、怒りに震える声で言った。「全部口実。親戚は世間に騒がれるのがいやで、事故死で片付けたんです。父は、運命が残酷な一撃を加えたと信じることで事実から逃げた。〝自殺した〟〝海で死にたかったんだ〟とみんな思っているんだろうって、ティモシーは言うの。でも、違うわ！　兄がわたしたちを残していくはずがない。ティモシーを、それにわたしを残していくはずがない。いつもわたしたちの面倒を見てくれたんですもの」そこで言葉を切り、ごくりと涙をのみこんだ。

「でも、さっきの話では、その年金の加入者の跡継ぎが何人も死んでいるのね？　誰かがひとりずつ殺しているのかしら？　兄とジョンとアダム、ほかにもわたしたちの知らない人たちを」

「まだよくわからないんですよ。疑わしいことがいくつか起こったので、関係者全員から話を聞き、調べているところなんです」

「結果を教えてくださる?」プリシラはカーライルの腕をつかみ、彼を見つめた。「兄に関して何かがわかったら。その……犯人がわかったら」

「もちろんです。何かわかったらすぐに手紙を書きます」

「ええ、お願い」プリシラは腕を放し、一歩さがった。「ありがとう。おふたりとも、ありがとう」

ノエルは邸《やしき》のなかに戻っていくプリシラを見送り、カーライルを見上げた。「お気の毒に。もしもいまの話が本当なら……」

「実際に、誰かが跡継ぎを殺し、金を手に入れようとしていることになるな」

25

ふたりは村の宿屋で遅めの昼食をとりながら、ハヴァーストック卿《きょう》から学んだことを話し合った。ノエルはバッグから名前を書き留めたメモを取りだし、新たな情報を加えた。

「加入者にも亡くなった人が多いわね」ノエルはメモを見ながら言った。「これも奇妙だと言えないことはないけれど、加入者はだんだん年をとっていくのだし、どの死にも合理的な説明がつくわ」

「そもそも、彼らは金を受けとれない。だから殺される理由はないわけだ」

「男子の数は最初からそれほど多くなかった。ミルトン・ブルックウェルは戦死。これは殺人ではないわね。アダムの死も――」

「あれは本当に事故だったのかな？」カーライルが慎重に尋ねた。「それとも、彼があの橋から落ちるように、誰かが細工したんだろうか？」

「そんなことができたはずがないわ」ノエルは眉根を寄せて当時の状況を振り返った。

「あの夜、彼は友人と飲んでいたのよ。わたしたち……」思い出すとため息が出た。「彼が使ったお金のことで言い争ったの。また暮らしの役に立たないジュエリーを買ってきたものだから……。アダムは怒って出ていき、仲間とお酒を飲んだ。飲みすぎていつもの〝おふざけ〟を始めたと、一緒にいた仲間が話してくれたわ。橋の手すりに上がって歩きだし、足を踏みはずして落ちたの。仲間が何人もいたんですもの、アダムを押した人間がいたら気づいたはずよ。それに、あの晩アダムが外出し、飲みすぎて橋の手すりの上を歩くなんて、誰にも予測できなかった」

カーライルがうなずく。「では、事故だったと考えて間違いないな。ネイサンとぼくはまだ生きている。どちらも襲われたことは一度もない。ティモシーもおそらくないだろう」

「でも、ティモシーは体が弱い。これはおそらく周知の事実ね。彼については、遠からず死ぬのを待っているだけでいい」ノエルは指摘した。「殺された可能性があるのは、スプレーグとジョン・ブルックウェルだけね。それと、殺されそうになったギル」つかのまの沈黙のあと、ぽつりと言う。「どんどん容疑者が少なくなるわ」

「ああ。ジョン・ブルックウェルが死んだいま、ぼくたち三人をのぞけば、残っているのはガスパール・スノーデンとティモシー・ハヴァーストックだけだ。ティモシーが死ぬまえにトンチン年金を受けとらせたくて、ハヴァーストック卿が誰かを雇い、邪魔な受取人を殺している可能性はないとは言えないが、まさか自分の長子を殺すとは思えない」

「ええ、ありえないわね」ノエルは椅子の背にもたれたが、すぐに体を起こした。「でも、ティモシーに受けとらせたい人はもうひとりいるわ。彼のお姉さま」

「プリシラ？」カーライルは目を見開いた。「まさか」

「どうして？　プリシラは、女子が受取人から除外されたことに当然ながら腹を立てていた。弟と父を守ろうとしているし、ふたりより意志が強そうよ。仮に、彼女が弟にお金を受けとらせたいと思ったとすると、弟の寿命が尽きるまえに、少々細工して、物事を速く進めようとした可能性はあるんじゃないかしら。それに――」ノエルは人差し指を立て、結論を強調した。「弟のティモシーは姉にすべてを遺《のこ》すような気がする。だから、彼女は契約の条件からは弾《はじ》かれたけれど、結果的にトンチンの分け前を受けとる」

けおされたようにノエルを見つめていたカーライルが思案顔になった。「その推理は理論的には成立するが、プリシラが兄のスプレーグを殺すだろうか？」

「そう、ありえない」ノエルはあっさり引きさがった。「それに、プリシラが犯人なら、兄の死が事故ではなく殺人だと知らせて、疑いの種をまくのも理屈に合わない。それでも……兄が殺されたと確信したときに、思いついた可能性はあるわ。残り少ないほかの候補者を排除すれば、弟がお金を受けとれる、と。ミスター・ブルックウェルとミスター・ストーデンとギルを」

「ネイサンとぼくもだ」

ノエルはため息をついた。「殺してまわるには多すぎるわね。やっぱりスプレーグの死は他殺ではなく自殺だったのかしら。さもなければ、アダムと同じただの事故だった？　ジョン・ブルックウェルもたまたま強盗に入られ、運悪く殺されただけかもしれない。トンチン年金の受取人を殺している人間などいないのかもしれないわ」

「しかし、手がかりはそれしかないんだ。きみはギルを襲うような人間の心当たりはないと言う。スローン犯人説も否定する。そうなると、ギルを殺して益を得るのは、年金の受取人ぐらいしかいない。そして、ギルが何度も狙われたのは事実だ」

「加入者の男子の跡継ぎが何人も若くして死んでいるという、奇妙な現象もある」

「ガスパール・スノーデンには、若いころ死んだ兄がいたんじゃなかったかな」

「ええ。登山中に事故で亡くなってる。ガスパールが手始めに兄を殺し、この連続殺人に着手した、ってこと？」

「ガスパールは兄の死で爵位を継ぐことになった。それが妙な考えを抱かせるきっかけになったのかもしれない」

ノエルはうなずいた。「納得のいく仮説ね。実際、疑わしい人物で、残っているのはもう彼ぐらい。住まいは……ヨークシャーだったかしら？　次はそこへ行くの？」

「ああ。だが、いったんロンドンに戻り、フレディ・ペンローズから話を聞くとしよう」

ノエルは温かい腕にすっぽり包まれ、夜明けまえに目を覚ました。こんなふうにカーライルに抱かれて起きるのは、なんと甘く、心地よいことか。彼の息が髪にかかり、頭の後ろで鼓動が力強いリズムを刻んでいるいまは、この瞬間が永遠に続くふりができる。カーライルに愛され、ふたりがこのままずっとともに過ごせる、と。でも、数日後には友人に戻らなくてはならない。いや、本当の意味では友人でさえない、カーライルにとっては守り、支える義務のある、被後見人の母親でしかないのだ。

昨夜は不安が渦巻き、胸が痛んで頻繁に目が覚め、ほとんど眠れなかった。いまこんなに甘い喜びを感じているのに、それが将来の悲しみと分かちがたく結びついているなんて。胸がはちきれそうなほど幸せな一方で、いまにも泣きだしそうなほどつらい。

夜明けが近いらしく、カーテンの端が白みはじめていた。昨日の朝のように、メイドの到着であわてふためくまえに自分の部屋に戻らなくては。そう思っただけで涙がこみあげてくる。ノエルはカーライルの肌にそっと唇を押しつけ、ベッドから出てドレッシングガウンに袖を通した。少なくとも、今朝は昨日のような不意打ちに遭わずにすむ。

「ノエル?」眠気の残るしゃがれ声が、ベッドから呼んだ。「どうした?」

「なんでもないわ。そのまま眠って。わたしは部屋に戻るから」

だが、彼はすでにベッドを出てズボンをはいていた。後ろからノエルを抱きしめ、髪にキスしてベッドへと誘う。「まだ時間はある。さあ、おいで」

　ノエルは涙をこらえ、黙ったまま首を振った。

「どうした？　どうかしたのか？」

「カーライル、もうこんなことはやめましょう」

「やめる、って、何を？」ノエルを包んでいる大きな体が、ぴたりと静止した。

「これよ」ノエルは曖昧に片手を振った。「メイドに見られないようにこっそりベッドに戻ること。みんなを欺き、ただの知り合いのふりをすること。もう無理なの。あなたのことは欲しいけれど、これは間違いよ。なんだか、自分が汚れている気がする。いまのわたしは、初めて会ったときあなたが思ったような女になっているわ」

「ノエル、やめないか」カーライルは一歩さがって両手を肩に置き、ノエルの体を自分に向けた。「ぼくはそんなふうに思ってはいない。あれはぼくが間違っていた。傲慢で、冷酷で、頑固だった。でも、いまは――」

「ええ、あなたはもうそう思っていない。でも、ほかの人たちは、いまでもそう思っているのよ。そして、このままあなたと関係を続ければ、その認識を強める理由を与えることになる。昨日、わたしたちがあなたの邸《やしき》から来たと知ったときのプリシラの顔を見たでしょう？　あなたはとっさに、ギルと家庭教師も一緒だと嘘をつくはめになった」

「ぼくがああ言ったのは……ギルの安全のためだ。ハヴァーストック一家が事件の背後にいた場合、ギルはストーンクリフにいないと思わせたほうがいいと思ったからだよ」

「立派な言い訳ね。でも、それが理由ではなかったはず」

カーライルは顔をしかめた。「わかったよ。たしかに、プリシラに嘘をついたのは、きみの評判を落とさないためだ。それのどこが悪い？」

「責める気はないの。むしろ感謝しているのよ。でも、嘘が苦手なあなたが嘘をつかなくてはならないことそのものが、これが間違っている証拠。ずっと嘘をつき続けるわけにもいかないわ。そのうち誰かが気づくにちがいないもの。そしてあっというまにスキャンダルになる……レディ・ロックウッドの言うとおりに」

「レディ・ロックウッド！　どうしてあの人の名前が出てくるんだ？」

「レディ・アデリーンと話しているのを聞いてしまったの。レディ・ロックウッドは、わたしたちがスキャンダルの種になるのを恐れているのよ。彼女の言うとおりだわ。レディ・ロックウッドはもう疑っている——少なくとも、あなたがわたしを愛人にすることを恐れている。たぶん、ほかの人たちもね。召使いはゴシップ好きですもの。たちまち噂《うわさ》が広まってレディ・アデリーンの評判を傷つけるわ。しかも、わたしが何食わぬ顔をして裏切っていたことがわかれば、レディ・アデリーンはどんなに悲しむことか。ギルだって……あの子が後ろ指をさされるようなことはできない」ノエルは一歩さがり、震えながら息を吸いこんだ。「もう終わりにしなくては」

「ふたりが結婚すれば、スキャンダルにはならない」カーライルが静かな声で言った。

「だめよ！」ノエルは叫んで、肩に置かれた手を振り払った。

レディ・ロックウッドの言ったとおりだ。どれほど意に染まなくても、カーライルは醜聞を防ぐためなら結婚もいとわない。名誉心のために将来を犠牲にするだろう。

「結婚なんてとんでもない。愛し合ってもいないのに、世間体を保つために結婚するなんて。わたしがアダムと駆け落ちしたのは、互いに愛し合っていたからよ。愛以外の理由で結婚することはありえないわ」

「わかった。好きなようにするといい」カーライルは表情の読めない顔でノエルを見つめ、一歩さがって背を向けると、椅子に投げたシャツを手に取り、袖を通しはじめた。

ノエルは胸を引き裂かれるような痛みに耐え、それを見守った。彼が何か言ってくれたらいいのに。別れを告げながらも、心のどこかでは彼が拒んでくれることを願っていた。きみを愛している、だから妻になってほしい、と言ってくれることを。でも、カーライルは落ち着き払ってすべてを受け入れ、今日の予定を口にしはじめた。

「きみの言葉はきっと正しい」冷たい声が追い打ちをかける。「どうする？　ロンドンにまだ一緒に行きたい？　それともストーンクリフに戻りたいかい？」

「いいえ、調査は続けたいわ」カーライルのそばにいて、彼を目にし、彼と言葉を交わしながら、もう愛し合えないのは、どんなにつらいことか。でも、その苦しさに早く慣れたほうがいい。ストーンクリフに逃げてもつらいのは同じ、この先長いこと続くのだから。

「一緒にロンドンに行きます」

カーライルがうなずくのを見て、ノエルの絶望はいっそう深くなった。体が冷たくなり、息まで苦しくなる。この部屋にあと一分でも留《とど》まれば、泣きだしてしまいそうだ。でも、救いがたいほど彼を愛していることを知られたら、カーライルとは友好的な関係にすら戻れなくなる。自分の存在がわたしを苦しめると知れば、カーライルはストーンクリフから遠ざかり、姿を見せなくなるだろう。それだけは避けなくては。

「旅の支度をするわね」深く息を吸いこんで声の震えを抑え、涙を隠すために足早にドアへと向かった。その心配は杞憂《きゆう》だったようだ。ドアを閉めながらちらっと見ると、カーライルはこちらに背を向けたままだった。


くそ、こんな結果になるとは。カーライルはベッドに腰をおろし、両手で頭を抱えた。ノエルとの結婚についてはこれまでさんざん思い悩んできたが、断られる可能性は一度も考えなかった。

醜聞になるのを心配したノエルが、異論を唱えるかもしれないとは思った。少々騒がれても関係ない、そのうち収まる、となだめる心構えもしていた。ぼくは人がなんと言おうと気にしない、と。しかし、ノエルから〝愛していない〟と告げられる可能性は、これっぽっちも頭に浮かばなかった。

今日もふたりだけで過ごせる喜びに胸を弾ませ、幸せな気持ちで目を覚ましたのに。ベッドを出るときは、ノエルを呼び戻し、ふたたび愛し合うつもりだった。ところが、あっというまに世界がひっくり返った。

忌ま忌ましいレディ・ロックウッドめ。あの口うるさい老人がすべてを台無しにするのを予測しておくべきだった。さっきそう言って、ノエルを説得すればよかった。〝レディ・アデリーンの母親は、人の幸せをぶち壊すことに喜びを感じているんだ、あの口やかまし屋にふたりの幸せを台無しにされるのはよそう〟と。きちんと理由を挙げて反論するとか、キスと甘い言葉でノエルの気持ちを変えさせるとか、なんでもいいから、結婚など持ちださずにやり過ごすべきだったのだ。

だが、あっと思ったときにはあの言葉が出ていた。昔から慎重なたちなのに、どうしてこんな大事なときに衝動的に結婚を申しこんでしまったのか。あれは明らかな間違いだった。それを聞いたときのノエルの顔――怒り？　それとも恐怖？――あの顔が頭から離れない。ノエルが一瞬のためらいもなく、結婚なんてとんでもない、と断言したことを思い出すと胸が張り裂けそうになる。

〝結婚なんてとんでもない〟あの言葉が頭のなかに反響していた。驚くべきではないのだろう。ノエルはロマンティックな人。実利的な理由や、こちらが感じている愛情や情熱にほだされて結婚する気はない。結婚に値するのは世紀の愛だけ――

アダムとのあいだにあったような。

だが、ぼくのことはこれっぽっちも愛していないのか？　熱烈に愛してくれとは願わない。自分がそういう激しい情熱をかき立てるタイプでないことはわかっている。どちらかというと退屈で、生真面目で、感情の起伏もあまりない。だが、少しは好意を持たれていると思っていた。ノエルのなかにはたくさんの愛がある。アダムへの愛、ギルへの愛、いまはアデリーンへの愛も。だが、ぼくには何もないのか？

カーライルはノエルのそばに行きたかった。足元に身を投げだし、きみを失うことなど耐えられない、一緒にいてくれ、愛してくれ、結婚してくれ、と懇願したかった。だが、そんなことは考えるのもばかげている。懇願や強制で愛を得ることはできない。それに、傷ついたことを知らせてノエルに罪悪感を抱かせるのは、残酷なばかりか無意味だ。

ノエルの決断を受け入れなくてはならない。それが世の習いだと、カーライルはとうの昔に学んでいた。どんなに愛していても、遅かれ早かれ人は去る。しがみついても何も変わらないのだ。残る選択肢はうわべだけの関係に戻るか、立ち去るかだが、立ち去ることは考えられなかった。

ノエルの決断を受け入れ、自分の気持ちをそれに合わせよう。難しいだろうが、なんとかやるしかない。欲望に目がくらんですべてを台無しにするまえの、気楽で友好的な関係を取り戻すのだ。

ロンドンまでの馬車の旅は、半分は完全な沈黙、半分はぎこちない会話でどうにかしのいだ。カーライルのよそよそしさにノエルは何度か泣きそうになったものの、ひたすらこらえた。夜明けに彼の部屋を出たあと、声がもれないように口を押さえて大泣きしたが、彼の前では意地でも泣きたくなかった。でも、まるで悲しみが隠れたがっているように、胸の奥がずきずきと痛んだ。その悲しみが心を凍らせ、二度とぬくもりを感じられない気がする。

ロンドンに到着して自分の部屋に逃げこんだときは、心からほっとした。〝疲れたせいか、食欲がないので早めに休みます〟と書いたメモをメイドに届けさせ、夕食にはおりていかなかった。カーライルの気配りで部屋に食事が届けられると、こらえていた涙があふれた。

でも、ほとんど食べられなかった。本当に食欲がないのだ。何をする気にもなれないのは失恋の痛手のせいだが、疲れているのも嘘ではなかった。けれど、横になっても眠りは訪れず、何度も寝返りを打つはめになった。目をつぶってすべて忘れようとしても、頭が勝手にカーライルのことを考え続けている。まさか、これほどつらいとは。

やがてカーライルが部屋に向かう足音が聞こえると、起きあがってあとを追い、自分が愚かで間違っていたと告げ、彼を抱きしめて胸の痛みをやわらげたいという衝動に駆られた。でも、どうにか思いとどまった。正しいことをしたのだから、後戻りはできない。

　翌朝、鏡に映った顔には、眠れなかったみじめな夜の名残がありありと刻まれていた。まぶたは腫れ、目の縁が赤く、肌の色も青ざめてくすんでいる。こんな状態をずっと続けるわけにはいかない。カーライルには、親密でも堅苦しくもない、ごくふつうの態度で接することができるようにならなくては。

　頰をつねって赤みをもたらし、自分に鞭打《むちう》って明るい表情を作ると、ノエルは朝食をとるために階段をおりていった。ふだんと少しも変わらぬ様子でテーブルについているカーライルの姿に、胸がずきんと痛む。ノエルはどうにか笑みを浮かべ、ごくふつうに挨拶を交わし、カーライルの皮肉に笑い声さえあげた。これでいい。どれほど気分が落ちこんでもいつもどおりに振る舞うことだ。

「フレディ・ペンローズに伝言を届けさせた。午後なら会ってくれるそうだ」

「まだ何時間もあとね」

「ああ。どうやらペンローズは朝が遅くて、人に会える状態になるには時間がかかるらしい」

　数時間後、ゆったりした足取りでふたりを迎えたペンローズを見て、ノエルは納得がいった。彼の〝人に会える状態〟は、明らかにこちらとは違う意味を持っているようだ。

　ペンローズはドリューズベリー卿やほかの加入者と同年代のはずだが、髪には白髪一本見えず、服装もお洒落《しゃれ》な若者のようだった。自由に頭を動かせないほど高い襟、ペイズリー模様のベストに菫《すみれ》色の上着。懐中時計の鎖にはさまざまな飾りや紋章がさがり、襟には大きなコサージュが飾られている。不自然に腰を伸ばした姿勢からすると、突きでたお腹を押さえるガードルを着けているのかもしれない。

ペンローズはにこやかに進みでた。「ふむ、驚いた、きみがホレスの息子か。そんなところに立っていないで、こちらに来て座りたまえ」彼は椅子のほうに手を振った。「ホレスのことはもう何年も思い出したことがなかったよ。もともと、ドリューズベリーほど彼と親しかったわけではないからな。ふたりとも、わたしには少々頭がよすぎた。だからふたりのパーティにはあまり足が向かなくてね。ベリンダはきれいな人だったが、彼女の言うことも半分も理解できなかったな。そういえば、ベリンダは元気かね？」そして答えを待たずに、陽気に続けた。「だが、他愛《たわい》のないおしゃべりはそれくらいにしよう。老人の繰り言を聞きに来たわけではあるまい。馬のことで来たのかな？」

「馬ですか？」カーライルは面食らって訊《き》き返した。

ノエルは、レディ・ロックウッドがフレディ・ペンローズを〝てんで役立たず〟と呼んだわけがわかりはじめた。

「わたしが売りに出している二頭だ。その話で来たと思ったんだが。いい馬だぞ。対の葦《あし》毛《げ》だ。二年まえにジェレミー・ヘアフィールドから買ったんだ。馬に関してはあの男ほどの目利きはいないからな。しかし……」ため息をもらし、肩をすくめた。「どうすればいい？　新しく買ったランドー馬車が黄色でね。残念なことに、葦毛よりも黒い馬のほうがぐんと映える」

「ミスター・ペンローズ」カーライルは、相手が息継ぎした隙に口をはさんだ。「ぼくたちが来たのは、ハヴァーストック卿と話し――」

「ハヴァーストックか。あれは気の毒な男だ」ペンローズは沈痛な面持ちで嘆いた。「去年、長男が死んでから酒浸りだそうだな。ひどいことだ、息子に死なれるなんて」

「ええ。ぼくたちは、昔あなた方やぼくの父が作ったトンチン年金について話してきたんです」

ペンローズは驚いて眉を上げた。「年金？　ああ、あのトンチンか！　すっかり忘れていたよ。まあ、思い出す理由もない。まさか五人も娘を持つとは思わなかったからな。残念なことだ、あれはひと財産になっているらしいぞ」

「そうなんですか？」カーライルはちらっとノエルを見た。

「そうとも。何年かまえに投資した会社が大化けしたんだ。たしかインドの……いや、バルバドスだったか？　よく覚えていない。そういうことにはとんと関心がなくてね」

「契約書にある条件を知りたいんです。控えを手元に置いておられますか？」

「まさか」ペンローズは少しむっとしたようだった。「法律がらみのわけのわからん書類は、すべて事務弁護士にまかせてある」

「たしか、契約書を作成したのはお宅の弁護士でしたね？」

「ああ、そうだ。もっとも、当時の弁護士はもう亡くなり、いまは息子の代だが」

「その件で弁護士と話したいんですが。名前を教えていただければ……」

「いいとも」ペンローズはほっとしたようだった。「弁護士のほうが、この件ははるかによく説明できるからな。事務所は〈トンプキンス＆トンプキンス〉だ。父親はもういないから、いまはひとりのトンプキンスだけだが――」

「トンプキンス！」カーライルは驚いて叫んだ。「カトー・トンプキンスですか？　ダンブリッジの事務弁護士の？」

「そうとも！」ペンローズは顔をほころばせた。「知っているのかね？　そうか、トンプキンスはダンブリッジの弁護士でもあったな。あのころはカトーではなく、父親のほうだったが。なんて名前だったかな……息子ほど変わった名前ではなかった。カトーはローマ人の名前にちなんでいるんだ。われわれがつけたんだよ。ダンブリッジとわたしが。ふたりとも、この思いつきがすっかり気に入ってね」

「ありがとうございました、ミスター・ペンローズ」カーライルは突然そう言った。「ご協力に感謝します」

「いつでもどうぞ！　昔の話をするのは楽しい」それから、明るい笑顔が初めて消えた。

「話せる相手がとんと少なくなった」

ペンローズ邸から大急ぎで出ていくカーライルを、ノエルは小走りで追いかけた。「カーライル！　もう少しゆっくり歩いて。通りを走りたくないわ」

「すまない」彼は速度を落とし、ノエルを見た。「くそ、ネイサンの弁護士はぼくらを騙《だま》したんだ！　ぼくたちの目の前で白々しい嘘をついた。最初から、契約書はあいつの手元にあったんだ。何が書いてあるかも正確に知っていた――ずっとあいつが管理してきたんだから！」

「どうして嘘をついたのかしら？　秘密だったのは知っているけれど、少し度が過ぎやしない？　受取人に何ひとつ知らせないなんて。とくにあなたとネイサンは、お父さまが亡くなってすべてを相続しているのに」

「なぜ嘘をついたかはわからないが、締めあげて突きとめるさ。トンプキンスのところに行くぞ。もう秘密も騙し合いもたくさんだ。カトー・トンプキンスには、ごまかさずにはっきり答えてもらおう」

26

ふたりの乗った馬車がセヴン・オークスの前で止まったときには、すでに黄昏時《たそがれどき》に差しかかっていた。事務所の扉に鍵をかけていたカトー・トンプキンスが、車輪の音を聞いて振り向き、まだ動いている馬車から飛びおりたカーライルを見て、半歩あとずさった。

「ソーンさま。これは驚きました」トンプキンスが急いで言った。「今日はもう閉めるところなんです。よろしければ、明日――」

「いますぐだ」カーライルは乱暴にさえぎった。「なかに入るか、このまま通りで話すか、どちらでもぼくはかまわない。だが、例の契約書を渡してもらうぞ」

「ですが……」トンプキンスは震える手でドアの鍵を開け、なかへ戻りはじめた。「先日申しあげたとおり――」

「あれは嘘だ」カーライルがトンプキンスを追ってなかに入ると、ノエルもあとに続いた。「きみの父親はあの契約書を作成した弁護士だった」トンプキンスが息を吸いこみ、口を開いたが、カーライルは片手を上げてそれを制した。「否定しても無駄だぞ。フレディ・

ペンローズと話してきたばかりだ。きみの父親はダンブリッジの弁護士でもあったんだな。そしてあの年金の契約書を作成した。それればかりか、父親の死後は、託された金をきみ自身が運用している。それなのに、ぼくたちの前で何も知らないとしらを切った。いったいどういうつもりだ？」

「あれは、その、つまり……」トンプキンスは助けを求めて落ち着きなく目をさまよわせた。「わたしは嘘など言いたくなかったんです。隠しておきたくもなかった。でも……」目を合わせるのを避け、両手で頭を抱える。

「言い訳など聞きたくない」カーライルは威嚇するように大股で一歩近づいた。「契約書が見たい。いますぐだ」

トンプキンスはうなずいて奥の部屋に入ると、引き出しを開けてなかの書類をかきまわしはじめた。「ああ、これだ」法的な書類であることを示す青地の紙を取りだし、二つ折りのまま差しだす。

カーライルはひったくるようにつかむと、書類を開いてすばやく目を走らせた。

彼が読んでいるうちは、書類を見ようとしても無理だ。代わりにノエルは尋ねた。「秘密にしたくなかったのなら、なぜ黙っていたの？」

「彼に話すなと言われたんです。顧客ですから、従うべきだと……」

「ミスター・ペンローズに？」ノエルは驚いて訊《き》き直した。「でも、どうして彼がそんなことを？　わたしたちに話してくれたのはあの人よ」

「いえ、ペンローズさまではありません。ダンブリッジさまです」

「ネイサンの父親が？　でも――」

「違います、ネイサン・ダンブリッジですよ」

カーライルはぱっと顔を上げた。「なんだと？　ネイサンが？　何を言ってるんだ。きみがトンチン年金のことなど知らないと嘘をついたとき、ネイサンもぼくたちと一緒だったぞ」

トンプキンスはごくりとつばをのみ、袖口を引っ張り、襟を正し、懐中時計の鎖に触れた。「ええ。しかし、彼はすでに知っていたんです。父親から聞いたんだと思います。一、二度トンチンについてわたしと話し合ったこともあります」

「嘘だ」カーライルは低い声でさえぎった。

「本当です」トンプキンスは怒って言い返した。「あの日わたしをストーンクリフに連れていくとき、何も知らないふりをしろと言ったんです。少し奇妙だとは思いましたが、いたずらか何かだろうと思って……。嘘をつくのは気が進まなかったんですが、ネイサン・ダンブリッジの指示ですから……」

カーライルは黙ってトンプキンスをにらみつけている。

「わたしは嘘が嫌いです。しかし、顧客の指示には従うしかありません」

ノエルもカーライルと同じくらい驚いていた。ネイサンは知っていた？　それなのに、なぜ黙っていたの？　信じたくないが、その答えは明らか――ギルを殺そうとしたのがネイサンだからだ。ノエルはカーライルを見た。

「ギルが危ないわ！　ネイサンと一緒なのよ、いますぐ戻らないと！」叫ぶなり、表に出る扉へと走った。

「しかし、書類を……それをこちらに……」

口ごもる弁護士を残し、カーライルも外に走りでると、ノエルを抱きあげて馬車に乗せ、自分も飛び乗って、御者にストーンクリフに向かえと命じた。

「ネイサンではありえない。絶対に違う」カーライルはノエルに訴えた。

「わたしも信じたくないわ」ノエルは、〝もっと速く〟と心のなかで御者を急がせながら、膝にのせた手を握りしめた。「でも、それ以外に説明がつかない。なぜネイサンはわたしたちにトンチン年金のことを知られたくなかったの？　なぜ弁護士に知らないふりをしろと指示したの？」

「わからない。だが、ネイサンのことは生まれたときから知っている。誠実で信頼できる男だ。ぼくの親友だ」カーライルは固く握った拳を自分の腿に叩《たた》きつけた。「きっと、ちゃんとした説明がつくにちがいない」

「でもネイサンは、黒幕はスローンだとずいぶん熱心に主張していたわ」

「それはアナベスの件でスローンに腹を立てているからだ。トンチン年金とは関係ない。誰かがギルを撃とうとしたときだって、彼は所領にはいなかった」

「いいえ、いたわ。レディ・ロックウッドとアナベスに付き添って、ロンドンから来ていた。あの日も、あなたがギルを運びこんだあとまもなく訪ねてきた」

「だからといって、ネイサンが発砲したことにはならない。それに、ヨーロッパ中を駆けまわってきみからギルを奪おうとしたのがネイサンでないことはたしかだ」

「ええ。でも、ベルンやバルセロナで襲ってきたのは、犯人自身ではなく、犯人に雇われた男たちだった」ノエルはいったん言葉を切り、付け加えた。「それに、ネイサンはお金を必要としているわ」

「だったら、どこかの女相続人と結婚すればいいだけだ。ネイサンの叔母がせっついているように。加入者の跡継ぎを殺してまわる必要などない」カーライルはノエルを見た。「きみもネイサンを知っているはずだぞ。それほどまで恐ろしい男だと思うのか？」

「いいえ。でも、容疑者は限られている。ネイサンは年金のことを知っていたのに、あなたに隠していた。嘘をついたの。弁護士まで連れてきて、嘘をつかせたのよ。犯人でなければ、なぜ年金について隠すの？　考えれば考えるほど、怪しいことばかり」

「わかっている。ちゃんと本人に訊くとも。きっと納得のいく理由があるにちがいない」カーライルはため息をつき、ノエルの手を取った。「とにかく、無理かもしれないが、心配しないほうがいい。ギルは安全だよ。たとえぼくが間違っていて、ネイサンが犯人だとしても、ストーンクリフにはディッグスもいる。あいつがギルを守ってくれる」

「そうね」カーライルの言うとおりだが、ノエルの不安は鎮まらなかった。

ストーンクリフまでの道のりは永遠にも思えるほど長かった。ノエルは窓の外の暗がりを見つめ、心のなかで馬と御者を急《せ》かし続けた。カーライルも気難しい顔で、手にした書類を見ている。

カーライルは書類で腿を叩いた。「これが答えを示してくれると思ったのに」

「手がかりにならないの？」

「ならない。ぼくが見逃がしているならべつだが。加入者はスローンが届けてくれたリストと一致している。条件はハヴァーストックから聞いたとおり。いまから十二年後に満期日を迎え、そのときまだ生きている男子の跡継ぎに等分される。ひとりも生き残っていなければ、慈善事業に寄付される」

「犯人はなぜいま、あたふたと動いているのかしら？」心配から気をそらす話題を歓迎し、ノエルは頭に浮かんだ疑問を口にした。「たとえ残り全員を殺したとしても、お金はあと十二年も手に入らない。そのあいだに病気や事故で死ぬ人もいるかもしれないのに」

カーライルは首を振った。「そのとおり、急ぐ必要などない。おそらく、長い年月をかけて殺せば、疑われずにすむと考えたのだろう。あるいは、まだ若く、自然死を迎えそうにない者を的にしたのか。スプレーグとブルックウェルは、ぼくやネイサンよりも若かった。それにギルは最年少だ。ネイサンとぼくのことは、十二年のあいだに死ぬのを願っているのかもしれないな」

背筋を震えが走り、ついきつい口調になった。「まさか犯人の願いをかなえるつもりはないでしょうね」

カーライルは口元をゆるめた。「もちろん。ギルにも手出しなどさせない」

「たとえ相手がネイサンだとしても？」

カーライルの顔がこわばった。「たとえ相手がネイサンだとしても」

邸《やしき》には煌々《こうこう》と灯《あか》りがついていた。ノエルは不安に駆られてカーライルを見た。「何かあったんだわ」

ふたりは、馬車が邸の前で止まると同時に降りた。中庭に入る門はこのところ施錠されている。御者が高い御者台から降りてきて開錠するまでが、ひどく長く思えた。錠が開くと、ノエルたちは門を勢いよく開け、中庭を走った。いつもなら召使いが扉を開けて迎えるのに、玄関ホールは空っぽだった。客間から大勢の声が聞こえてくる。レディ・ロックウッドの声がいちばん大きかった。「お黙り！　ヒステリーを起こしてもなんの役にも立ちませんよ」

「まさか……ギル……」ノエルはうめくようにつぶやいた。

「しっかりしろ」カーライルに腕を取られ、ノエルは客間へと急いだ。

伯爵夫人とその母に執事、ほかにも三人の召使いが長椅子を囲んでいる。青ざめた顔のディッグスが暖炉のそばに立ち、ほかにも数人の召使いが部屋の隅に固まって小声で言葉を交わしていた。

ノエルたちが入っていくと、全員がふたりを振り向いた。

「カーライル！」伯爵夫人が安堵《あんど》もあらわに叫び、ふたりに近づいてくる。

長椅子の周囲にいた人々が分かれ、目を閉じて横たわっているネイサンが見えた。シャツの前が真っ赤に染まり、アナベスがひざまずいて布の束を胸に押しつけていた。

アナベスがぱっと立ちあがり、カーライルを振り向いた。「ああ、帰ってきてくれてよかった。ネイサンが撃たれたの！」

「なんだって？」カーライルは急いでアナベスに歩み寄った。

ノエルは部屋を見まわした。「ギルはどこ？　あの子は無事なの？」

「ギルは無事よ」伯爵夫人が答え、ノエルの手を取る。「あの子は大丈夫。自分のベッドで眠っているわ」

「よかった」急に膝の力が抜け、ノエルは急いで腰をおろした。

カーライルがアナベスのそばで片膝をつく。「ネイサンは――」

「生きているわ。医師を呼びに行くよう、厩舎《きゅうしゃ》に召使いをやったところ」

「ぼくが行こう。サムソンがいちばん速い。あれを乗りこなせるのはぼくだけだ」カーライルは召使いに目をやった。「ポッター、急いで厩舎に行って、サムソンに鞍《くら》をつけるよう言ってくれ。ぼくもすぐに行く」ポッターが小走りに部屋を出ていくと、ネイサンの胸に置かれた布の束を持ちあげ、傷を調べた。「弾は抜けたのか?」

アナベスが目に涙をためて首を振る。「先生に取りだしてもらわないと。ああ、カーライル、ネイサンは助かると思う?　もしものことがあったら、とても耐えられない!」

「もちろん助かるとも」カーライルは力強くうなずいた。「きみはとてもよくやってるよ、アナベス。その調子で傷口を押さえ続けるんだ」そして立ちあがり、残りの人々に向き合った。「何があった?　ネイサンを撃ったのは誰だ?」

ディッグスが体を起こし、前に進みでた。「撃ったのはわたしです」

27

「なんだと？」カーライルは驚いてディッグスを見た。「なぜ――」

「仕方がなかったんです。とっさのことで。わたしは坊ちゃんのそばにいました。途中でうとうとして、はっと目を覚ますと、ダンブリッジさまが坊ちゃんの顔に枕を押しつけてるじゃありませんか。銃をつかみながら大声をあげると、ダンブリッジさまが振り向き、銃をわたしに向けたんです。撃つしかありませんでした。やらなければ、やられていた。わたしが死ねば坊ちゃんが危ない。とっさの出来事で、倒れた男に歩み寄るまでは、それがダンブリッジさまだってことにさえ気がつきませんでした。とにかく夢中で……ほかにどうすればよかったのか……」

「ネイサンがギルを窒息させようとしていたのはたしかか？」カーライルは尋ねた。「たんに子どもの様子を見ていただけではないのか？」

ディッグスは首を振った。「いいえ、両手で枕を顔に押しつけてました。枕をはずすまでは、坊ちゃんが生きているかどうかもわからなかったくらいです。ダンブリッジさまの銃は、拾って、暖炉の飾り棚に置いときました。申し訳ありません。わたしが居眠りをしたせいです。ちゃんと目を覚ましていれば、あんなことには——」

「いや、きみのせいではないさ。きみに責任はない」そう言ったカーライルは、疲れのにじむ顔でノエルを見た。

知り合っていくらも経《た》たないわたしですら、ネイサンに裏切られたと感じているのだ。あれほど彼を信じていたカーライルは、友の裏切りにどれほど傷ついていることか。駆け寄って彼を抱きしめ、慰めたかった。でも、もちろんそんなことはできない。

「できるだけ早く戻る」カーライルはノエルのそばを通り過ぎながら、安心させるように腕に触れて小声で言った。

ディッグスが彼を追って廊下に出ていき、ノエルは伯爵夫人を見た。一刻も早くギルの部屋に行き、この目で無事を確かめたい。夫人は無事だと言ったが、自分の目で見るまでは安心できなかった。だが、アナベスと夫人をこの場に残し、自分だけ息子のそばに行くのははばかられた。

さいわい、伯爵夫人はノエルの気持ちを察し、腕を叩《たた》いた。「ギルのところに行って、自分の目で無事を確かめるといいわ。あの子のそばにいてあげて。ここはわたしたちがいれば大丈夫よ。それに、できるのは、カーライルが先生を連れて間に合うように戻ってくるのを祈るくらい……」夫人は長椅子に横たわるネイサンを振り向き、みるみる目を潤ませた。

ノエルは夫人の言葉に甘え、客間を出て階段を駆けあがった。壁の燭台《しょくだい》だけが照らす廊下は薄暗い。撃たれて血を流しているネイサンを客間に運んだ召使いたちは、この廊下を使ったのだ。その光景が目に浮かび、体が震えた。

何もかも信じられないことばかり、ありえないことばかりだ。あの気持ちのよい態度、ほがらかな笑み、隠し事など何ひとつなさそうな優しい顔の下に、ネイサンが恐ろしい殺意を隠していたなんて。彼が息子を殺そうとしたことにはもちろん激しい怒りを感じるが、幼馴染《おさななじみ》を失うかもしれないカーライルや、ほかの人々の気持ちを思うと、同情と悲しみがこみあげてくる。どうしてネイサンはあんなことをしたの？

足音をしのばせ、化粧台の上の小さなランプが弱い光を投げている部屋に入った。ギルは横向きで片手を頬に当て、眠っていた。吐き気をこらえて敷物の血の染みをよけ、ベッドに近づくと、小さなの額に手を当てて髪を撫《な》でつけた。すぐそばで銃声がしたのに、目を覚まさなかったのだろうか？　銃声で目を覚ましたものの、またぐっすり眠ってしまったの？　ネイサンが撃たれた騒ぎでずいぶん興奮しただろうに、そんなにすぐ眠れるものだろうか？

かがみこんで額にキスしても、ギルは身じろぎひとつしなかった。ノエルは不安になり、息子の名を呼んだ。起こしたくないが、こんなふうにずっと寝続けているのは不自然だ。

大きな声でふたたび名前を呼びながら息子を揺すぶった。いったいどうしたの？　ネイサンに窒息させられそうになって、昏睡《こんすい》状態に陥っているの？

廊下に足音が聞こえ、振り向くと、ディッグスが入ってくるところだった。彼はノエルを見て、急に足を止めた。「失礼、奥さま。こちらにおいでとは知りませんでした」

「ギルが目を覚まさないの」ノエルはこみあげる不安と闘いながら声を絞りだした。

「部屋に来たときに坊ちゃんが目を覚まさないよう、ダンブリッジさまが食べ物か飲み物に何か入れたんでしょう」

「ええ。きっとそうね」ディッグスの説明にうなずいたが、今度は、ネイサンが盛った薬の量が多すぎたのではないかと心配になった。

「坊ちゃんは大丈夫ですよ。顔色もいいし、呼吸もふつうです」

「ごめんなさい。息子を救ってくれたお礼も言わないで」

「いや、間に合うように目を覚ましてよかった。眠ってしまったのが申し訳なくて――」

「疲れていたのよ、少し休むといいわ。もう襲われる危険はないいんですもの。今夜はわたしがギルと一緒にいるから」

「そのことですが」ディッグスは落ち着かない様子で足を踏みかえ、手にした帽子を揉みしだいた。

どうしてギルの部屋に来るのに帽子がいるのだろう？　ノエルはちらっとそう思った。

「ソーンさまが、念のため、坊ちゃんをほかの場所に移したほうがいいと――」

「どうして？　ネイサンはもう何もできないわ」ノエルは首を傾《かし》げた。「カーライルも、まだネイサンが無実だと思っているわけではないんでしょう？　あなたが現場を押さえたんですもの」

「ええ、それはわかってます。ただ……共犯者がいるかもしれない、ネイサンがひとりで全部やれたわけはないと――」

「でも、ネイサンの仕業だとばれたあとで、雇われた人間がギルを襲うかしら」

「どうですかね」ディッグスは肩をすくめた。「今夜の一件を、そいつが知らないってことも考えられます。ソーンさまは用心深い方ですから」

たしかにそのとおりだ。「今夜のうちに、こっそり移せというの？」

ディッグスがうなずく。「突然ですが、ソーンさまがそうしろとおっしゃるんで。坊ちゃんはわたしがしっかり守ります。心配する必要はありませんよ」

「心配はしないわ。わたしも一緒に行くもの」

「しかし、ソーンさまはその件について何もおっしゃってませんでした」ディッグスはためらった。「夜更けに森のなかを歩くのは少しばかり難儀ですよ」

「今夜のような出来事のあとで、ギルを目の届かないところにやる気はないわ。心配しないで。ミスター・ソーンには、わたしが一緒に行くと言い張ったと話します。それなら、あなたが叱られることもないでしょう」

「ええ、奥さま」ディッグスはうなずいた。「では、行きますか」

ディッグスはぐるりとまわりこんできて、ギルを抱きあげた。ギルは身じろぎしたものの、彼の肩に顔を埋めて眠り続けた。ディッグスは先に立って裏の階段をおり、誰もいない台所を横切っていく。

「レディ・ドリューズベリーには話しておいたほうがいいわね」ノエルはちらっと廊下の先を見ながらつぶやいた。

「ソーンさまが話してくれますよ。それより、急ぐように言われてるんで」

伯爵夫人にも黙って邸《やしき》を抜けだすのは、なんだかとても奇妙だった。カーライルは邸にいる誰かを疑っているのだろうか？　まさか、邸のなかにギルを殺そうとする人間がいるとは思えない。夫人やその母親やアナベスが、ギルに危害を加えることなど想像もできなかった。カーライルは、召使いのなかにネイサンの息のかかった人間がいると考えているの？　まあ、ディッグスの言うとおり用心深い彼のことだ、大事をとりたいだけなのかもしれない。

外に出て、庭を横切っていくと、そのはずれにポニーを繋《つな》いだ荷車が待っていた。ディッグスはギルを荷車におろし、ポニーの手綱を引いて小道を歩きだした。ノエルは荷車のあとに従った。月の光に照らされていても、足元は暗い。ほどなくディッグスは道をはずれてランタンに火を入れると、木々のあいだの道ともつかない道を進みはじめた。

「どこへ行くの？」ノエルは尋ねた。

「この先にあるコテージです。いまは空き家になってるし、それがあることを知ってる人もあまりいないそうです」

ノエルはスカートを藪《やぶ》に引っかけ、でこぼこの地面に何度かつまずいた。今日は目まぐるしい一日だった。あちこち動きまわり、知らない人間と会い、何度も感情を揺さぶられたせいで、ふだんの倍も疲れた気がする。

少し休みたいと声をかけようとした瞬間、ディッグスが言った。「まもなくですよ。このすぐ先です」

たしかに前方の小さな空き地のなかに、周囲の闇よりも黒い塊がぼんやりと見える。近づくと、その塊がみすぼらしい小屋になった。窓は鎧戸《よろいど》に覆われている。ディッグスが扉を開けると、蝶番《ちょうつがい》が不気味な音をたてた。ランタンの光は、部屋の隅までは届かない。ノエルはぶるっと体を震わせた。邸を出るまえに、ショールを取りに戻ればよかった。

「こっちにベッドがありますよ、奥さま」

ディッグスが表の部屋より小さな部屋に入り、幅の狭い寝台にギルをおろす。ギルはため息をもらして横向きになった。

ディッグスが戸口に戻りながら続けた。「わたしは表の部屋にいます。あの、少し休んでください」

彼がランタンを手にしてドアを閉めたとたん、部屋は真っ暗になった。呼び戻して、蝋《ろう》燭《そく》を探してもらおうか？　ちらっとそう思ったが、それもおっくうだ。このまま眠るとしよう。

ベッドの裾に腰をおろし、壁に背中をあずけて目を閉じる。この日初めての穏やかで静かな時間のなかで、ノエルは今日起こった数々の出来事をじっくり考えはじめた。

平気で何人も殺すような冷酷な男を、どうして虫も殺さないような好人物だと思いこむことができたのか。自分だけではない。ネイサンには全員が完全に騙《だま》されていた。寛大で優しく、常に相手のいちばんいいところを見ようとする伯爵夫人が、ネイサンのなかにある闇を見落としたのはまだわかる。でも、カーライルとアナベスは、分別のある、冷静な判断のできる人たちだ。それなのに、幼いころから知る彼の、明るい見かけの下にうごめく醜さに、まったく気づかなかった。

ギルがもう少しで死ぬところだったと思うと、恐ろしくて体が震えた。ギルをネイサンにまかせてストーンクリフを出たのは、恐ろしい間違いだった。どんなに気立てがよさそうに見えても、知り合ってから間もない男の手に息子を託すべきではなかった。カーライルに同行したのは息子の危険を取り除くためとはいえ、どうしても一緒に行く必要があったわけではない。スローンやほかの人々と会い、直接話を聞きたいと言い張ったのは、そうすればカーライルとふたりきりになれるからだった。

ディッグスがストーンクリフに来るまえに、ネイサンがギルを殺そうとしなくて本当によかった。でも、なぜネイサンは、ノエルたちが最初に出かけたときに行動を起こさなかったのだろう？　ノエルとカーライルがスローンの邸を訪れていたときに。あの時点では、同じような機会がふたたび訪れるという保証はなかった。守る者が自分しかいないときにギルが死んだら、疑われると思ったのか。

でも、なぜ今夜ギルを殺そうとしたの？　それもディッグスが部屋で見張っているときに。ディッグスが居眠りしていたから？　でも、目を覚まして発見されたら、万事休すだ。ディッグスの食べ物にも眠り薬を入れたのだろうか？　薬を盛られたとしたら、ディッグスはなぜすぐ目を覚ましたの？　ギルはまだ眠り続けているというのに。たしかにギルのほうがずっと体は小さいが、少し奇妙だ。カーライルが来たら、その点も検討しなくては。

ギルがもぞもぞと動き、何かつぶやくのを聞いて、ノエルはほっとした。ディッグスが言ったように、眠っているだけで、長期的な害はなさそうだ。ノエルは守るように片手を息子の体に置き、かたわらで横になった。

うとうとしはじめたとき、大きな音がした。眠い目を開き、体をこわばらせて耳をすますと、何かがこすれる音に続いて、男が罵倒する声と馬のいななきが聞こえた。あれはポニーだ。ディッグスがポニーを小屋の裏にまわし、荷車からはずそうとしているのだろう。

都会の生活しか知らないディッグスは、きっと馬のはずし方をよく知らないのだ。

ノエルは体の力を抜き、もう一度眠ろうとした。と、ギルがもぞもぞ動き、また何か言った。「やだ……やだよ」

ノエルは肘をついて息子の顔を見下ろした。「ギル、夢を見ているのよ。目を覚まして。ギル?」

「いやだ!」ギルがはっきり言って腕を振りまわし、ノエルの肩を打った。「やめて……ママン!」

恐怖に駆られたささやきがノエルの胸を切り裂いた。「ママンはここよ。すぐそばにいるわ。大丈夫、あなたは安全よ」息子を抱きしめ、安心させようと声をかけながら背中を撫でた。

「ママン?」ギルが動くのをやめ、ぱっと目を開けた。「ママン!」強く首にしがみついてくる。

「ええ、もう大丈夫。何も心配いらないわ」

「よかった」ギルは腕の力を抜き、ノエルの胸にもたれた。

「ねえ、ギル、ミスター・ダンブリッジに何か飲まされたの?」

「ううん」ギルは大きなあくびをして、ふたたび目を閉じた。「ディッグスだよ」

28

ディッグス？　息子が口にした名前に心臓が早鐘のように打ちだし、眠気が吹き飛んだ。「ディッグスが飲ませたの？」ギルを優しく揺する。「ギル、起きて。教えてちょうだい。ディッグスが何か飲ませたの？」

ギルはうなずいた。「うん」

つかのま、あまりの衝撃に頭が真っ白になり、それからものすごい勢いで頭が回転しはじめた。なぜあの荷車は庭のはずれにあったのか？　疲れと心配で、奇妙だと思う余裕がなかったが、考えてみればおかしい。

ディッグスはいつあれを用意したの？　ギルの部屋に行こうと客間を出たとき、ディッグスはまだカーライルと話していた。そして、その数分後にはギルの部屋に入ってきた。厩舎《きゅうしゃ》へ行って荷車にポニーを繋《つな》ぎ、庭のはずれに待たせておく時間など、どう考えてもなかった。

ポニーをつけた荷車を用意してくれと馬番に頼むことはできる。でも、それを告げるためには、召使いを厩舎にやらなくてはならない。ギルをひそかにべつの場所に移す計画を、最低でもふたりに知られることになるのだ。それを避けるためには、ディッグス自身が早い段階で荷車を用意しておくしかない。

ネイサンを撃つまえに。

なぜディッグスはギルを連れ去る計画を立てていたのか？　ノエルと出かけるまえ、カーライルがそんな指示を出すとは考えられなかった。

となると、ディッグスはカーライルの指示で動いているのではない。最初から、自分でギルをさらうつもりだったのだ。それが正しい目的のためだとは考えづらい。黒幕がディッグスだと考えれば、いろいろと辻褄《つじつま》が合う。ノエルが逃げるたびにヨーロッパ中を追いかけ、居所を突きとめたのは、誰あろうディッグスだった。ディッグスは、イングランドに戻ってストーンクリフで暮らすようノエルに告げるどころか、部下に命じてギルをさらおうとしたのだ。セヴン・ダイヤルズでの夜もそうだ。手下に帽子屋を見張らせていたディッグスは、おそらく自分で手下の飲み物に睡眠薬を入れ、違う男にノエルとギルのあとを尾《つ》けさせた。

でも、どうして？　ディッグスは誰の跡継ぎでもないのに。とはいえ……実際にトンチン年金で利益を得る者に雇われているのかもしれない。もしかしてそれがネイサンだった？　だとしたら、ディッグスはなぜ彼を撃ったの？　ネイサンは、ディッグスがギルを連れ去ろうとするのを見て止めようとしたのかもしれない。そして撃たれた。つまり、犯人はネイサンではない。では、なぜネイサンはトンチン年金を知らないと嘘をつき、弁護士にまで嘘をつかせたのか？

まだ謎は残るが、いまはそれより、一刻も早くここを逃げださなくては。こちらはまんまと罠《わな》にはまり、犯人に手を貸して息子を危険にさらしているのだ。もう邪魔する者はいないのに、ディッグスがまだ自分たちを殺さない理由はわからないが、なんとかしてあの男を阻止しなくてはならない。

まずはドアの前に物を置き、開かないようにして助けを待とう。でも、ベッドをドアの前に寄せただけで、完全にディッグスを締めだせるだろうか？　それに、助けは当てにできなかった。ディッグスの指示で、ノエルは誰にも告げずに邸《やしき》を出た。〝カーライルがノエルたちをコテージに移せと命じた〟というディッグスの説明は真っ赤な嘘だから、ふたりの居所はカーライル含め、誰も知らないことになる。

これまでと同じように、頼れるのは自分だけだ。ノエルは部屋を見まわした。ディッグスが唯一の灯《あか》りを持ち去ったため、小部屋は真っ暗だが、たしか裏に面した窓があったはずだ。大きさによっては、そこから逃げられるかもしれない。真っ暗で何も見えないが、さいわい小さな部屋だから、壁づたいに進めば窓がすぐに見つかる。

指先で壁に触れ、ノエルはゆっくり進みはじめた。壁の角に達して向きを変え、そこから数歩進むと、壁が消えた。その先は木材だった。ガラスのはまっていない、鎧戸《よろいど》だけの窓だ。どうりで、ディッグスがポニーを荷車からはずす音があんなに大きく聞こえたわけだ。ノエルは注意深く窓の周囲を手探りした。さほど大きな窓ではなく、少し高いところにあるが、ギルも自分も鎧戸の隙間から通り抜けられそうだ。

鎧戸は指先でそっと押しただけでは動かなかったが、力を入れて押すと、きしみながら少し開いた。ノエルはぎくっとして手を止め、息を殺して足音に耳を澄ませた。が、何も聞こえない。いまの音はディッグスには聞こえなかったようだ。ほっとしてさらに鎧戸を開けていくと、少し離れた木の下にポニーの黒い輪郭が見えた。つま先立ってのぞいた窓のすぐ下には、さいわい荷車が壁に寄せて置いてあった。これならギルでも怪我《けが》をせずにおりられる。

ギルはまたぐっすり眠ってしまったようだ。寝ているあの子を連れて、どうやって逃げればいい？　抱いていくことはできるが、それでは速度がぐんと落ちる。さほど遠くまで行かないうちにディッグスに捕まり、連れ戻される可能性が高い。荷車を使うのがいちばん楽だが、ディッグスに車輪の音を聞かれてしまうだろう。そもそも、わたしはポニーを荷車につけることなどできない。ギルはポニーの背に乗せるとしよう。そうすれば、少なくとも早足で逃げられる。

脱出計画を実行するまえに、敵の様子をうかがい、状況を把握しておこう。開いている鎧戸から射《さ》しこむかすかな光を頼りに、足音をしのばせて床を横切り、ごく細くドアを開けた。わずかな隙間から見える表に面した部屋では、ディッグスが両足を丸椅子にのせてくつろいでいた。

あの男は何を待っているの？　雇い主の到着？　今後の指示？　いずれにせよ、警戒している様子はまったくない。武器になりそうなものを探し、後ろからしのび寄って頭を殴ろうか？　ふいにそんな考えが頭にひらめいた。でも、失敗したらどうなる？　殴るまえに気づかれたら？　意識を失わせるほど強く殴れなかったら？　やはりそっと抜けだし、できるだけ遠くに逃げるほうがよさそうだ。運がよければ、ディッグスはふたりとも小部屋で眠っていると思いこみ、何時間も気づかないだろう。

ノエルはドアをそっと閉め、ベッドに戻ってギルを揺すぶった。ややあってギルが目を開け、泣きそうな声で〝ママン〟とつぶやいた。

「しいっ」ノエルは急いで息子の口を覆い、耳元でささやいた。「ギル、声を出さないで。隣の部屋にいるディッグスに聞こえてしまうかもしれない。ここをこっそり逃げだすわよ。わかった？」

ギルは目をぱちくりさせた。暗がりのなかでは表情がよく見えず、すっかり目を覚ましているかどうかがわからない。

ノエルは小声で説明を続けた。「悪党はディッグスだったの。へんな味のするものを飲まされたんでしょう?」ギルがうなずいた。「何度もあなたをさらおうとしたのは、ディッグスの手下だったのよ。ほんの少しまえにようやくわかったの。ママンはディッグスを信頼していたから、彼の嘘にまんまと騙《だま》されて連れだされてしまった。急いでここから逃げないと」

ギルがささやき返す。「でも、カーライルおじさんが――」

「おじさんはここにいないの。わたしたちがどこにいるかも知らない。だから、ふたりでなんとかして邸に戻るのよ。カーライルおじさんのところに」

ギルがうなずくのを見て、ノエルはほっと息をついた。いまの説明がわかるなら、指示にも従えるはずだ。ノエルは息子を窓辺に連れていき、体を持ちあげて、外の荷車の上におろした。ノエル自身が小さな窓から出るのは少し難しかったが、鎧戸をつかんで体を支え、体をひねってどうにか通り抜けた。

それを見ていたポニーが小さくいななき、近づいてきてノエルの腕に頭を押しつけた。ディッグスはポニーをどこにも繋がなかったのだ。ポニーはおとなしく、置き去りにされた場所で草を食《は》んでいたらしい。人懐っこいらしく、手綱すら必要なさそうだが、ノエルは馬具から革紐《かわひも》をはずし、それをポニーの首にまわしてギルに持たせた。

ふたりが囚《とら》われていたコテージは空き地の真ん中にあった。邸に戻る小道に向かえば、ノエルたちの姿はコテージから丸見えになる。見つからないように、いったん背後の森に入ったほうがいいだろうか？　一瞬そう思ったが、現在位置がさっぱりわからないとあって、へたをするとギルとふたり、森のなかで迷子になりかねない。やはり、最短の経路で邸に戻るのがいちばんだろう。

不安にざわめく気持ちを静めようと深く息を吸いこみ、ノエルは空き地を横切りはじめた。ポニーはおとなしく従ってくるものの、苛立《いらだ》たしいほどゆっくりとしか進まない。ギルがその背でうとうとしはじめるのを見て、落馬しないように息子のシャツをつかんだ。もう片方の手に間に合わせの首縄を引っかけて、ポニーをできるだけ急がせた。

木立のなかへと延びる小道の少し手前まで来たとき、後ろのコテージから叫び声があがった。

「目を覚まして、ギル！　しっかりつかまって！」そう叫んで、ポニーを引いて走りだす。ギルが眠そうに目を開け、首輪を両手でつかんだ。急《せ》かされたのが気に入らないのか、しきりに頭を振るポニーの背で、ギルの小さな体が跳ねるように揺れた。

コテージの扉が大きな音をたてて開き、ディッグスが走りでてきた。手にしたランタンが大きく揺れ、空き地に光が躍る。

その光に驚いたポニーが、ノエルの手から逃れようと飛び跳ねながら身をよじり、必死に革紐にしがみつくギルの体が横から滑り落ちてきた。「ママン！」

ノエルは落ちるギルを抱きとめ、その重みでよろめいた。ポニーは蹄《ひづめ》の音を響かせて小道を走り去っていく。ノエルはすばやく向きを変え、木立に走りこんだ。視界のよくない森のなかなら、ディッグスをまけるかもしれない。

だが、この望みはかなわず、たちまちディッグスに追いつかれ、腕をつかまれた。ノエルは身をよじってその手を振り払うと、息子を地面におろして落ちている枝をつかんだ。

「逃げて！」叫びながら身を起こし、ディッグスに向かって枝を振りあげた。

29

カーライルは医師を伴い、急ぎ足で邸《やしき》に入った。客間のドアに達するまえにアナベスが走りでてくる。

「カーライル！　先生！　ああ、よかった」

「ネイサンは？」恐ろしい不安が胸のなかで渦巻いている。何が起きようと、ネイサンがどれほど犯人らしかろうと、幼友達が死ぬのを見たくない。

「生きているわ。先生、こちらです」

カーライルはふたりのあとについて客間に入った。医師がネイサンのそばで片膝をつき、傷を調べはじめる。

「ノエルはどこだ？」カーライルはちらっと部屋を見まわした。いま客間にいるのはアナベスとふたりの召使いだけだ。

「ギルの様子を見に行ったわ。伯母さまはありがたいことに、お祖母《ばあ》さまを部屋まで送っていったの」

「ネイサンは意識が戻ったのか？」

「一度だけ」アナベスの声が震えた。「ポッターとベネットがふたりがかりで押さえつけなくてはならなかったのよ。いくらなだめても起きあがろうとして……ベネットがブランデーを少し飲ませてやっと静かになったけれど、まだうなされているわ」

「弾を取りださねばなりませんな」医師が言い、立ちあがった。「テーブルに運ぶ必要がある。灯《あか》りももっと必要です」

「食堂のテーブルにしよう。アナベス、ベネットに準備するよう伝えてくれ。ポッター、きみとハーグローヴはネイサンを運ぶ手伝いを頼む。できるだけ揺らさないように。そっと持ちあげるぞ」

　カーライルはネイサンの頭と肩の下に手を入れた。長椅子から持ちあげたとたん、ネイサンがうめく。カーライルたちは慎重に食堂へと向かったが、まったく揺らさずに運ぶのは不可能だ。

　ネイサンのまぶたが開き、カーライルを認めると体の力が抜けた。「戻ったか……ありがたい」

「ああ、ぼくがそばにいる。もう大丈夫だ」

「ディッグスが……」

「きみを撃ったんだな。わかってる。ネイサン、しゃべらないほうがいい。いまは――」

「ギル……ギルは……」

「無事だ。心配はいらない」

「いや」ネイサンがかすかに首を振った。「あの子を……ぼくは……すまない。あいつを……止めようとしたが……」

とたんに全身が冷たくなり、カーライルの足が止まった。その弾みに体を揺すぶられたネイサンが苦痛の声をあげる。「誰を？　誰を止めようとしたんだ？」

「ディッグスだ。ギルを頼む」

「ギルは無事だ」カーライルは半ばうわの空でネイサンを安心させながら、いまの説明を、すでにわかっている事実と繋《つな》ぎ合わせようとした。

ようやく食堂に到着し、ネイサンをテーブルに横たえると、召使いのふたりは二、三歩さがったものの、カーライルは友にかがみこみ、その顔をのぞきこんだ。「ネイサン、ディッグスはなぜきみを撃ったんだ？」

「あいつが……ところを、見つけた……」ネイサンの目から光が消え、まぶたが落ちた。

「ネイサン、目を開けてくれ。頼む！」

医師が横に来て、カーライルを押しのけた。「ただちに手術しないと手遅れになりますぞ」

「ええ。お願いします」カーライルはテーブルを離れ、戸口に立っているアナベスに尋ねた。「ディッグスはどこだ?」

アナベスは首を振った。「さあ……。ネイサンはなんですって? さっきからずっと譫《うわ》言《ごと》を言っていたのよ」

「どんな内容だった?」

「あなたとギルの名前を何度も呼んでいたわ。すまない、って」アナベスの目に涙があふれた。「ああ、カーライル、ネイサンがギルを殺そうとしたはずがないわ。そうでしょう? そんなことができる人ではないもの」

「何が起きたのか見当もつかないが、ぼくもネイサンがギルバートを殺そうとしたとは思えない。ネイサンは……ディッグスを止めようとした、と言っている。ディッグスが何かしているところを見つけたそうだ。ギルを頼む、と言ったよ。ディッグスの説明とは……反対のことが起こったのかもしれないな」

「そうよ!」アナベスは叫んだ。「ネイサンがギルに危害を加えるはずがない。わたしにはわかっていたわ」

「ぼくには何がなんだか……ノエルと話してみるよ。それにギルと」そこでアナベスの腕を優しく握った。「ネイサンのそばにいてやってくれるか?」

「もちろん」

カーライルは、召使いのひとりについてこいと合図しながらドアに向かった。「ポッタ

「ディッグスはどこだ？」

「存じません」

「急いで見つけてくれ。彼と話したい」

一段飛ばしに階段を駆けあがりながら考える。あれはただの譫言か？　それとも、ぼくが友の言葉を誤解したのか？　ネイサンはこの期におよんで、まだ自分の悪行をごまかそうとしているのかもしれない。だが、これまでずっと友人だった彼がそんな男だとは信じられなかった。

しかし、ディッグスは？　たしかに何年も自分の下で働いているが、あの男をどこまで信じられる？　ディッグスが嘘をついた可能性はあるだろうか？　ギルを殺そうと謀《はか》り、ネイサンに見られて、彼を殺そうとした？　しかし、ギルを殺してディッグスになんの得がある？　あんがい、すべてが大きな誤解で、ネイサンとディッグスは互いに相手の行動を勘違いしたのかもしれない。

もう一度ディッグスから話を聞くとしよう。だが、そのまえにノエルに会い、ギルの無事を確認しなくては。カーライルはすっかり混乱し、何かに追い立てられるような奇妙な焦りを感じながらギルの部屋に急いだ。ノエルを抱きしめたい。無事を確かめ、この腕で強くかきいだく必要がある。

ギルの部屋のドアは閉まっていた。そっと開けて、暗い部屋に入る。廊下の灯りだけでも、小さなベッドが空っぽだということはすぐに見てとれた。かたわらにある椅子にも誰も座っていない。それを見たとたん、鼓動が跳ねた。「ノエル？　ギル？」

ぐるりと見まわしたが、小さな部屋は間違いなく空っぽだ。カーライルは急いで廊下に出ると、ノエルの部屋に向かった。たぶん、怖がるギルと一緒に眠ろうと、息子を連れて自分の部屋に行ったのだろう。

ノエルの部屋のドアは開いていた。室内は真っ暗だ。廊下のテーブルにあった燭台《しょくだい》をつかみ、部屋を照らす。ギルの部屋と同じく誰もいなかった。ノエルはどこに行った？　まさか、逃げだしたわけでは……。

恐ろしい可能性が頭をよぎった。ギルを連れて、この手の届かないところへ行ってしまったのだろうか？　ギルが殺されかけたことを考えれば、ぼくの〝保護〟をあてにできないと考えたとしても、ノエルを責めることはできない。

いや、昔のように逃げだすはずはない。ぼくがどういう男かわかったいま、少しはぼくを信頼しているはずだ。黙って逃げだすことはありえない。いずれにしろ、部屋のなかはきちんとしている。あわてて逃げだしたようには見えなかった。

レディ・アデリーンの部屋か？　ああ、もちろんそうだ。ノエルとギルは、アデリーンとその母親のところにいるのだろう。カーライルは急いで廊下に戻り、アデリーンが好んで使う心地よい居間に向かった。だが、そこに着くまえに、当のアデリーンが不安そうな顔で戸口に現れた。

「カーライル！　どうしてそんなにあわてているの？　まさか、ネイサンが――」

「いいえ、心配させて申し訳ありません」カーライルは落ち着いた声で応じようと努めた。「医師がネイサンを診ています。ぼくが二階に来るときは、手術を始めるところでした。アナベスも一緒です。何かあれば……」その先は口にする気になれず、尻切れとんぼになった。「ノエルとギルを捜しているんです。あなたと一緒にちがいないと思って」

カーライルは母のそばに戻るアデリーンに従い、居間に入った。だが、そこにいるのはカーライルをにらみつけているレディ・ロックウッドだけだった。

「ノエルとギル？」アデリーンがけげんそうに振り向いた。「でも、ふたりはギルの部屋よ。誰も教えてくれなかったの？　あなたがお医者さまを呼びに行くとすぐに、ノエルはギルの部屋に行ったの」

「そこにはいないんです。ふたりとも」胸をわしづかみにされたように息が苦しくなる。

「ノエルと話しましたか？　何か言っていましたか？」

「いいえ。母と上がってきたときには、ギルの部屋はドアが閉まっていたの。眠っているのを起こしたくなくて……」

レディ・ロックウッドが杖《つえ》で床を叩《たた》いた。「まったくもう、今度はなんです？」

「わかりません」カーライルはそっけなく答え、アデリーンに言った。「ノエルの部屋は見たんですが、ふたりはそこにもいない。ディッグスはどこです？　姿を見かけましたか？」

「いいえ。ふたりはあの人と一緒なのかしら」青ざめていたアデリーンの顔に少し色が戻った。「だとしたら安心ね。少なくとも、守ってくれる人と一緒ですもの」

カーライルは自分の頭を占領しはじめた恐ろしい疑いを口にせず、荒々しく呼び鈴を鳴らした。「三人で邸を出たとすれば、誰かが見ているはずだ。ベネットを呼んで、召使いに確認し、ノエルを捜してほしいと伝えてください。ありえないと思えるような場所も捜すようにと。急いでディッグスも見つけないと」

「ええ、わかったわ。でも――」

アデリーンの言葉をみなまで聞かず、カーライルは居間を飛びだした。

ノエルの名を呼び、廊下を走りながら、ドアをひとつひとつ開け、なかをのぞいていく。家庭教師の部屋を激しくノックし、相手が驚愕《きょうがく》しているのにもかまわず、ギルとノエルを見なかったか尋ねた。メイドや召使いも、急いで自分たちの部屋を確認していた。

図書室だ。そこに避難したにちがいない。こんな夜更けにギルを連れていくにはおかしな場所に思えるが、ふだんノエルはあそこで一日の大半を過ごしている。

カーライルは図書室に駆けこんだ。が、そこも空振りだった。ネイサンの言葉で生まれたディッグスへの疑いが、しだいに確信に変わっていく。ギルとノエルがディッグスに連れ去られたとしたら……。

　恐ろしい予感に気が狂いそうになりながら図書室から戻ると、青ざめ、やつれた顔のアナベスが食堂から出てきた。「アナベス、どうした？　ネイサンが――」

「ネイサンはまだ生きているわ」アナベスは早口に言った。

「ほら、ここに座って」カーライルは壁際に置かれたベンチに導いた。「疲れた顔をしているぞ」

　アナベスはかすかな笑みを見せた。「ええ、もうくたくた」腰をおろし、ためていた息を吐く。「手術が終わったとたんに膝の力が抜けて……それまではなんとか持ちこたえていたのに」

「わかるよ。先生はなんだって？」

「あとは神にゆだねるしかないそうよ。あまり聞きたい言葉ではないわね」

「ネイサンは若いし、健康だ。きっと回復する」内心は不安でたまらなかったが、アナベスのためになるべく確信をこめてそう言った。

「二階に運ばずにすむように、召使いが階下の部屋のひとつを整えているところ。わたしはしばらく付き添うつもりよ」

「付き添いはレディ・アデリーンに頼んで、少し休んだらどうだ？」

「横になってもどうせ眠れないわ。ネイサンの状態がもう少し……安定しないうちは」

うなずいて離れようとすると、アナベスが腕に手を置いた。「待って。何かあったの？　みんなが走りまわっているようだけれど。それに、あなたの顔色ときたら――」

「ノエルの姿が見えないんだ」アナベスによけいな不安を与えたくなかったが、気がつくとそう口走っていた。「ギルも見つからない。ディッグスもだ。どこにいるのか見当もつかない」

アナベスが息を吸いこんだ。「まあ！」

「邸のなかも外も捜索させている。一刻も早く見つけなくてはならないが、どこを捜せばいいのか……」カーライルはアナベスの隣に崩れるように座りこんだ。不安で胸が押しつぶされそうだった。こんなに自分が無力に思えたのは初めてだ。「アナベス、ディッグスがふたりをすでに殺していたら、どうすればいいんだ？　ノエルを愛している。それを告げてもいないのに……」

「ノエルは知っていると思うわ。ノエルを見るときのあなたの表情には、わたしでさえ気づいていたもの」カーライルの驚いた顔を見て、アナベスは低い声で笑った。「ふたりとも必死に隠そうとしていたわね。でも、わたしにはわかったの。あなたたちが気づいているかどうかは、はっきりしなかったけれど」そっと腕に手を置く。「ノエルは生きている。ギルもよ。あなたはふたりを見つけるわ」

「だが、どこを捜せばいい？」カーライルはぱっと立ちあがり、両手をポケットに突っこんで廊下を行きつ戻りつしはじめた。「ディッグスはどこに行ったんだ？　どうしてノエルを連れていった？　こんなあからさまなやり方をする代わりに、なぜもっとこっそりやれるときまで待たなかった？　みんなあいつを信じ、ネイサンが犯人だと思っていたのに」

「でも、ネイサンは回復する」アナベスはきっぱりと言った。「ディッグスは、ネイサンが一命を取り留めたのを知り、彼が目を覚ますまえにここを出ることにしたのではないかしら。さもなければ、またギルを殺そうとしてノエルに見られたか、ノエルが真実に気づくような言葉をうっかり口にして――」

「ギルとノエルを殺すしかないと思った」カーライルがうめくように言った。

「違うわ！　自分の悪事をばらされないように、どこかに連れだしたのよ。でも、殺したとは思えない。ディッグスだって、ふたりを誘拐してこのまま逃げおおせるのは無理だと気づいているはずよ。そのうち捕まるに決まっている。殺したりしたら罪が重くなるだけだわ。それよりも、ふたりを人質にしてあなたと交渉し、捕まる心配をなくすほうがはるかにまし。身の代金をもらえればもっといいでしょうね」

「なぜこんなことをするんだ？　あいつになんの得がある？　トンチン年金を受けとれるわけでもないのに」カーライルは首を振った。「ぼくのほかに、ディッグスを雇っている者がいるんだ。それしか説明がつかない。あいつが金を手に入れるにはその方法しかないからな。ぼくの仕事を失う危険をおかすなんて、相当高額な報酬を約束されたにちがいない」

「自分が実行犯だということをうまく隠しとおせれば、あなたの仕事も失わずにすんだはずよ」アナベスが指摘した。「そして二箇所から支払いを受けとり続けられた。最初は、ノエルを始末すれば、あなたが喜ぶとさえ思っていたかもしれない。あなたにとってノエルは、脇腹に刺さった棘《とげ》のようなものだったでしょう？」

「ああ、たしかに」口元がほころんだが、その笑みはすぐに消えた。「地下室を捜してくる」そう言って歩きだそうとすると、邸の奥からポッターが走ってきた。

「ソーンさま！」

「ディッグスが見つかったのか？」希望と不安がこみあげてくる。

ポッターは首を振り、少し息を整えてから報告した。「いいえ。ですが……厩舎《きゅうしゃ》のグリシャムが言うには、夕方ディッグスが厩舎を訪れ、ポニーにつける荷車を運びだしたそうです。ディッグスは邸を出たんですよ」

「ポニーの荷車？」カーライルは驚いてポッターを見た。「馬ではなく？」

アナベスが近づいてきた。「子どもを運ぶには便利ね」

「たしかに。それはいつだ？　ディッグスはいつ邸を出た？」

「問題はそれなんです。ディッグスが荷車を持っていったのは何時間もまえ、まだ何も起こらないうちだったそうです」

「そうか」カーライルは息を吐き、鋭い目に突然冷たい怒りがひらめいた。ポッターが思わず一歩さがる。「そのときには、すでにギルを運びだす計画を立てていたんだな。ネイサンはそれを止めようとしたにちがいない。ディッグスがその荷車をどこへまわしたかわかるか？　案内してくれ、ポッター」

「場所はわかりません。荷車のことをお知らせしに戻っただけで」それから早口に付け加えた。「グリシャムに車輪の跡をつけろと言っておきましたから、ランタンを用意してるはずです」

カーライルは裏の扉に走り、一気に数段飛びおりて庭に出ると、厩舎に向かって駆けた。厩舎では、ランタンを手に厩舎長が待っていた。「車輪の跡をたどらせてます。あっちの方向、庭の奥に向かっているようです」

そこをこんなに遠いと思ったのは今夜が初めてだ。

「そのランタンを貸してくれ」

厩舎長が驚いて瞬《まばた》きしたが、カーライルはかまわずランタンをつかみ、言われた方向に歩きだした。

「しかし、あの――」

カーライルはかまわず、自分の前に伸びているわだちを追った。さいわい、つい先日雨が降ったおかげで、柔らかい地面に跡がはっきり残っている。裏から庭に入る門に達したあと、わだちは少し深くなった。荷車はしばらくそこに置かれていたらしく、ポニーの糞《ふん》がいくつも落ちている。そこには足跡も何組かあった。男のブーツの跡。女性のものらしき、それより小さな跡もある。

それが目に入ると、肩の力がいくらか抜けた。ノエルはディッグスと一緒なのだ。歩いているところをみると、この時点では殺されてもいなければ、眠り薬を盛られてもいなかった。争った形跡もない。ギルはディッグスに運ばれ、荷車に乗せられたのだろう。さもなければ、荷車を厩舎から持ちだす意味がない。そこからは荷車のわだちに足跡が加わり、前方の森へと向かっていた。これは納得がいく。森のなかのほうが、跡が残りにくいうえに隠れる場所がたっぷりあるからだ。

不安に胸を締めつけられながら、カーライルは森に向かって走りだした。

30

ノエルが振りあげた枝は、満足のいく音をたててディッグスに当たった。が、彼が片方の腕で頭をかばったため、大したダメージは与えられなかった。再度振ろうとすると体当たりされ、地面に倒れたものの、馬乗りになるディッグスに鋭い膝蹴りをくらわせる。急所を突かれ、金切り声をあげて股をつかむディッグスに、ギルが横から体当たりした。

「ギル、逃げなさい！」ノエルは叫びながら、前に倒れてきたディッグスの下から這《は》いだし、さきほどの枝を捜した。寝返りを打ったディッグスが、片方の足首をつかんでくる。夢中でその手を振りほどこうとしたが、ディッグスは足首を離そうとしなかった。ギルがその背中に飛び乗り、小さな拳で叩《たた》く。ディッグスは吼《ほ》えるような声をあげてノエルの足首を放し、すばやく立ちあがった。ようやく見つかった枝を振りかぶり、振り向くと……ディッグスがギルを胸に抱えているのが見えた。片手でギルの喉をつかんでいる。

ノエルは凍りついた。ディッグスがうなずき、にやりと笑う。「アイ、このチビを捕まえたぜ。そいつを落としな」

ノエルは枝を放した。「ひどいことをしないで。お願い……まだほんの子どもなのよ」

「あんたがおとなしく言うとおりにすれば、何もしないさ」

「言われたとおりにするわ」

ディッグスは空き地に建つコテージのほうに顎をしゃくった。「あそこに戻れ。おかしな真似《まね》をするなよ。あんたがすることは全部見えるんだからな」

ノエルはうなずき、歩きながら必死に頭を働かせた。ディッグスはこの場でギルを殺すこともできた。殺す機会はいくらでもあったのだ。なぜそうしなかったの？　実際に殺す段になって、怖《お》じ気《け》づいたのだろうか？

その可能性はある。

「大人を殺すならともかく、たった五歳の子どもを殺すの？　あなたはギルを知っている。庭で遊ぶのも見守っていた。ギルを殺すなんてできっこないわ。その子を殺せば、一生その記憶に苛《さいな》まれることになるのよ」

「黙って歩け」

ノエルはディッグスの言葉を無視した。「この先どうなるのか考えてみたら？　隠しとおせる望みはないわよ。わたしたちが邸《やしき》にいないとわかれば、みんなが真実に気づく。あなたの裏切りを知ったカーライルはどうすると思う？　どこまでもあなたを追いかけ、最後は捕まえる」

「うるさい！　黙れ！　さもないと、この場でチビを殺すぞ」

ノエルは足を止め、くるりと振り向いた。ディッグスは、まだ暴れているギルを抱えていた。蹴りだした足が自分に届かぬように横抱きしている。もうギルの首には手をかけていないから、全速力で突進すれば、不意を突かれてギルを落とすかもしれない。ディッグスはそこまで大柄な男ではなかった。それに、恐怖と怒りで、いまのノエルはギルを救うためなら石壁でも粉々にできそうだ。

「歩け」ディッグスがしゃがれ声で命じたが、ノエルは動かなかった。もっと近づいてきたら飛びかかるとしよう。ディッグスは怒りに顔を染め、立ちどまって怒鳴った。「歩けと言ったんだぞ！」

彼が片手を上げ、コテージを示す。その瞬間、脇ががら空きになるのを見たノエルは突進した。とっさにディッグスが避けたため、前ではなく脇腹にぶつかったが、彼は後ろによろめき、土の上で足を滑らせてギルを放した。ぶつかった衝撃で倒れたノエルは、急いで立ちあがろうとしたもののスカートに脚をとられた。

怒りに顔をゆがめたディッグスが、腕をつかんでノエルを立たせ、空いているほうの手を振りあげる。殴られるのを覚悟したとき、突然大きな音がして、ディッグスのこめかみから血が噴きだした。一瞬何が起こったのかわからず、ノエルは倒れていくディッグスを見つめた。

「ママン！」ギルが脚に抱きつく。

カーライル。カーライルが見つけてくれたのね。急いで振り向くと、空き地の端に立っている男が見えた……が、それはカーライルではなかった。目の前でディッグスが撃ち殺されたショックで、その男が誰なのか、思い出すのに少し手間取った。

「ミスター・トンプキンス！」夕方会ったばかりの弁護士だ。ペンローズとネイサンの弁護士。あの弁護士がここで何をしているの？「いったい――」ノエルは事切れているディッグスを見下ろし、トンプキンスに目を戻した。

「ああ、たいへんだ、どうしよう」トンプキンスは急いで駆け寄ってくると、ディッグスのそばで急停止し、呆然《ぼうぜん》と死体を見下ろした。「この男は……ああ、なんてこった」

「ええ、この人は死んだわ」ノエルはいまにも彼が泣きだすのではないかと思いながら、その腕を取った。

でも、トンプキンスは一、二度瞬《まばた》きしただけで、ノエルに顔を向けた。「こんなつもりは……この男があなたを……ああ、どうしてこんなことに」そう言ってふたたびディッグスを見下ろす。

「どうしてここへ？」ノエルは取り乱すトンプキンスをつかみ、死体が目に入らないよう向きを変えた。「来てくださったのはとても嬉《うれ》しいのよ。でも、なぜあなたがここにいるの？」

脚にしがみついているギルを優しく抱きあげ、コテージへと歩きだすノエルの横で、トンプキンスは銃を持った両手を絞るようにして説明を始めた。

「実は、来ないわけにはいかなかったんです。もちろん、まずストーンクリフに行きました。さもなければ、もっと早くここに着いていたんですが。ソーンさまの姿が見えないというので、どこを捜せばいいかわからず、途方に暮れていると、昔、乳母が住んでいたコテージを思い出したんです。現在は空き家なので、そこに向かったにちがいないと思いました。アダムさまの乳母だった人ですよ。ソーンさまは彼女をとても尊敬していました。だが、もうその乳母はいない。ほかに誰もいない。だから……ありがたいことに、推測が当たりました。確信はなかったのですが……とても信じられませんでした。その、本当に彼だということが。しかし、わかった以上なんとかしなければならないと思ったんです」

トンプキンスがこんな調子でコテージまでしゃべり続けても、ノエルは口をはさまず、どういう意味か尋ねようともしなかった。ノエル自身、すっかり動揺してそれどころではなかったのだ。とにかくギルを安心させなくては。すっかり怯《おび》えてしがみついてくる息子の背中をさすり、もう大丈夫、何も心配はいらない、と落ち着いた声でささやき続けた。

ギルは長いこと黙っていたが、ノエルに抱かれてさきほど寝ていた狭い寝室に戻り、ベッドにおろされると、こう尋ねてきた。「どうしてディッグスはあんなことをしたの?」

息子は目に涙を浮かべ、下唇を震わせている。ノエルは優しく頭を撫《な》でて額にキスした。

「ママンにもわからないの。誰かにお金をもらったんじゃないかしら」

「カーライルおじさんはどこ?」

「それもわからない。あとでミスター・トンプキンスに訊《き》いてみるわね」

「あの人の話、全然わかんない」

「そうね。さっきの出来事で動転しているんだと思うわ」

「ぼく、とっても怖かった」

「わかってる、ママンもよ。でも、あなたがとっても勇敢で誇らしいわ」

猛然とディッグスに襲いかかった姿を思い出し、ノエルは微笑《ほほえ》んだ。本当は逃げてくれたほうがよかったのだが、母親を助けたい一心だったと思うと愛《いと》しくてたまらない。

ギルはノエルにぎゅっと抱きつき、それからベッドに倒れこんで大きなあくびをした。

「疲れちゃった」

「ええ、大活躍だったものね」

ギルは眠そうな顔でふたたびあくびをした。ディッグスに盛られた眠り薬の効果がまだ残っているにちがいない。興奮して一時的に眠気が覚めたものの、ディッグスから逃げようとして、体力をすっかり使い果たしたのだろう。額を撫でてやると、安心したように目を閉じた。

いますぐトンプキンスと話し、何が起きたのか聞きだしたかったが、ノエルは息子が眠りにつくまで、かたわらに留《とど》まった。もし目を覚まして母親の姿が見えなければ、心細い思いをするにちがいない。

ギルが眠ると、足音をたてないよう部屋を横切り、ドアのところで振り返って息子が眠っていることをもう一度確かめてから、そこを出て静かにドアを閉めた。弁護士は、粗末なテーブルのそばの丸椅子に座っていた。どうやら落ち着きを取り戻したらしく、銃に弾をこめている。テーブルの上に、それとまったく同じ銃が置いてあった。銃があるだけでも驚きなのに、二挺《ちょう》も持ってきたとは。

とはいえ、一発でディッグスのこめかみを撃ち抜いたところをみると、トンプキンスは銃を扱い慣れているのかもしれない。あれはまぐれ当たりだと勝手に思いこんでいたが、相当な腕前だということもありうる。どうやら、この男性の第一印象は、大幅に修正する必要がありそうだ。

トンプキンスはノエルを見ると、即座に立ちあがった。「マイ・レディ。すみません、その……備えあれば憂いなしと言いますから」テーブルに置いた銃に顎をしゃくると、すぐそばにある椅子を示した。「どうぞ、こちらに来てお座りください。ひどい経験をされて、さぞ怖かったでしょう」

「ありがとう」ノエルはかすかな笑みを浮かべ、示された椅子に腰をおろした。「ミスター・トンプキンス、あなたがなぜここにいるのか、まだよくわかりませんの。ディッグスがわたしたちを外に連れだしたことが、どうしておわかりになったの？　ストーンクリフに行ったとおっしゃったわね？」

「ええ。おふたりが帰られたあと、この件についてじっくり考えてみたんです。なぜダンブリッジさまがわたしに、トンチン年金のことをソーンには話すな、と言ったのか？　おふたりがあわてて事務所を飛びだしていかれたのを見て、わたしの発言でダンブリッジさまへの疑いが生まれたことがわかりました。そこで念のため、トンチンに関する書類の控えにあらためて目を通してみたんですよ。すると、加入者の跡継ぎが何人も死んでいるじゃありませんか。残っているのはほんの数人。亡くなった方たちの年齢を考えると、これは非常に奇妙です」

「ええ、そうね。だから、わたしたちはこの件を調べはじめたの。わたしの息子が次の標的だということが明らかになって……。先日カーライルが尋ねたときに、本当のことを話してくださっていたらずいぶん助かったのに」

「わかってます。明らかにそうすべきでした。あなたが怒るのも無理はありません。しかし、わたしは何が起こっているかまったく知らなかったんです。それにダンブリッジさまに、ソーンには何も話すな、と指示を受けたものですから。今夜ここに来たのは、わたしの発言で、次々に人を殺していたのがダンブリッジさまだと誤解された可能性に気づいたからです」トンプキンスは首を振った。「だとしたら、とんでもない思い違いです。ネイサン・ダンブリッジのことは何年も知っています。彼はそんなことをするような人間ではありません。それに、彼まで殺されたいま――」

ノエルはあえぐように尋ねた。「ネイサンは死んだの？」

「あのディッグスという男が撃ち殺したんです。知らなかったんですか？」

「撃たれたのは知っているわ。でも、ディッグスに騙《だま》されて邸を出たときは、まだ生きていた。カーライルはお医者さまを呼びに行ったのよ」

「あの男が懸命に医者を捜したとは思えませんね」トンプキンスはそう吐き捨てた。

「なんですって？」ノエルは驚いて眉を跳ねあげた。「それはどういう意味？」

「このすべての背後にいるのは、カーライル・ソーンです。ダンブリッジさまではなく」

「いいえ、そんなことはありえない」

トンプキンスは気の毒そうな顔になった。「残念ですが、それが真実です。わたしがストーンクリフへ行ったのは、ソーンを疑ったからです。あなたとダンブリッジさまに警告しなくては、と思ったんです。もっとも、ダンブリッジさまはすでになんらかの危険を感じておられたにちがいありません。だから、ソーンには真実を話すなと指示したのでしょう」

「そんなばかな……カーライルが黒幕だなんてありえないわ」

「しかし、彼はあなたやほかのみなさんに明らかな嘘をつきましたよ。例のトンチン年金について知らないふりをしていましたが、わたしの父が存命中に、それに関して話し合っているんです。記録を見てわかりました。父はすべての会合について、詳細な覚書を残しておりましてね。ソーンは伯爵の死後、事務所に来て、父と年金の件を話し合っています。受け入れがたいでしょうが、これは事実です」

ノエルはあんぐり口を開けてトンプキンスを見つめた。彼の言うことは信じがたいだけではなく、とうていありえない。

「そんなはずはないわ。邸に戻ったら、カーライルがすべて説明してくれるはずよ」

「ほかにどんな説明があるんです？　ソーンが犯人でなければ、なぜトンチン年金に関してずっと嘘をついていたんですか？」

「それはわからないけれど——」

「いまや残っているのは、スノーデンさま、ハヴァーストックさま、そしてギルバート坊ちゃんだけです。受取人はもうそれしかいないんですよ」

「スノーデンだわ。あるいは、ネイサンの仕業だったのかもしれない。でも、途中で自分も殺されるはめになった。いえ、違う……それはおかしいわね。でも——」

表で物音がした。あわてて立ちあがり音のしたほうを振り向くと、次の瞬間、コテージの扉が弾《はじ》けるように開いた。

「カーライル！」

31

気持ちは急《せ》くものの、ときどき足を止め、わだちや足跡からはずれていないことを確認しなくてはならないせいで、森のなかでは思うように進めなかった。小道の幅が広くなるとカーライルは小走りになった。ディッグスは、いまは住む人のないコテージを目指したにちがいない。アダムの乳母だった老女が、職を退いたあと住んでいた家だ。だが、いったいなぜ、ノエルとギルをそこに連れていくことにしたのか？　この一件はわからないことばかりだ。

ようやく森を抜けると、空き地のなかほどに誰かが倒れているのが見えた。ノエルか？　夢中で駆け寄ると、草の上に倒れているのはディッグスだった。頭から流れた血が地面を染めている。銃で撃たれたのだ。ノエルがディッグスの銃を奪い、撃ったのか？　いや、違う。ディッグスの銃は、ベルトに突っこまれたままだ。

と、空き地の向こうから馬のいななきが聞こえた。誰かがここにいるのだ。ディッグスがノエルたちをここに連れてきたのは、雇い主にふたりを引き渡すためだったにちがいない。ディッグスを撃ったのは、まず間違いなくその男だ。そして彼はいまやノエルとギルをコテージに閉じこめている。

そのすべてを一瞬で理解し、コテージに向かって走りだそうとして、気が急くあまり武器も持たずに飛びだしてきたことに気づいた。急いでディッグスのベルトから銃を抜きとると、全速力でコテージを目指し、ポーチに飛びあがって、勢いよく扉を開け放った。

ノエルの姿が真っ先に目に入った。小さなテーブルのそばに立っている。自分を見た瞬間、美しい顔がぱっと輝くのを見て、カーライルは安堵《あんど》のあまり膝の力が抜けそうになった。それから、ノエルの横に立っている男に気づいた。銃を手にして、まっすぐカーライルの胸を狙っている。

カトー・トンプキンス。

ふいにすべてが繫《つな》がった。「貴様だったのか……」

トンプキンスが鼻を鳴らす。「これ以上の人殺しは許さないぞ。わたしが阻止する」

「科白《せりふ》まで用意しているとは、手回しのいい男だ」カーライルは鼻であしらいながら相手の銃を見下ろし、恐ろしい可能性に気づいた。ディッグスの銃には、弾がこめられていないかもしれない。だとすれば、使える武器ははったりだけだ。うまくやらなくては。

カーライルはぴたりと狙いを定め、冷ややかにトンプキンスを見据えた。目に浮かぶ殺意を偽る必要はなかった。

「好きなだけばかにするがいい」トンプキンスが目をぎらつかせた。「わたしは――」

「ミスター・トンプキンス、お願い。カーライル――」ノエルが前に出ようとする。

「ノエル、さがるんだ」どうやらノエルは、トンプキンスが犯人だと気づいていないようだ。が、カーライルの指示をおとなしく聞き、一歩横に寄った。これでトンプキンスが引き金を引いても当たる危険はなくなった。だが、まだトンプキンスに近すぎる。あの男は一歩踏みだせばノエルを人質にできるのだ。そうなったら、こちらは手も足も出ない。

「大丈夫よ。ミスター・トンプキンスはわたしをディッグスから助けてくれたの」

「ああ、死体を見た。共犯者を始末したわけか、カトー。死人に口なし、とはよく言ったものだ。それに、始末すれば金を払う必要もない」カーライルはノエルにすら目をやらず、ひたすらトンプキンスをにらみ続けた。脇にたらした左手にも銃を持っていることに気づき、肝が冷える。二挺《ちょう》あれば、ひとりを撃ったあと弾をこめ直す必要もない。あっというまにふたりとも撃ち殺せる。

「どうか、ふたりともやめてちょうだい」ノエルが懇願し、また一歩カーライルに近づいた。

〝その調子だ、もっと近くに来い〟カーライルは心のなかで促した。ノエルを後ろにかばうことができれば、トンプキンスの銃弾から守れる。

「マイ・レディ、止まってください！」トンプキンスが叫ぶ。「それ以上近づいてはいけない。この男は危険です」

ノエルはため息をつき、くるりと振り向いてトンプキンスを見た。「ミスター・トンプキンス、カーライルは犯人ではないわ。年金のことを知りながら黙っていたのには、ちゃんとした理由があるはずよ」

「なんだって？」カーライルは驚いてノエルに目をやり、あわててトンプキンスに目を戻した。「ノエル、この男から何を訊《き》いたか知らないが、すべて嘘だ。この男を信用するな。事件の黒幕はこいつだぞ。早くこっちへ――」

「どうか、マイ・レディ、そこを動かないでください！」トンプキンスが泣きそうな声で懇願する。銃を持った手がかすかに震えていた。「嘘をついているのは彼のほうです。ソーンはまたしてもあなたを騙《だま》そうとしているんですよ。何もかも彼がしたことだ。利益を得るのは彼で、わたしではありません。ディッグスを雇っていたのも彼。ディッグスはネイサンを殺し、あなたと息子さんを邸《やしき》から連れだして、ふたりを殺そうとした。すべてソーンの命令でやったことです」

ノエルは考えこむような顔でトンプキンスとカーライルを見比べた。

くそ、どうしたらぼくがギルを、それにノエルを殺そうとしたなどという戯言《たわごと》を信じられるんだ？　まだぼくに不信感が残っているのか？

「あなた方を何年も追いまわしていたのは誰です？」トンプキンスは指摘した。「もちろん、ソーンはほかの誰かがやったと言い張るでしょう。でも、いったい誰がそんなことを？　あなた方を追っていたのはディッグスだった。そのディッグスの雇い主はソーンだ。すべてソーンの命令で行われたことですよ。それ以外の可能性はありえない。ディッグスがソーンを裏切ったりするでしょうか？　ずっと忠実に仕えていたのに。ソーンの右腕だったのに」

「ノエル、こっちへ来るんだ」胸が締めつけられるように苦しくて、それだけ言うのがやっとだった。

ノエルはぼくを疑っている。トンプキンスに思案顔を向けるのを見て、それがわかった。あれほど情熱的に愛し合ったというのに、ノエルはぼくを信頼していない。

ノエルが肩越しに鋭い一瞥《いちべつ》をよこし、トンプキンスのそばに戻りかける。

「だめだ、行くな！」

ノエルはその場で止まり、体の前で両手を握りしめて、トンプキンスをすがるように見上げた。「あなたはわたしを守ってくれるわね？」

カーライルは体をこわばらせた。声の調子がまるでノエルらしくない。それに、トンプキンスを見るあのまなざしは……。

トンプキンスがちらっとノエルを見た。「レディ――」

その瞬間、ノエルが組んだ手で思いきりトンプキンスの腕を叩《たた》いた。反動で銃が吹き飛び、銃弾が天井にめり込む。トンプキンスはもう一挺の銃をかまえようとしたが、そのまえにカーライルが飛びつき、床に押し倒した。倒れた拍子に二挺めの銃がトンプキンスの手から離れる。ノエルがすばやくまわりこんでそれを拾いあげた。カーライルは殴り合いながら床を転がり、ほどなく顎に渾身《こんしん》の一発を決めた。トンプキンスがぐったりと床に伸びる。

カーライルはすばやく立ちあがり、ノエルを引き寄せて唇を重ねた。

「寿命が縮まったよ。この男の言うことを信じたのかと思った」

ノエルが鋭く身を引き、カーライルの腕を叩く。「わたしがあんなでたらめを鵜呑《うの》みにすると思ったの？　ひどい人。そんなに愚かじゃないわ」

「そうじゃない！　きみがまだぼくを信じられずにいるのかと、不安になったんだ。以前の……ぼくの……」

「もう、ばかばかしい！」ノエルは腰に手を置き、カーライルをにらみつけた。「あなたに会えてこんなに嬉《うれ》しくなければ、何時間もお説教するところよ。わたしが、知らない男の言うことを真に受け、愛する人を疑うはずがないでしょう！」

愛する人。この言葉はカーライルの胸を貫き、痛みにも似た熱く甘い感情で満たした。

混乱と恐怖に翻弄された直後に思いもかけない告白を聞いて、頭が真っ白になる。

ノエルは気まずそうに目をそらした。「この男を縛りあげたほうがいいわ。ふたりで他《た》愛《わい》もないおしゃべりをしているあいだに、意識を取り戻して撃ってくるかもしれない」

「ノエル、ぼくも……ああ、もちろんだ」カーライルは一歩近づいた。「ノエル……」

「でも、縛るものがないわ」ノエルはカーライルを無視して部屋を見まわした。「わたしの髪にはリボンもないし。ひだ飾りを裂くことはできるけれど」

カーライルはふたたび口を開いたが、思い直した。ノエルが正しい。いまはさきほどの発言を問いただすよりも、優先しなくてはならないことがある。

「ぼくのクラヴァットを使おう」カーライルは取っ組み合ったせいでひどく曲がってしまったクラヴァットをほどきはじめた。

意識のない男をうつぶせにして両手を背中にまわし、交差させた手首をクラヴァットできつく縛る。端はテーブルの脚に結んだ。そのあいだにノエルはペチコートのひだを裂き、トンプキンスの足を縛った。

「これでしばらくは大丈夫だ」カーライルはトンプキンスを見下ろした。「ストーンクリフに戻ったら、巡査を呼びにやらせよう」そこであらためて部屋を見まわした。「ギルはどこだ？　きみと一緒じゃないのか？」

「隣の寝室で眠っているの」

「眠っている？」カーライルの眉が跳ねあがった。「この騒ぎのあいだも？」

「ディッグスに眠り薬を飲まされたのよ。無理やり起こして逃げたけど、逃げきれずに捕まったとき、この男が現れて」ノエルは縛られたトンプキンスを怖い顔で見下ろした。

「そのときはもう安全だと思ったから、ここに戻ってギルを寝かせたの」

カーライルはノエルに従い、ギルが眠っている狭い寝室に入った。抱きあげると、まぶたがぴくりと動いてギルが目を開けた。「カーライルおじさん」眠そうな笑みを浮かべ、カーライルの胸にもたれる。「来てくれると思った。ママンもでしょ?」

「ええ」ノエルはギルの額に落ちた髪を撫《な》でつけた。「わたしもそう思ったわ」


怯《おび》えて逃げだしたポニーはコテージに戻り、空き地でおとなしく草を食《は》んでいた。カーライルがポニーを荷車に繋《つな》ぎ、そこにギルをのせると、ノエルは彼と連れ立って邸に続く小道へと向かった。ギルはすっかり目を覚まし、楽しそうに荷車に揺られている。ポニーを導くカーライルの横を歩きながら、ノエルは、ディッグスとストーンクリフを出てから起こったことを話した。

「ディッグスがずっとぼくの敵に雇われていたとは思いもしなかったよ。いまでも信じられない。ロンドンの一件も含め、きみたちを追いまわし、襲撃したのは、ディッグスが雇った男たちだったんだろう。あいつなら部下の飲み物に眠り薬を入れるのも、ギルを襲う手配も、造作なくできたはずだ」

「ギルを撃ち殺そうとしたのもディッグスだと思う?」

「おそらく。もっとも、一発でディッグスのこめかみを撃ち抜いたところをみると、トンプキンスの射撃の腕前も相当だが」カーライルはノエルを見た。「本当にすまない」

「あなたのせいじゃないわ」

「いや、きみを初めて見た瞬間から、ぼくはひどい間違いをおかしてきた。しかも、きみたちを捜すためにディッグスのような男を雇うとは。ぼくがディッグスを雇わなければ、トンプキンスもあいつを買収しようとは思わなかっただろう。請求された金を払うだけで、ぼくはディッグスを疑おうとはしなかった。どうしてあんなに愚かだったのか……」

「仕方がないわ。邪《よこしま》な人間は何につけても最初から疑ってかかるけれど、誠実な人間はほかの人も同じように誠実だと思いがちですもの。それに、あなたがディッグスを疑う理由はひとつもなかった。最初はディッグスも、わたしの居所を突きとめ、指示どおりわたしと話をするつもりだったのでしょうね。でも、裏切れば、もっとお金になるとわかった。それをあなたが知るすべはなかったわ。トンプキンスがディッグスを雇うなんて、そんなこと、誰にも想像できない。あんな恐ろしい計画を立てているなんて」少し間をおいてから続けた。「企《たくら》みといえば、なぜ年金の受取人でもないトンプキンスがディッグスを雇い、何人も殺したのかしら?」

「あいつがきみとコテージにいるのを見て、ようやくすべてがわかったよ。騒動が続いてじっくり考える暇がなかったが、その答えはぼくがあの男の事務所から持ってきた書類にはっきりと書かれていた。フレディ・ペンローズが、例のトンチン年金はこの数年で莫大《ばくだい》な利益を上げた、と言っていただろう？　トンプキンスには投資の才があるんだろう。そしてこう思いはじめたにちがいない。〝運用し、増やしているのはわたしなのに、なぜ貴族連中にくれてやらなくてはならない？　わたしが稼いだ利益は、わたしがもらって当然だ〟と。まあ、最初から欲の深い、邪な男だっただけかもしれないが」

「そうだとしても、彼がお金を手にすることはできないのよ。受取人ではないんですもの」

「だが、運用して得た利益を手に入れる方法はある。満期日が来るまえに加入者の跡継ぎがすべて死ねば、トンチンの金は慈善事業に寄付される。その手続きを行うのはトンプキンスだから、当然、自分が資産管理をまかされている事業を選ぶだろう。だから跡継ぎを殺し、ぼくかネイサンにその罪を着せることにしたんだ――どちらでも、罪を着せやすいほうに。事務所の帳簿を調べれば、おそらく父親から仕事を受け継いだ時点から、元金で稼いだ利潤を横領していた事実がわかるだろう。自分以外は誰も内実を知らないのだから、横取りするのは簡単なことだ。少なくとも、ドリューズベリー卿《きょう》が亡くなったあとは、帳簿を確認する者がいたとは思えない。加入者の多くはすでに他界し、残っているハヴァーストックやペンローズも、まったく運用状況に関心を示さなかったのだから」

「つまり、計画どおりに進めば、トンプキンスは年金の名義を慈善事業に移し、引き続き運用して利潤を懐に入れ続けることができた」

「そのとおり」

「なんて男なの」ノエルはぶるっと震えた。「そのために何人も殺すなんて……」

「あの男が全員を殺したかどうかはわからない。彼が自白すればべつだが、現時点でははっきりしているのは、ギルとネイサンの殺しをディッグスに命じ、その罪をぼくにかぶせようとしたことだけだ。最初からそう計画していたかどうかも不明だな。あんがい、ある日突然、年金の受取人がわずか数人しか残っていないことに気づいたのかもしれない。そして全員が死亡すれば、とても都合がいいと思いはじめた……」

「で、早死にするように手を貸した」

カーライルがうなずく。「証明するのは難しいかもしれないが、スプレーグ・ハヴァーストックとジョン・ブルックウェルは、おそらくトンプキンス自身が殺したか、金を払ってディッグスに殺させたんだろう」

「いちばん新しい被害者はそのふたりね。でも、ギルのことは何年もまえから誘拐しようとしていた。まあ、幼いギルはいちばんの脅威だったのでしょうけれど」

「ああ。最初は殺すつもりはなく、まだ物心がつくまえに誘拐して、どこかに置き去りにするつもりだったとも考えられる。だが、ギルがストーンクリフで暮らしはじめて、始末するしかないと思ったのだろう。ハヴァーストックとブルックウェルを手にかけたあと、人を殺しても良心の呵責《かしゃく》など感じないと気づいたのかもしれないな。楽しんで殺した可能性さえある」

「なぜディッグスを撃ったのかしら？　自分の手下だったのに」

「きっと約束の金を払うのがいやだったのさ。それにディッグスは知りすぎている。あいつが捕まれば、自身の罪を軽くするために洗いざらい吐くのはわかりきっているからな。ディッグスの知識は強請《ゆすり》の種にもなる。トンプキンスはディッグスの口を封じておくために、これから何年も、悪くすれば一生金を払い続けるはめになりかねない」

「けれど、ディッグスを撃ち殺せば後顧の憂いを断てるばかりか、悪者をやっつけた英雄になれる。ついでに、あなたに罪を着せることもできるというわけね」ノエルは付け加えた。「あのコテージで、トンプキンスはこう言ったのよ。ディッグスを雇っているのはあなただから、あなたがいちばん怪しい、と」

「ああ。たしかにディッグスの悪行が暴かれれば、雇っていたぼくが真っ先に疑われていただろう」カーライルはちらっとノエルを見た。「きみがトンプキンスの言うことを信じなくて本当によかった」

「あんなばかげた話、誰も信じやしないわ」

先ほどの愛の告白に話が戻りそうになり、ノエルはわざと憤慨したように断言した。助かった安堵と喜びにわれを忘れ、あんな言葉を口走ったのが悔やまれる。もちろん、カーライルはすでにこちらの気持ちを知っているにちがいない。でも、はっきり口にしなければ、友人のままでいられたものを。

ノエルは話題を変えてカーライルの気をそらした。「それにトンプキンスの説明には、いくつも穴があった。ディッグスを撃って動揺していなければ、その場で気がついたはずよ。それにしても、ギルとわたしがあのコテージにいることを、トンプキンスはどうして知っていたのかしら？　それに、彼はディッグスを撃つ必要などなかった。ディッグスはわたしの首を絞めようとしたわけでも、撃とうとしたわけでもないのよ。ひと息入れたあとで始末するつもりだったのかもしれないけれど、トンプキンスがこめかみを撃ち抜いたとき、ディッグスはわたしの腕をつかみ、殴ろうとしていただけなの」

それを聞いてカーライルは怒りに顔をゆがめた。「トンプキンスがディッグスを撃ったのは、いいことだったかもしれないな。きみが殴られていたら、ぼくがただではおかなかった」

この過激な反応に、ノエルは笑みをこぼした。「わたしが言ってるのは、ディッグスを止めるには、銃で脅すだけで事足りたということ。そのあとは、黒幕があなただと言いだし、とても信じられない話を始めたの。あなたがお金のために人を殺してまわるなんてありえないし、百歩譲ってあなたが黒幕だったのなら、もっとうまくやったはずだもの」

「ありがとう……と言うべきだろうな」

　ノエルは笑った。「わたしの言いたいことはわかるでしょう？　この事件には計画性というものがまるでない。今夜の出来事も行きあたりばったり。じっくり計画を練り、周到に準備したとはとても言えないわ」

「そして、ぼくは衝動的な男ではない」カーライルは肩をすくめ、気弱な笑みを浮かべた。

「だが、今夜はべつだ。武器を取りに行くことさえ思いつかず、荷車の跡をたどっていた。ディッグスの銃を見つけてよかったよ」

　ノエルはカーライルの手を握りしめた。「あなたが助けに来てくれて、とても嬉しかったわ。ありがとう」

「もちろん、助けに来たとも。これからも常にそうする」カーライルは足を止め、ノエルの手を握りしめて、ふたりをじっと見ているギルのほうに視線を投げた。「きみに……話したいことがあるんだ」

「カーライル、その必要はないのよ」

「あるとも。ぼくは――」

「見て！」ギルが急に興奮して前方を指さした。

　木々のあいだで光が揺れている。それもひとつではなく、いくつも。

「救助隊かしら？」

　よく知っている声が響き渡った。「まったくもう！　もっと速く進めないの？　これでは朝になっても追いつきませんよ」

「レディ・ロックウッド?」ノエルとカーライルは驚いて顔を見合わせ、足を速めた。ポニーすら速度をあげたようだ。

まもなく、かがり火やランタンを手にした男たちが見えてきた。その後ろに馬に乗った人影がある。

「グリシャム!」カーライルが厩舎長《きゆうしやちよう》の名を呼んだ。「あとを追ってきてくれたのか!」

「ああ、ご無事でしたか」グリシャムは馬上の人物を肩越しに振り返った。かがり火の灯《あか》りでノエルにも、それが乗馬服を着てブーツをはき、鞭《むち》を手にしたレディ・ロックウッドだとわかった。

「レディ・ロックウッド! 馬に乗っているのはあなたですか」カーライルが驚いて目を見開いた。

「もちろんわたしですよ」老夫人が鋭く言い返す。「決まりきったことを訊くもんじゃありません。馬に乗らずに、どうやってこの小道を進むの? 杖《つえ》をついて歩けとでも?」

「いえ、ただ……あなたが救出の一行に加わったことに驚いたものですから」

「加わった! ふん! 誰がこれをまとめたと思っているの? ここの召使いときたら役立たずばかり。あなたのあとを追いもせず、走って報告に来るだけ。助言する人間が一緒でなければ、とても送りだせるものですか」

思わずノエルは笑みを隠した。グリシャムの表情からすると、レディ・ロックウッドに助言されどおしだったらしい。

「この男たちに助言できるのは、わたししかいないでしょうに」レディ・ロックウッドはまだ言い足りないようだった。「アデリーンはなんの役にも立たないし、アナベスは怪我《けが》人《にん》につきっきり」

「ネイサンに？」カーライルがさえぎった。「彼の具合はどうです？　まさか――」

「わたしたちが邸を出たときは、まだ生きていましたよ」レディ・ロックウッドは、ノエルと、いつものように目を丸くして自分を見ている荷車のギルを見た。「おや、ギル、あなたが無事でよかったこと」そしてギルに向かってうなずき、馬の頭を巡らせた。「さあ、戻りますよ。真っ暗な森のなかで突っ立っていても仕方がないわ。グリシャム、さっさとランタンを持って前に行きなさい。まったく、何を考えているの？　ここはまるで黄泉《よみ》のように暗いのに」

グリシャムが急いで行く手を照らす。ほかの男たちもおとなしくレディ・ロックウッドの後ろに従った。

カーライルは呆《あき》れて首を振り、ノエルの手を取ってみんなのあとから歩きだした。

「救出隊に出会いたくなかったという気持ちにさせるのは、レディ・ロックウッドくらいなものだな」

32

ストーンクリフに帰り着くころには、夜明けが近づいていた。伯爵夫人が喜びの声をあげて彼らを出迎え、騒ぎを聞きつけたアナベスも満面の笑みで走りでてきた。それからしばらくは、喜びの声と、抱擁と、キスがあわただしく繰り返された。

みなが落ち着くと、伯爵夫人が優しく言った。「すっかり話してちょうだい。コックに夜食を用意させるわ。ひと晩中恐ろしい目に遭って、お腹がすいているでしょう」

「そうよ、いったい何が起こったの？」ひと晩中寝ていないばかりか馬にまで乗ったあとだというのに、レディ・ロックウッドは少しも疲れていないようだ。「まずネイサンが撃たれ、それからノエルが姿を消し、カーライルが火傷《やけど》した猫みたいに飛びだしていった。それなのに、誰ひとり何があったかわからなくて……」

「ご心配をおかけしました、レディ・ロックウッド。何もかも説明します」それからカーライルはアナベスの腕を取り、彼女をじっと見た。「しかし、そのまえにひとつだけ確認しておきたい。ネイサンの具合は？」

アナベスのやつれた顔がほころんだ。「少しよくなったわ。熱も高くないの。これはいい徴候よね。一度だけだけれど、意識も戻ったわ。ただ、ひどく焦った様子で〝あなたを呼んでくれ〟と言うの。あなたは戻ってきたし、ギルも元気だと言っても納得せず、興奮して起きあがろうとして……でも、先生が少し阿片《あへん》チンキを飲ませたあとは、ずっと眠っているわ。先生はまだここにいらっしゃるけれど、いまは休んでおいでよ。先生と話したい？」

カーライルは首を振った。「あとにしよう。みんなへの説明が終わったら様子を見に行く」

カーライルはトンプキンスを連れてくるために、コテージに何人か送った。それからノエルとともに、食堂で冷たい肉やパン、チーズなど、コックが並べたものをつまんでいるレディ・ロックウッドたちに合流し、事件の全容を説明しはじめた。質問や疑問で頻繁に中断されたこともあって、すっかり話しおえるまでにはしばらくかかった。

レディ・ロックウッドが例によって辛口の批判を口にした。「犯罪者まがいの弁護士の甘言にのってトンチン年金を作り、その弁護士に運営させるなんて、ペンローズとダンブリッジがやりそうなことね」

「でも、お母さま、真犯人はその弁護士の息子だったんですよ」

「同じことですよ」ぴしゃりと決めつけると、レディ・ロックウッドは耳障りな音をたてて椅子を後ろに押しやり、立ちあがった。「このばかげた出来事で、寝る時間がすっかり遅くなってしまったわ。具合が悪くならないといいけれど」テーブルのまわりに集う人々を非難するように見まわし、ドアに向かいかけて振り向いた。「何をしているの、アデリーン」そう言って顎の先で廊下を示す。「わたしのものを運んでちょうだい。アナベスはどうせまた怪我人《けがにん》に付き添うつもりでしょうから。その必要があるとは思えないけれどね。何かあればお医者さまがいるんだし、どのみち怪我人は眠っているのに」

伯爵夫人はため息をついて母に従った。アナベスもみんなに断ってネイサンのもとに戻っていく。

ノエルも立ちあがった。「ギルを寝かしつけないと」

「ママン！　ぼく、ずっと寝てたよ！」

「ギルは家庭教師に見ていてもらおう」カーライルがテーブルをまわってきた。「きみに話があるんだ、ノエル」

「でも……とても疲れているの。横になりたいわ。ちょっと失礼して……」

彼は、言うと決めたらそうせずにはいられない人。とはいえ、疲れ果て、頭がぼうっとしているいまのような状態で話したら、後悔するようなことを口にしかねない。

彼が言い返そうとすると、執事が戸口に現れた。「ソーンさま、召使いたちがトンプキンスを連れてまいりました。まもなく巡査が来るでしょうが、そのまえにトンプキンスとお話しになりたいのではないかと思いまして」

「ああ、そうしたい」カーライルは険しい顔で言うと、部屋を出ながらノエルを振り向いた。「あとで話そう」

少なくとも、多少の猶予を与えられた。でも、カーライルがなぜそんなに自分と話したがるのか不思議だった。こちらの気持ちにはとうに気づいているはずなのに。愛の告白など聞かなかったことにするほうが、彼にとっては好都合なのに。ひょっとして、結婚を期待されては困ると釘《くぎ》を刺すつもり？　泣き落としなど効かないと？　それとも、実らない愛にこちらが耐えかね、ギルを連れて出ていかれるのを心配しているの？　だとしたら、きっぱり否定しなくては。でも、精も根も尽き果てたいまは、何か言われたら泣きだして、拒絶が偽りのものだと知られてしまう。

ありがたいことに、ギルは不安のかけらも見せずに家庭教師と部屋に向かった。むしろ、自分の身に起きた大事件を、何も知らない相手に最初から話せるのがとても嬉《うれ》しそうだ。息子を見送り、自分の部屋に引きとったノエルは、ブーツを脱ぐ気力もなくベッドに倒れこみ、すぐさま眠ってしまった。

しばらくして、誰かがドアを乱暴に叩《たた》く音に眠りを破られ、ノエルは半分眠ったまま体を起こした。答えを待たずに、カーライルがドアを開けて入ってくる。彼はドアを閉め、ベッドに歩み寄ってかたわらに腰をおろした。

「カーライル！　何をしているの？　ここに来てはだめよ。みんなの噂《うわさ》になるわ」

「かまうものか。きみが逃げてばかりいるのが悪いんだ」

「話したくないんですもの」ノエルはむっとして言い返した。「逃げているのはそのせいだと察してくれてもいいのに」

「ああ、察したとも。だが、なぜ逃げるのかわからない。くそ、ノエル、ぼくの質問に答えてくれ。そうすれば、二度ときみを煩わせない」

「いいわ！」ノエルはヘッドボードに背中が触れるまでベッドの上であとずさり、胸の前で腕を組んでカーライルをにらみつけた。「何が聞きたいの？」

ノエルが開き直ったとたん、カーライルは口ごもってうつむいた。それから思いきったように立ちあがり、まっすぐにノエルを見た。「昨日……きみが言ったことは……本心なのか？」

「あなたを……愛してはいないという話？」こうなっては認めるしかない。「いいえ」

「だったら、どうしてぼくがプロポーズしたときにいやだと言ったんだ？」

「プロポーズした、ですって？　いつ、どこで？」

「ぼくの邸《やしき》で、きみがこれ以上耐えられないと言ったときに――」

「あれが〝プロポーズ〟？　あなたは〝ふたりが結婚すればスキャンダルにはならない〟と言っただけよ。それがプロポーズになるの？」ノエルはベッドからおり、両手を腰に当ててカーライルをにらんだ。

「だから断ったのか？　ぼくがちゃんとした言葉で結婚を申しこまなかったから？」

「あなたは何も申しこまなかったわ」

「きみは、結婚なんてとんでもない、と言ったぞ！」

「カーライル、大きな声を出さないで。みんなに聞こえるわ」

「かまうものか！」彼はもっと大きな声で怒鳴り、両手を振った。その手に当たった容器が、化粧台から落ちて粉々に割れる。「ああ、くそ」

ドアが開き、メイドが首を出した。「奥さま、何か――」カーライルの姿が目に入り、あわてて謝る。「失礼しました、あの……」

カーライルはメイドをにらんだ。「いいから出ていけ！」

メイドは悲鳴のような声をもらし、ドアを閉めて逃げだした。

「あなたがゴシップを気にしない人でよかったわ」

ノエルの皮肉にはかまわず、カーライルはさきほどよりは落ち着いた声で言った。「きみは、自分は愛のためにしか結婚しない、だからぼくとは結婚できないと言ったんだ」

「そのとおりよ。醜聞を防ぐためや、レディ・アデリーンの体面を傷つけないため、誰かの名誉を保つために結婚したくない。わたしを愛してくれる人と結婚したいの。片方だけ、わたしがあなたを愛しているだけではだめなのよ。報われない愛を生涯あなたに捧《ささ》げる気はないもの。あなたの愛を求め続け、それを与えられずに少しずつ心が死んでいくような結婚はいや。義務感から結婚しても、あなたはそのうちすべてを憎むようになるわ。生まれも育ちも申しぶんない、自分にふさわしいレディではなく、わたしと結婚せざるを得なかったことに怒りを感じるようになるのは目に見えている」

「生まれも育ちも申しぶんないレディ！　そういう考えはいったいどこから来たんだ？　ぼくが結婚を望んでいる〝ふさわしいレディ〟など、どこにもいないぞ」

「いまはいないでしょう。でも、レディ・ロック――」

「こんなときに」カーライルは人差し指を振り立てた。「忌ま忌ましいレディ・ロックウッドを持ちだすのはやめろ」

「あの人だけではないわ。社交界、貴族社会……あなたの仲間たち。口ではどう言おうと、あなたは彼らの非難の的にはなりたくないはずよ。きっと――」

「社交界などくそくらえだ。ぼくはきみと結婚したい」

ノエルはカーライルを見つめた。まるで体が浮くような、奇妙な感覚がこみあげてくる。

「どうして？」

「きみを愛しているからだ」カーライルは鋭く言い返した。「昨夜は、きみが殺される、いや、すでに殺されているかもしれないと思って、頭がおかしくなりそうだった。頭のなかが真っ白になって何も考えられず、作戦を立てることも、先の展開を予測することも、武器を取りに戻るべきだという常識すら働かなかった。ただ、ディッグスが事におよぶまえにきみを見つけなくては、という一心でわだちを追いかけたんだ」片手でノエルの頬を撫《な》でる。「最初のうちは、この気持ちは一過性のものですぐに薄れる、結論を急ぐなと自分に言い聞かせたよ。だが、そうはならなかった。これからもなるはずがない――きみがいなければ生きる意味がないんだから。ぼくはきみなしでは生きられない。きみと結婚したい。いつもきみと一緒にいたい。どうか結婚すると言ってくれ」

ノエルはきらめく瞳でカーライルを見上げた。「ええ、いまのは立派なプロポーズね」

そして、つま先立ってキスをした。

「それは〝イエス〟という意味か？」カーライルは体を離し、真剣な顔でノエルを見た。

「ええ、そうよ。おばかさん」ノエルは笑った。「喜んであなたと結婚する、ってこと」

訳者あとがき

『伯爵家に拾われたレディ』（原題：An Affair at Stonecliff）は、新シリーズの一作め。キャンディス・キャンプは、突然夫を失い、幼い息子と残されたノエルが新たな愛を見つけるまでの物語を、たくさんの謎を織りこみ楽しい読み物に仕上げました。

夫アダムが急死し、乳飲み子を抱えて途方に暮れるノエルのもとに、夫の生家ラザフォード家の代理人として、突然姿を現したカーライル・ソーン。そのカーライルから〝赤ん坊のギルバートを引きとる〟と一方的に宣言されたノエルは、子どもを取りあげられるのを恐れ、その夜のうちにパリから逃げだします。それから五年、何度もギルバートを奪われそうになり、絶えず追っ手を警戒しながら、ヨーロッパの都市を転々としてきたノエルは、伯爵位を継ぐ息子に少しでもましな暮らしをさせたいと願い、英国に戻って、ロンドンの帽子店で働きはじめます。

五年まえの自分の失態を心から悔い、探偵を雇ってノエル母子を捜し続けていたカーライルは、ノエルがロンドンにいるという朗報に胸を躍らせます。祖父の伯爵亡きいま、伯爵位を継いだギルバートの将来のために、ぜひとも彼の祖母の住む所領で暮らしてほしいと、みずから説得に出向くのですが……。

スリル満点の逃亡シーン、幼いギルバートを狙う魔の手……調査が進むにつれて、意外な事実が少しずつ明らかになるなか、最初は宿敵だと思っていた相手の思いもかけない誠実さと優しさに、ノエルの不信感はいつしか信頼と焦がれに代わって……。

カーライルの親友で、上流階級に属するものの資産よりも債務が多く、家を存続させる重圧を常に感じながらも明るく振る舞い、周囲の人々をほっとさせる好人物ネイサン。ギャンブルと酒で身を持ち崩した父が一族の鼻つまみ者として扱われ、貴族社会に屈折した怒りを抱えるスローン・ラザフォード（第二作では、この超ハンサムなスローンがヒーローとして登場します。楽しみですね！）。ヒロインの息子のギルバートや、彼の曾祖母《そうそぼ》で、まるで女王のように君臨する口やかまし屋のレディ・ロックウッドなど、魅力あふれる脇役陣がノエルとカーライルの物語に興を添えています。

本書の著者キャンディス・キャンプは、一九四九年生まれ。本人が「わたしは内気で寡黙な子どもでしたが、文章にすると自分の思いや気持ちをすなおに表現できました」と言うように、小さいころから物語を書くのが大好きで、自分で書いた物語を自分で演じていたそうです。小説を書きはじめたのは十歳のころ。それ以来、執筆はお気に入りのリラックス手段となり、大学は法科へ進んだものの、在学中に書いた小説が出版されたあとは作家の道一筋。いまではみなさんもご存じのように、ニューヨーク・タイムズ紙の常連ベストセラー作家として、世界中の多くの人々に愛されるロマンス小説の大家です。
そんなキャンディス・キャンプが、スリルとサスペンスをちりばめて紡いだ熱い恋の物語、『伯爵家に拾われたレディ』をどうぞお楽しみください。

二〇二三年六月

佐野　晶

訳者紹介　佐野 晶

東京都生まれ。獨協大学英語学科卒業。友人の紹介で翻訳の世界に入る。富永和子名義でも小説、ノベライズ等の翻訳を幅広く手がけている。主な訳書に、カーラ・ケリー『籠のなかの天使』『遥かな地の約束』、ペニー・ジョーダン『カナリアが見る夢は』(以上、mirabooks)がある。

伯爵《はくしやく》家《け》に拾《ひろ》われたレディ

2023年6月15日発行　第1刷

著　者　キャンディス・キャンプ
訳　者　佐野《さの》 晶《あきら》
発行人　鈴木幸辰
発行所　株式会社ハーパーコリンズ・ジャパン
東京都千代田区大手町1-5-1
03-6269-2883 (営業)
0570-008091 (読者サービス係)
印刷・製本　中央精版印刷株式会社

定価はカバーに表示してあります。

Printed in Japan
ISBN978-4-596-77554-2